Queimada

The House of Night
Livro
7

3ª reimpressão - março/2014

P.C. Cast e Kristin Cast

Queimada

The House of Night
Livro
7

Tradução
JOHANN HEYSS

São Paulo 2010

Burned
Copyright © 2010 by P.C. Cast and Kristin Cast
All rights reserved.
Copyright © 2010 by Novo Século Editora Ltda.

PRODUÇÃO EDITORIAL	Equipe Novo Século
EDITORAÇÃO ELETRÔNICA	Sergio Gzeschnik
CAPA	Genildo Santana - Lumiar Design
TRADUÇÃO	Johann Heyss
PREPARAÇÃO DE TEXTO	Bel Ribeiro
REVISÃO DE TEXTO	Alessandra Kormann

Dados Internacionais de Catalogação na Publicação (CIP)
(Câmara Brasileira do Livro, SP, Brasil)

Cast, P. C.
Queimada, livro 7 / P. C. Cast e Kristin Cast;
tradução Johann Heyss. –
Osasco, SP: Novo Século Editora, 2010. –
(Série the house of night)

Título original: Burned.

1. Ficção – Literatura norte-americana
I. Cast, Kristin. II. Título III. Série

10-11304   CDD-813.5

Índices para catálogo sistemático:

1. Ficção: Literatura norte-americana   813.5

2010
IMPRESSO NO BRASIL
PRINTED IN BRAZIL
DIREITOS CEDIDOS PARA ESTA EDIÇÃO À
NOVO SÉCULO EDITORA LTDA.
Alameda Araguaia, 2190 – 11º andar – Conj. 1111
CEP 06455-000 – Barueri/SP
Fone (11) 2321-5080 – Fax (11) 2321-5099
www.novoseculo.com.br
atendimento@novoseculo.com.br

P.C.: Este é para o meu Guardião. Eu te amo.
Kristin: (Ela quer dizer você, "Shawnus.")

Agradecimentos

P. C.:

Este livro não teria sido possível se três homens muito especiais não tivessem me desvelado suas histórias, suas vidas e seus corações. Tenho muito o que agradecer a Seoras Wallace, Alain Mac au Halpine e Alan Torrance. Qualquer possível erro ao transformar em ficção e recontar os mitos escoceses-irlandeses é meu, apenas meu. Guerreiros, eu lhes agradeço. E tem mais: OBRIGADA, Denise Torrance, por me proteger de toda a testosterona do clã dos Wallace!

Quando estive pesquisando a Ilha de Skye, meu lar foi a encantadora Toravaig House. Eu gostaria de agradecer a toda a equipe local por tornar minha estada mais agradável – apesar de eles não poderem fazer nada quanto à chuva!

Às vezes, preciso entrar naquilo que meus amigos e familiares chamam de "toca da escritora" para terminar um livro. Foi o caso de *Queimada*, e minha toca ficou bastaaaante confortável, graças a Paawan Arora, do Grand Cayman Ritz Carlton, bem como Heather Lockington e sua maravilhosa equipe, no incrível Cotton Tree (www.caymancottontree.com). Muito, muito obrigada por me ajudar a fazer de Cayman meu segundo lar e esconderijo do mundo para poder escrever, escrever e escrever.

Usei um pouquinho de galês neste livro. Sim, é difícil de pronunciar (mais ou menos tipo Cherokee), e há muitas versões diferentes da língua (também tipo a língua Cherokee). Com a ajuda de meus experts escoceses, usei o galês principalmente das antigas línguas dalriada e galovidiana da costa leste da Escócia e da costa nordeste da Irlanda.

Esse dialeto costuma ser chamado de gal-galês ou galgael. Qualquer distorção é culpa minha.

Kristin:

Agradeço ao treinador Mark, do Campo de Treinamento Tulsa, e ao Precision Body Art por me ajudarem a me sentir forte, bonita e poderosa.
E agradeço a The Shawnus por me dar paz e tranquilidade!

Ambas:

Como sempre, agradecemos à nossa equipe na St. Martin's Press: Jennifer Weis, Matthew Shear, Anne Bensson, Anne Marie Tallberg e a maravilhosa equipe de design gráfico que sempre apresenta capas espetaculares! NÓS AMAMOS A ST. MARTIN'S PRESS!
Agradecemos à MK Advertising pelo ótimo trabalho nos websites www.pccast.net e www.houseofnightseries.com. Como sempre, Kristin e eu gostaríamos de expressar nosso amor e gratidão à nossa maravilhosa agente e amiga Meredith Bernstein. A *Morada da Noite* não existiria sem ela.
E, finalmente, agradecemos **muito** a nossos fãs tão leais. Vocês todos são simplesmente O Máximo!

1

Kalona

Kalona levantou as mãos. Não hesitou. Não havia a menor dúvida em sua mente sobre o que fazer. Não permitiria que nada nem ninguém entrasse em seu caminho, e aquele garoto humano estava se interpondo entre ele e aquilo que era seu desejo. Não fazia questão de matar o garoto e tampouco que permanecesse vivo. Era simplesmente uma necessidade. Não sentiu remorso nem arrependimento. Como tinha sido a norma ao longo dos séculos desde que ele caíra, Kalona *sentia* pouquíssimo. Então, com total indiferença, o imortal alado torceu o pescoço do garoto e pôs fim à sua vida.

– *Não!*

A angústia transmitida por aquela única palavra congelou o coração de Kalona. Ele soltou o corpo sem vida do garoto e se virou a tempo de ver Zoey correndo em sua direção. Seus olhos se encontraram. Nos dela havia desespero e ódio. Nos dele, uma impossível negação do óbvio. Ele tentou formular as palavras que a fariam entender e quem sabe perdoá-lo. Mas não havia nada que pudesse dizer para mudar o que ela vira. E, mesmo que pudesse fazer o impossível, já não havia mais tempo.

Zoey atirou sobre ele toda a força do elemento espírito.

O imortal foi atingido com uma força além da matéria. O espírito era sua essência, seu âmago, o elemento que o sustentara por séculos e com o qual sempre se dera melhor e que sempre o tornara mais poderoso. O ataque de Zoey o extinguira. A força que o levantara era tão grande que o atirou por sobre o enorme muro de pedra que separava a ilha dos vampiros e o Golfo de Veneza. Foi engolfado e asfixiado pela água gelada. Houve um momento em que a dor dentro de Kalona foi tão terrível que ele parou de lutar. Talvez devesse deixar que se acabasse aquela terrível luta pela vida e seus ornamentos. E talvez devesse se permitir ser vencido por ela. Mas, menos de um segundo depois de pensar isso, ele *sentiu*. A alma de Zoey se despedaçou e, assim como sua queda o transportara de uma dimensão a outra, o espírito de Zoey partira deste mundo.

Tomar ciência daquilo era um golpe muito pior do que o que ela lhe desferira. Zoey não! Ele jamais quisera machucá-la. Apesar de todas as tramoias de Neferet, em meio a todas as manipulações e planos da Tsi Sgili, ele se agarrava firme à certeza de que, apesar de tudo, usaria seus vastos poderes de imortal para garantir a segurança de Zoey, pois, no final das contas, ela era o mais próximo que ele conseguiria chegar de Nyx nesta dimensão – e esta era a única dimensão que lhe restava.

Lutando para se recuperar do ataque de Zoey, Kalona levantou seu corpo avantajado das ondas fortes e assimilou a verdade. Por causa dele, o espírito de Zoey se fora, o que significava que ela ia morrer. Ao aspirar a primeira golfada de ar, soltou um violento berro de desespero, reverberando a última palavra de Zoey.

– *Não!*

Kalona acreditara *mesmo,* desde sua queda, que não tinha mais sentimentos de verdade? Fora tolo, equivocara-se, estivera profundamente errado. Ele emergiu todo esfarrapado e foi bombardeado por diversas emoções que lhe racharam o espírito já ferido, enfurecendo-se com ele, enfraquecendo-o, sangrando-lhe o coração. Com a visão turva e embaçada, olhou para o outro lado da lagoa, apertando os olhos para ver as luzes que anunciavam a terra. Jamais conseguiria chegar lá. Tinha de voltar para o palácio. Ele não tinha escolha. Usando suas últimas reservas de força, Kalona bateu as asas contra o ar gélido, voando por sobre o muro e caindo sobre a terra congelada.

Ele não sabia quanto tempo passara na fria escuridão da noite despedaçada enquanto as emoções lhe subjugavam a alma abalada. Em algum recôndito remoto de sua mente, ele sentia a familiaridade do que lhe acontecera. Ele havia caído de novo, só que desta vez havia sido mais o espírito do que o corpo – apesar de seu corpo aparentemente ter deixado de obedecer a seus comandos.

Ele sentiu sua presença antes de ela falar. Desde o começo, tinha sido assim entre eles dois, quisesse ele ou não. Eles simplesmente sentiam um ao outro.

– Você deixou Stark vê-lo matando o garoto! – a voz de Neferet era mais frígida do que o mar de inverno.

Kalona levantou a cabeça para ver mais do que o salto agulha do sapato dela. Ele a fitou, piscando os olhos para tentar enxergar melhor.

– Acidente – ele encontrou sua voz novamente e conseguiu fazer soar um sussurro enfraquecido. – Não era para Zoey estar lá.

– Acidentes são inaceitáveis, e não me importo nem um pouco se ela estava lá. Na verdade, até que é conveniente ela ter visto.

– Você sabe que a alma dela foi despedaçada? – Kalona odiava aquela fraqueza nada natural em sua voz e aquela letargia esquisita em seu corpo, quase tanto quanto odiava o efeito que a beleza gelada de Neferet exercia sobre ele.

– Creio que a maioria dos vampiros que estão na ilha já saiba. Como é típico de Zoey, seu espírito não partiu de modo muito discreto. Mas me pergunto quantos vampiros também sentiram o golpe que a pirralha lhe deu antes de partir – pensativa, Neferet tamborilou uma das unhas compridas e afiadas no queixo.

Kalona permaneceu em silêncio, lutando para se equilibrar e reestruturar o espírito arrasado, mas a terra sob seu corpo era real demais, e ele não tinha forças para se levantar e alimentar sua alma com os vestígios nebulosos do Mundo do Além que flutuavam por lá.

– Não, acho que ninguém sentiu – Neferet continuou com seu tom mais frio e calculista. – Nenhum deles tem ligação com as Trevas *nem com você* como eu tenho. Não é, meu amor?

– Nós temos uma ligação única – Kalona conseguiu dizer, apesar de desejar que aquelas palavras não representassem a verdade.

– De fato... – ela respondeu, ainda distraída com os próprios pensamentos. Então Neferet arregalou os olhos ao se dar conta de algo. – Faz tempo que me pergunto como A-ya conseguiu ferir logo *você*, um imortal fisicamente tão poderoso, a ponto de aprisioná-lo com aqueles ridículos trapos Cherokees. Acho que a Zoeyzinha acaba de me dar a resposta que você escondeu tão cuidadosamente. Seu corpo *pode* ser atingido, mas só através do espírito. Não é fascinante?

– Eu vou ficar bom – ele pôs o máximo de força que podia na voz. – Leve-me de volta ao castelo em Capri. Leve-me para o telhado, para o mais perto possível do céu, e eu recobrarei as forças.

– Imagino que sim, caso eu estivesse propensa a fazer isso. Mas tenho outros planos para você, meu amor – Neferet levantou os braços sobre ele. Enquanto falava, ela começou a gesticular com os longos dedos no ar, criando formas intrincadas, como se fosse uma aranha tecendo sua teia. – Eu não vou permitir que Zoey se meta entre nós de novo.

– Uma alma despedaçada é uma sentença de morte. Zoey não é mais uma ameaça para nós – ele disse. Kalona observou Neferet com olhos críticos. Envolvia-a uma escuridão que ele conhecia bem demais. Passara vidas inteiras combatendo as Trevas antes de abraçar seu gélido poder. As Trevas pulsavam e adejavam sob os dedos dela, familiares e incansáveis. *Ela não devia poder comandar as Trevas de modo tão tangível.* O pensamento lhe veio como o eco de sinos fúnebres em sua mente exaurida. *Uma Grande Sacerdotisa não devia ter esse poder.*

Mas Neferet já não era mais apenas uma Grande Sacerdotisa. Já fazia algum tempo que ela havia extrapolado os limites e não tinha nenhuma dificuldade em controlar as Trevas que invocava.

Ela está se tornando imortal, Kalona percebeu. E então o medo se juntou ao arrependimento, ao desespero e à raiva que já ferviam em silêncio no interior do guerreiro *caído* de Nyx.

– Alguns acham que seria uma sentença de morte – Neferet falou calmamente enquanto desenhava mais e mais tramas negras no ar –, mas

Zoey tem o lamentável hábito de sobreviver. Desta vez, vou cuidar pessoalmente de sua morte.

– A alma de Zoey também tem o hábito de reencarnar – ele respondeu, lançando a isca para tentar desviar o foco de Neferet.

– Então a matarei repetidas vezes! – a concentração de Neferet apenas aumentou com a raiva causada pelas palavras de Kalona. A escuridão que ela projetava se intensificou, latejando de poder na atmosfera ao redor de si.

– Neferet – ele tentou alcançá-la ao chamá-la pelo nome. – Você sabe mesmo o que está tentando controlar?

Ela olhou nos olhos dele e, pela primeira vez, Kalona viu a mancha escarlate aninhada no breu dos seus olhos.

– Claro que sei. É o que os seres inferiores chamam de "mal".

– Eu não sou um ser inferior, e por muito tempo também assim chamei.

– Ah, mas faz séculos que não chama mais – ela deu uma risada maligna. – Mas parece que ultimamente você tem vivido demais nas sombras do passado, ao invés de se regozijar com o encantador poder das Trevas do presente. E eu sei de quem é a culpa.

Fazendo um esforço tremendo, Kalona se sentou.

– Não. Eu não quero que você se mexa – Neferet mexeu um dedo em sua direção e um fio de breu se enrolou em seu pescoço, apertou-o e o jogou de novo no chão.

– O que você quer de mim?

– Que você siga o espírito de Zoey no Mundo do Além e não deixe que nenhum de seus *amigos* – ela pronunciou a palavra com desprezo – consiga arrumar um jeito de fazer seu corpo voltar à vida.

O imortal ficou perplexo.

– Nyx me baniu do Mundo do Além. Não posso seguir Zoey.

– Ah, aí é que você se engana, meu amor. Sabe, você pensa de modo literal demais. Nyx o expulsou, você caiu, não pode voltar. Faz séculos que você acredita nisso. Bem, *você*, literalmente falando, não pode – ela soltou um suspiro dramático enquanto ele a fitava sem entender nada.

– Seu lindo corpo foi banido, só isso. Por acaso Nyx falou algo sobre sua alma imortal?

– Ela não precisa dizer. Se uma alma se separa do corpo por tempo demais, o corpo morre.

– Mas seu corpo não é mortal e, sendo assim, pode ficar separado do corpo indefinidamente sem morrer – ela respondeu.

Kalona se esforçou para não demonstrar o terror que sentiu ao ouvir aquelas palavras.

– É verdade que não posso morrer, mas isso não significa que eu sobreviva ileso se o espírito deixar meu corpo por muito tempo – *eu posso envelhecer... enlouquecer... me transformar em uma eterna concha vazia de mim mesmo...* As possibilidades giraram em sua mente.

Neferet deu de ombros.

– Então você terá que terminar sua tarefa logo para poder retornar a seu lindo corpo imortal antes que lhe aconteça algum dano irreparável – ela sorriu sedutoramente. – Eu detestaria que algo acontecesse com seu corpo, meu amor.

– Neferet, não faça isso. Você está acionando princípios que exigirão sua paga, e você não vai querer encarar as consequências.

– *Não* me ameace! Eu o libertei da prisão. Eu o amei. E então vi você se engraçar para uma adolescente mortal. Eu quero que ela suma da minha vida! Consequências? Eu as recebo! Não sou nenhuma Grande Sacerdotisa fraca e ineficaz que deve obediência a Deusa nenhuma. Você não entende isso? Será que aquela garota lhe virou tanto a cabeça que preciso lhe dizer isso para você entender? Eu sou tão imortal quanto você, Kalona! – a voz de Neferet soou espectral e carregada de poder. – Nós combinamos perfeitamente. Você também achava isso e vai voltar a achar quando Zoey Redbird for destruída.

Kalona olhou fixo para ela, entendendo que Neferet estava completamente louca de fato, e se perguntou por que essa loucura só aumentava seu poder e intensificava sua beleza.

– Então foi isso que resolvi fazer – ela continuou, falando metodicamente. – Vou manter seu corpo sexy e imortal enfiado debaixo da terra enquanto sua alma viaja ao Mundo do Além e providencia para que Zoey jamais retorne.

– Nyx não vai permitir! – Kalona falou antes de pensar.

– Nyx sempre permite o livre-arbítrio. Como sua ex-Grande Sacerdotisa, sei perfeitamente bem que ela vai permitir que você viaje *em espírito* ao Mundo do Além – Neferet disse manhosamente. – Lembre-se, Kalona, meu verdadeiro amor, se você matar Zoey, estará removendo o último impedimento para ficarmos juntos. Você e eu teremos um poder inimaginável neste mundo de maravilhas. Pense nisso. Subjugaremos os humanos e restabeleceremos o reino dos vampiros com toda a beleza, paixão e poder ilimitado que isso implica. A Terra será nossa. Nós daremos nova vida ao glorioso passado!

Kalona sabia que ela estava querendo atingir seu ponto fraco. Amaldiçoou a si mesmo em silêncio por ter permitido que ela o conhecesse tão profundamente. Ele confiara nela, e assim Neferet sabia que, por não ser Erebus, ele não poderia jamais governar com Nyx o Mundo do Além. E ela sabia também do desejo insano que ele tinha de poder recriar neste mundo moderno o que pudesse recuperar daquilo que perdera.

– Sabe, meu amor, se parar para pensar não há nada mais lógico do que você seguir Zoey e cortar a ligação entre sua alma e seu corpo. Fazer isso implica realizar seus mais íntimos desejos – Neferet falou com ligeira indiferença, como se estivesse falando sobre o tecido de seu vestido.

– E como vou achar a alma de Zoey? – ele tentou acompanhar seu tom prático. – O Mundo do Além é um vasto domínio, apenas os Deuses e Deusas podem percorrê-lo.

A expressão vazia de Neferet ganhou traços tensos, tornando difícil admirar sua beleza estonteante.

– Não finja que sua alma não está ligada à dela! – a Tsi Sgili imortal respirou fundo e prosseguiu em tom mais controlado: – Admita, meu amor, mesmo que ninguém consiga achar Zoey, você consegue. Então, qual é sua escolha, Kalona? Dominar a Terra ao meu lado ou continuar escravo do passado?

– Escolho dominar. Eu sempre escolho dominar – ele respondeu sem hesitar.

Assim que falou, os olhos de Neferet mudaram. O verde se deixou tomar totalmente pelo escarlate. Ela voltou suas órbitas faiscantes para ele, observando-o, aprisionando-o, hipnotizando-o.

– Então me ouça, Kalona, guerreiro caído de Nyx. Juro manter seu corpo fora de perigo. Quando Zoey Redbird, novata e Grande Sacerdotisa de Nyx, estiver morta, juro remover essas correntes de breu e permitir a volta de seu espírito. Então o levarei para o topo de nosso castelo em Capri e deixarei o céu lhe soprar força e vida para que você venha a dominar este mundo como meu consorte, meu protetor, meu *Erebus* – incapaz de impedi-la, Kalona viu Neferet arranhar a palma da mão direita com a unha afiada. Abarcando o sangue que se empoçou na palma, ela levantou a mão em oferta: – Pelo sangue, clamo este poder; pelo sangue, firmo este juramento! – ao seu redor, as Trevas se mexeram e desceram à sua palma, retorcendo-se, tremendo, sorvendo. Kalona sentiu o clamor das Trevas. Elas falavam à sua alma com sussurros sedutores e poderosos.

– *Sim!* – a palavra saiu gemida do fundo da garganta de Kalona ao se render às Trevas sedentas.

Neferet continuou com a voz amplificada e cheia de poder: – Por sua própria escolha, selo este juramento de sangue com as Trevas, mas se você fracassar...

– Não vou!

O sorriso de Neferet foi de uma beleza sobrenatural; seus olhos se inflamaram de sangue.

– Se você, Kalona, guerreiro caído de Nyx, fracassar em sua promessa de destruir Zoey Redbird, novata Grande Sacerdotisa de Nyx, eu dominarei seu espírito enquanto imortal você for.

As palavras que ele disse em resposta foram espontâneas, incitadas pela sedução das Trevas que ele preferiu por séculos ao invés da Luz: – Se eu fracassar, você dominará meu espírito enquanto imortal eu for.

– E assim está jurado! – Neferet fez outro corte na palma da mão, traçando um "x" na carne. O cheiro de cobre atingiu as narinas de Kalona como fumaça subindo do fogo, enquanto ela novamente levantou a mão para as Trevas. – Que assim seja! – o rosto de Neferet se retorceu de dor enquanto as Trevas voltavam a beber seu sangue; mas ela não se mexeu: permaneceu imóvel enquanto o ar pulsava ao seu redor, inflado pelo sangue e pelo juramento.

Só então ela abaixou a mão. Pôs a língua serpentiforme para fora e lambeu a linha escarlate, pondo fim ao sangramento. Neferet foi até Kalona, curvou-se e levou as mãos delicadamente ao rosto dele, da mesma forma como ele segurara o rosto do garoto humano antes de desferir o golpe mortal. Ele sentiu as Trevas vibrando ao redor e dentro dela, como se fossem um touro raivoso esperando ansiosamente pelo comando de sua senhora.

Os lábios avermelhados de sangue de Neferet pararam pouco antes de tocar os dele.

– Pelo poder que corre em meu sangue e pela força das vidas que ceifei, eu lhes ordeno, meus deliciosos fios de Trevas, que removam do corpo a alma Sob Juramento deste imortal e a lancem no Mundo do Além. Em troca da obediência às minhas ordens, juro que lhes ofertarei em sacrifício uma vida inocente que ainda não conseguiram ceifar. Que assim seja, e assim será!

Neferet respirou fundo, e Kalona viu os fios de breu que ela invocara lhe roçarem os lábios vermelhos e fartos. Ela aspirou as Trevas até ser por elas preenchida e então cobriu a boca de Kalona com a dela e, naquele beijo lúgubre manchado de sangue, ela soprou as Trevas para dentro dele com tanta força que lhe arrancou do corpo a alma já abatida. Enquanto sua alma se retorcia em agonia silenciosa, Kalona foi forçado a subir, subir, até alcançar o reino de onde fora banido por sua Deusa, largando assim seu corpo sem vida, acorrentado ao Juramento pelas forças do mal e à mercê de Neferet.

2

Rephaim

A sonora batida de tambor era como o batimento cardíaco de um imortal: infindável, absorvente, avassalador. A batida ecoava na alma de Rephaim junto com a pulsação de seu sangue. Então, ao ritmo do tambor, as antigas palavras foram tomando forma. Elas envolveram seu corpo de modo que, mesmo estando adormecido, sua pulsação se harmonizou com aquela remota melodia. Em seu sonho, as mulheres cantavam:

Ancestral adormecido, esperando para despertar
Quando o poder da terra sangra em sagrado vermelho
A marca atinge a verdade; a Rainha Tsi Sgili irá tramar
Ele será levado de seu leito de morte

A canção era sedutora, parecia um labirinto com suas voltas sem fim.

Pelas mãos dos mortos ele se liberta
Beleza terrível, visão monstruosa
Eles haverão de ser regidos outra vez
As mulheres hão de se curvar à sua misteriosa força

A música era como um sussurro de sedução. Uma promessa. Uma bênção. Uma maldição. A lembrança da história contada pela canção fez Rephaim remexer seu corpo adormecido. Ele trocou de posição e, como uma criança abandonada, perguntou, murmurando, uma só palavra: – Pai?

A melodia acabava com a rima que Rephaim decorara séculos atrás:

Doce é a canção de Kalona
Enquanto assassinamos com um calor gelado

– ... assassinamos com um calor gelado – mesmo dormindo, Rephaim repetiu as palavras. Não acordou, mas seu coração começou a bater mais forte; cerrou os punhos e sentiu os músculos se retesando pelo corpo inteiro. No limiar entre o sono e o despertar, a batida pareceu gaguejar e parou, e as suaves vozes femininas foram substituídas por uma voz profunda e extremamente familiar.

– *Traidor... covarde... desleal... mentiroso!* – a voz masculina tinha um tom de condenação. Com sua ladainha de cólera, a voz invadiu o sonho de Rephaim e o arrastou de volta ao mundo real.

– Pai! – Rephaim se levantou, agitado, espalhando os papéis e pedaços de cartolina que usara para fazer um ninho ao seu redor. – Pai, o senhor está aqui?

Ele vislumbrou um relance de movimento com o canto do olho e impulsionou o corpo para a frente para ver melhor, batendo com a asa quebrada no armário de cedro no fundo do qual se aninhara.

– Pai?

Seu coração já lhe avisara que não era Kalona quem estava lá antes mesmo de o vapor de luz e movimento ganhar a forma de uma criança.

– *O que é você?*

Rephaim concentrou seu olhar ígneo sobre a garota: – Suma, fantasma.

Em vez de sumir como deveria, a garota o fitou com olhos intrigados.

– *Você não é pássaro, mas tem asas. E não é garoto, mas tem braços e pernas. E seus olhos também são de garoto, só que vermelhos. Então, você é o quê?*

Rephaim foi tomado pela cólera. Com um lampejo de movimento que lhe causou uma dor incandescente que irradiou pelo corpo inteiro, ele saltou do armário, pousando a cerca de um metro do fantasma, ameaçador, perigoso, defensivo.

– Eu sou um pesadelo vivo, espírito! Vá embora e me deixe em paz antes de aprender que há coisas bem piores do que a morte para se temer.

A criança fantasma reagiu ao seu movimento repentino dando um pequeno passo para trás, de modo que seu ombro roçou na vidraça da janela, que não era das mais altas. Mas parou lá mesmo e continuou observando-o com um olhar curioso e inteligente.

– *Você chamou seu pai quando estava dormindo. Eu ouvi. Não pense que me engana. Sou esperta mesmo, e me lembro das coisas. E tem mais, você não me mete medo, porque na verdade você está machucado e sozinho.*

Então o fantasma da garota cruzou os braços de modo petulante sobre o peito magro, jogou os longos cabelos louros para trás e sumiu, deixando Rephaim bem como ela dissera, machucado e sozinho. Seus punhos cerrados relaxaram. Seu batimento cardíaco desacelerou. Rephaim se arrastou pesadamente de volta para seu ninho improvisado e repousou a cabeça junto à parede do armário atrás de si.

– Patético – ele murmurou em voz alta. – O filho favorito de um imortal ancestral chegar ao ponto de se esconder e ficar de conversa com o fantasma de uma menina – ele tentou rir, mas não conseguiu. O eco da música de seu sonho, do seu passado, ainda estava alto demais no ar que o cercava. Assim como a outra voz, aquela que ele seria capaz de jurar que era de seu pai.

Ele não podia continuar sentado. Ignorando a dor em seu braço e o estado deplorável de sua asa, Rephaim ficou em pé. Ele odiava a fraqueza que lhe impregnava o corpo. Quanto tempo fazia que estava lá, machucado, exaurido por causa do voo da estação abandonada e todo encolhido naquele caixote? Não conseguia se lembrar. Um dia se passara? Dois?

Onde ela estava? Ela dissera que voltaria a procurá-lo à noite. E lá estava ele, no lugar para onde Stevie Rae o mandara. Anoitecera, e ela não veio.

Ele emitiu um som como quem está com raiva de si mesmo, saiu do ninho dentro do armário, passou pelo peitoril da janela em frente à qual a garota se materializara e seguiu em direção à porta que dava para a varanda da cobertura. O instinto o levara ao segundo andar da mansão abandonada logo após o amanhecer, quando chegara. Até mesmo sua grande reserva de forças tinha de acabar em algum momento, e quando aconteceu, tudo que ele queria era sono e segurança.

Mas agora estava bem acordado. Ele olhou para a área esvaziada do museu. Após dias a fio de tempestade, o gelo tinha parado de cair, largando em seu rastro, ao redor dos montes ondulantes que abrigavam o Museu Gilcrease e sua mansão abandonada, árvores tortas com galhos partidos. Rephaim enxergava bem à noite, mas não detectou nenhum movimento do lado de fora.

As casas que tomavam conta da área entre o museu e o centro de Tulsa continuavam quase tão sombrias quanto em sua jornada depois do amanhecer. Pequenas luzes pontilhavam a paisagem – nada da eletricidade grandiosa e flamejante que Rephaim aprendera a esperar de uma cidade moderna. Eram apenas velas fracas e vacilantes, nada que se compare à magnificência do poder que este mundo podia apresentar.

Claro que não havia mistério quanto ao que acontecera. Os cabos que levavam energia aos lares dos humanos modernos foram tão atingidos pelo gelo quanto as árvores arrasadas. Rephaim sabia que isso era bom para ele. Tirando os galhos caídos e outros resquícios deixados por ali, as ruas estavam quase transitáveis. Se a grande máquina elétrica não estivesse quebrada, a vida humana retomaria o ritmo normal e a região já estaria infestada de gente.

– A falta de energia elétrica afasta os humanos – ele murmurou consigo mesmo. – Mas o que *a* mantém afastada?

Emitindo um som de genuína frustração, Rephaim abriu a porta dilapidada com violência, procurando automaticamente o céu para lhe acalmar os nervos. O ar estava frio e carregado de umidade. A névoa pairava como um lençol ondulante logo acima da grama invernal, como se a terra estivesse tentando criar uma cortina para manter afastado seu olhar.

Rephaim levantou os olhos e soltou um longo e abalado suspiro. O céu parecia anormalmente brilhante em comparação à cidade escurecida. As estrelas o chamavam, bem como a incisiva silhueta da lua minguante.

Tudo dentro de Rephaim ansiava pelo céu. Ele o queria sob suas asas, passando por seu corpo escuro e emplumado, acariciando-o com o toque de uma mãe que ele jamais conhecera. Sua asa sã se esticou atrás dele, revelando uma extensão equivalente ao tamanho de um homem. Sua outra asa tremeu, e Rephaim soltou o ar noturno que aspirara junto com um gemido agoniado.

Destruído! A palavra lhe cauterizou a mente.

– Não. Isto não é uma certeza – Rephaim falou em voz alta. Ele balançou a cabeça tentando afastar aquela fadiga peculiar que o fazia se sentir cada vez mais desamparado e danificado. – Concentre-se! – censurou a si mesmo. – Está na hora de encontrar meu pai – ele ainda não estava bem, mas sua mente, apesar de exausta, estava mais clara do que nunca desde sua queda. Ele devia conseguir detectar algum traço de seu pai. Não importava o quanto a distância ou o tempo os tivessem separado, eles eram ligados pelo sangue, pelo espírito e especialmente pelo dom da imortalidade, que era dele por direito.

Rephaim levantou os olhos para o céu, pensando nas correntes de ar que estava tão acostumado a singrar. Respirou fundo, levantou o braço são e esticou a mão, tentando tocar aquelas correntes evasivas e os vestígios da sombria magia do Mundo do Além que nelas esmaecia.

– Traga-me alguma forma de senti-lo! – ele apelou à noite com urgência. Por um momento, pensou ter sentido alguma breve reação, longe, bem longe, ao leste. Mas, depois, exaustão foi tudo o que conseguiu sentir. – Por que não consigo senti-lo, pai? – frustrado e excepcionalmente exaurido, ele deixou a mão sem forças cair ao lado do corpo.

Exaustão incomum...

– Por todos os deuses! – Rephaim subitamente se deu conta do que lhe havia drenado a força e o reduzido a uma espécie de concha vazia. Sabia o que o impedia de seguir a trilha que seu pai tomara. – Foi ela – sua voz estava dura. Seus olhos flamejaram, rubros. Sim, ele sofrera ferimentos terríveis; mas, como filho de um imortal, seu corpo já devia ter começado o processo de cura. Ele dormira duas vezes desde que o guerreiro o atingira em pleno voo e o fizera cair do céu. Sua mente havia clareado. O sono devia tê-lo revigorado. Mesmo que fosse o caso, como ele suspeitava, de sua asa estar avariada em caráter permanente, o resto de seu corpo devia estar visivelmente melhor. Seus poderes deveriam ter retornado.

Mas a Vermelha bebera seu sangue, *Carimbara-se com ele*. E, ao fazer isso, ela interferira no equilíbrio do poder imortal dentro dele. Brotou raiva onde já havia frustração. Ela o usara e então o abandonara.

Como meu pai fez.

– Não! – ele se corrigiu imediatamente. Seu pai fora expulso pela novata Grande Sacerdotisa. Ele ia voltar quando pudesse, e então Rephaim estaria novamente ao seu lado. Foi a Vermelha quem o usou e descartou.

Por que só de pensar naquilo ele sentia aquela dor curiosa por dentro? Ignorando a sensação, levantou o rosto em direção ao céu tão familiar. Não quisera aquela Carimbagem. Ele só a salvara porque lhe devia a vida, e ele sabia muito bem que um dos verdadeiros perigos deste mundo, bem como do outro, era o poder de uma dívida de vida não paga.

Bem, ela o salvara. Encontrara-o, escondera-o e depois o soltara. Mas no teto da estação abandonada ele quitara a dívida ao ajudá-la a escapar da morte certa. Agora estavam quites. Rephaim era filho de um imortal, não era nenhum humano fraco. E tinha quase certeza de que seria capaz de romper a Carimbagem, este derivado ridículo do ato de salvar a vida dela. Usaria o resto de suas forças para se desfazer dela e, assim, começar a sarar de verdade.

Rephaim inalou o ar noturno uma vez mais. Ignorando a fraqueza em seu corpo, concentrou-se na sua força de vontade.

— Eu invoco o poder do espírito dos imortais ancestrais, que me pertence por direito de nascença, a romper...

Uma onda de desespero se abateu sobre ele, fazendo-o cambalear e bater na grade da varanda. Seu corpo irradiava tanta tristeza, com tanta força, que ele caiu de joelhos. E assim ficou, arfando de dor e de choque.

O que está acontecendo comigo?

Em seguida, um medo esquisito, desconhecido, tomou conta dele, fazendo-o, enfim, entender.

— Estes sentimentos não são meus — disse a si mesmo, tentando encontrar seu ponto de equilíbrio dentro daquele turbilhão de tormento. — Estes sentimentos são *dela* — Rephaim arfou ao sentir a desesperança suceder o medo. Procurando resistir bravamente ao ataque incessante, esforçou-se para ficar em pé, lutando contra as ondas de emoções vindas de Stevie Rae. Cheio de decisão, forçou-se a se concentrar, em meio ao ataque e à exaustão que o bombardeavam sem cessar, e tocou o lugar de poder que jazia trancado e dormente para a maior parte da humanidade; o lugar para o qual seu sangue tinha a chave.

Rephaim começou a invocação mais uma vez. Desta vez, com uma intenção totalmente diferente.

Mais tarde, ele diria que sua reação havia sido automática, que estava sob a influência da Carimbagem, que a coisa tinha sido simplesmente mais poderosa do que esperava. A maldita Carimbagem o fizera acreditar que o modo mais certo e rápido de terminar com aquele banho de emoções vindas da Vermelha era atraí-la para junto dele, afastando-a do que a estivesse fazendo sofrer. Não que ele se importasse por ela estar sofrendo. Isso nunca.

— Eu invoco o poder do espírito dos imortais ancestrais, que me pertence por direito de nascença — Rephaim falou rapidamente. Ignorando a dor em seu corpo combalido, extraiu energia das mais profundas sombras da noite e então canalizou este poder através de si, carregando-o de imortalidade. O ar que o cercava cintilou ao ganhar uma radiância de tom escarlate-escuro. — Pela força imortal de meu pai, Kalona, que semeou meu sangue e meu espírito com poder, eu o mando para minha... – então suas palavras morreram. *Dele?* Ela não era nada *dele*. Ela era... ela era... – A Vermelha! Grande Sacerdotisa Vermelha daqueles que estão perdidos – ele finalmente conseguiu dizer. – Ela está ligada a mim pelo sangue por causa da Carimbagem e da dívida de vida. Vá para ela. Fortaleça-a. Traga-a para mim. Pela parte imortal de meu ser, eu ordeno!

A névoa vermelha se espalhou instantaneamente, voando para o sul, voltando por onde ele viera. Voltando para encontrá-la.

Rephaim ficou olhando para a névoa que se afastava. E esperou.

3

Stevie Rae

Stevie Rae acordou sentindo-se uma grandessíssima porcaria. Bem, na verdade ela estava se sentindo uma grandessíssima porcaria estressada.

Estava Carimbada com Rephaim.

Quase morrera queimada naquele telhado.

Por um segundo, lembrou-se daquele excelente episódio da segunda temporada de *True Blood,* na qual Godric se deixara queimar em um telhado fictício. Stevie Rae soltou um riso debochado.

– Na tevê parecia bem mais fácil.

– O quê?

– Caraca! Caramba, Dallas! Você quase me faz cair dura de susto – Stevie Rae agarrou o lençol branco tipo de hospital com o qual estava coberta. – Que diabo você está fazendo aqui?

Dallas fechou a cara.

– Nossa, Stevie Rae, relaxe. Cheguei pouco depois do anoitecer para ver como você estava, e Lenobia me disse que não teria problema eu ficar aqui um pouquinho caso você acordasse. Você está assustada pra caramba.

– Eu quase morri. Acho que tenho direito de estar assustada *pra caramba.*

Dallas pareceu se arrepender de imediato. Ele puxou a cadeirinha mais para perto e segurou a mão dela.

– Foi mal. Você tem razão. Desculpe. Fiquei muito assustado quando Erik contou pra todo mundo o que aconteceu.

– O que Erik disse?

Seus olhos castanhos endureceram.

– Que você quase morreu queimada naquele telhado.

– É, foi estupidez demais. Tropecei, caí e bati com a cabeça – Stevie Rae teve de desviar o olhar do dele ao falar. – Quando acordei, estava quase tostada.

– Palhaçada.

– O quê?

– Guarde esse papo furado para Erik, Lenobia e os demais. Aqueles desgraçados tentaram te matar, não foi?

– Dallas, eu não sei do que você está falando – ela tentou tirar a mão da dele, mas ele a segurou com força.

– Ei – ele falou de um jeito mais suave e tocou o rosto dela, trazendo de volta seus olhos para os dele. – Estamos só nós aqui. Você pode me contar a verdade, prometo que fico de bico calado.

Stevie Rae soltou um longo suspiro.

– Não quero que Lenobia nem ninguém mais fique sabendo, principalmente os novatos azuis.

Dallas fitou-a longamente antes de falar.

– Não vou contar nada a ninguém, mas você tem que saber que acho que está cometendo um grande erro. Você não pode ficar protegendo esses caras.

– Não estou protegendo! – Stevie Rae reclamou. Desta vez, segurou firme a mão quente e segura de Dallas, tentando fazê-lo entender através do toque algo que ela nunca saberia dizer com palavras. – Eu só quero resolver isso, tudo isso, do meu jeito. Se todo mundo souber que eles armaram aquela armadilha para mim, a coisa vai sair das minhas mãos – e *se Lenobia pegar Nicole e seu pessoal e eles contarem tudo sobre Rephaim?* Só de pensar nessa possibilidade apavorante, ela sentia-se abatida pelo sentimento de culpa.

– E o que vai fazer com eles? Você não pode deixar por isso mesmo.

– Não vou deixar. Mas eles são responsabilidade minha, e sou eu quem vai resolver o problema.

Dallas sorriu. – Você vai meter a porrada neles, né?

– Tipo isso – Stevie Rae respondeu, mas não fazia a menor ideia de que atitude tomaria. Então mudou de assunto bruscamente. – Ei, que horas são? Tô morrendo de fome.

O sorriso de Dallas virou risada quando ele se levantou.

– Esta sim é a minha garota! – ele beijou sua testa e se voltou para o frigobar encaixado em uma prateleira metálica do outro lado do recinto.

– Lenobia me disse que tem uns saquinhos de sangue aqui. E também que, se você dormisse profundamente e se recuperasse logo, acabaria acordando com fome.

Enquanto ele foi pegar os saquinhos de sangue, Stevie Rae se sentou e cautelosamente deu uma olhada para as costas de sua camisola de hospital, fazendo uma careta ao se movimentar com certa dificuldade. Ela esperava pelo pior. Sem brincadeira, suas costas estavam mais tostadas do que um hambúrguer quando Lenobia e Erik a puxaram do buraco que ela fizera na terra. Puxaram-na para longe de Rephaim.

Não pense nele agora. Concentre-se apenas em...

– *Aimeudeusdocéu* – Stevie Rae sussurrou, estupefata, ao ver o estado da parte das costas que seus olhos alcançaram. Não estava mais parecendo hambúrguer tostado. As costas estavam lisas e rosadas. Como se ela tivesse se bronzeado demais, mas lisa e novinha em folha, feito pele de bebê.

– Isso é impressionante – a voz de Dallas soou abafada. – Um verdadeiro milagre.

Stevie Rae levantou o rosto para fitá-lo. Seus olhares se encontraram e assim permaneceram.

– Você me apavorou pra valer, garota – ele disse. – Não faz mais isso, tá?

– Vou fazer o possível – ela respondeu docemente.

Dallas se inclinou e, com cuidado, usando apenas as pontas dos dedos, tocou a pele rosada fresca na parte de trás do ombro dela.

– Ainda dói?

– Não muito. Só tô com a pele meio dura.

– Impressionante – ele repetiu. – Tipo, eu sei que Lenobia disse que você ia se curar ao dormir, mas você estava muito queimada mesmo, e eu não esperava nada como...

– Quanto tempo fiquei dormindo? – ela o interrompeu, tentando imaginar as consequências caso Dallas dissesse que ela tinha passado dias e mais dias apagada. *O que Rephaim ia pensar se ela não aparecesse? E, pior ainda, o que ele faria?*

– Só um dia.

Ela ficou aliviada.

– Um dia? É mesmo?

– É... Bem... Anoiteceu faz umas duas horas, então tecnicamente você dormiu mais do que um dia inteiro. Eles a trouxeram de volta para cá ontem, depois de o sol se pôr. Foi bem dramática a cena. Erik entrou com o Hummer pelo terreno, derrubando uma cerca e parando dentro do celeiro de Lenobia. Então veio todo mundo correndo para trazer você aqui para a enfermaria.

– É, eu conversei com Z. no Hummer quando a gente estava voltando para cá, e eu estava me sentindo quase bem, mas depois foi como se alguém tivesse acendido as luzes em cima de mim. Acho que desmaiei.

– Eu sei que você desmaiou.

– Bem, que pena – Stevie Rae se permitiu sorrir. – Eu bem que gostaria de ver esse drama todo.

– É – ele devolveu o sorriso –, foi o que pensei quando me convenci de que você não ia morrer.

– Eu não vou morrer – ela disse com firmeza.

– Bem, fico feliz de ouvir isso – Dallas se curvou, abarcou o queixo dela com a mão em concha e a beijou nos lábios com ternura.

Reagindo de maneira estranha e automática, Stevie Rae se afastou dele.

– Ahn, e aquele saquinho de sangue? – ela disse rapidamente.

– Ah, é – Dallas procurou não ligar para a rejeição de Stevie Rae, mas, ao lhe entregar o saco de sangue, sentiu que estava com as bochechas rosadas demais. – Desculpe, agi por impulso. Sei que você está ferida e não está no clima de, hummmm, bem, você sabe... – sua voz foi sumindo, e ele pareceu super sem graça.

Stevie Rae sabia que devia dizer alguma coisa. Afinal, rolava um *clima* entre eles. Ele era doce e inteligente, e dera provas de compreensão ao ficar lá, parecendo lamentar o episódio e meio que abaixando a cabeça daquele seu jeito adorável de garotinho lindo. E ele era mesmo lindo. Alto e magro, com a quantidade certa de músculos, cabelos grossos cor de areia. Na verdade, ela gostava de beijá-lo. Pelo menos, antes gostava.

Será que não gostava mais?

Uma sensação de estranho desconforto a impediu de encontrar as palavras que o ajudariam a se sentir melhor. Então, em vez de falar, Stevie Rae pegou o saquinho da mão dele, rasgou a ponta e o levantou, deixando o sangue descer pela garganta e se espalhar pelo seu estômago para energizar o resto do corpo como se fosse uma superdose daquelas bebidas energéticas.

Não queria fazer comparações, mas, em algum ponto bem no fundo de si mesma, Stevie Rae comparou a diferença entre a sensação de beber esse sangue normal, mortal e comum, com a de beber o sangue de Rephaim, que foi como ser atingida por um raio de energia e calor.

Sua mão tremeu um pouquinho quando limpou a boca e finalmente olhou para Dallas.

– Melhor agora? – ele perguntou, aparentemente sem se deixar abalar pelo clima estranho que havia acabado de rolar entre os dois e retomando seu jeito doce e familiar de sempre.

– Pode me arrumar mais um saquinho?

Ele sorriu e lhe passou mais um saco de sangue.

– Tá na mão, garota.

– Valeu, Dallas – ela parou antes de virar o segundo saco. – Não me sinto cem por cento em forma no momento, tá ligado?

Dallas assentiu. – Eu sei.

– Tá tudo bem entre nós?

– Tá – ele disse. – Você estando bem, nós estamos bem.

– Bom, isso vai ajudar – Stevie Rae estava levantando o saquinho para beber o sangue quando Lenobia entrou na enfermaria.

– Oi, Lenobia. Olha só, a Bela Adormecida finalmente acordou – Dallas disse.

Stevie Rae sugou a última gota de sangue do saco e se voltou para a porta, mas o sorriso do tipo "oi, tudo bem" que colocou no rosto congelou assim que ela bateu os olhos em Lenobia.

A Mestra dos Cavalos andara chorando. Muito.

– *Aimeudeus*, o que foi? – Stevie Rae ficou tão abalada ao ver a professora, normalmente tão forte, em prantos, que sua primeira reação foi dar uns tapinhas no colchão, convidando-a para se sentar ao seu lado como sua mãe costumava fazer quando ela se machucava e a procurava chorando para que fizesse um curativo.

Lenobia entrou na enfermaria com passos desajeitados. Mas não se sentou na cama de Stevie Rae. Parou ao pé da cama e respirou fundo, como se estivesse se preparando para fazer algo realmente terrível.

– Quer que eu saia? – Dallas perguntou, hesitante.

– Não. Fica. Ela pode precisar de você – a voz de Lenobia estava embotada e carregada de lágrimas. Ela olhou nos olhos de Stevie Rae. – A Zoey. Aconteceu uma coisa com ela.

Stevie Rae sentiu uma pontada de medo nas vísceras, e as palavras lhe escaparam antes que pudesse impedir.

– Ela está bem! Eu falei com ela, lembra? Quando estávamos saindo da estação abandonada, antes de eu ser atacada pela luz do dia, pela dor e tudo mais, antes de eu desmaiar. Isso foi ontem mesmo.

– Erce, minha amiga que trabalha como assistente do Conselho Supremo, vem tentando entrar em contato comigo faz horas. Fiz a besteira de esquecer o celular no Hummer, de modo que só fui falar com ela agora. Kalona matou Heath.

– Merda! – Dallas ofegou.

Stevie Rae o ignorou e olhou fixo para Lenobia. *O pai de Rephaim matou Heath!* O medo enjoativo que estava tomando conta de suas vísceras piorava a cada segundo.

– Zoey não morreu. Eu saberia se ela tivesse morrido.

– Zoey não morreu, mas viu Kalona matar Heath. Tentou impedir, mas não conseguiu. Ela se despedaçou, Stevie Rae – lágrimas escorreram pelo rosto de porcelana de Lenobia.

– Despedaçou? Como assim?

– Isso quer dizer que seu corpo ainda respira, mas sua alma partiu. Quando a alma de uma Grande Sacerdotisa se despedaça, é mera questão de tempo até seu corpo também abandonar este mundo.

– Abandonar? Não sei do que você está falando. Está tentando me dizer que ela vai desaparecer?

– Não – Lenobia disse, nitidamente em frangalhos. – Ela vai morrer.

A cabeça de Stevie Rae começou a balançar de um lado para outro, de um lado para outro.

– Não. Não. Não! Temos que trazê-la para cá. Ela vai melhorar.

– Mesmo que seu corpo volte para cá, Zoey não vai voltar, Stevie Rae. Você tem que se preparar para isso.

– Não vou me preparar! – Stevie Rae berrou. – Não posso! Dallas, me dá minha calça e minhas coisas. Tenho que sair daqui. Tenho que dar um jeito de ajudar Z. Ela não desistiu de mim, e eu não vou desistir dela.

– Mas isso não tem a ver com você – Dragon Lankford falou da porta aberta do quarto da enfermaria. Seu rosto forte estava tenso e abatido por causa da perda recente de sua companheira, mas sua voz estava calma e firme. – A questão é que Zoey passou por uma perda insuportável. E eu sei o que é isso. Quando a perda esfacela a alma, a trilha de volta ao corpo se rompe, e sem espírito o corpo morre.

– Não, por favor. Não pode ser. Isso não pode estar acontecendo – Stevie Rae lhe disse.

– Você é a primeira vampira vermelha Grande Sacerdotisa. E tem de arrumar forças para aceitar esta perda. Seu pessoal vai precisar de você – Dragon disse.

– Não sabemos para onde Kalona foi nem qual foi a participação de Neferet nisso tudo – Lenobia continuou.

– O que sabemos é que a morte de Zoey seria o momento perfeito para eles nos atacarem – Dragon acrescentou.

A morte de Zoey... As palavras reverberaram pela mente de Stevie Rae, deixando um rastro de perplexidade, medo e desespero.

– Seus poderes são vastos. Sua pronta recuperação é prova disso – Lenobia disse. – E nós precisaremos de todo poder de que pudermos nos valer para encarar as Trevas que sei vão se abater sobre nós.

– Controle seu pesar – Dragon disse. – E assuma o lugar de Zoey.

– Ninguém pode ser Zoey! – Stevie Rae gritou.

– Não estamos lhe pedindo que seja ela. Só que nos ajude a preencher o vazio que ela deixa – Lenobia disse.

– Tenho... tenho que pensar – Stevie Rae respondeu. – Será que vocês podem me deixar um pouquinho sozinha? Quero me vestir e pensar.

– Claro – Lenobia respondeu. – Estaremos no Salão do Conselho. Encontre-nos lá quando estiver pronta – ela e Dragon saíram da enfermaria em silêncio, deprimidos, mas firmes.

– Ei, você está bem? – Dallas foi para perto de Stevie Rae e segurou sua mão.

Ela só o deixou tocar sua mão por um momento, apertou-a e rapidamente tirou a dela.

– Preciso das minhas roupas.

– Eu as encontrei naquele armário – Dallas indicou com a cabeça as cabines do outro lado da enfermaria.

– Ótimo, obrigada – Stevie Rae disse rapidamente. – Você pode sair para eu me vestir.

– Você não respondeu minha pergunta – ele disse, observando-a de perto.

– Não. Eu não estou bem, e não vou ficar bem enquanto continuarem dizendo que Z. vai morrer.

– Mas, Stevie Rae, até eu já ouvi falar sobre o que acontece quando a alma deixa o corpo. A pessoa morre – ele retrucou, nitidamente tentando dizer com gentileza aquelas palavras duras.

– Desta vez, não vai morrer – Stevie Rae disse. – Agora, saia para eu me vestir.

Dallas suspirou.

– Vou ficar esperando lá fora.

– Tá. Não vou demorar.

– Sem pressa, garota – Dallas disse suavemente. – Não me importo de esperar.

Mas, assim que a porta se fechou, Stevie Rae não pulou para se vestir como tinha dado a entender. Na verdade, ocupou-se em, valendo-se da memória, virar as páginas do *Manual do Novato 101* e parar em uma história supertriste de uma Grande Sacerdotisa ancestral cuja alma se despedaçou. Stevie Rae não conseguia se lembrar do que causara o despedaçamento da aura da Sacerdotisa – na verdade, não se lembrava muito da história –, só se lembrava de que a Grande Sacerdotisa acabou morrendo. Tinham feito de tudo para salvá-la, mas não adiantou nada, a Grande Sacerdotisa morreu.

– A Grande Sacerdotisa morreu – Stevie Rae sussurrou. E Zoey nem era uma Grande Sacerdotisa feita. Tecnicamente, ainda era uma novata. Como ela poderia esperar reverter algo que chegara a matar uma Grande Sacerdotisa feita?

A verdade era que isso não seria possível.

Não era justo! Todo mundo havia passado por tantas coisas, e agora Zoey simplesmente morria? Stevie Rae não queria acreditar naquilo. Ela queria lutar, gritar e dar um jeito de salvar sua melhor amiga, mas como? Z. estava na Itália, e ela, em Tulsa. Caramba! Stevie Rae não conseguia dar jeito nem em um bando de novatos vermelhos pentelhos. Quem era ela para achar que podia dar jeito em uma tragédia como a de Z. estar com a alma deslocada do corpo? Sequer conseguia dizer a verdade e assumir que estava Carimbada com o filho da criatura que causara todas essas coisas horrorosas.

A tristeza se abateu sobre Stevie Rae. Ela se dobrou para dentro de si mesma, abraçou o travesseiro e, enrolando sem parar uma mecha loura de cabelo com o dedo, como tinha o hábito de fazer quando era pequena, começou a chorar. Foi levada pelo pranto e afundou o rosto no travesseiro para que Dallas não a ouvisse chorando, perdendo-se no medo, no estupor e no mais completo e avassalador desespero.

No momento em que estava se entregando ao pior, o ar oscilou ao seu redor, quase como se alguém tivesse aberto a janela da enfermaria.

Primeiro ela ignorou, perdida demais em lágrimas para se importar com uma idiotice como uma brisa fria. Mas a coisa era insistente. Ela tocou a pele rosada das suas costas expostas como uma carícia fria de prazer surpreendente. Por um momento, Stevie Rae relaxou, permitindo-se o deleite daquele toque.

Toque? Ela pediu que ele esperasse do lado de fora!

Stevie Rae levantou a cabeça de repente, seus lábios já formando um esgar direcionado a Dallas. Mas ninguém estava no quarto. Ela estava sozinha. Absolutamente sozinha.

Stevie Rae mergulhou o rosto nas mãos. Será que o choque a deixara totalmente doida? Ela não tinha tempo para ficar doida. Precisava se levantar e se vestir. Colocar um pé depois do outro e sair de lá, e lidar com a verdade sobre o que acontecera com Zoey, com seus novatos vermelhos, com Kalona e, finalmente, com Rephaim.

Rephaim...

Seu nome ecoou no ar, e outra carícia gelada em sua pele a envolveu. Não apenas lhe tocou as costas, mas desceu pelos braços, dando voltas pela cintura e pelas pernas. E toda parte do corpo que sentia seu toque gelado experimentava um leve alívio do seu pesar. Desta vez, sua reação foi mais controlada ao levantar os olhos. Ela limpou as lágrimas e olhou para o próprio corpo.

A névoa que a cercava era feita de pequenas gotas cintilantes que tinham a cor exata que agora começava a associar aos olhos dele.

– Rephaim – contra sua vontade, ela sussurrou seu nome.

Ele está chamando você...

– Que diabo está acontecendo? – Stevie Rae murmurou, sentindo a raiva se transformar em desespero.

Vá encontrá-lo...

– Encontrá-lo? – ela repetiu, sentindo-se incrivelmente "p" da vida. – Foi o pai dele que causou tudo isso.

Vá encontrá-lo...

Stevie Rae deixou a maré de carícias frias e a raiva rubra que estava sentindo forçarem-na a decidir e enfiou as roupas no corpo. Ia procurar Rephaim, mas só porque ele poderia saber de algo que ela pudesse usar para ajudar Zoey. Ele era filho de um imortal perigoso e poderoso. Claro que tinha capacidades que ela desconhecia. Aquela coisa vermelha que flutuava ao seu redor com certeza vinha dele, e aquilo só era possível pela presença de alguma espécie de espírito.

– Tá bem – ela disse à névoa em voz alta. – Eu vou procurá-lo.

No instante em que pronunciou as palavras, a névoa vermelha se evaporou, deixando apenas um friozinho remanescente em sua pele e uma sensação de calma estranha, como se viesse de outro mundo.

Vou procurá-lo, mas acho que, se ele não puder me ajudar, vou ter que matá-lo. Com ou sem Carimbagem.

4

Aphrodite

– Sério mesmo, Erce, só vou dizer mais uma vez. Eu não estou nem aí para essas regras idiotas. Zoey está lá dentro – Aphrodite fez uma pausa e apontou a porta fechada de pedra com o dedo, com a unha muito benfeita. – E isso significa que *eu vou entrar.*

– Aphrodite, você é humana e nem sequer é consorte de um vampiro. Você não pode simplesmente adentrar o Salão do Conselho com toda sua histeria de jovem mortal, menos ainda durante um momento de crise como agora – a vampira lançou seu olhar gelado sobre Aphrodite, que estava descabelada, com o rosto encharcado de lágrimas e os olhos vermelhos. – O Conselho vai convidá-la. Provavelmente. Até então, você terá de esperar.

– Eu não estou histérica – Aphrodite falou lenta e claramente, forçando-se a ficar calma, tentando maquiar o fato de que a razão pela qual ficara de fora do Salão do Conselho quando Stark, Darius, Damien, as gêmeas e até Jack carregaram o corpo sem vida de Zoey lá para dentro era simplesmente por ela ser exatamente o que Erce dissera que era: uma humana histérica. Ela não conseguira acompanhar os demais, principalmente por estar chorando tanto que a secreção nasal e as lágrimas não a deixavam ver nem respirar direito. Quando conseguiu se recompor, tinham batido a porta na sua cara, e Erce ficou bancando a porteira.

Mas Erce estava muito errada se achava que Aphrodite não sabia lidar com adultos mandões e megeras em geral. Ela fora criada por uma mulher que fazia Erce parecer a babaca da Mary Poppins.

– Quer dizer que você acha que eu sou uma garotinha humana, né? – Aphrodite invadiu o espaço pessoal da vampira, o que fez Erce recuar automaticamente, dando um passo para trás. – Melhor pensar duas vezes. Eu sou uma profetisa de Nyx. Lembra-se dela? Nyx! Tô falando da *sua Deusa a quem você deve obediência*. Eu *não* preciso ser geladeira de ninguém para ter o direito de me apresentar ao Conselho Supremo. A própria Nyx me deu esse direito. Agora saia da minha frente!

– Teria sido melhor se ela falasse com mais educação, mas, mesmo assim, a garota tem razão, Erce. Deixe-a passar. Eu me responsabilizo por sua presença caso o Conselho desaprove.

Aphrodite sentiu os pelinhos do braço se arrepiarem ao ouvir a voz lustrosa de Neferet vindo por trás.

– Não é o costume – Erce disse, mas já estava nítido que cederia.

– Também não é o costume uma novata ter a alma despedaçada – Neferet disse.

– Tenho de concordar, Sacerdotisa – Erce deu passagem e abriu a grossa porta de pedra. – E você agora é responsável por essa presença humana no Salão do Conselho.

– Obrigada, Erce. Muita gentileza da sua parte. Ah... Pedi para alguns dos guerreiros do Conselho entregarem algo aqui. Por favor, deixe-os passar também, sim?

Aphrodite sequer olhou para trás quando Erce murmurou de maneira previsível: – É claro, Sacerdotisa.

Neferet apenas entrou no edifício antigo.

– Não é esquisito voltarmos a ser aliadas, menina? – a voz de Neferet veio logo detrás.

– Jamais seremos aliadas, e não sou nenhuma menina – Aphrodite respondeu sem olhar para ela nem diminuir o passo. Depois da recepção, havia um enorme anfiteatro de pedra que se expandia em fileiras circulares, uma após a outra. Os olhos de Aphrodite foram imediatamente atraídos pelo vitral bem na sua frente com a imagem de Nyx com os braços graciosamente levantados abarcando uma lua crescente, emoldurada por um pentagrama brilhante.

– É mesmo lindo, não é? – Neferet falou com voz tranquila, como quem puxa assunto. – Os vampiros sempre foram responsáveis por criar os melhores trabalhos artísticos no mundo.

Aphrodite continuou se recusando a olhar para a ex-Grande Sacerdotisa. Então deu de ombros.

– *Vamps* têm grana. Com grana, compram-se coisas belas, sejam elas feitas por humanos ou não. E você não sabe com certeza se foi algum *vamp* que fez esse vitral. Tipo, você é velha, mas nem *tão* velha assim – enquanto tentava ignorar a risada suave e arrogante de Neferet, Aphrodite se deparou com o centro do aposento. Primeiro, não compreendeu bem o que estava vendo, mas, depois, quando finalmente entendeu, foi como se alguém tivesse lhe dado um soco no estômago.

Havia sete tronos talhados em mármore sobre a enorme plataforma levantada na parte interna do aposento. As vampiras estavam sentadas nos tronos, mas não foram elas que atraíram a atenção de Aphrodite. O que realmente atraiu seu olhar fixo foi Zoey, deitada no balcão em frente aos tronos, como um corpo morto esticado em uma laje funerária. E havia Stark também, de joelhos ao lado de Zoey, que virou ligeiramente o rosto, apenas o suficiente para Aphrodite vê-lo. Ele não disse nada, mas lágrimas rolavam pelo seu rosto, empoçando na camisa. Darius estava perto dele, dizendo algo que ela não conseguiu escutar direito à morena de cabelos grossos que estava sentada no primeiro trono. As gêmeas, Damien e Jack estavam agrupados e encolhidos como carneirinhos em uma série de bancos de pedra. Eles também estavam chorando, mas suas lágrimas ruidosas e desnorteadas eram tão diferentes da infelicidade silenciosa de Stark como o oceano era diferente de um riacho.

Aphrodite automaticamente começou a avançar, mas Neferet agarrou seu pulso. E isso finalmente a fez se virar para encarar a antiga mentora.

– Acho melhor você largar do meu pé – Aphrodite disse baixinho. Neferet arqueou uma sobrancelha.

– Será que você finalmente aprendeu a enfrentar a figura materna? Aphrodite deixou sua raiva queimar quietinha por dentro.

– Você não é figura materna nenhuma. Faz muito tempo que já aprendi a enfrentar vacas que nem você.

Neferet fechou a cara e soltou o pulso de Aphrodite.

– Nunca gostei do seu palavreado vulgar.

– Não sou *vulgar*; sou *autêntica*. Bem diferente. E você acha o quê? Eu tô me lixando para o que você gosta ou deixa de gostar – Neferet respirou fundo para responder, mas Aphrodite a interrompeu: – Que diabo você está fazendo aqui?

Neferet piscou os olhos, surpresa.

– Eu estou aqui porque há uma novata ferida.

– Ah, que palhaçada! Você só está aqui porque quer conseguir alguma coisa. É assim que as coisas funcionam com você, Neferet, mesmo que elas não saibam – Aphrodite apontou para as componentes do Conselho Supremo com o queixo.

– Cuidado, Aphrodite. Você pode vir a precisar de mim no futuro próximo.

Aphrodite encarou Neferet com firmeza e ficou pasma ao se dar conta de que aqueles olhos que fitavam os dela tinham se transformado. Não eram mais esmeraldas brilhantes. Haviam escurecido. *Ela estava mesmo vendo um brilho vermelho no fundo dos olhos de Neferet?* No mesmo instante em que o pensamento veio à mente de Aphrodite, Neferet piscou os olhos, que clarearam e voltaram à cor original de pedra preciosa.

Aphrodite deu um suspiro trêmulo e novamente sentiu os pelos do braço se eriçarem, mas falou com voz indiferente e sarcástica: – Tudo bem. Prefiro tentar a sorte sem sua "ajuda" – ela abriu e fechou aspas no ar ao dizer a última palavra.

– Neferet, o Conselho a reconhece!

Neferet se voltou para o Conselho após passar pela escadaria e fazer um gesto gracioso que incluiu Aphrodite.

– Peço ao Conselho que aceite a presença desta humana. Ela é Aphrodite, a menina que se diz Profetisa de Nyx.

Aphrodite deu a volta por Neferet e olhou diretamente para cada membro do Conselho.

– Eu não *digo que sou uma Profetisa*. Eu *sou* Profetisa de Nyx porque a Deusa quer que eu seja. A verdade é que, se eu tivesse escolha, não teria aceitado a função – ela continuou falando, apesar de várias componentes do Conselho soltarem ofegos de perplexidade. – Ah, e fiquem sabendo que não vou dizer nada que Nyx já não saiba.

– A Deusa acredita em Aphrodite, apesar de ela própria não acreditar tanto assim em si mesma – Darius interveio.

Aphrodite sorriu para ele. Ele era mais do que seu guerreiro forte e grande como uma montanha. Ela podia contar com Darius, ele sempre enxergava o melhor que ela tinha por dentro.

– Darius, por que você fala por essa humana? – perguntou a morena.

– Duantia, eu falo por esta *Profetisa* – ele pronunciou o título com cuidado – porque me ofereci a ela como seu guerreiro em Juramento Solene.

– Guerreiro dela? – Neferet não conseguiu disfarçar a perplexidade. – Mas isso significa...

– Isso significa que não posso ser completamente humana, pois é impossível para um vampiro guerreiro se ligar em Juramento Solene com uma humana – Aphrodite completou para ela.

– Pode entrar no Salão do Conselho, Aphrodite, Profetisa de Nyx. O Conselho a reconhece – Duantia proclamou.

Aphrodite desceu as escadas correndo, deixando para trás Neferet, que a seguiu. Queria ir direto para perto de Zoey, mas primeiro parou por instinto em frente à morena de nome Duantia. Ela cerrou o punho formalmente, levou-o ao coração e curvou-se respeitosamente. – Obrigada por me deixar entrar aqui.

– As excepcionais circunstâncias do momento nos levam a aceitar práticas incomuns – agora quem falava era uma vampira alta e magra que tinha olhos da cor da noite.

Aphrodite não sabia direito o que dizer para a *vamp*, então simplesmente assentiu e foi para perto de Zoey, andando de mãos dadas com Darius, apertando a mão dele com força, tentando extrair um pouco da força impressionante do guerreiro. Então, baixou os olhos em direção à amiga.

Não era sua imaginação. As tatuagens de Zoey realmente não estavam mais lá! A única Marca que lhe restou foi o traçado em safira de uma lua crescente comum no meio da testa. E ela estava tão pálida! *Zoey parece morta.* Aphrodite cortou aquele pensamento imediatamente. Zoey não estava morta. Ela ainda estava respirando. Seu coração continuava batendo. Zoey. Não. Estava. Morta.

– A Deusa lhe revela algo quando você olha para ela, Profetisa? – perguntou a mulher alta e magra que falara com ela antes. Aphrodite soltou a mão de Darius e lentamente se ajoelhou perto de Zoey. Então, deu uma olhada para Stark, que estava ajoelhado na frente de Z., mas não se mexeu. Ele mal piscava. Tudo que fazia era chorar em silêncio e olhar para Zoey. *Será que Darius ficaria assim se algo acontecesse comigo?* Aphrodite afastou da mente aquele pensamento mórbido e voltou a se concentrar em Zoey. Levantou a mão lentamente e a pousou no ombro da amiga. Sua pele estava fria ao toque, como se já estivesse morta. Aphrodite esperou que algo acontecesse. Mas não sentiu se aproximar o menor traço de visão, nem sensação, nem coisa nenhuma.

Aphrodite soltou um suspiro carregado de frustração e balançou a cabeça.

– Não. Eu não posso falar nada. Não tenho controle sobre minhas visões. Elas simplesmente me ocorrem, independente de eu querer ou não, e a verdade é que normalmente não quero que elas ocorram.

– Você não está usando todos os dons que Nyx lhe concedeu, Profetisa.

Surpresa, Aphrodite tirou os olhos de Zoey para fitar a vampira de olhos negros que se levantara para abordá-la graciosamente.

– Você é uma verdadeira Profetisa de Nyx, não é? – ela perguntou.

– Sou, sim – Aphrodite disse sem hesitar, mas com partes iguais de confusão e convicção.

A mulher se ajoelhou ao lado de Aphrodite, adejando a vestimenta sedosa da cor do céu noturno. – Eu sou Thanatos. Sabe o que quer dizer meu nome?

Aphrodite balançou a cabeça em negativa e desejou que Damien estivesse são ao seu lado para lhe soprar ao ouvido a resposta.

– Quer dizer Morte. Eu não sou Líder do Conselho. Essa honra é de Duantia, mas tenho o privilégio único de estar próxima da Deusa devido ao dom que ela me concedeu, muito tempo atrás, de ajudar as almas que partem deste mundo em direção ao próximo.

– Você fala com fantasmas?

O sorriso de Thanatos transformou seu rosto severo, e ela ficou quase graciosamente linda.

– De certa forma, sim, falo com fantasmas. E, devido a esse dom, entendo um pouquinho de visões.

– Sério mesmo? As visões não têm nada a ver com falar com fantasmas.

– Não? E de que esfera vêm suas visões? Aliás, para ser mais precisa, em que esfera você se encontra quando recebe suas visões?

Aphrodite pensou nas inúmeras visões de morte que tivera e como, na verdade, começara a ver as merdas que iam acontecer do ponto de vista *dos mortos*. Ela respirou rapidamente e, subitamente entendendo tudo, reconheceu: – Minhas visões vêm do Mundo do Além!

Thanatos assentiu.

– Você transita entre o Mundo do Além e o reino dos espíritos bem mais do que eu, Profetisa. Tudo o que faço é guiar os mortos em sua transição, e através deles eu vislumbro o Além.

Aphrodite lançou um olhar afobado para Zoey.

– Ela *não* está morta.

– Ainda não. Mas seu corpo não vai durar mais do que sete dias nesse estado sem alma, de modo que ela está à beira da morte. Por isso, o Mundo do Além a está segurando com tanta força, mais ainda do que se ela fosse recém-falecida. Toque-a novamente, Profetisa. Desta vez, concentre-se e use mais os dons que recebeu.

– Mas eu...

Thanatos a interrompeu, o que irritou Aphrodite.

– Profetisa, faça o que Nyx quer que você faça.

– Eu não sei o que ela quer!

A expressão severa de Thanatos se desfez e ela sorriu de novo.

– Ah, menina, basta lhe pedir ajuda.

Aphrodite piscou os olhos.

– Só isso?

– Sim, Profetisa, só isso.

Lentamente, Aphrodite pôs a mão de volta no ombro frio de Zoey. Desta vez, fechou os olhos e respirou profunda e longamente três vezes, igualzinho vira Zoey fazer antes de traçar um círculo. Então, fez uma prece silenciosa, mas fervorosa, a Nyx: *Eu não pediria se não fosse importante, mas você já sabe disso porque você sabe que não gosto de pedir favores. Não a qualquer um. E tem mais. Na verdade, não sou muito boa nessa babaquice de ficar suplicando, mas você também já sabe disso.* Aphrodite suspirou por dentro. *Nyx, preciso de sua ajuda. Parece que Thanatos acha que tenho algum tipo de ligação com o Mundo do Além. Se isso for verdade, será que você poderia me fazer o favor de me deixar ver o que está acontecendo com Zoey?* Ela fez uma pausa em sua prece silenciosa, suspirou e se expôs sem reservas a Nyx. *Deusa, por favor. E não estou pedindo isso só porque Zoey é como a irmã que minha mãe foi egoísta demais para me dar. Preciso de sua ajuda nisso porque muita gente depende de Zoey e, infelizmente, isso é mais importante do que eu.*

Aphrodite sentiu que as palmas das suas mãos começaram a esquentar e, então, foi como se ela tivesse saído do seu corpo e entrado no de Zoey. Aphrodite só entrou na pele da amiga por um momento, não mais do que um segundo, mas ficou tão profundamente chocada com o que sentiu, viu e *ficou sabendo* que, no instante seguinte, viu-se de volta ao próprio corpo. Arfando, amedrontada, Aphrodite levou ao peito a mão com a qual estava segurando Zoey. Então soltou um gemido e se levantou, esforçando-se para controlar a tontura, enquanto de seu rosto jorravam lágrimas e muco.

– O que foi, Profetisa? O que você viu? – Thanatos perguntou calmamente enquanto limpava as lágrimas do rosto de Aphrodite e a segurava pela cintura com mão firme.

– Ela foi embora! – Aphrodite engoliu o choro e começou a se recompor. – Eu senti o que aconteceu com ela. Só por um segundo. Zoey atirou toda a força do espírito em Kalona. Ela tentou impedi-lo com todas as forças, mas não deu certo. Heath morreu na frente dela. Isso dilacerou seu espírito – sentindo-se estranhamente aérea, ela lançou um olhar choroso e desesperançado a Thanatos. – Você também sabe onde ela está, não sabe?

– Creio que sim. Mas você precisa confirmar.

– Os pedaços de seu espírito estão com os mortos no Mundo do Além – Aphrodite respondeu, piscando os olhos vermelhos com dificuldade. – Zoey foi embora completamente. Ela simplesmente não conseguiu lidar com o que aconteceu com ele, e ainda não consegue.

– Você viu algo mais? Algo que possa ajudar Zoey?

Aphrodite engoliu a bílis que ameaçava subir pela garganta e levantou a mão trêmula.

– Não, mas vou tentar de novo e...

O toque de Darius em seu ombro a deteve quando ela ia tocar em Zoey novamente.

– Não. Você ainda está muito fraca por ter quebrado a Carimbagem com Stevie Rae.

– Isso não interessa. Zoey está morrendo!

– Interessa, sim. Você quer que sua alma fique como a de Zoey? – Thanatos perguntou baixinho.

Aphrodite sentiu uma nova pontada de terror.

– Não – ela sussurrou e cobriu a mão de Darius com a sua.

– E é exatamente por isso que, em geral, é um problema quando os muito jovens são agraciados por nossa adorável Deusa com dons especiais. Eles raramente têm maturidade para saber como usá-los com sabedoria – Neferet disse.

Ao ouvir o som da voz fria e arrogante de Neferet, Aphrodite viu um ímpeto tomar conta do corpo de Stark, que finalmente tirou os olhos de Zoey.

– Essa *criatura* não devia ter permissão para estar aqui! Foi ela quem fez isso! Ela matou Heath e despedaçou a alma de Zoey! – Stark pareceu mastigar as palavras como se fossem cascalho em vez de pronunciá-las.

Neferet lançou-lhe um olhar gelado.

– Eu entendo que está passando por uma grande provação, mas você não pode falar assim com uma Grande Sacerdotisa, guerreiro.

Stark se levantou. Darius, rápido como sempre, o segurou. Aphrodite o ouviu murmurar de modo urgente: – Pense antes de agir, Stark!

– Guerreiro – Duantia se dirigiu a Stark. – Você estava presente quando o garoto humano foi morto e a alma de Zoey se despedaçou. Você testemunhou perante nós que foi o imortal alado quem cometeu o ato. Não disse nada sobre Neferet.

– Pergunte a qualquer um dos amigos de Zoey. Chame Lenobia e Dragon Lankford da Morada da Noite de Tulsa. Todos vão lhe dizer que Neferet não precisa estar fisicamente presente para causar a morte de alguém – Stark respondeu.

Ele se desvencilhou da mão de Darius e esfregou o rosto raivosamente, como se tivesse acabado de reparar que estava chorando.

– Ela... ela realmente pode fazer coisas horrendas acontecerem mesmo quando não está presente – Damien falou, hesitante, do outro lado do recinto.

As gêmeas e Jack assentiram, apoiando-o, ainda chorosos, mas com convicção.

– Não há provas de que Neferet tenha parte nisso – Duantia disse gentilmente a todos.

– Você não pode dizer o que aconteceu com Heath? Não pode falar com seu fantasma ou sei lá o que e descobrir? – Aphrodite perguntou a Thanatos, que havia retornado ao seu trono na hora em que Neferet começara a falar.

– O espírito humano não se demorou muito nesta dimensão, e com certeza não me procurou antes de partir – Thanatos respondeu.

– Onde está Kalona? – Stark ignorou os demais e gritou para Neferet. – Onde você está escondendo seu amante, que causou tudo isso?

– Se você está se referindo ao meu consorte imortal, Erebus, foi exatamente por isso que vim ao Conselho – Neferet deu as costas a Stark e falou apenas com as sete componentes do Conselho. – Eu também senti a alma de Zoey se despedaçar. Andei caminhando pelo labirinto e me preparando mentalmente para partir da Ilha de San Clemente pelo que pareceu um tempo muito longo.

Neferet teve de fazer uma pausa, pois Stark deu uma risada sarcástica, dizendo: – Você e Kalona querem dominar o mundo a partir de Capri. Então, você provavelmente não vai voltar para cá tão cedo, a não ser que pretenda soltar bombas por aqui.

Darius tocou seu ombro novamente como um aviso silencioso para tomar cuidado, mas Stark o repeliu.

– Não nego que Erebus e eu desejamos trazer de volta os valores de tempos ancestrais, quando os vampiros comandavam o mundo a partir de Capri e éramos reverenciados e respeitados por todos, como deve ser – Neferet se dirigiu inicialmente a ele. – Mas eu jamais destruiria esta ilha nem este Conselho. Na verdade, eu gostaria de receber apoio deste Conselho.

– Você quer dizer seu *poder*. E agora que Zoey está fora do caminho tem mais chances de conseguir – Stark rebateu.

– É mesmo? Será que entendi errado o que se passou entre sua Zoey e meu Erebus hoje cedo, neste mesmo Salão do Conselho? Ela reconheceu que ele era um imortal procurando uma deusa a quem servir.

– Ela não disse que ele era Erebus! – Stark gritou.

– E meu imortal Erebus gentilmente a definiu como falível, em vez de mentirosa – Neferet retrucou.

— E então o que você fez, Neferet? Forçou-o a matar Heath e despedaçar a alma de Zoey por causa de seu ciúme do que havia entre eles dois? – Stark perguntou, e Aphrodite percebeu claramente como era duro para ele admitir a forte ligação entre Zoey e Kalona.

— Claro que não! Use a cabeça, em vez de seu patético coração partido, guerreiro! Zoey poderia forçá-lo a matar um inocente em nome dela? Claro que não. Você é o seu guerreiro, mas mesmo assim tem livre-arbítrio e ainda está ligado a Nyx. Portanto você tem que fazer, no final das contas, a vontade da Deusa – sem permitir que Stark falasse, ela voltou para o Conselho. – Como eu estava explicando, senti que a alma de Zoey se despedaçou e estava voltando ao palácio quando me deparei com Erebus. Ele estava muito ferido e mal tinha consciência. Só deu tempo de ele dizer as seguintes palavras: "Eu estava protegendo minha Deusa", e então ele se foi.

— Kalona morreu? – Aphrodite não conseguiu deixar de perguntar.

Em vez de responder, Neferet virou-se para olhar para a entrada do Salão do Conselho. Lá estavam parados quatro guerreiros do Conselho que traziam uma maca que afundava com o peso de seu ocupante. Uma asa preta jazia caída, arrastando-se ao chão.

— Traga-o! – Neferet ordenou.

Os guerreiros desceram os degraus lentamente até deitarem a maca no chão em frente ao balcão. Stark e Darius automaticamente se puseram entre o corpo de Zoey e o de Kalona.

— Claro que ele não está morto. Ele é Erebus, um imortal – Neferet voltou a falar com seu conhecido tom soberbo, mas então choramingou: – Ele não morreu, mas, como podem ver, ele partiu!

A ponto de perder o controle, Aphrodite se levantou e se aproximou de Kalona. Darius foi para o seu lado no mesmo instante.

— Não. Não toque nele – ele avisou.

— Não importa se o chamamos de Erebus ou não, mas é evidente que esse ser é um imortal ancestral. Devido ao poder em seu sangue, a Profetisa não conseguirá penetrar seu corpo, mesmo que seu espírito não esteja presente. Ele não lhe oferece o mesmo perigo que Zoey, guerreiro – Thanatos explicou.

– Estou bem. Deixe-me tentar ver se descubro alguma coisa – Aphrodite pediu a Darius.

– Estou aqui com você. Não vou abandoná-la – ele disse, segurando-lhe a mão e caminhando ao seu lado até Kalona.

Aphrodite sentiu a tensão que irradiava do corpo de seu guerreiro, mas respirou fundo mais três vezes e se concentrou em Kalona. Hesitando por apenas um instante, Aphrodite esticou o braço e pôs a mão no ombro dele, exatamente como fizera com Zoey. Sua pele estava tão gelada que ela teve que se esforçar para não tirar a mão. Então Aphrodite fechou os olhos. *Nyx? Mais uma vez, por favor. Apenas me permita saber uma coisa... qualquer coisa que nos ajude, a todos.* Então, a silenciosa prece de Aphrodite terminou com um pensamento que solidificava sua ligação com a Deusa, que finalmente fez dela verdadeiramente uma Profetisa por direito. *Por favor, use-me como instrumento para ajudar a lutar contra as Trevas e seguir sua trilha.*

Aphrodite sentiu a palma da mão esquentando, mas não precisou mergulhar nele para dizer que Kalona se fora. As Trevas lhe disseram. E foi com um susto que se deu conta de que devia considerar que aquelas eram Trevas com "t" maiúsculo. Eram Trevas com vida própria, uma entidade vasta, poderosa e viva. Estava em toda parte. Envolvia o corpo inteiro do imortal. Aphrodite captou muito claramente a imagem de uma teia sombria que parecia ter sido tecida por uma aranha vaidosa e invisível. Seus fios negros envolviam todo o seu corpo, abraçando-o, acariciando-o, atando-o fortemente como se fosse uma versão distorcida da ideia de mantê-lo em segurança, pois era óbvio que o corpo do imortal estava aprisionado. Tão óbvio quanto o fato de que dentro de seu corpo havia apenas o mais completo vazio.

Aphrodite arfou e tirou rapidamente a mão da pele dele e a esfregou na coxa como se tivesse sido envenenada pela teia negra. Seus joelhos cederam e ela caiu junto a Darius.

– É como o interior de Zoey – ela disse, enquanto seu guerreiro a levantava nos braços, propositalmente não revelando que o corpo de Kalona estava basicamente sendo mantido cativo. – Ele também não está mais aqui.

5

Zoey

– Zo, você tem que acordar. Por favor! Acorde e fale comigo.

A voz do cara era bonita. Eu sabia que ele era gato antes mesmo de abrir os olhos. Então, abri meus olhos e sorri para ele; eu estava mesmo certa. Ele era, como minha melhor amiga Kayla diria, "um gostosinho temperado com o molho mais delicioso". Delícia, *nham-nham*! Apesar de estar com a cabeça meio tonta, senti-me quente e feliz. Meu sorriso se espalhou no rosto.

– Estou acordada. Quem é você?

– Zoey, pare de brincadeira. Não tem graça.

O garoto fechou a cara para mim, e de repente me dei conta de que estava deitada no colo dele, envolvida por seus braços. Sentei-me rapidamente e me afastei um pouquinho. Tipo, sim, ele era superlindo e tal, mas não fico exatamente à vontade nos braços de um estranho.

– Ahn, eu não estou brincando.

Seu rostinho lindo mostrou o choque que ele sentiu ao ouvir aquilo.

– Zo, está me dizendo que você realmente não sabe quem eu sou?

– Tá, olha só. Apesar de você falar comigo como se soubesse quem eu sou, você sabe que eu não sei quem você é – fiz uma pausa, confusa com tanto verbo "saber".

– Zoey, você sabe quem você é?

Eu pisquei os olhos.

— Que pergunta boba. Claro que sei quem sou. Sou a Zoey – ainda bem que o garoto era gato, porque estava na cara que ele não tinha a mente mais brilhante do pedaço.

— Você sabe *onde* está? – a voz dele era gentil, quase hesitante.

Olhei ao redor. Estávamos sentados em uma grama muito linda e macia ao lado de um deque que dava para um lago que parecia de vidro naquela linda manhã ensolarada.

Manhã ensolarada?

Isso estava errado.

Algo estava errado.

Engoli em seco e fitei os gentis olhos castanhos do cara.

— Diga seu nome.

— Heath. Eu sou o Heath. Você me conhece, Zo. Você sempre vai me conhecer.

Eu o conhecia sim.

Lampejos de memória me vieram à mente como DVDs em *fast forward*: Heath, na terceira série, me dizendo que meu cabelo zoado estava lindo; Heath me salvando daquela aranha gigante que caiu em cima de mim na frente de toda a sexta série; Heath me beijando pela primeira vez depois do jogo de futebol na oitava série; Heath bebendo demais e me deixando "p" da vida; eu me Carimbando com Heath... e depois me Carimbando de novo, e finalmente eu presenciando Heath...

— Ah, Deusa! – minhas memórias se aglutinaram, e me lembrei. Eu *me lembrei*.

— Zo – ele me tomou nos braços outra vez –, está tudo bem. Vai dar tudo certo.

— Como pode estar tudo bem? – choraminguei. – Você morreu!

— Zo, gatinha, é assim mesmo. Eu nem estava com medo, e também não doeu tanto – ele me embalou lentamente e deu tapinhas nas minhas costas enquanto falava comigo naquele seu tom calmo e familiar.

— Mas eu me lembro! Eu me lembro! – não tive como evitar um choro nada charmoso e totalmente encatarrado. – Kalona matou você. Eu vi. Ah, Heath, eu tentei impedi-lo. Eu tentei mesmo, de verdade.

– Shhh, gatinha, shhh. Eu sei disso. Não havia nada que você pudesse ter feito. Eu te chamei e você veio. Você mandou bem, Zo. Mandou bem. Agora tem que voltar e enfrentar Kalona e Neferet. Neferet matou aqueles dois *vamps* da sua escola, aquela professora de teatro e aquele outro cara.

– Loren Blake? – o estupor fez minhas lágrimas secarem e eu enxuguei o rosto. Heath, como sempre, tirou do bolso da calça jeans um lenço de papel embolado. Olhei fixo para o bolo de papel por um segundo e depois, para surpresa de ambos, caí na gargalhada. – Você trouxe esse lenço de papel usado para o paraíso? É sério isso? – comecei a rir.

Ele pareceu ofendido.

– Zo. O lenço nem tá usado. Bem, não muito, pelo menos.

Olhei para ele, balançando a cabeça, e cautelosamente peguei o lenço para enxugar meu rosto.

– Assoe o nariz também. Você tá cheia de catarro. Você sempre fica encatarrada quando chora. Por isso sempre trago lenço de papel no bolso.

– Ah, para com isso! Não choro tanto assim – eu disse, momentaneamente me esquecendo de que ele estava morto e tudo mais.

– É, mas quando chora, solta o maior catarro, e eu preciso estar prevenido.

Olhei fixo para ele ao ser assolada pela realidade mais uma vez.

– Então, como vai ser sem você por perto para me dar esses lenços embolados? – um gemido me escapou da garganta. – E... e sem você para me lembrar de como é o amor e o lar de verdade? Sem você para me lembrar de como é ser humana... – comecei a chorar feito bezerra desmamada outra vez.

– Ah, Zo. Você vai dar um jeito sozinha. Terá muito tempo para isso. Você é uma *vamp* Grande Sacerdotisa das boas. Lembra?

– Eu não quero ser – respondi com a mais completa honestidade. – Quero ser Zoey e ficar aqui com você.

– Isso é só parte de quem você é. Olha, talvez seja uma parte de você que precisa crescer – ele falou gentilmente com uma voz que soou subitamente velha e sábia demais para ser o meu Heath.

– Não – ao começar a falar, avistei algo se agitando, uma espécie de escuridão deslizando. Meu estômago deu um nó, e achei ter visto um par de chifres.

– Zo, você não pode mudar o passado.

– Não – repeti e desviei o olhar de Heath, espiando o que segundos atrás era um lindo e cintilante prado emoldurando um lago perfeito. Desta vez, com certeza, vi sombras e silhuetas onde antes havia apenas luz do sol e borboletas.

As Trevas dentro das sombras me assustaram, mas as silhuetas que também havia dentro delas me atraíram, como coisas brilhantes atraem bebês. Olhos brilharam dentro das Trevas cada vez mais intensas, e eu dei uma boa olhada em um dos pares de olhos. Senti de repente que estava reconhecendo aqueles olhos. Eles me lembravam alguém...

– Eu conheço alguém que está lá.

Heath segurou meu queixo com a mão e me forçou a tirar os olhos das sombras e olhar para ele.

– Zo, acho que não é boa ideia ficar espiando as coisas por aqui. Você precisa botar na cabeça que tem que voltar para casa e fazer alguma magia supermegaespecial de Grande Sacerdotisa para voltar ao mundo real que é seu lugar.

– Sem você?

– Sem mim. Eu morri – ele respondeu suavemente, acariciando meu rosto com dedos que senti muito vivos. – Meu lugar é aqui; na verdade, eu tô achando que isto aqui é só o primeiro passo de onde devo ficar. Mas você ainda está viva, Zo. Seu lugar não é aqui.

Tirei meu rosto de sua mão e me afastei dele, e então fiquei em pé balançando a cabeça e os cabelos que nem doida.

– Não! Eu não vou voltar sem você!

Percebi pelo canto do olho outra sombra dentro do que agora era uma névoa escura e distorcida que nos cercava, e desta vez avistei nitidamente um par de chifres. Então a névoa se agitou novamente e uma sombra assumiu forma mais humana, saindo das Trevas para olhar para mim.

– Eu conheço você – sussurrei para aqueles olhos que eram tão parecidos com os meus, só que mais velhos e mais tristes, bem mais tristes. Então, outra forma surgiu. Seus olhos encontraram os meus também, só que não eram tristes, mas irreverentes e azuis e, ainda assim, bastante familiares. – Você... – sussurrei novamente, tentando sair dos braços de Heath, que me seguravam com força junto ao seu corpo.

– Não olhe agora. Só seja forte e volte para casa, Zo.

Mas não consegui deixar de olhar. Algo dentro de mim me impelia. Vi outro rosto servindo de moldura para olhos que eu conhecia, e desta vez percebi que os conhecia bem demais, o que me deu força para me desvencilhar dos braços de Heath e puxá-lo para olhar para o ponto no breu para o qual eu apontava.

– Caraca, Heath! Olha só. Sou eu!

E era. O "eu" congelou quando nos entreolhamos. Ela devia ter uns nove anos de idade e me fitou, piscando os olhos num silêncio aterrorizado.

– Zoey. Olhe para mim – Heath me puxou pelos ombros de um jeito que senti que ia me deixar roxa depois. – Você tem que ir embora daqui.

– Mas aquela sou *eu* quando criança.

– Acho que são todas você, pedaços de você. Aconteceu alguma coisa com a sua alma, Zoey, e você tem que sair daqui para poder dar um jeito no que aconteceu.

De repente, eu me senti tonta e afundei em seus braços. Não sei como soube, mas sabia. As palavras que falei foram tão verdadeiras e definitivas quanto a morte dele.

– Não posso ir embora, Heath. Só posso ir depois que todos esses pedaços de mim voltarem a ser *eu* mesma outra vez. E não sei como fazer isso, simplesmente não sei!

Heath apertou sua testa contra a minha.

– Bem, Zo, talvez você possa tentar falar com aquela vozinha irritante de mãe, como fazia quando eu bebia demais, e mandar esses seus pedaços, sei lá, pararem com essa palhaçada e voltarem para dentro de você, que é o lugar onde eles deveriam estar.

Ele falou de um jeito tão parecido comigo que quase sorri. Quase.

— Mas, se eu voltar a ser uma só, vou ter que ir embora daqui. Eu sinto isso, Heath – sussurrei para ele.

— Se você não voltar a ser uma só, nunca mais vai sair daqui, porque vai morrer, Zo. Eu sinto isso.

Olhei para seus olhos calorosos e familiares.

— E isso seria tão ruim? Tipo, isso aqui me parece bem melhor do que a confusão que me aguarda no mundo real.

— Não, Zoey – Heath se irritou. – Não é certo você ficar aqui. Você, não.

— Bem, talvez por eu não estar morta. Ainda – engoli em seco e admiti apenas para mim mesma que dizer isso em voz alta foi meio assustador.

— Eu acho que a coisa vai além disso.

Heath não estava mais olhando para mim, mas para trás de mim, e de olhos arregalados. Eu me virei. As silhuetas distorcidas que me encaravam incomodamente como versões incompletas de mim ficavam entrando e saindo da névoa, girando e balbuciando, basicamente agindo de um jeito esquisito e supernervoso. Então, houve um lampejo de luz que se transformou em um enorme par de chifres pontiagudos e, com um terrível som de bater de asas, caiu naquele lado do prado, os espíritos, os fantasmas e as partes incompletas de mim começaram a gritar, gritar e gritar, enquanto corriam para todos os lados, e depois sumiram.

— E agora? – perguntei a Heath, tentando, sem sucesso, disfarçar o terror que senti quando começamos a recuar pelo prado.

Heath pegou minha mão e a apertou.

— Eu não sei, mas vou ficar do seu lado o tempo todo. E agora – ele sussurrou com a voz cheia de tensão –, não olhe para trás, apenas venha comigo e *corra*!

Essa foi uma das poucas vezes na vida em que não discuti com ele. Nem o questionei. Fiz exatamente o que ele disse. Agarrei sua mão e corri.

6

Stevie Rae

— Stevie Rae, isso não é boa ideia — Dallas disse, correndo para acompanhar seu passo.

— Juro que não vou demorar — ela disse, parando ao entrar no estacionamento e olhando ao redor à procura do carrinho azul de Zoey. — Ahá! Lá está ele, e Z. sempre deixa as chaves dentro, até porque as portas não trancam mesmo — Stevie Rae deu uma corridinha até o Fusca, abriu a porta decrépita e deu um grito de vitória ao ver as chaves penduradas na ignição.

— Sério mesmo, bem que eu queria que você fosse comigo ao Salão do Conselho para contar aos *vamps* o que pretende fazer, mesmo que não me conte nada. Só pra saber a opinião deles sobre o que está se passando nessa sua cabeça, garota.

Stevie Rae voltou-se para Dallas.

— Bem, este é o problema. Não sei direito o que estou fazendo. E, Dallas, não contaria a um monte de *vamps* nada que eu não contasse primeiro para você, fique sabendo.

Dallas esfregou o rosto com a mão.

— Antes eu sabia disso, mas muitas coisas aconteceram rápido demais, e você tem andado bem esquisita.

Ela pôs a mão no ombro dele.

– Só tenho uma sensação de que deve haver algo que eu possa fazer para ajudar Zoey, mas não vou descobrir o que é ficando sentada naquela sala com um monte de *vamps* metidos. Eu preciso ficar aqui fora – Stevie Rae abriu os braços como se abraçasse a terra. – Preciso usar meu elemento para pensar. Parece que está faltando uma peça nessa engrenagem e que está fora do meu alcance descobrir que peça é essa. Vou usar a terra para me ajudar a descobrir.

– Você não pode fazer isso na escola? Tem muita terra ao redor.

Stevie Rae se forçou a sorrir para ele. Ela detestava mentir para Dallas, mas, por outro lado, nem estava realmente mentindo. Ela ia mesmo ver se conseguia dar um jeito de ajudar Z., e ela não podia fazer isso na Morada da Noite.

– Aqui tem distrações demais.

– Tá, olha só, eu sei que não posso te impedir de ir, mas preciso que você me prometa uma coisa, senão vou ter que fazer a idiotice de pegar pesado para te impedir.

Stevie Rae arregalou os olhos e desta vez não teve que se esforçar para rir.

– Você vai tentar pegar pesado comigo, Dallas?

– Bem, nós dois sabemos que seria mais eu *tentando* do que conseguindo, e é aí que entra a parte de eu "fazer idiotice".

Ainda sorrindo para ele, Stevie Rae disse: – O que você quer que eu prometa?

– Que não vai voltar para a estação abandonada agora. Eles quase te mataram, e você parece que está bem melhor e tal, mas *eles quase te mataram*. Ontem. Por isso, preciso que me prometa que não vai descer lá para enfrentá-los esta noite.

– Prometo – ela disse de um jeito sério. – Não vou lá para baixo. Eu te disse que quero dar um jeito de ajudar Z., e enfrentar aqueles garotos com certeza não vai ajudá-la em nada.

– Jura?

– Juro.

Ele soltou um suspiro aliviado.

– Ótimo. Agora, o que devo dizer aos *vamps* quando eles perguntarem aonde você foi?

– O que eu te disse, ou seja, que vou me isolar em contato com a terra. Que estou tentando pensar no que fazer e que aqui não dá para pensar com calma.

– Tudo bem. Vou dizer. O pessoal vai ficar "p" da vida.

– É, bem, eu volto logo – ela disse, entrando no carro de Zoey. – E não se preocupe. Vou tomar cuidado – o motor acabara de pegar quando Dallas bateu na janela. Stevie Rae conteve a vontade de soltar um suspiro de irritação e abriu a janela.

– Quase me esqueci de te contar uma coisa que ouvi um pessoal dizer enquanto eu estava esperando por você. A internet toda tá comentando que Z. não é a única alma despedaçada em Veneza.

– Que papo é esse, Dallas?

– Dizem que Neferet despejou Kalona perante o Conselho Supremo, tipo literalmente. O corpo dele está lá, mas a alma não.

– Valeu, Dallas. Tenho que ir! – sem esperar pela resposta, Stevie Rae engatou a marcha do Fusca e saiu do estacionamento da escola. Após uma rápida olhadinha na Utica Street, ela pegou a reta do centro da cidade e seguiu pela direção nordeste, rumo às terras levemente acidentadas das cercanias de Tulsa, onde ficava o Museu Gilcrease. A alma de Kalona também não estava em seu corpo. Stevie Rae não acreditou nem por um instante sequer que a alma do imortal tivesse se esfacelado de dor ao ver o que acontecera com Zoey.

– Improvável – ela murmurou consigo mesma enquanto dirigia pelas ruas escuras e silenciosas de Tulsa. – Ele está atrás dela – assim que Stevie Rae pronunciou as palavras em voz alta, soube que estava certa.

Então, o que podia fazer quanto a isso? Não fazia a menor ideia. Não entendia nada de imortais, nem de almas despedaçadas ou do mundo espiritual. Claro que ela já tinha morrido, mas também desmorrera. E não se lembrava de sua alma ter ido a parte alguma. *Presa na cilada... Eu fiquei no escuro e no frio, sem ouvir nada, e quis gritar, gritar e...* Stevie Rae estremeceu e procurou calar seus pensamentos.

Não se lembrava de muita coisa do terrível momento da morte – e não queria lembrar. Mas conhecia alguém que entendia bastante de imortais, principalmente sobre Kalona e o mundo espiritual. De acordo com a avó de Z., Rephaim não passava de um espírito até Neferet libertar seu asqueroso paizinho.

– Rephaim sabe de alguma coisa. E o que ele sabe, eu vou saber – ela disse resolutamente, segurando firme o volante. Se preciso fosse, Stevie Rae usaria o poder da Carimbagem, o poder do seu elemento e todo e qualquer resquício de poder em seu corpo para extrair dele essa informação. Ignorando o fato de se sentir péssima, enjoada e *culpada* ao se imaginar lutando contra Rephaim, Stevie Rae pisou fundo no acelerador do Fusca e pegou a Gilcrease Road.

Stevie Rae

Ela não precisou pensar muito para descobrir onde o encontraria. Simplesmente sabia. A porta da frente da velha mansão já havia sido arrombada, e ela entrou sorrateiramente na casa escura e fria, seguindo a trilha invisível sem pestanejar. Nem precisou ver a porta da varanda entreaberta para saber que ele estava lá fora. Ela *sabia* que ele estava lá. *Sempre saberei onde ele está,* ela pensou sinistramente.

Rephaim não precisou encará-la imediatamente, o que ela achou bom. Stevie Rae precisava de tempo para tentar se acostumar a olhar para ele de novo.

– Então você veio – ele disse, ainda sem encará-la.

Aquela voz, aquela voz humana. Foi, novamente, um golpe para ela, tão intenso quanto da primeira vez que a ouvira.

– Você me chamou – ela disse, tentando manter a voz num tom tranquilo, buscando conter a raiva que sentia por todo o mal causado pelo horrível pai daquela criatura. Ele se voltou para encará-la olhos nos olhos.

Ele parece exausto, foi a primeira coisa que Stevie Rae pensou. *Seu braço voltou a sangrar.*

Ela ainda está sentindo dor, foi a primeira coisa que Rephaim pensou. *E ela está cheia de raiva por dentro.* Eles se encararam firmemente em silêncio, ambos igualmente sem disposição para dizer em voz alta o que estavam pensando.

– O que aconteceu? – ele finalmente perguntou.

– Como você sabe que aconteceu alguma coisa? – ela quis saber.

Ele hesitou em falar, claramente preocupado em escolher as palavras com cuidado.

– Sei por você mesma.

– Você não está falando coisa com coisa, Rephaim.

O som daquela voz falando seu nome pareceu reverberar no ar que os cercava, e a noite foi subitamente tingida com a lembrança da névoa de um vermelho cintilante que fora mandada pelo filho de um imortal para acariciar a pele de Stevie Rae e chamá-la para si.

– É porque eu mesmo não estou entendendo nada – ele disse com uma voz profunda, suave e hesitante. – Não entendo como funciona a Carimbagem; você vai ter de me ensinar.

Stevie Rae sentiu o rosto esquentar. *Ele está falando a verdade,* ela percebeu. *Nossa Carimbagem permite que ele saiba de coisas sobre mim! E, realmente, como ele poderia entender tudo isso? Eu mesma mal entendo.*

Ela limpou a garganta.

– Então quer dizer que você sabe que algo aconteceu porque percebe algo vindo de mim?

– Não é perceber, é sentir – ele a corrigiu. – Eu senti sua dor. Não como antes, logo depois de você beber meu sangue. Naquela hora, você sentiu dor no corpo. Sua dor esta noite foi emocional, não física.

Ela não conseguiu parar de encará-lo, transmitindo no rosto toda a perplexidade que sentia.

– Foi sim. E ainda é.

– Conte o que aconteceu.

Em vez de responder, ela perguntou: – Por que você me chamou aqui?

– Você estava sentindo dor. Eu também senti – Rephaim fez uma pausa, nitidamente desconcertado pelo que estava dizendo, e então prosseguiu: – Eu queria parar de sentir. Então lhe mandei vibrações de força e a chamei.

– Como você fez isso? O que era aquela névoa avermelhada?

– Responda à minha pergunta, e eu respondo à sua.

– Tudo bem. O que aconteceu é que seu pai matou Heath, o humano que era consorte de Zoey. Zoey o viu fazendo isso e não conseguiu impedi-lo, e isso despedaçou a sua alma.

Rephaim continuou a encará-la, até Stevie Rae se sentir como se ele estivesse olhando através de seu corpo, diretamente em sua alma. Mas ela não conseguiu desviar o olhar e, quanto mais continuavam se encarando, mais difícil se tornava para ela conter sua raiva. Os olhos dele eram simplesmente humanos demais. Só a cor destoava; para Stevie Rae, não havia nada mais distante de olhos humanos do que aquele tom escarlate. A bem da verdade, aquela cor era assustadoramente familiar; ela mesma já tivera olhos daquela cor.

– Você não tem nada a dizer sobre isso? – ela explodiu, desviando o olhar em direção à noite vazia.

– Tem mais. O que ainda falta me dizer?

Stevie Rae controlou a raiva e olhou de novo nos olhos dele.

– Dizem que a alma de seu pai também se despedaçou.

Nitidamente chocado, Rephaim piscou os olhos cor de sangue.

– Eu não acredito nisso – ele retrucou.

– Nem eu, mas Neferet despejou seu corpo desprovido de espírito diante do Conselho Supremo, e pelo jeito todo mundo acreditou. Você sabe o que eu acho? – ela não esperou pela resposta, simplesmente continuou, levantando a voz com frustração, raiva e medo. – Acho que Kalona seguiu Zoey até o Mundo do Além por estar totalmente obcecado por ela – Stevie Rae esfregou o rosto para limpar as lágrimas, que achava que já tinham parado de brotar de seus olhos.

— Isso é impossível — Rephaim pareceu quase tão aborrecido quanto ela. — Meu pai não pode retornar ao Mundo do Além. Essa esfera lhe foi totalmente proibida.

— Bem, tudo indica que ele deu um jeito de se esquecer dessa proibição.

— Um jeito de esquecer que foi banido para sempre pela Deusa da Noite em pessoa? Como ele poderia fazer isso?

— Nyx o expulsou do Mundo do Além? — Stevie Rae perguntou.

— A escolha foi do meu pai. Ele já foi guerreiro de Nyx. O Juramento Solene foi rompido quando ele caiu.

— *Aimeudeus*! Kalona já esteve do lado de Nyx? — Stevie Rae se aproximou de Rephaim em um gesto inconsciente.

— Sim. Ele a protegia das Trevas — Rephaim deixou seu olhar se perder na noite.

— O que aconteceu? Por que ele caiu?

— Meu pai nunca toca no assunto. Só sei que faz séculos que ele guarda muita raiva por dentro.

— E assim você foi criado. A partir dessa raiva.

Ele a encarou novamente.

— Sim.

— Você também traz isso por dentro? Essa raiva e essas Trevas? — ela não conseguiu deixar de perguntar.

— Se fosse o caso, você não saberia, assim como sei da sua dor? Não é assim que funciona esta Carimbagem entre nós?

— Bem, é complicado. Sabe, você foi meio que forçado a ser meu consorte, já que sou a vampira aqui e tal. E é mais fácil para um consorte sentir as coisas sobre seu vampiro do que o contrário. O que recebo de você é...

— Meu poder — Rephaim interrompeu. Stevie Rae não sentiu que ele estava bravo, apenas cansado e quase sem esperança. — Você recebe minha força imortal.

— Caraca! Por isso sarei tão rápido?

— Sim, e por isso que eu mesmo não sarei.

Stevie Rae piscou os olhos, surpresa.

— Ora, que droga. Você deve estar se sentindo bem mal... Sua cara está péssima.

Ele emitiu um ruído situado em algum ponto entre o riso e o deboche.

— Já você está com aparência saudável e muito boa.

— Estou com saúde, mas só vou conseguir ficar bem quando der um jeito de ajudar Zoey. Ela é minha melhor amiga, Rephaim. Não pode morrer.

— Ele é meu pai. E também não pode morrer.

Eles se entreolharam fixamente, ambos fazendo grande esforço para extrair algum sentido de tudo que havia entre eles e que os unia apesar de toda dor, mágoa e raiva que girava ao redor de ambos, definindo e separando seus mundos.

— Que tal fazermos assim: vamos arrumar algo para você comer. Eu cuido de novo dessa asa, o que não será nada divertido para nenhum de nós dois, e depois vamos dar um jeito de tentar descobrir o que está acontecendo com Zoey e com seu pai. Mas você precisa saber de uma coisa. Não consigo sentir suas emoções como você sente as minhas, mas sei quando está mentindo para mim. Também estou bem certa de que posso encontrá-lo onde estiver. Portanto, se mentir pra mim e armar para Zoey, juro que te ataco com todo o poder do meu elemento e do seu sangue.

— Não vou mentir para você — ele afirmou.

— Ótimo. Vamos entrar no museu e achar a cozinha.

Stevie Rae saiu da varanda da cobertura e o *Raven Mocker* a seguiu, como se amarrado à Grande Sacerdotisa por uma corrente invisível, mas inquebrável.

Stevie Rae

— Você pode ter o que quiser neste mundo com esse poder — Rephaim disse, entre uma mordida e outra num enorme sanduíche que ela preparara com as sobras do que ainda não se estragara nas geladeiras industriais do restaurante do museu.

– Não, nem tanto. Tipo, claro que posso deixar os seguranças noturnos cansados, esgotados e meio bobões para que nos deixem entrar no museu e depois se esqueçam da nossa existência; mas não posso, sei lá, *dominar o mundo* nem nenhuma loucura dessas.

– É um excelente poder para se usar.

– Não. É uma responsabilidade que não pedi para ter, e na verdade nem quero. Sabe, não quero ser capaz de forçar os humanos a fazer nada contra a vontade. Simplesmente não é certo, não eu estando do lado de Nyx.

– Porque sua Deusa não acredita em conceder a seus discípulos os objetos de seus desejos?

Stevie Rae o olhou fixo por um tempinho, enrolando uma mecha de cabelo com o dedo antes de responder, achando que ele devia estar de zoação com a sua cara, mas o olhar vermelho que encontrou estava completamente sério. Então ela respirou fundo e explicou: – Não por causa disso, mas porque Nyx acredita em conceder a todos liberdade de escolha, e, quando mexo com a mente de um ser humano para enfiar nela coisas que a pessoa não tem como controlar, então estou tirando sua liberdade de escolha. Isso não é certo.

– Você acredita mesmo que todo mundo deve ter liberdade de escolha?

– Acredito. Por isso estou aqui hoje, conversando com você. Zoey me devolveu essa liberdade. Então, por uma questão de compensação, fiz o mesmo com você.

– Você me deixou viver na esperança de que eu possa escolher meu próprio rumo, não o do meu pai.

Stevie Rae surpreendeu-se com a prontidão com que ele expressou a coisa, mas não questionou a razão de sua sinceridade, simplesmente aceitou.

– É. Eu te disse isso quando fechei o túnel depois de soltá-lo, em vez de entregá-lo aos meus amigos. Agora você está no comando de sua vida. Não é mais subordinado ao seu pai nem a ninguém – ela parou por um segundo, e então disse o resto de uma tacada só. – E você já começou a seguir um caminho diferente ao me salvar naquele telhado.

– Uma dívida de vida não paga é algo perigoso de carregar. Nada mais lógico que eu quitasse as coisas entre nós.

– É, eu tô ligada, mas e hoje à noite?

– Hoje à noite?

– Você me mandou sua força e me chamou. Se você tem esse tipo de poder, por que não rompeu nossa Carimbagem? Isso também teria encerrado sua dor.

Ele parou de comer e cravou os olhos vermelhos nos dela.

– Não me transforme em algo que não sou. Passei séculos nas Trevas. Convivi com o mal desde o início. Sou ligado ao meu pai. Ele traz uma raiva por dentro que pode consumir este mundo em chamas e, se voltar, meu destino é ficar ao lado dele. Encare-me pelo que sou, Stevie Rae. Sou uma criatura saída do mundo dos pesadelos que ganhou vida através da raiva que ele tinha e dos estupros que cometeu. Eu vivo entre os vivos, mas sou outra coisa bem diferente. Não sou imortal, não sou homem nem sou animal.

Stevie Rae deixou aquelas palavras adentrarem suas veias. Ela sentiu que ele estava sendo completamente sincero. Mas ele não se resumia a essa máquina de cólera e maldade que fora projetado para ser. Ela sabia disso por ter testemunhado pessoalmente.

– Bem, Rephaim, que tal você pensar que *pode* estar certo?

Ela notou brotar o entendimento naqueles olhos borrados de sangue.

– Ou seja, que também *posso* estar errado?

Ela deu de ombros.

– Só estou levantando a hipótese.

Sem dizer nada, ele balançou a cabeça e voltou a comer. Ela sorriu e continuou a preparar um sanduíche de peru para si mesma.

– Então – ela disse enquanto espalhava mostarda no pão branco. – Qual a sua teoria sobre por que deram pela falta da alma de seu pai?

Ele a fitou diretamente e a única palavra que disse fez seu sangue congelar nas veias.

– Neferet.

7

Stevie Rae

– Dallas disse que Neferet atirou o corpo desprovido de espírito de Kalona diante do Conselho Supremo.

– Quem é Dallas? – Rephaim perguntou.

– É só um cara que conheço. Então, parece que Neferet entregou Kalona, apesar de eles supostamente estarem juntos e tudo.

– Neferet seduz meu pai e finge que é sua companheira, mas só pensa em si mesma. Enquanto ele é cheio de raiva por dentro, ela é repleta de ódio. O ódio é um aliado mais poderoso.

– Então você tem certeza de que Neferet seria capaz de trair Kalona para salvar a própria pele? – Stevie Rae perguntou.

– Eu tenho certeza de que Neferet seria capaz de trair qualquer um para salvar a própria pele.

– O que ela ganha entregando Kalona, principalmente ele estando sem alma e tudo mais?

– Entregá-lo ao Conselho Supremo significa desviar de si mesma qualquer suspeita – ele respondeu.

– É. Faz sentido. Sei que ela quer que Zoey morra. E não liga a mínima para Heath. Na verdade, Neferet deve ter achado ótimo Zoey ver Kalona prestes a matar Heath, atirar nele a força do espírito e ficar com a alma despedaçada por *não* conseguir impedi-lo. Pelo jeito, isso já é meio caminho andado para morrer.

Rephaim fitou-a com olhos subitamente incisivos.

– Zoey atacou meu pai com o elemento espírito?

– É, foi o que Lenobia e Dragon me disseram.

– Então ele foi gravemente ferido – Rephaim desviou o olhar e não disse mais nada.

– Ei, você tem que me contar o que sabe – Stevie Rae falou de um jeito sério. Ao ver que ele não dizia nada, ela suspirou e continuou: – Bem, minha verdade é a seguinte. Vim para cá hoje disposta a forçá-lo a me falar sobre seu pai e o Mundo do Além e tal; mas, agora que estou aqui conversando com você, não quero *forçá-lo* a nada – ela tocou o braço dele após hesitar um pouco. Ele quase deu um pulo ao sentir os dedos de Stevie Rae em sua pele, mas não se afastou. – Será que não podemos enfrentar juntos esta situação? Você quer mesmo que Zoey morra?

Ele voltou a olhar nos olhos dela.

– Não tenho razão para desejar a morte de sua amiga, mas você quer o mal para meu pai.

Stevie Rae bufou, exalando frustração.

– Olha só, que tal entrarmos num acordo? E se eu disser que só quero que Kalona nos deixe em paz?

– Eu não sei se isso será possível – ele respondeu.

– Mas eu posso desejar isso. No momento, Zoey e Kalona estão sem alma. Tudo bem que seu pai é imortal, mas não pode ser bom seu corpo ter virado apenas uma concha.

– Não, não é bom.

– Então, vamos nos unir para ver se conseguimos trazê-los de volta, e depois a gente vê o que faz.

– Posso concordar com isso – ele confirmou.

– Ótimo! – ela apertou o braço dele antes de tirar a mão. – Você disse que Kalona está ferido. Como assim?

– Seu corpo não morre, mas, se ele for ferido no espírito, fica fisicamente fraco. Foi assim que usaram A-ya para prendê-lo. Seu espírito estava cego por causa do que sentia por ela. Ele ficou confuso e fraco, e seu corpo se tornou vulnerável.

– E foi assim que Neferet conseguiu apresentá-lo inerte diante do Conselho Supremo – Stevie Rae concluiu. – Zoey feriu o espírito dele, deixando seu corpo vulnerável.

– Mas não pode ser só isso. A não ser que meu pai esteja preso, como A-ya o prendera na terra, sua recuperação seria quase instantânea. Se ele estiver livre, seu espírito é capaz de curar a si mesmo.

– Bem, está na cara que Neferet o agarrou antes de ele se curar. A desgraçada é tão do mal que deve ter imobilizado seu pai com aquelas Trevas que ela carrega e...

– É isso! – ele se animou e ficou em pé, fazendo uma careta de dor por causa da asa. Esfregando e segurando a asa ferida, sentou-se novamente. – Ela continuou a atacar seu espírito. Neferet é a Tsi Sgili. Ela tem poder para jogar no espírito as forças do mal.

– Ela matou Shekinah sem sequer tocar nela – Stevie Rae recordou.

– Neferet tocou a Suprema Sacerdotisa, mas não com as mãos. Ela manipulou as tramas das Trevas através das mortes pelas quais é responsável, dos sacrifícios que fez e das promessas sinistras que pretende cumprir. Foi esse poder que matou Shekinah, assim como foi esse poder que ela usou contra o espírito já enfraquecido de meu pai.

– Mas o que ela está fazendo com ele?

– Aprisionando seu corpo e usando seu espírito para fazer o que ela quiser.

– E assim ela fica bancando a boazinha para o Conselho Supremo. Aposto que ela está fazendo cena, dizendo "coitada da Zoey" e "não sei o que Kalona está pensando".

– A Tsi Sgili é muito poderosa. Por que ela se daria ao trabalho de fingir para o Conselho?

– Neferet não quer que eles saibam como ela é má porque quer dominar a droga do mundo. Quem sabe talvez ainda não esteja pronta para se impor perante o Conselho Supremo dos Vampiros e o mundo humano. Ainda. Por isso, não pode deixar o Conselho saber que ela acha ótimo Zoey estar quase morta, apesar de estar feliz da vida com isso.

– Meu pai não quer que Zoey morra. Ele só quer possuí-la.

Stevie Rae lançou-lhe um olhar duro.

– Algumas de nós achamos que ser *possuída* contra a vontade é pior do que a morte.

Ele deu um riso irônico.

– Você quer dizer algo como, por exemplo, ser Carimbado por acidente?

Stevie Rae fechou a cara.

– Não, não quero dizer nada disso.

Ele deu outro riso irônico e continuou esfregando o braço.

Ainda de cara feia, ela continuou: – Mas, então, o que você está dizendo é que Kalona não teve a intenção de despedaçar a alma de Zoey ao atacar Heath?

– Não, porque isso muito provavelmente a mataria.

– Muito provavelmente? – Stevie Rae se agarrou àquelas palavras. – Quer dizer que não é cem por cento certo que Z. vá morrer? Porque não é isso o que os *vamps* estão dizendo.

– Os vampiros não estão pensando com a mente de um imortal. Nenhuma morte é tão certa quanto acreditam os mortais. Zoey vai morrer se seu espírito não retornar ao corpo, mas não é impossível que o seu espírito fique inteiro de novo. Seria difícil, sim, e ela precisaria de um guia e protetor no Mundo do Além, mas... – ele não completou a frase, e Stevie Rae viu o estupor em seus olhos.

– Que foi?

– Neferet está usando meu pai para impedir que o espírito de Zoey volte. Ela aprisionou seu corpo enquanto ele ainda estava ferido e mandou sua alma para cumprir suas ordens no Mundo do Além.

– Mas você disse que Kalona foi expulso de lá por Nyx. Como ele poderia voltar?

Rephaim arregalou os olhos.

– Seu *corpo* foi banido.

– E seu corpo ainda está nesta dimensão! Foi o espírito dele que voltou – Stevie Rae completou por ele.

– Sim! Neferet o forçou a retornar. Conheço bem meu pai. Ele jamais voltaria ao Mundo do Além de Nyx. É orgulhoso demais. E só voltaria se a Deusa em pessoa lhe pedisse.

– Como você tem certeza disso? Talvez esteja indo atrás de Zoey por finalmente ter entendido que ela jamais vai ficar com ele e prefere que esteja morta a vê-la com outro, como bom perseguidor psicótico e pavoroso que é. Ele pode ter ficado tão "p" da vida de ter sido rejeitado que até deixaria o orgulho de lado e entraria de fininho no Mundo do Além.

Rephaim balançou a cabeça.

– Meu pai jamais vai acreditar que Zoey possa acabar não querendo ficar com ele. A-ya quis, e parte daquela boneca ainda vive na alma de Zoey – ele fez uma pausa e, antes que Stevie Rae pudesse vir com mais uma pergunta, acrescentou: – Mas eu sei como você pode ter certeza. Se Neferet o estiver usando, terá envolvido em Trevas o corpo de meu pai.

– Trevas? Tipo o oposto da Luz?

– De certa forma, é isso. É difícil definir, pois esse tipo de mal puro é dinâmico e está em constante processo de evolução. As Trevas de que falo têm consciência. Arrume alguém capaz de perceber seres do mundo espiritual, e essa pessoa talvez consiga ver as correntes que a Tsi Sgili formou para atar meu pai, se é que elas existem mesmo.

– Você é capaz de sentir o mundo espiritual?

– Sou – ele disse, fitando-a diretamente nos olhos. – Você me submeteria ao Conselho Supremo dos Vampiros?

Stevie Rae mordeu o lábio inferior. Será que faria aquilo? Isso seria trocar a vida de Rephaim pela de Zoey, talvez até trocar sua vida mesmo pela de Zoey, pois ela teria de ir com ele, e as *vamps* megapoderosas do Conselho Supremo sem dúvida perceberiam que os dois eram Carimbados. Ela seria capaz de morrer por Zoey, claro que sim. Mas seria legal não ter que morrer. Além do mais, Zoey não ia querer que ninguém morresse por ela. Bem, Zoey também não ia querer vê-la salva e Carimbada com um *Raven Mocker*. Caraca, *ninguém* ia querer isso. A Deusa sabe que nem ela mesma queria ter se Carimbado com um deles. Bem, claro que no geral não queria, mas às vezes...

– Stevie Rae?

Ela despertou da discussão interna de repente e viu que Rephaim a observava.

– Você me submeteria ao Conselho Supremo dos Vampiros? – ele repetiu solenemente.

– Só em último caso. E, se isso acontecer, significa que eu também tenho que me submeter. E, caraca, um Conselho Supremo dificilmente acreditaria no que você diz. Mas você disse que só precisamos de alguém que se vire no mundo espiritual, tipo que consiga sentir as Trevas e coisas do espírito, certo?

– Certo.

– Bem, tem um monte de *vamps* pra lá de poderosas no Conselho Supremo. Uma delas tem que ser capaz de fazer isso.

Ele inclinou a cabeça para o lado.

– Seria incomum uma vampira ter o dom de sentir as forças sombrias que a Tsi Sgili manipula com tanta destreza. Essa é uma das razões pelas quais Neferet tem conseguido manter a farsa por tanto tempo. Conseguir identificar as Trevas escondidas é um dom singular. Sentir esse mal é uma coisa difícil, a menos que você o conheça bem.

– É, bem, um Conselho Supremo de *vamps* supostamente sabe disso tudo. Uma delas tem que ter esse dom – ela falou com muito mais segurança do que sentia. Todos sabiam que as *vamps* do Conselho Supremo eram escolhidas por sua honra, sua integridade e sua bondade como um todo, o que no geral não combinava muito com estar acostumado com as Trevas.

Stevie Rae limpou a garganta.

– Muito bem. Preciso voltar à Morada da Noite e fazer uma ligação para Veneza – ela disse com firmeza. Então olhou para o braço dele e para a asa mole pendurada às costas por ataduras manchadas.

– Tá doendo muito, né?

Ele assentiu brevemente.

– Bem... E então, acabou de comer?

Ele assentiu novamente. Ela engoliu em seco, lembrando-se da dor que já havia compartilhado com ele por causa daquela asa quebrada.

– Preciso achar material de primeiros socorros. Lamentavelmente, o material deve estar naquele escritório para onde mandei o tapado do guarda, o que significa que vou ter que dar outra apagada naquele seu cérebro de feijão.

– Você sentiu que o cérebro dele é pequeno?

– Você viu como ele usa a cintura da calça lá em cima? Ninguém com menos de oitenta anos e bom cérebro usa calça de vovô com a cintura nos sovacos. *Cabeça de feijão,* tô dizendo.

Então, para surpresa de ambos, Rephaim riu.

Eu gosto do som da risada dele. E, antes que seu cérebro pudesse calar sua boca, ela sorriu e disse: – Você devia rir mais. Seu sorriso é bonito.

Rephaim não disse nada, mas Stevie Rae não conseguiu decifrar o jeito estranho com que a fitou. Sentindo-se um pouco desconfortável, ela desceu do banquinho de cozinha no qual estava sentada e disse: – Bem, vou pegar o material de primeiros socorros, fazer o possível para dar um jeito na sua asa, pegar comida para você e depois voltar e começar a fazer umas ligações super de longa distância. Espere aqui. Eu já volto.

– Prefiro ir com você – ele disse, levantando-se com cuidado enquanto segurava o braço junto à lateral do tronco.

– Acho que seria mais fácil se ficasse aqui – ela observou.

– Sim, mas prefiro ir com você – ele insistiu, mas sem alarde.

Stevie Rae sentiu um breve e estranho choque por dentro ao ouvir aquelas palavras, mas deu de ombros e disse: – Tá, você é quem sabe. Mas não vá ficar choramingando se doer quando começar a caminhar.

– Eu não choramingo. Jamais! – Rephaim olhou para ela com tanto orgulho de macho que foi a vez de Stevie Rae rir quando saíram da cozinha lado a lado.

Stevie Rae

Na estrada de volta para casa, Stevie Rae devia estar pensando em Zoey e traçando o próximo plano de ataque. Mas isso era fácil. Ligaria para Aphrodite. Podia acontecer a tragédia que fosse no mundo, Aphrodite sempre acabava metendo seu narizinho empinado na história, principalmente se tivesse alguma relação com Zoey.

Assim, o próximo passo de Stevie Rae em seu plano para salvar Z. já estava definido, deixando sua mente disponível para pensar em Rephaim.

Dar um jeito naquela droga de asa tinha sido complicado. Ela ainda estava sentindo o fantasma da dor que ele sentiu no ombro direito e nas costas. Stevie Rae continuou sentindo – mesmo depois de ter achado o frasco de lidocaína e espalhado todo o anestésico na asa e no braço arrebentado – aquela dor profunda e devastadora. Rephaim não dissera uma só palavra durante todo aquele sofrimento. Ele apenas desviara o olhar e, um pouco antes de ela tocar em sua asa, ele disse: – Você podia começar aquela coisa de ficar falando enquanto troca o curativo?

– Que *coisa de ficar falando* exatamente você quer dizer?

Ele olhou para trás e Stevie Rae seria capaz de jurar que ele sorriu com os olhos.

– Você fala. Fala muito. Então, continue falando. Pelo menos assim posso me concentrar em algo mais irritante do que a dor.

Ela devia ter fechado a cara, mas Rephaim acabou conseguindo fazê-la sorrir. E ela realmente falou o tempo inteiro enquanto limpava os ferimentos, trocava os curativos e reposicionava a asa quebrada. Na verdade, ela tagarelava como se sofresse de diarreia verbal, dizendo nada e tudo enquanto navegava com ele por ondas de dor. Quando tudo finalmente acabou, ele a acompanhou lentamente, em silêncio, de volta à mansão abandonada e, na intenção de deixar o armário mais confortável, ela o forrou com cobertores que pegara na sala dos funcionários.

– Você precisa ir embora. Não se preocupe com isso – ele pegou o último cobertor que ela ainda ia colocar em seu ninho improvisado e então praticamente desmaiou dentro do armário.

– Olha, coloquei o saco de comida bem aqui. É do tipo que não estraga. E não se esqueça de beber bastante água e suco. É bom se hidratar – ela disse, sentindo-se subitamente preocupada por deixá-lo daquele jeito, parecendo tão fraco e cansado.

– Pode deixar. Vá.

– Tudo bem. É. Tô indo. Mas vou tentar voltar aqui amanhã.

Cansado, Rephaim apenas assentiu.

– Tudo bem. Tá. Fui.

De repente, Stevie Rae virou para trás ao ouvi-lo dizer: – Você devia falar com sua mãe.

Ela parou como se tivesse dado de cara com um trator.

– Por que cargas d'água você resolveu falar da minha mãe?

Ele piscou os olhos umas duas vezes, parecendo confuso, fez uma pausa e finalmente respondeu: – Você falou dela enquanto fazia o curativo na minha asa. Você não se lembra?

– Não. Sim. Acho que eu não estava prestando muita atenção ao que dizia – Stevie Rae automaticamente esfregou o braço direito. – No geral, só fiquei mexendo a boca enquanto corria para fazer o serviço.

– Eu fiquei ouvindo o que você dizia para não prestar atenção na dor.

– Ah – Stevie Rae não soube o que dizer.

– Você disse que ela acha que você está morta. Eu só... – ele não completou, parecendo confuso, como se estivesse tentando decifrar uma língua estranha. – Só pensei que você devia dizer a ela que está viva. Ela ia querer saber, não é?

– É.

Eles se entreolharam demoradamente, até que ela finalmente se obrigou a falar: – Tchau, e não se esqueça de comer.

E então praticamente saiu correndo do museu.

– Por que diabos fiquei tão surtada por ele falar da minha mãe? – Stevie Rae perguntou a si mesma em voz alta.

Ela sabia a resposta, e não queria dizê-la em voz alta. Ele *prestara atenção* no que ela dissera; importava-se com o fato de ela sentir saudade da mãe. Enquanto estacionava na Morada da Noite e saía do carro de Zoey, Stevie Rae reconheceu que o que a fizera surtar na verdade não fora o fato de ele se importar com ela, e sim o que a preocupação dele a fez sentir. Ela ficou feliz por ele se importar, mesmo sabendo do perigo que representava sentir aquela felicidade porque um monstro gostava dela.

– Aí está você! Já estava na hora de voltar – Dallas praticamente pipocou de dentro de um arbusto, surgindo na frente de Stevie Rae de repente.

— Dallas! Eu juro pela Deusa que vou te dar uma porrada se não parar de me dar sustos.

— Deixa pra me bater depois. Agora você tem que voltar para o Salão do Conselho, pois Lenobia não gostou de você ter saído.

Stevie Rae suspirou e subiu com Dallas para a sala em frente à biblioteca que a escola usava como Salão do Conselho. Ela ia entrar correndo, mas hesitou logo na entrada. A tensão no ar era tão pesada que quase dava para vê-la. A mesa era grande e redonda, supostamente para as pessoas se reunirem. Não neste dia. Agora, a mesa mais parecia um refeitório de escola de ensino fundamental com seus nichos bem distintos que se odiavam mutuamente.

Sentados a um dos lados curvos da mesa estavam Lenobia, Dragon, Erik e Kramisha. Os professores Penthasilea, Garmy e Vento estavam no outro. Pareciam estar no meio de algo tipo uma guerra de caras feias, quando Dallas limpou a garganta e Lenobia olhou para eles.

— Stevie Rae! Finalmente! Sei que o momento é peculiar, e estamos todos extremamente estressados, mas gostaria que você contivesse seu próximo ímpeto de sair por aí quando for convocada uma reunião do Conselho. Você está ocupando temporariamente a posição de Grande Sacerdotisa, logo, deveria se lembrar de se comportar de acordo.

Lenobia falou de um jeito tão áspero que Stevie Rae ficou furiosa na hora. Ela abriu a boca para devolver na mesma moeda, dizendo à Mestra dos Cavalos que não lhe devia obediência e para então sair daquela droga de sala para ligar para Veneza. Mas não era mais nenhuma novata, e sair batendo pé do grupo de *vamps* que queria o bem Zoey — bem, ao menos alguns deles queriam — não ia ajudar em nada.

Comece como quer terminar, ela quase ouviu em sua mente a voz da mãe. Então, em vez de dar um chilique e sair, Stevie Rae entrou na sala e se sentou em uma das cadeiras entre os dois grupos. Fez questão de não transparecer irritação ao falar. Na verdade, fez de tudo para imitar o jeito da mãe quando estava realmente decepcionada com a filha.

— Lenobia, minha afinidade é com a terra. Isso significa que às vezes preciso me afastar de todo mundo e me isolar com a terra. É assim que consigo pensar, e no momento todos precisamos pensar. Portanto, vou me ausentar às vezes, com ou sem permissão de quem quer que seja, tenha você convocado uma reunião ou não. E não estou *ocupando temporariamente* a posição de Grande Sacerdotisa. Eu *sou* a primeira e única Grande Sacerdotisa vampira vermelha no mundo inteiro. Coisa nova. De modo que acho que precisaremos de novas definições que incluam essas novidades e, sabe, talvez eu tenha que ir determinando essas definições enquanto lido com as questões de Grande Sacerdotisa Vermelha – ela virou para o outro lado do recinto e acrescentou rapidamente: – Oi, professores P., Garmy e Vento. Quanto tempo.

Os três professores murmuraram "oi", e ela não deu bola para o fato de estarem encarando suas tatuagens vermelhas como se ela fosse um experimento científico que deu errado.

– Bem, Dallas disse que Neferet apresentou o corpo de Kalona ao Conselho Supremo, e parece que sua alma também está despedaçada – Stevie Rae disse.

– Sim, apesar de alguns não acreditarem nisso – disse a professora P., lançando um olhar sombrio para Lenobia.

– Kalona não é Erebus! – Lenobia praticamente explodiu. – Assim como todos sabemos que Neferet não é a encarnação terrena de Nyx! Esse assunto é simplesmente ridículo.

– O Conselho relata que a Profetisa Aphrodite anunciou que o espírito do imortal alado se despedaçou como o de Zoey – afirmou a professora Garmy.

– Peraí – Stevie Rae levantou a mão para interromper a nuvem de palavras que nitidamente se aproximava de Kramisha. – Você disse *Aphrodite* e *Profetisa?*

– É como o Conselho Supremo a chama – Erik disse secamente. – Apesar de a maioria de nós não a chamar assim.

Stevie Rae olhou para ele arqueando as sobrancelhas.

– É mesmo? Eu chamaria. Zoey chamaria. E você *já chamou*. Talvez não em voz alta, mas seguiu suas visões mais de uma vez. Fui Carimbada com ela, não que eu tenha gostado, mas posso afirmar com toda certeza que ela foi tocada por Nyx e sabe das coisas. Sabe, aliás, de muitas coisas – Stevie Rae olhou para a professora Garmy. – Aphrodite tem como sentir algo relativo ao espírito de Kalona?

– É o que acredita o Conselho Supremo.

Stevie Rae soltou um longo suspiro de alívio.

– Essa é a melhor notícia que ouvi nos últimos dias – ela deu uma olhada no relógio e começou a calcular as sete horas de fuso horário para Veneza. Eram mais ou menos dez e meia da noite em Tulsa, o que significava que lá o sol ainda não devia ter nascido. – Preciso de um telefone. Tenho que ligar para Aphrodite. Caraca! Deixei o celular no meu quarto – ela começou a se levantar.

– Stevie Rae, o que você está fazendo? – Dragon perguntou, e todos olharam para ela.

Ela hesitou o bastante antes de se voltar novamente para os *vamps*, que lhe cravaram seus olhares tensos.

– Que tal eu dizer o que *não* vou fazer? *Não* vou ficar sentada discutindo quem é Kalona ou quem é Neferet enquanto Zoey precisa de ajuda. Não vou desistir de Z. e não vou deixar vocês me forçarem a participar desta briguinha de professores – Stevie Rae encarou os olhos arregalados de Kramisha. – Você acredita que eu seja sua Grande Sacerdotisa?

– Acredito – Kramisha respondeu sem hesitar.

– Ótimo. Então venha comigo. Você está perdendo tempo aqui. Dallas?

– Como sempre, tô contigo, garota.

Stevie Rae olhou os vampiros, um por um.

– Vocês todos precisam se controlar e ter força. Agora, a única Grande Sacerdotisa que sobrou nesta droga de escola vai dar uma notícia de máxima importância: Zoey não morreu. E vocês podem acreditar, porque eu sei o que é morrer. Já morri e sei como é – Stevie Rae deu as costas a todos e se retirou com seus novatos.

8

Aphrodite

Aphrodite não deixou Darius tirá-la do Salão do Conselho. Não podia largar Zoey apenas com um guerreiro totalmente fora de si, uma horda de *nerds* semi-histéricos parados diante dela e uns doidos varridos no meio de toda a merda que Neferet estava armando.

– Sim, acho que é importante observar de perto o corpo de Erebus enquanto seu espírito está ausente. Talvez isso seja apenas um estado temporário no qual ele mergulhou em reação ao ataque de Zoey – Neferet dizia ao Conselho Supremo.

– Ataque de Zoey *contra ele*? Você está realmente dizendo isso? – Stark, de olhos inchados e rosto encovado, parecia prestes a explodir.

– Vá ajudar Stark a se controlar – Aphrodite sussurrou para seu guerreiro. Ao ver que ele hesitava, acrescentou: – Tô bem. Vou ficar sentadinha aqui, ouvindo e aprendendo, igualzinho quando as recepções da minha mãe davam errado.

Darius assentiu e foi rapidamente para o lado de Stark, pondo a mão no seu ombro. Aphrodite achou bom sinal Stark não empurrar a mão do guerreiro, mas, por outro lado, o garoto da flecha parecia estar nas últimas. Ela imaginou o que aconteceria com um guerreiro se sua Sacerdotisa morresse, e ficou arrepiada ao sentir uma terrível premonição do que poderia estar por vir.

– Zoey de fato atacou Erebus. Seu corpo desprovido de espírito é prova inegável disso – Neferet disse com sua voz presunçosa.

– Zoey estava tentando impedir que o imortal matasse seu consorte – Darius interveio antes que Stark reagisse aos berros.

– Ah, então a questão é essa, não é? – Neferet sorriu suavemente para Darius, e Aphrodite ficou com vontade de lhe arrancar os olhos. – Por que meu consorte quis fazer mal a Heath, consorte de Zoey? O único dado concreto que temos sobre o caso são as últimas palavras do próprio Erebus antes de seu espírito ser arrancado do corpo. Suas últimas palavras foram "eu estava protegendo minha Deusa". O que aconteceu entre Zoey, Heath e Erebus é bem mais complicado do que possa parecer para uma testemunha jovem e atormentada.

– Não foi nenhuma briga por causa de Nyx! Kalona matou Heath! Provavelmente por ciúme do amor de Zoey por ele – Stark disse, e parecia não haver nada na vida que quisesse mais do que apertar o pescoço branco de Neferet.

– E como você se sentia em relação ao amor de Zoey por Heath? O laço entre um guerreiro com sua protegida é muito íntimo, não é? Você estava com eles quando ocorreu o esfacelamento das almas. Qual é a sua culpa, guerreiro? – Neferet questionou.

Darius segurou Stark para que ele não avançasse sobre Neferet, e Duantia tratou de levantar a voz para dissipar a tensão.

– Neferet, creio que estamos todos de acordo que há muitas perguntas sem respostas no que se refere à tragédia que ocorreu hoje em nossa ilha. Stark, também entendemos a paixão e a raiva que você sente devido à perda de sua Sacerdotisa. É um duro golpe para qualquer guerreiro...

As palavras sábias de Duantia foram interrompidas pelo som de Aretha Franklin cantando "Respect" a plenos pulmões – o som vinha da bolsinha Coach que Aphrodite trazia pendurada no ombro.

– Opa, ahn, desculpem, hein? – Aphrodite abriu freneticamente o zíper da bolsa e pegou seu iPhone. – Acho que esqueci de deixar o celular apenas vibrando. Não sei quem pode ser... – sua voz foi sumindo quando ela viu que era Stevie Rae. E pensou em apertar o botão de ignorar, mas, de repente, *sentiu* algo; algo bem forte e claro. Ela precisava falar com Stevie Rae. – Ahn, desculpem novamente, mas realmente preciso atender – Aphrodite subiu correndo a escadaria para sair do Salão do Conselho, sentindo-se exposta demais enquanto todo mundo a fuzilava com os olhos como se tivesse batido em um bebê ou afogado um filhotinho de cachorro. – Stevie Rae – ela sussurrou afobadamente –, sei que você deve ter acabado de saber o que aconteceu com Z. e está surtada, mas agora realmente não é hora para isso.

– Você é capaz de sentir os espíritos e tudo o mais que acontece no Mundo do Além? – Stevie Rae perguntou sem se dar ao trabalho de falar nem "oi, tudo bem", nem nada.

Alguma coisa em seu tom de voz impediu Aphrodite de responder da maneira sarcástica de sempre.

– Sim, estou começando a ser capaz disso. Pelo jeito, estou sintonizada com o Mundo do Além desde que comecei a ter visões, mas só hoje me dei conta disso.

– Cadê o corpo de Kalona?

Aphrodite foi para o canto da sala de espera. Não tinha ninguém por perto, mas mesmo assim ela precisava falar baixo: – Lá embaixo, em frente à Câmara do Conselho Supremo.

– Neferet também está aí?

– É claro.

– Zoey?

– Ela também. Bem, seu corpo está. Z. está totalmente apagada. Stark surtou geral com o que aconteceu e está tão "p" da vida com Neferet que mal consegue pensar direito. Darius está segurando a onda para ele não partir pra cima dela. A horda de *nerds* está histérica.

– Mas você está com a cabeça no lugar.

Stevie Rae não perguntou, mas Aphrodite respondeu mesmo assim.

– Alguém precisa estar.

– Ótimo. Bem... Acho que descobri algo sobre Kalona. Se eu estiver certa, Neferet está afundada no mal até a medula; tanto que conseguiu aprisionar o corpo de Kalona de modo que seu espírito tem que obedecê-la para conseguir voltar ao próprio corpo.

– Isso não é surpresa nenhuma, é?

– Aposto que surpreenderia a maioria do Conselho Supremo. Neferet tem o dom de levar as pessoas para o seu lado.

Aphrodite bufou.

– Até onde eu sei, a maioria não tem a menor noção de quem ela é.

– Foi o que pensei. Então, atacá-la abertamente aí vai ser bem mais difícil do que quando ela estava aqui.

– Em suma, é isso. E qual é a parada com Kalona?

– Você precisa dar uma olhada no corpo dele usando seus superpoderes de Homem-Aranha do Mundo do Além.

– Você é muito caipira. Não existe Homem-Aranha. Ele é uma bobagem de um personagem de história em quadrinhos, fruto da imaginação – Aphrodite rebateu.

– Na verdade, são *graphic novels*, não revistas em quadrinhos. Não seja tão crítica. Não tenho tempo para discutir com você sobre os benefícios das *graphic novels* para a imaginação das pessoas – Stevie Rae devolveu.

– Ah, por favor, para mim o negócio é assim: se tem pena, bico e faz quá-quá, então é pato. *Hello*, se tem desenhos com palavras em balõezinhos, então é história em quadrinhos. São revistas em quadrinhos debiloides para *nerds* antissociais que não tomam banho. Ponto final.

– Aphrodite! Concentre-se! Volte ao Salão do Conselho e veja o corpo de Kalona com seus sentidos *sobrenaturais-de-outro-mundo*. Procure qualquer tipo de esquisitice que ninguém mais pode ver. Tipo, sei lá...

– Uma teia de aranha nojenta e pegajosa feita de Trevas enrolada no corpo inteiro dele como umas correntes bizarras? – Aphrodite sugeriu.

– Não fica zoando com a minha cara agora. É muito importante – a voz de Stevie Rae ficou completamente séria.

– Não tô zoando. Estou dizendo o que já vi. O corpo dele está completamente coberto por teias negras feitas de um troço nojento, que pelo jeito ninguém está vendo, a não ser *moi*.

– É Neferet! – a voz de Stevie Rae saiu tensa. – Ela estabeleceu uma conexão com as Trevas, tipo o mal com "M" maiúsculo. É assim que ela está usando o poder da Tsi Sgili. Ela conseguiu aprisionar Kalona com esse poder logo depois que Zoey lhe feriu a alma. Foi a única vez que seu corpo ficou fraco a ponto de estar vulnerável.

– Como você sabe disso?

– Foi assim que os Cherokees o prenderam da última vez – Stevie Rae usou apenas parte da verdade que podia dizer a quem quer que fosse para se desviar da pergunta. – A-ya ferrou com o espírito de Kalona usando emoções que ele não costumava sentir, e as anciãs se valeram da sua fraqueza para prendê-lo.

– Faz sentido realmente. Então, agora Neferet conseguiu deixá-lo amarrado e sem alma. Por quê? Ela é sua amante megassafada. Por que não quer que ele esteja ao seu lado? Os dois podiam sumir juntos sem ser punidos pela morte de Heath.

– É. Só que tem duas coisas: Neferet pareceria culpada, e o Conselho Supremo seria forçado a agir contra ela. E ela não poderia ter cem por cento de certeza de que Zoey fosse morrer.

– Que diabo é isso? O Conselho disse que ela tem uma semana, mas até lá Z. já morreu.

– Não é verdade. Se a alma dela retornar ao corpo, Z. não morre. Neferet sabe disso, então...

– Ela aprisionou o corpo de Kalona e o mandou seguir Z. ao Mundo do Além para impedir que ela volte para o corpo – Aphrodite completou. – Porra, isso faz todo sentido! Mas tem algo que não combina. Kalona é totalmente obcecado por Z. Não acho que quisesse vê-la morta.

– É. Mas e se o único jeito de ele conseguir o próprio corpo de volta for matando Zoey?

Aphrodite respondeu com uma voz mais dura.

– Então ele vai matá-la. Stevie Rae, que diabo vamos fazer?

– Temos que dar um jeito de proteger Z. e ajudá-la a voltar para o seu corpo. Mas não, não sei como fazer isso – ela hesitou e, cruzando os dedos atrás das costas por causa da semimentira, acrescentou: – Hoje, a terra me ajudou a descobrir umas coisas superestranhas sobre Kalona. Parece que ele já foi guerreiro de Nyx. Quer dizer, ele já foi do bem.

Então, aconteceu alguma coisa no Mundo do Além e a Deusa o baniu, e ele caiu na Terra.

– Ou seja, ele conhece o Mundo do Além bem melhor do que qualquer um de nós – Aphrodite concluiu com tristeza.

– É. Caraca! O que precisamos é de um guerreiro para Zoey no Mundo do Além, que possa enfrentar Kalona e trazê-la de volta para o corpo.

Aphrodite sentiu um pequeno lampejo de compreensão ao ouvir as palavras de Stevie Rae.

– Mas ela já tem um guerreiro.

– Stark está *neste* mundo. Não no do Além.

– Mas um guerreiro e sua Sacerdotisa são conectados por um laço de espírito, de jura e de dedicação. Eu sei! Tenho isso com Darius – Aphrodite foi falando de um jeito cada vez mais alterado à medida que as peças iam se encaixando em sua mente. – E você não pode me dizer que meu guerreiro não me seguiria até a boca do inferno para me proteger. Tudo o que precisamos é levar a alma de Stark para o Mundo do Além para que ele possa proteger Z. lá, como faz aqui – e *isso deve salvá-lo também,* ela acrescentou em silêncio para si mesma.

– Não sei, Aphrodite. Stark deve estar bem baratinado depois de perder Zoey e tudo mais.

– Este é o ponto. Ele tem que salvar a si mesmo ao salvá-la.

– Mas isso não dá certo. Andei me lembrando de algo que li no *Manual do Novato 101*. Lá eles contam toda a história de uma Grande Sacerdotisa, que teve a alma despedaçada, e do seu guerreiro, que morreu ao ir atrás dela no Mundo do Além.

– Por favor, caipira. Isso está no Manual para assustar terceiros-formandos retardados que nem você, para que assim as novatas gostosas fiquem longe dos sensuais guerreiros Filhos de Erebus. Essa bobagem deve ter sido escrita por alguma Grande Sacerdotisa velha tipo maracujá de gaveta que já estava há, sei lá, uns cem anos sem ir pra cama com ninguém. Literalmente. Stark precisa ir atrás de Zoey no Mundo do Além, botar o espírito de Kalona pra correr e trazê-la de volta para cá.

– A coisa é bem mais complicada do que o que você está dizendo.
– Provavelmente. Mas não interessa. A gente dá um jeito.
– Como?

Aphrodite fez uma pausa e pensou em Thanatos, com seus olhos escuros e sábios.

– Acho que sei de alguém que pode ao menos nos apontar a direção certa.

– Não deixe Neferet saber que você está ligada no que ela está fazendo – Stevie Rae avisou.

– Não sou idiota, sua idiota – Aphrodite respondeu. – Deixe esse assunto em minhas extremamente capazes e bem tratadas mãos. Eu ligo mais tarde para dar notícias. Tchau! – ela apertou o botão de desligar antes que Stevie Rae pudesse dizer mais alguma coisa. E, sorrindo de um jeito dissimulado, voltou para o Salão do Conselho.

9

Stark

Quanto mais Stark ficava no mesmo recinto que Neferet, mais fervia de raiva. E isso era bom. Ele conseguia pensar ao sentir raiva, o que seria impossível se ficasse enterrado em sua tristeza. Deusa! A tristeza insuportável de perder sua Sacerdotisa... sua Zoey...

– Então estamos de acordo – Neferet concluiu. – Vou levar o corpo de meu consorte para Capri. Lá, posso tomar conta dele até...

Stark finalmente registrou na mente o que a cachorra estava dizendo e então a rodeou, mas Darius o segurou pelo braço quando faltava pouco para atacar aquela maldita do inferno.

– Você não pode deixá-la escapar com ele! – Stark berrou para Duantia, a Líder do Conselho Supremo. – Kalona matou Heath; eu vi. Zoey viu. Foi por isso que ela ficou *assim* – ele apontou o corpo inerte de Zoey sem baixar os olhos. Não conseguia olhar para ela.

– Escapar? – Neferet zombou. – Eu já concordei em ser escoltada por um grupo de guerreiros Filhos de Erebus e apresentar relatórios regulares ao Conselho sobre o estado de consciência de Erebus. Afinal, meu consorte não é nenhum criminoso. E não é contra nossas leis um guerreiro matar um humano se for a serviço da Deusa.

Stark ignorou Neferet e se concentrou em Duantia.

– Não a deixe ir embora. Não a deixe levá-lo. Ele fez mais do que matar um humano, e eles não estão a serviço de Nyx.

– Mentiras propagadas por uma adolescente ciumenta cujo autocontrole era tão parco que sua alma eterna acabou sendo despedaçada! – Neferet devolveu.

– Vaca desgraçada! – Stark avançou em direção a Neferet, que sequer piscou. Apenas levantou sua elegante mão e a apontou para Stark com a palma para cima. Enquanto tentava se soltar de Darius, Stark achou ter visto uma fumaça preta começar a se materializar ao redor dos dedos de Neferet.

– Pare, Stark! Seu idiota!

De repente, Aphrodite estava bem na frente dele. Stark sabia que ela era amiga de Zoey, mas, se Darius não o estivesse segurando com braços fortes, não teria hesitado em passar por cima dela para alcançar Neferet.

– Stark! – Aphrodite berrou. – Você não está ajudando a Zoey!

Então a loura fez algo que o chocou totalmente e a julgar pelo jeito com que Darius aspirou incisivamente, chocou seu guerreiro também. Aphrodite segurou o rosto de Stark com as mãos macias e o forçou a olhar nos seus olhos, sussurrando palavras que mudaram sua vida.

– Eu sei como ajudar Zoey.

– Estão vendo como ele está fora de controle? Se o corpo de meu consorte permanecer aqui, sabe-se lá o que essa criança indisciplinada vai fazer! – Neferet emitiu seu veneno enquanto Stark mantinha os olhos cravados nos de Aphrodite.

– Jura? – Stark sussurrou ansiosamente. – Não está só falando merda?

Aphrodite levantou uma sobrancelha loura.

– Se você me conhecesse melhor, saberia que jamais *falo merda*, mas, sim. Juro por meu novo e irritantemente responsável título de Profetisa que sei como ajudar Zoey, mas precisamos afastá-la de Neferet. Tá ligado?

Stark assentiu uma vez e parou de se debater com os braços de Darius. Aphrodite tirou as mãos do seu rosto. Parecendo e soando como uma perfeita Profetisa de Nyx, ela se virou para encarar Neferet e o Conselho Supremo.

– Por que vocês estão tão dispostas a achar que Zoey vai morrer?

Duantia foi a primeira a responder.

– Sua alma abandonou o corpo não apenas em uma Viagem Espiritual ao Mundo do Além ou em comunhão temporária com a Deusa. Zoey foi despedaçada.

Uma dentre as componentes do Conselho que estava em silêncio até então se manifestou.

– Você precisa entender o que isso significa, Profetisa. O espírito de Zoey está em pedaços no Mundo do Além. Ela foi despojada das vidas passadas, das memórias e dos diferentes aspectos de sua personalidade. Está se tornando um Caoinic Shi', uma coisa nem viva nem morta, está sendo aprisionada no reino dos espíritos, ainda que sem o conforto de seu próprio espírito.

– Não. Sério mesmo. Fale inglês americano, não essa porcaria europeia ancestral confusa do cacete – Aphrodite plantou uma das mãos na curva da cintura e, com a outra, apontou com o dedo ao Conselho Supremo dos Vampiros em geral. – Sem essas referências malucas, explique por que diabos vocês estão dando Zoey como carta fora do baralho.

Stark ouviu algumas componentes do Conselho indignarem-se com as palavras insolentes de Aphrodite e registrou o olhar presunçoso do tipo "eu disse que eles estão fora de controle" que Neferet trocou com várias *vamps*, mas Thanatos respondeu tranquilamente.

– O que Aether está dizendo é que as camadas do espírito que fazem Zoey ser quem é hoje, ou seja, suas vidas e experiências passadas, sua personalidade, foram desassociadas dela, e sem essas camadas intactas é impossível ela descansar no Mundo do Além ou seu espírito retornar ao corpo neste mundo. Imagine que lhe aconteça um terrível acidente e as camadas de pele, músculo e osso que a protegem sejam tiradas de seu corpo, deixando os órgãos vitais expostos e indefesos. O que aconteceria com você?

Aphrodite fez uma pausa, e Stark a viu titubear, sem querer dar a resposta óbvia, mas olhou para ele rapidamente e, quando seus olhos se encontraram, ele ficou surpreso em ver triunfo e excitação nos olhos dela.

— Se meu coração não tiver nenhuma proteção, ele para de bater. Então, por que não arrumar um jeito de proteger Zoey?

Proteção! Eu sou a proteção de Zoey! Um ligeiro arrepio de esperança passou pelo corpo de Stark.

— Eu sou a proteção dela! — ele disse sem pensar. — Não me importa se é neste ou no outro mundo. Basta me mostrar onde ela está, e lá estarei para defendê-la.

— Isso de fato tem sua lógica, Stark — Thanatos observou. — Mas seus dons são de guerreiro, o que significa que são ligados ao corpo, não ao espírito.

— Proteção é proteção — Stark insistiu. — Basta me mostrar onde ela está, o resto eu resolvo.

— Zoey precisa reagrupar seu espírito, e essa batalha você não pode travar por ela — Aether interveio.

— Mas posso estar lá para ajudá-la enquanto ela se recompõe. Posso protegê-la — Stark insistiu.

— Um guerreiro vivo não pode entrar no Mundo do Além. Nem mesmo para acompanhar sua Grande Sacerdotisa — Aether respondeu.

— Se você tentar, também se perderá — Duantia confirmou.

— Você não tem certeza disso — Stark a desafiou.

— Não há registro em nossa história de nenhum guerreiro que alguma vez tenha se recuperado da tentativa de seguir o espírito despedaçado de sua Sacerdotisa pelo Mundo do Além. Ambos sempre faleceram, tanto o guerreiro quanto a Grande Sacerdotisa — Thanatos respondeu.

Stark sentiu um lampejo de surpresa. Ele sequer pensara naquilo, ou seja, na possibilidade de ele mesmo vir a morrer também. Com distanciado senso de curiosidade, percebeu que não se importava muito com a ideia da morte, pelo menos não se fosse para cumprir o Juramento que fizera a Zoey. Mas, antes que pudesse responder, a voz fria de Neferet se intrometeu de novo.

— E todos esses guerreiros e Grandes Sacerdotisas eram mais velhos e mais experientes do que você.

– Talvez fosse este o problema deles. – Aphrodite falou baixinho, apenas para Stark ouvir. – Eles eram velhos *demais* e tinham experiência *demais*.

A esperança se acendeu em Stark outra vez. Ele se dirigiu a Duantia.

– Eu estava errado. Neferet deve ter o direito de levar Kalona para onde quiser, mas quero o mesmo direito de levar Zoey comigo.

Ele parou e fez um gesto abarcando Aphrodite, Darius e os outros jovens que estavam agrupados não muito longe.

– Queremos levar Zoey conosco.

– Stark, não posso concordar com algo que pode representar uma sentença de morte para você também – Duantia falou com muita compaixão, mas também com muita firmeza. – Em até uma semana, Zoey vai morrer. O melhor lugar para ela é aqui, em nossa enfermaria, recebendo todo o conforto durante o tempo que lhe resta. O melhor que você pode fazer é se preparar para o final inevitável, e não se sacrificar com tentativas vãs de salvá-la.

– Você é muito jovem – Thanatos continuou. – Tem uma vida longa e produtiva pela frente. Não corte a teia que o Destino traçou para você.

– Zoey ficará aqui até o fim – Duantia assentiu, concordando. – Claro que você pode ficar ao lado dela.

– Ahn, com licença. Não quero faltar com o respeito nem nada disso – todos passaram a prestar atenção no grupo de amigos de Zoey, que estava, até então, basicamente em silêncio, imersos em tristeza e perplexidade. A mão de Damien estava levantada como se ele estivesse em uma sala de aula esperando o professor lhe dar a vez de falar.

– Quem é você, novato? – Duantia perguntou.

– Meu nome é Damien, e sou um dos amigos de Zoey.

– Ele também tem afinidade com o ar – Jack acrescentou, esfregando o rosto molhado de lágrimas com as mãos.

– Ah, ouvi falar de você – Duantia disse. – Deseja se dirigir ao Conselho?

– Ele é um novato. Deve ser visto, não ouvido em reuniões do Conselho – Neferet repreendeu.

– Eu não sabia que você respondia pelo Conselho Supremo dos Vampiros, Neferet – Aphrodite a desafiou.

– E não responde – disse Thanatos, lançando um olhar severo para Neferet antes de se voltar para Damien. – Novato, deseja se dirigir ao Conselho?

Damien se aprumou no assento, engoliu em seco e respondeu: – Afirmativo.

Thanatos retorceu os lábios em um princípio de sorriso.

– Então, você pode falar, Damien. E também pode abaixar a mão.

– Ah, obrigado – Damien abaixou a mão afobadamente. – Bem, só quero dizer, muito respeitosamente, que a lei dos vampiros diz que, na condição de guerreiro sob juramento de Zoey, Stark tem o direito de decidir onde e como ela deve ser protegida. Pelo menos, é o que me lembro das anotações que fiz nas aulas de Sociologia Vampírica do semestre passado.

– Zoey está morrendo – Duantia falou de modo incisivo, mas com um tom gentil. – Você precisa entender que seu guerreiro em breve será liberado de seu Juramento.

– Entendo. Mas ela não morreu *ainda,* e só estou dizendo que seu guerreiro tem o direito de ser seu protetor, da maneira que achar melhor, enquanto vida ela *ainda* tiver.

– Devo concordar com o novato – Thanatos respondeu, assentindo respeitosamente para Damien. – A princípio, ele está absolutamente correto. É a lei, além do mais, é responsabilidade do guerreiro sob juramento decidir o que é melhor para a segurança da Grande Sacerdotisa. Zoey Redbird está viva; portanto, ainda está sob a proteção do seu guerreiro.

– E o resto do meu Conselho? Vocês concordam com Thanatos? – Duantia perguntou.

Stark prendeu a respiração enquanto as outras cinco Grandes Sacerdotisas diziam "sim" solenemente ou assentiam de forma breve.

– Muito bem, novato Damien – Thanatos disse.

Damien corou.

– Obrigado, Sacerdotisa.

Duantia balançou a cabeça.

– De minha parte, não fico tão contente quanto Thanatos com a perspectiva da morte de um guerreiro jovem e promissor – e, dando de ombros, concordou. – Mas o Conselho está de acordo. Apesar de me entristecer, aceito a vontade de meu Conselho e nossas leis. Stark, onde deseja que a Grande Sacerdotisa passe seus últimos dias?

Antes que ele pudesse responder, Neferet interrompeu com sua voz fria.

– Devo entender que esse acordo implica que também posso partir levando meu consorte?

– Já decidimos, Neferet – Thanatos respondeu exatamente com a mesma frieza de Neferet. – De acordo com as condições estabelecidas, você pode retornar a Capri com o corpo de seu consorte.

– Obrigada – Neferet disse, sem maiores delongas, e fez um gesto brusco para os Filhos de Erebus, que tinham carregado Kalona para dentro do Salão do Conselho em uma maca. – Tragam Erebus. Vamos embora daqui – Neferet curvou-se o mais ligeiramente possível perante o Conselho e saiu do recinto com passos imperiosos.

Todos estavam olhando para a retirada de Neferet quando Aphrodite agarrou o braço de Stark e disse, ansiosa: – Não diga para onde pretende levar Zoey.

– Agora que a interrupção acabou, você pode comunicar ao Conselho para onde gostaria de levar sua Grande Sacerdotisa, Stark – Thanatos disse.

– No momento, quero levá-la para nosso quarto no palácio. Isto é, se a senhora concordar. Realmente preciso de um pouquinho de tempo para pensar o que é melhor para Zoey, e ainda não tive oportunidade de fazer isso.

– Jovem, mas sábio – Thanatos sorriu em aprovação.

– Fico feliz em perceber que você conseguiu domar sua raiva, guerreiro – Duantia disse. – Que você continue a pensar com clareza e sabedoria.

Stark trincou os dentes e abaixou a cabeça respeitosamente, tomando o cuidado de não olhar nos olhos de nenhuma das componentes do Conselho, temendo que percebessem que sua raiva estava longe de ter sido domada.

– O Conselho permite que você se recolha ao palácio com sua Grande Sacerdotisa ferida e seus amigos. Amanhã, você nos dirá para onde a levará. Por favor, saiba que você ainda pode decidir ficar aqui. Se assim decidir, providenciaremos abrigo para todos pelo tempo que for necessário.

– Obrigado – Stark agradeceu e fez uma mesura formal para o grupo de poderosas Grandes Sacerdotisas.

– O Conselho está suspenso. Voltaremos a nos reunir amanhã. Até lá, desejo sinceramente que estejam todos abençoados.

Antes mesmo de Darius poder ajudá-lo, Stark foi até Zoey, suspendeu-lhe o corpo nos braços e, apertando-a junto a si, carregou-a para fora do Salão do Conselho.

Stark

– Conte tudo que você sabe – Stark tinha acabado de deitar o corpo de Zoey na cama da suíte que lhes fora designada quando inquiriu Aphrodite.

– Bem, não é muita coisa, mas basta para me fazer achar que os *vamps* estão errados – Aphrodite respondeu, aninhando-se em uma enorme poltrona de veludo ao lado de Darius.

– Você quer dizer que conhece um caso no qual um guerreiro chegou a trazer sua Grande Sacerdotisa do Mundo do Além? – Damien perguntou enquanto ele e Jack puxavam cadeiras da sala para o quarto da suíte.

– Não. Não exatamente.

– Como assim, Aphrodite? – Stark ficou andando de um lado para outro em frente à cama de Zoey.

– Quero dizer que não tô nem aí para a história ancestral. Zoey não é como as Grandes Sacerdotisas cheias de frescuras daquela época.

– Quem ignora a história acaba por repeti-la – Damien disse baixinho.

– Eu não disse que estava ignorando, *gayzinho*. Disse que não tô nem aí para ela – o olhar incisivo de Aphrodite passou de Damien para as gêmeas, que ainda estavam paradas na entrada do quarto. – Gêmeas toupeiras, estão se escondendo por quê?

– Não estamos nos *escondendo,* sua horrorosa – Shaunee quase sussurrou.

– É, estamos sendo *respeitosas* – Erin acrescentou, sussurrando também.

– Ah, fala sério. Do que vocês estão falando? – Aphrodite quis saber.

– É desrespeitoso com o, hummm, corpo de Zoey ficar falando e tal enquanto ela... – Shaunee parou de falar subitamente e olhou para a gêmea em busca de ajuda.

Antes que Erin pudesse, como sempre, terminar sua frase, Stark disse: – Não. Não a estamos tratando como morta. Ela simplesmente não está aqui, só isso.

– Então, é mais tipo uma sala de espera do que de hospital – Jack complementou, esticando o braço de onde estava sentado para tocar a mão de Zoey.

– É – Stark confirmou. – Só que é uma sala de espera de algo muito bom.

– Tipo no Departamento de Trânsito, quando a pessoa passa no teste de motorista, é obrigada a tirar uma foto horrorosa e fica em uma sala esperando pela carteira de motorista? – Jack perguntou.

– Exatamente, só que sem a sujeira e os ignorantes – Aphrodite respondeu. – Então, peguem cadeiras e venham para cá, compartilhadoras de cérebro, e parem de agir como se estivessem diante do cadáver de Zoey.

As gêmeas hesitaram, trocaram um olhar, deram de ombros e então puxaram duas cadeiras para dentro do quarto e se juntaram ao pequeno círculo.

— Muito bem, agora que estamos todos juntos nessa, você precisa nos dizer o que ficou sabendo pela Stevie Rae — Darius pediu.

Aphrodite sorriu para seu guerreiro.

— Como sabe que recebi alguma informação de Stevie Rae?

Darius tocou-lhe o rosto delicadamente.

— Eu te conheço.

Stark cerrou os punhos e desviou o olhar da clara manifestação do laço que unia Aphrodite e Darius. E ficou com vontade de bater em alguma coisa. *Precisava* bater. Ia explodir se não se livrasse de algumas das sensações que o sufocavam. Então as palavras que Aphrodite estava dizendo penetraram a confusão de sua mente, e ele se virou para encará-la.

— Repete o que você disse!

— Eu disse que Kalona está mesmo no Mundo do Além. Neferet o mandou para lá para garantir que Zoey não consiga se recuperar e nunca mais volte.

— Espere... Não. Eu me lembro de ter ouvido Kalona falar com Rephaim uma vez. Ele ficou muito irritado porque o *Raven Mocker* disse qualquer coisa sobre retornar ao Mundo do Além. Tenho certeza de que Kalona disse que não podia voltar porque Nyx o expulsara — Stark a alertou.

— Ela expulsou seu corpo, que realmente não está lá — Aphrodite explicou. — Foi sua alma que serpenteou de volta para lá.

— *Aiminhadeusa*! — Damien exclamou.

— Zoey está mais enrascada do que a gente pensava — Erin disse com tristeza.

— E a gente já achava que o negócio era sério antes — Shaunee concordou.

— Mas a coisa piora — Aphrodite disse. — Neferet está por trás de tudo isso — ela suspirou e olhou nos olhos de Stark. — Tá bem, não vai ser muito bom, mas vocês precisam ouvir e encarar os fatos. Kalona já foi guerreiro de Nyx.

A cor fugiu do rosto de Stark.

— Foi o que Zoey me disse logo antes de... — ele passou a mão pelos cabelos. — Não acreditei nela. Fiquei irritado, com ciúme, fui estúpido. Por isso eu não estava lá quando ela viu Kalona matar Heath.

– Você vai ter que arrumar um jeito de perdoar a si mesmo por esse erro – Darius disse a Stark. – Se não se perdoar, não poderá se concentrar no aqui e agora.

– E vai ser preciso uma concentração do cacete para salvar Zoey – Aphrodite emendou.

– Porque Stark vai ter que ir ao Mundo do Além e combater Kalona por Zoey – Jack disse com a voz abafada, quase como se estivesse falando na igreja.

– E dar um jeito de ajudá-la a juntar os pedaços de sua alma – Damien reforçou.

– Então é isso o que vou fazer – Stark ficou satisfeito em soar seguro, quando, na verdade, sentia-se como se tivesse levado um soco no estômago.

– Se você tentar fazer isso sem a preparação correta, não terá a menor chance de ter sucesso, jovem guerreiro.

Os olhos de Stark acompanharam a voz que veio da entrada, onde estava Thanatos, alta, implacável e muito além da personificação da Morte.

– Então me diga como é a preparação correta! – Stark sentiu vontade de gritar sua frustração para o mundo todo.

– Para entrar em uma batalha no Mundo do Além, o guerreiro dentro de você precisa morrer para que nasça o Xamã.

Stark não vacilou.

– Tudo que preciso fazer é me matar? Você quer dizer que assim minha alma poderá ir ao Mundo do Além e ajudar Zoey?

– Não pode ser a morte literal, guerreiro. Pense no efeito que isso teria sobre o já machucado espírito de Zoey, ter de suportar sua morte também, além da de seu consorte.

– Então não haverá jeito de ela sair do Mundo do Além – Damien disse solenemente. – Mesmo que ela consiga reagrupar os pedaços de sua alma.

– Exatamente, e acho que foi isso o que aconteceu com as outras Grandes Sacerdotisas cujos guerreiros as seguiram pelo Mundo do Além adentro – Thanatos disse, entrando no recinto e caminhando para perto do leito de Zoey.

– Então os outros guerreiros realmente se mataram para proteger suas Sacerdotisas? – Aphrodite se aproximou ainda mais de Darius e entrelaçou seus dedos nos dele.

– A maioria deles sim, e os guerreiros que não morreram antes de suas almas abandonarem seus corpos acabaram perecendo pouco depois. Vocês precisam entender que guerreiros não são Grandes Sacerdotisas. Eles não têm os dons necessários para se deslocar livremente no plano espiritual.

– Kalona está lá, e ele não é nenhuma Grande Sacerdotisa – Stark retrucou.

– Mesmo aqueles que não creem que ele seja Erebus encarnado sabem que esse ser que vocês chamam de Kalona é um imortal que veio parar aqui saindo do Mundo do Além. As regras de um guerreiro, ou mesmo de um vampiro que não é guerreiro, não se aplicam a ele.

– Mas ele está atado – Aphrodite disse, ansiosa. – Eu vi as correntes. Seu corpo está coberto por elas.

– Diga o que você viu, Profetisa – Thanatos pediu.

Aphrodite hesitou.

– Conte tudo – Damien reforçou, e Aphrodite olhou nos seus olhos. – Temos que confiar em alguém, senão a história vai se repetir com Stark e Zoey.

– Também podemos confiar na Morte – Stark disse. – Porque, seja como for, terei de encará-la para chegar a Zoey.

Aphrodite fitou o rosto pálido de Darius.

– Eu concordo.

– Eu também – Jack confirmou.

– É isso aí – Shaunee assentiu.

– Conta tudo – e Erin acrescentou.

– Tudo bem – Aphrodite concordou. Ela deu um sorriso amargo para Thanatos. – Então acho melhor começar por Neferet, e é melhor você se sentar.

10

Stark

Stark ficou bastante impressionado com o autocontrole que Thanatos demonstrou à medida que Aphrodite, com a ajuda de Damien, foi explicando tudo à Grande Sacerdotisa, começando pela chegada de Zoey à Morada da Noite, passando pela descoberta dos novatos vermelhos, o surgimento de Kalona, como foram percebendo lentamente o alcance da maldade de Neferet e finalmente terminando com a conversa que ela teve com Stevie Rae ao telefone.

Quando acabaram de contar a história, Thanatos se levantou e foi fitar o corpo de Zoey mais de perto. Quando a Grande Sacerdotisa finalmente falou, parecia que estava falando mais com Z. do que com eles.

– Então, desde o começo isso foi uma batalha entre Luz e Trevas, só que, até agora, ela foi travada basicamente no plano físico.

– Luz e Trevas? Parece que você está usando essas duas palavras como títulos – Damien observou.

– Muito perspicaz de sua parte, jovem novato – Thanatos respondeu.

– É o que Stevie Rae também estava fazendo. Usando as Trevas como um título – Aphrodite disse.

– Títulos? Como denominações como se fossem duas pessoas? – Jack perguntou.

– Não pessoas; isso seria limitar demais. Pense nelas mais como imortais poderosos o bastante para manipular a energia a tal ponto que o espírito pode ficar tangível – Thanatos respondeu.

— Você quer dizer no sentido de Nyx ser Luz e Kalona, ou o que ele representa, as Trevas? – Damien quis saber.

— Seria mais preciso dizer que Nyx é aliada da Luz. O mesmo se pode dizer em relação a Kalona e as Trevas.

— Tá, não sou a melhor aluna da classe, mas sou esperta e prestava atenção de verdade nas aulas. Na maioria das vezes. E nunca ouvi falar de nada disso – Aphrodite disse.

— Nem eu – Damien concordou.

— E isso já quer dizer alguma coisa, porque Damien, sim, é "a" melhor "aluna" da sala – Erin interveio.

— Só é – Shaunee concordou.

Thanatos suspirou e tirou os olhos de Zoey para fitar o resto do recinto.

— Sim, bem, é uma crença ancestral que não acho que tenha sido plenamente aceita por nossa sociedade, ou pelo menos pelas Sacerdotisas de nossa sociedade.

— Por quê? O que há de errado com ela? – Aphrodite perguntou.

— Ela se baseia em luta, em violência e no confronto entre as forças do bem e do mal.

Aphrodite deu um riso irônico.

— Você está falando de coisas de homem.

Thanatos levantou as sobrancelhas.

— Sim.

— Peraí. Por que a luta entre o bem e o mal seria especificamente coisa de homem? – Stark quis saber.

— A coisa vai além de uma simples crença de que existe o bem e que ele deve lutar contra o mal no mundo. Trata-se de uma personificação da Luz e das Trevas em seu nível mais elementar; são forças tão absortas em si mesmas que uma não pode existir sem a outra, apesar de tentarem constantemente se consumir uma à outra – Thanatos suspirou novamente ao ver os olhares de quem não estava entendendo nada. – Uma das mais antigas representações desse embate mostra a Luz como um enorme touro preto e as Trevas como um grande touro branco.

– Ahn? A Luz não deveria ser branca, e as Trevas, pretas? – Jack estava consufo.

– Muitos diriam isso, mas é assim que elas são representadas em nossos antigos pergaminhos. Estava escrito que cada uma das criaturas, a Luz e as Trevas, carregava alguma coisa que a outra desejava muito. Imaginem os touros, vaidosos de seus poderes, encontrando-se em eterno combate, ambos lutando para conseguir algo do outro, algo que jamais poderiam conseguir sem se autodestruir. Vi uma pintura dessa batalha certa vez, quando era uma jovem Grande Sacerdotisa, e nunca mais me esqueci de como era bruto, violento, perturbador. Os chifres dos touros se enganchavam. Seus corpos poderosos se contorciam na tentativa de atingir o outro, jorrava sangue, eles bufavam. Era um impasse assustador, e a pintura deixava tudo muito mais intenso. Até a respiração ofegante das criaturas parecia vibrar de tanto poder.

– Poder masculino – Darius disse. – Também vi essa representação quando estava treinando para me tornar guerreiro. A imagem estava na capa de uma daquelas publicações antigas escritas por grandes guerreiros do passado.

– Poder *masculino*. Entendo por que as líderes *vamps* quiseram varrer essa história para debaixo do tapete – Erin disse.

– Sério mesmo, gêmea – Shaunee concordou. – É poder masculino demais, e os *vamps* são basicamente *girl power*.

– Mas nosso sistema de crenças não tem nada a ver com a mulher suprimindo o poder masculino. Tem a ver com um saudável equilíbrio entre ambos – Darius lembrou.

– Não, guerreiro. A verdade é que nosso sistema de crenças não *deve* ter a ver com a mulher suprimindo o poder masculino; deve ter, sim, com a Luz e as Trevas, e a busca ancestral por equilíbrio entre os dois, sem que um destrua o outro. Imagine as imagens de Nyx que vemos por aí todo dia, com sua beleza e seu jeito feminino. Compare com a imagem de um poder bruto, liberado na forma de duas criaturas enormes e masculinas em combate. Vocês percebem como um mundo tentando contê-los, a ambos, estaria em conflito, e assim um precisa ser suprimido para que o outro se manifeste?

Aphrodite deu um riso irônico.

– Nem é tão difícil imaginar. Não consigo *nem pensar* naquele Conselho Supremo metido querendo ter qualquer tipo de associação com algo tão indigesto quanto dois touros gigantes e qualquer crença que eles possam representar.

– Ela não está se referindo a você – Stark disse, franzindo a testa para Aphrodite e olhando para ela com uma cara de quem diz "você não está ajudando".

Thanatos sorriu.

– Não, Aphrodite está correta. O Conselho mudou ao longo dos séculos, principalmente desde que existo, ou seja, nos últimos quatro séculos. Antes, ele era uma força vital do seu jeito peculiar, bem elementar, e de poder um tanto bárbaro. Mas em tempos modernos o Conselho se tornou... – a Grande Sacerdotisa hesitou, procurando a palavra correta.

– Civilizado – Aphrodite completou para ela. – Ele é supercivilizado.

– De fato – Thanatos concordou.

Aphrodite arregalou seus olhos azuis.

– E ser civilizado demais não é necessariamente bom, principalmente quando se trata de dois touros se enfrentando e derrubando qualquer coisa que se interponha entre eles.

– Zoey está sinistramente perto da Luz – Damien disse baixinho.

– Tão perto a ponto de ser furada pelas Trevas – Stark ressaltou. – Especialmente se as Trevas tiverem sido enviadas para garantir que ela jamais volte a alcançar a Luz.

O recinto mergulhou em silêncio enquanto todos os olhos se voltaram para Zoey, calada e pálida, deitada sobre os civilizadíssimos lençóis de linho cor de creme.

Foi durante esse silêncio que Stark entendeu tudo e, com o instinto de um guerreiro guardando sua Grande Sacerdotisa, se deu conta de que acabara de achar o caminho certo a seguir.

– Então, quer dizer que descobrir como proteger Zoey não tem nada a ver com ignorar o passado. Mas, na verdade, com vasculhar mais profundamente o passado do que qualquer um pensaria em fazer nos dias de hoje – Stark disse, cada vez mais excitado.

– E tem a ver com aceitar e entender o poder rude que é liberado pelo combate entre Luz e Trevas – Thanatos completou.

– Mas onde raios podemos saber mais sobre isso? – Aphrodite perguntou, afastando o cabelo do rosto com um gesto que demonstrou sua frustração. – As crenças de que nós precisamos morreram, você mesma disse isso, Thanatos.

– Talvez não em toda parte – Darius interveio, aprumando-se na cadeira, fitando Stark com olhos incisivos e inteligentes. – Se você quiser encontrar crenças bárbaras e ancestrais, tem de ir a um lugar formado por um passado bárbaro e ancestral. Um lugar que é essencialmente desligado da atual civilização.

A resposta fez Stark ficar agitado.

– Eu tenho que ir para a Ilha.

– Exatamente – Darius assentiu.

– Que diabo vocês estão dizendo? – Aphrodite estava confusa.

– Estão falando do lugar onde os guerreiros eram treinados por Sgiach.

– Sgiach? Quem é esse? – agora era Damien que se mostrava perdido.

– É o título ancestral do guerreiro que chamavam de Grande Tomador de Cabeças – Darius respondeu.

– Para Sgiach, brutalidade e barbaridade eram coisas cotidianas – Stark emendou.

– Tá tudo muito bom, tudo muito bem, mas precisaríamos que ele estivesse vivo hoje, e não de uma velha história que os guerreiros conhecem, pois estou quase certa de que, se Stark não consegue viajar ao Mundo do Além, também não consegue viajar ao passado – Aphrodite apartou.

– Ela – Darius corrigiu.

– Ela? – Aphrodite fez cara de interrogação.

– Sgiach era uma guerreira, uma vampira de poderes impressionantes – Stark disse.

– E essas "velhas histórias", minha linda, também dizem que sempre haverá uma Sgiach – Darius deu um sorriso indulgente para Aphrodite. – Ela mora na Ilha das Mulheres, na Morada da Noite de lá.

– Existe uma Ilha das Mulheres Morada da Noite? – Erin quis saber.

– Por que a gente não sabia disso? – Shaunee continuou. – Você sabia? – ela perguntou a Damien.

Ele balançou a cabeça.

– Nunca ouvi falar.

– Porque vocês não são guerreiros – Darius respondeu. – A Ilha das Mulheres também é conhecida como Ilha de Skye.

– Skye? Escócia? – Damien perguntou.

– Sim. Lá foram treinados os primeiros vampiros guerreiros – Darius explicou.

– Mas não são mais, certo? – Damien questionou, olhando de Darius para Stark. – Quero dizer, o treinamento de guerreiro ocorre em todas as Moradas da Noite. Dragon Lankford treina um monte de guerreiros que vêm de toda parte, e ele não mora na Escócia.

– Você tem razão, Damien. No mundo moderno, o treinamento dos guerreiros ocorre nas escolas da Morada da Noite por todo o mundo – Thanatos confirmou. – Mais ou menos na virada do século dezenove, o Conselho Supremo decidiu que seria mais conveniente fazer as coisas assim.

– Mais conveniente e mais civilizado, posso apostar – Aphrodite disse.

– Você também tem razão, Profetisa – Thanatos confirmou novamente.

– Então é isso. Vou levar Zoey para Sgiach na Ilha das Mulheres – Stark anunciou.

– E daí? – Aphrodite quis saber.

– Daí eu fico incivilizado só para dar um jeito de adentrar o Mundo do Além sem morrer e, estando lá, faço o que for preciso para trazer Zoey de volta para nós.

– Ah – Aphrodite retrucou. – Isso até que nem parece má ideia.

– Se Stark tiver permissão para entrar na Ilha – Darius lembrou.

– É a Morada da Noite. Por que não o deixariam entrar? – Damien perguntou.

– É uma Morada da Noite diferente das outras – Thanatos interveio. – A decisão do Conselho Supremo de tirar de Skye o treinamento dos Filhos de Erebus e distribuí-lo pelas Moradas da Noite do mundo inteiro foi resultado de muitos, muitos anos de tensão e desconforto entre a Sgiach reinante e o Conselho.

– Você fala dela como se fosse uma rainha – Jack observou.

– E de certa forma ela é mesmo. Uma rainha cujos súditos eram guerreiros – Thanatos confirmou.

– Uma rainha encarregada dos Filhos de Erebus? Aposto que as *vamps* do Conselho Supremo não iam gostar disso, a não ser que a Rainha Sgiach também fizesse parte dele – Aphrodite disse.

– Sgiach é uma guerreira. E guerreiros não são permitidos no Conselho Supremo – Thanatos explicou.

– Mas Sgiach é mulher. Ela deveria poder ser votada para o Conselho – Damien protestou.

– Não – Darius esclareceu. – Nenhum guerreiro pode ocupar uma vaga no Conselho. É a lei dos vampiros.

– O que provavelmente deixou Sgiach furiosa – Aphrodite voltou a falar. – Eu sei que eu ficaria. Ela devia poder ocupar um lugar no Conselho Supremo.

Thanatos abaixou a cabeça, assentindo.

– Concordo com você, Profetisa, mas muitos pensam diferente. Quando lhe tiraram o treinamento dos guerreiros Filhos de Erebus, Sgiach se retirou para a Ilha de Skye. Mas não falou com ninguém de suas intenções, nem precisava. Todos nós sentimos sua raiva. Também sentimos o círculo de proteção que ela traçou ao redor de sua Ilha – os olhos de Thanatos transbordavam sombras de memórias do passado. – Não se via nada parecido desde que a poderosa vampira Cleópatra traçou um círculo de proteção ao redor de sua amada Alexandria.

– Ninguém entra na Ilha das Mulheres sem permissão de Sgiach – Darius alertou.

– Quem tenta morre – Thanatos avisou.

– Bem, como posso conseguir permissão para entrar na Ilha? – Stark estava curioso.

Fez-se um silêncio longo e estranho, e então Thanatos disse: – Eis seu primeiro problema. Desde que Sgiach traçou o círculo de proteção, nenhum forasteiro recebeu permissão para entrar em sua Ilha.

– Eu vou consegui-la – Stark disse com firmeza.

– Como, guerreiro? – Thanatos perguntou.

Stark respirou fundo, soltou o ar lentamente e disse: – Sei como *não* vou conseguir. Não serei civilizado. E no momento isso é tudo que sei.

– Espere – Damien estava ansioso. – Thanatos, Darius, vocês sabem coisas sobre Sgiach e essa religião ancestral bárbara. E onde aprenderam essas coisas?

– Eu sempre gostei de ler – Darius deu de ombros. – Os antigos pergaminhos da Morada da Noite em que aprendi a usar a espada me atraíam muito. Eu os lia nas horas de folga.

– Perigoso e sensual. Excelente combinação – Aphrodite ronronou, aninhando-se junto a ele.

– Vamos deixar para vomitar mais tarde – Erin disse.

– É, agora parem de interromper – Shaunee completou.

– E seu conhecimento sobre os touros e Sgiach? – Damien perguntou a Thanatos, lançando olhares de "cala a boca" para as gêmeas e Aphrodite.

– De textos antiquíssimos nos arquivos daqui do palácio. Depois que me tornei Grande Sacerdotisa, passei muitas horas estudando aqui sozinha. Tinha de fazer isso; não tive mentora – Thanatos justificou-se.

– Não teve mentora? Que dureza – Stark lamentou.

– Pelo jeito, nosso mundo só precisa de uma Grande Sacerdotisa por vez com afinidade com a Morte – Thanatos disse com um sorriso amargo.

– Que saco de trabalho – Jack falou, e então tapou a boca com a mão e disse com voz esganiçada: – Foi mal!

Thanatos deu um sorriso ainda mais largo.

– Não me ofendi com suas palavras, garoto. Aliar-se à Morte não é um caminho dos mais fáceis.

– Mas, por causa disso e por Darius ser um guerreiro que gosta de ler, já temos por onde começar – Damien comemorou.

– O que você está pensando? – Aphrodite quis saber.

– Estou pensando que, se tem algo em que sou bom, é em estudar.

Aphrodite arregalou seus olhos azuis.

– Então, só precisamos lhe indicar algo para estudar.

– Os arquivos. Você precisa de acesso ao palácio dos arquivos – Thanatos disse, já se dirigindo para a porta. – Vou falar com Duantia.

– Excelente. Vou estudar – Damien comemorou.

– Eu te ajudo – Jack se ofereceu.

– Horda de *nerds*. Por mais que eu odeie isso, parece que todos nós vamos ter que estudar.

Stark observou enquanto Thanatos se afastva, registrando vagamente que os demais jovens estavam excitados por terem para onde canalizar energia, mas seu olhar voltou para o rosto pálido de Zoey.

E eu vou me preparar para fazer um trato com a Morte.

Zoey

Parecia que estava tudo errado.

Não que eu não soubesse onde estava. Tipo, eu sabia que estava no Mundo do Além, mas não estava morta, e sabia que estava com Heath, que estava morto, com certeza.

Deusa! Era tão esquisito o fato de estar se tornando cada vez mais normal pensar em Heath como MORTO. Seja como for, tirando isso, tinha algo de errado. Neste momento, eu estava aninhada com Heath, sentindo-me derrotada. Estávamos em posição de conchinha, feito um casal de velhos, na base de uma árvore, em uma espécie de colchão de musgo formado pela junção de umas raízes ancestrais em formato mais ou menos oval. Eu devia estar bem confortável. O musgo era, sem dúvida, macio e parecia mesmo que Heath estava vivo. Eu o via, o ouvia, o tocava... ele até tinha seu cheiro de sempre. Eu devia poder relaxar e simplesmente ficar com ele.

Então por que, me perguntei enquanto olhava fixamente para um bando de borboletas de asas azuis que dançavam no ar, *estou tão inquieta e de "maus bofes", como diria vovó?*

Vovó...

Saudades dela. Sua ausência era como uma dor de dente moderada. Às vezes, a sensação ia embora, mas eu sabia que ela estava lá e que voltaria, provavelmente mais forte. Ela devia estar superpreocupada comigo. E triste. Pensar na tristeza que vovó devia estar sentindo foi tão duro que logo minha mente deu um jeito de se desviar do assunto.

Eu não podia continuar deitada onde estava. Afastei-me de Heath, tomando cuidado para não acordá-lo.

Então comecei a andar de um lado para outro.

Isso ajudou. Bem, pelo menos por um tempinho. Andei pra lá e pra cá, pra lá e pra cá, sem tirar o olho de Heath. Ele dormia bonitinho.

Bem que eu queria dormir.

Mas não podia. Se eu descansasse, se fechasse os olhos, era como se perdesse pedaços de mim mesma. Mas como podia ser isso? Como podia estar me perdendo de mim mesma? Isso me fez lembrar de quando estava com infecção na garganta e febre tão alta que tive um sonho superestranho, no qual eu ficava girando até começarem a voar pedaços do meu corpo para longe.

Senti um arrepio. Por que era tão fácil me lembrar disso enquanto um monte de outras coisas estavam tão nebulosas em minha cabeça?

Deusa, eu estava realmente cansada.

Distraída, meio que tropecei em uma das lindas rochas brancas que brotavam da grama e do musgo e só não caí porque me agarrei ao tronco da árvore mais próxima.

Por isso vi. Minha mão. Meu braço. Tinha algo de errado com eles. Parei para olhar e juro que vi minha pele ondular como naqueles filmes de terror nojentos, nos quais algum troço asqueroso entra debaixo da pele de uma garota pelada e começa a caminhar pelo seu corpo, fazendo-a...

– Não! – esfreguei o braço feito doida. – Não! Pare!

– Zo, gatinha, o que foi?

– Heath, Heath, olha – levantei o braço para ele ver. – Parece filme de terror.

Heath olhou para meu braço e depois para o meu rosto.

– Ahn, Zo, o que é que parece um filme de terror?

– Meu braço! Minha pele! Está se mexendo – sacudi o braço.

O sorriso que ele deu não disfarçou a preocupação que transpareceu no seu rosto. Ele passou a mão lentamente em meu braço. Quando alcançou minha mão, entrelaçou os dedos aos meus.

– Não tem nada de errado com seu braço, gata – ele disse.

– Você acha mesmo?

– Sério, de boa, acho mesmo. Ei, o que tá havendo contigo?

Abri a boca para dizer que achava que estava me perdendo de mim mesma, que pedaços de mim estavam se desprendendo e indo para longe, quando vi de relance alguma coisa perto da árvore que me chamou a atenção. Algo sombrio.

– Heath, não estou gostando disso – eu disse, apontando a mão trêmula para o ponto de sombras.

A brisa soprou as folhas verdes das árvores. E de repente não pareciam mais as mesmas árvores grossas e acolhedoras de momentos antes, e então me veio aquele cheiro enjoativo e podre como o do corpo de um animal atropelado há três dias. Senti que Heath quase pulou e percebi que não era imaginação minha. Então as sombras se mexeram, e tive certeza de ouvir o bater de asas.

– Essa não – sussurrei.

A mão de Heath apertou a minha.

– Vamos. Temos que nos embrenhar mais entre as árvores.

Senti-me imóvel e apática ao mesmo tempo.

– Por quê? Como as árvores poderiam nos salvar disso, seja lá o que for?

Heath segurou meu queixo e me fez olhar para ele.

– Zo, você não está sentindo? Este lugar, este bosque, é composto de *bem*, do bem puro. Gata, você não sente sua Deusa aqui?

As lágrimas que encheram meus olhos me borraram a visão.

– Não – respondi baixinho, como se mal conseguisse articular as palavras. – Não estou sentindo minha Deusa.

Ele me tomou nos braços e me abraçou com força.

– Não se preocupe, Zo. Eu sinto a presença dela, então tudo vai dar certo. Juro.

Então, ainda me envolvendo em um de seus braços, Heath me guiou mais para dentro do bosque de Nyx enquanto minhas lágrimas jorravam quentes e escorriam pelo meu rosto frio.

11

Stevie Rae

– Skye? É mesmo? Onde fica isso? Na Irlanda? – Stevie Rae perguntou.

– É na Escócia, não na Irlanda, retardada – Aphrodite respondeu.

– E não é mais ou menos a mesma coisa? E não diga "retardada". Não é nada legal.

– Que tal se eu disser *vai tomar*? Assim *tá* bom pra você? Fica só ouvindo e tenta não ser muito *bundona*, caipira. Preciso que faça de novo aquela sua comunhão esquisita com a terra, ou *sei lá que porra* é aquela que você faz, e veja se tem alguma informação que interessa sobre esse negócio de Luz *e* Trevas, com L e T maiúsculos, você sabe. Também preste atenção para ver se uma árvore, ou sei lá o que, diz alguma coisa sobre dois touros.

– Touros? Tipo vacas?

– Você não é do interior? Como é que não sabe o que é um touro?

– Olha, Aphrodite, esse estereótipo é uma ignorância. Não é porque não sou da cidade grande que tenho que entender de vacas e coisas do tipo. Caraca, nem de cavalos eu gosto.

– Você só pode ser uma mutante – Aphrodite rebateu. – Touro é o macho da vaca. Até o *Bichon Frisé* esquizofrênico da minha mãe sabe disso. Faça o favor de se concentrar, porque isso é importante. Você precisa fazer perguntas à porra da grama sobre um ancestral e sobre mitologia, religiões e coisas inteiramente bárbaras e, portanto, desinteressantes, tipo touros lutando, um branco e um preto, e uma luta bem violenta, de macho, entre o bem e o mal.

– O que isso tem a ver com trazer Zoey de volta?

– Acho que através disso a gente pode conseguir abrir uma porta para Stark entrar no Mundo do Além, mas *sem* ele morrer de verdade, porque, ao que parece, até agora esse negócio de guerreiros tentarem proteger suas Grandes Sacerdotisas no Além não tem dado certo.

– As vacas sabem fazer isso? Como? Elas nem falam.

– Touros, sua vítima de retardo duplo. Acompanha meu raciocínio. Não estou falando de animal nenhum e sim do poder primitivo que eles têm. Os touros representam esse poder.

– Então eles não vão falar?

– Ah, fala sério! Pode ser que sim, pode ser que não! Eles são de uma magia supervelha, sua debiloide! Quem é que vai saber o que eles fazem ou deixam de fazer? Entenda só isso: para chegar ao Mundo do Além, Stark não pode ser civilizado, moderno e educadinho. Ele tem que dar um jeito de ser mais do que isso para alcançar Zoey e protegê-la sem provocar a morte de ambos, e essa religião das antigas pode ser a chave para isso.

– Acho que faz sentido. Tipo, quando penso em Kalona, não penso exatamente em um cara moderno – Stevie Rae fez uma pausa, reconhecendo só para si mesma que na verdade estava pensando em Rephaim, não no pai dele. – E ele com certeza tem esse poder primitivo.

– E com certeza está no Mundo do Além, mas sem estar morto.

– Que é onde Stark precisa estar.

– Então, vai logo conversar com as flores sobre touros, essas coisas – Aphrodite ordenou.

– Eu vou falar com as flores – Stevie Rae concordou.

– Me liga quando elas te disserem alguma coisa.

– Tá, tudo bem. Vou fazer o melhor que puder.

– Ei, tome cuidado – Aphrodite a alertou.

– Viu? Você sabe ser legal quando quer – Stevie Rae disse.

– Antes que você comece a vir com florzinhas e coraçõezinhos pra mim, responda: com quem você se Carimbou quando nossa Carimbagem se rompeu?

Stevie Rae sentiu o corpo congelar.

– Ninguém!

– Ou seja, você se Carimbou com quem não devia. Com quem foi, com algum daqueles novatos vermelhos babacas?

– Aphrodite, eu disse que não foi com *ninguém*.

– É, foi o que pensei. Sabe, uma das coisas que estou aprendendo com essa novidade de ser Profetisa, que aliás é um "pé no saco", é que, se eu ouvir sem usar os ouvidos, fico sabendo de coisas.

– E o que eu sei é que você está doida varrida.

– Então, repito, tome cuidado. Estou sentindo umas vibrações ruins vindo de você, e elas me dizem que você pode se encrencar.

– Acho que você inventou essa história toda para encobrir as loucuras da sua cabeça.

– E eu acho que você está escondendo alguma coisa. Então vamos concordar em discordar.

– Eu vou conversar com as flores sobre as vacas. Tchau, Aphrodite.

– Touros. Tchau, caipira.

Stevie Rae abriu a porta para sair de seu quarto no dormitório, ainda de cara fechada por causa do que Aphrodite dissera, e quase deu com a cara na mão de Kramisha, que ia bater na porta. Ambas pularam, e então Kramisha balançou a cabeça.

– Não faça essas bizarrices. Fico pensando que você não está mais normal.

– Kramisha, se eu soubesse que você estava aí, não teria pulado quando abri a porta. E nenhum de nós é normal. Pelo menos não somos mais.

– Responda por si própria. Eu continuo sendo eu mesma. Ou seja, não tem nada de errado comigo. Já você está lamentável.

– Faz dois dias que quase morri tostada. Acho que tenho o direito de não estar com a cara boa.

– Eu não disse que você está feia – Kramisha inclinou a cabeça para o lado. Hoje ela estava usando sua peruca curta e encaracolada de tom amarelo-brilhante combinando com a sombra amarela fosforescente nos olhos. – Na verdade, você está ótima coradinha desse jeito, fica parecendo gente saudável. Parece até um filhote de porco rosadinho.

– Kramisha, na boa, você *tá* me deixando com dor de cabeça. Do que está falando?

– Só estou dizendo que você está com boa aparência, mas não está *realmente* legal. Aí por dentro, e aí também – Kramisha apontou primeiro para o coração e depois para a cabeça de Stevie Rae.

– Tenho coisas demais na minha cabeça – Stevie Rae disse, evasiva.

– É, *tô* ligada, ainda mais com Zoey toda ferrada e tal, mas você tem que segurar a onda mesmo assim.

– Estou me esforçando.

– Então se esforce mais. Zoey precisa de você. Eu sei que você não está lá com ela, mas sinto que pode ajudá-la. Então, trate de usar a cabeça e ter bom senso.

Stevie Rae ficou irritada com o jeito intenso com que Kramisha a fitava.

– Já disse que estou me esforçando.

– Você pretende fazer alguma loucura?

– Não!

– Tem certeza? Porque isso aqui é para você – Kramisha levantou um pedaço de papel roxo arrancado de algum caderno no qual havia algo escrito com sua típica mistura de letra cursiva e de imprensa. – Eu achei o troço muito doido.

Stevie Rae arrancou o papel da mão da outra.

– Caraca, por que não disse logo que estava trazendo um de seus poemas?

– Eu ia chegar lá – Kramisha cruzou os braços e se recostou no batente da porta, nitidamente esperando que Stevie Rae lesse o poema.

– Você não tem mais nada para fazer, não?

– Não. O resto do pessoal está comendo. Ah, menos Dallas. Ele está trabalhando com Dragon em algum negócio de espadas, apesar de as aulas ainda não terem recomeçado oficialmente. Não vejo motivo para adiantar as coisas nem entendo essa pressa dele em voltar às aulas. Seja como for, leia logo o poema, Grande Sacerdotisa. Vou ficar aqui mesmo.

Stevie Rae engoliu um suspiro. Os poemas de Kramisha costumavam ser confusos e abstratos, mas também proféticos, e só em pensar que um poema havia sido escrito especificamente para ela seu estômago revirou como se tivesse comido ovo cru. Depois de relutar, ela voltou os olhos para o papel e começou a ler:

A Vermelha adentra a Luz
evocando seus recursos internos para tomar
parte na apocalíptica luta.

As Trevas se escondem em diferentes aparências
veja além de formas, cores, falsidades
e de tempestades sentimentais.

Alie-se a ele; pague com seu coração
embora a confiança não possa ser dada
a menos que consiga apartar as Trevas.

Enxergue com a alma e não com a visão
pois, para com as feras dançar,
é preciso seu disfarce penetrar.

Stevie Rae balançou a cabeça, olhou para Kramisha e releu o poema lentamente. Por dentro, suplicava pelo amor da Deusa que seu coração parasse de bater tão alto, porque daquele jeito acabaria entregando o terror cheio de culpa que aquele poema lhe provocara. Porque Kramisha tinha razão; estava na cara que era sobre ela. E também estava na cara que era sobre ela e Rephaim. Stevie Rae pensou que devia se dar por contente, já que a droga do poema não tinha mencionado asas e olhos humanos em uma porcaria de uma cabeça de passarinho. Droga!

– Entendeu o que eu quis dizer quando falei que o poema tinha a ver com você?

Stevie Rae levantou a cabeça e fitou os olhos inteligentes de Kramisha.

– Pô, Kramisha. Claro que é sobre mim. A primeira linha já diz.

– Pois é, eu também tive certeza de que era sobre você, apesar de nunca ter ouvido ninguém chamá-la assim.

– Faz sentido – Stevie Rae disse rapidamente, tentando afogar a lembrança da voz de Rephaim chamando-a de *A Vermelha*. – Eu sou a única vampira vermelha, então o poema só pode estar falando de mim.

– Foi o que pensei, apesar de toda essa parada bizarra sobre as feras e tal. Tive que procurar no dicionário essa parte de evocar os recursos interiores, porque achei que soava meio pesado e que tivesse alguma coisa a ver com sexo, mas acabou que na verdade é só uma questão de você se preparar para a luta.

– É, bem, tem rolado muita luta ultimamente – Stevie Rae respondeu, voltando a olhar para o poema.

– Parece que vai continuar rolando, e tem umas merdas sérias para as quais você também tem que se preparar – Kramisha limpou a garganta de um jeito bem significativo e Stevie Rae hesitou, mas voltou a fitar seus olhos. – Quem é ele?

– Ele?

Kramisha cruzou os braços.

– Não me faça de idiota. *Ele*. O cara a quem, segundo meu poema, você vai entregar seu coração.

– Eu não vou entregar nada!

– Ah, então você sabe quem é ele – Kramisha deu umas batidinhas no chão com a ponta das botas de estampa de leopardo. – E ele com certeza não é Dallas, porque você não ficaria bolada de lhe entregar seu coração. Todo mundo sabe que rola um clima entre vocês dois. Então, quem é ele?

– Não faço a menor ideia. E não estou ficando com ninguém além de Dallas. E tem mais, *tô* muito mais preocupada com a parte que fala de Trevas, disfarces e tal – Stevie Rae mentiu.

– Ahã – Kramisha deu um riso irônico e anasalado.

– Olha, vou ficar com isso aqui e pensar no assunto – Stevie Rae finalizou, enfiando o poema no bolso da calça jeans.

– Deixe-me adivinhar... você quer que eu fique de bico calado em relação a esse poema – Kramisha disse, voltando a bater o pé no chão.

– É, porque eu quero tentar... – a desculpa morreu sob o olhar nada ingênuo de Kramisha. Stevie Rae soltou o ar dos pulmões longamente, resolveu contar o máximo da verdade que podia e começou de novo. – Não quero que você diga nada sobre o poema porque tem uma coisa que está acontecendo e, se essa coisa vazar agora, vai ser péssimo para Dallas e para mim, principalmente porque não sei direito o que está acontecendo entre mim e esse outro cara.

– Agora sim. Encrenca com garotos pode ser a maior confusão e, como minha mãe sempre diz, não é certo expor a todo mundo questões de foro íntimo.

– Obrigada, Kramisha. Te devo essa.

Kramisha levantou a mão.

– Peraí. Ninguém falou que o assunto está encerrado. Meus poemas são importantes. E este vai muito além dos seus rolos amorosos. Então, como já falei, *dê* um jeito nessa sua cabeça maluca e não se esqueça de usar o bom senso. E tem outra coisa, senti algo muito pesado por dentro toda vez que escrevi a palavra *Trevas*.

Stevie Rae olhou demoradamente para Kramisha e tomou uma decisão.

– Caminhe comigo até o estacionamento, *tá*? Tenho uma coisa para fazer fora do campus, mas quero bater um papo com você no caminho.

– Sem problema – Kramisha concordou. – E tem mais, já está mesmo na hora de contar para alguém o que se passa na sua cabeça. Você tem andado bem estranha ultimamente, antes mesmo de Zoey ficar com a alma despedaçada.

– É, eu sei – Stevie Rae murmurou.

Nenhuma das duas disse mais nada enquanto desciam as escadas do dormitório cheio de gente. Stevie Rae sentiu que estava começando a se desfazer o gelo entre os novatos. O pessoal tinha começado a agir de forma cada vez mais normal nos últimos dias. Claro que ela e Kramisha receberam vários olhares, mas eles tinham passado da hostilidade e medo à simples curiosidade.

– Você acha que a gente vai poder voltar a frequentar a escola aqui novamente, como se ainda fosse nosso lar? – Kramisha perguntou assim que chegaram à calçada em frente ao dormitório, e Stevie Rae olhou para ela com cara de surpresa.

– Para falar a verdade, meio que comecei a pensar nisso. Não sei, seria tão difícil assim voltar para cá?

Kramisha deu de ombros.

– Também não sei. Só sei que me sinto bem dormindo debaixo da terra durante o dia.

– É, esse é o problema daqui.

– Essas Trevas no meu poema, que me dão uma sensação ruim... Você não acha que tem a ver com a gente, acha?

– Não! – Stevie Rae balançou a cabeça enfaticamente. – Não tem nada a ver com a gente. Nós tomamos nossa decisão, você, eu, Dallas e o resto dos novatos vermelhos que vieram para cá. Nyx nos permitiu optar, e nós escolhemos o bem ao invés do mal. Luz ao invés de Trevas. O poema não está falando de nós. Tenho certeza disso.

– São os outros, né? – apesar de estarem a sós, Kramisha baixou a voz.

Stevie Rae pensou e sentiu que talvez Kramisha tivesse razão. E estava tão preocupada com a própria culpa por esconder Rephaim que isso não lhe ocorrera. Caraca! Ela precisava botar a cabeça no lugar.

– Bem, é, acho que pode ter a ver com eles, mas, se tiver, o negócio é ruim mesmo.

– Por favor. Todos nós sabemos que eles são pavorosos.

– É, bem... Acabei de descobrir por Aphrodite umas coisas que mostram que as Trevas com T maiúsculo são ainda mais sinistras do que a gente imagina. E, se os novatos vermelhos tiverem algum envolvimento com isso, é porque alcançaram um nível de maldade muito mais tenebroso. Maldade tipo a de Neferet.

– Merda.

– É. Então, seu poema deve estar falando de uma luta com eles. Mas tem uma coisa que eu queria que você soubesse. Aphrodite e eu começamos a aprender sobre uns negócios ancestrais. Sabe, uns lances *bem* velhos mesmo. Tanto que os *vamps* até se esqueceram.

– Isso é que é velharia.

– Bem, nós... Eu, Aphrodite, Stark e o resto do pessoal de Zoey vamos tentar ver se podemos usar essas informações antigas para ajudar Stark a chegar ao Mundo do Além para ele poder proteger Z. enquanto ela recupera a própria alma.

– Você está falando de levar Stark ao Mundo do Além sem ele morrer?

– É, parece que ele chegar morto ao Mundo do Além não seria legal para Zoey.

– Então vocês vão usar essa parada antiga para dar um jeito de fazer a coisa direito?

Stevie Rae sorriu para ela.

– A gente vai tentar. E você pode ajudar.

– É só falar!

– Então, lá vai. Aphrodite passou a se concentrar mais nos seus poderes de Profetisa e viu que eles vão além do que pensava – Stevie Rae acrescentou um sorriso amargo a suas palavras –, apesar de ela estar feliz como um peixe no deserto com a descoberta. – Kramisha riu e Stevie Rae continuou: – Seja como for, eu estava pensando que, apesar de não ter aqui um círculo como o de Z., eu tenho uma Profetisa.

Kramisha piscou os olhos parecendo confusa enquanto Stevie Rae a encarava, mas arregalou os olhos quando finalmente entendeu.

– Eu?

– Você. Bem, você e seus poemas. Você já ajudou a pôr Kalona pra correr daqui com as mensagens dos seus poemas.

– Mas...

– Veja por este lado – Stevie Rae interrompeu. – Aphrodite deu um jeito. Isso quer dizer que ela é mais esperta do que você?

Kramisha apertou os olhos.

– Eu sou infinitamente mais esperta do que aquela patricinha branquela que não sabe de nada.

– Bem, então o negócio é agarrar o touro à unha.

– Você me dá medo quando começa a falar caipirês.

– Eu sei – Stevie Rae sorriu com suas covinhas. – Bem, vou invocar a terra e ver se consigo pensar em mais alguma coisa. Olha, veja se encontra Dallas e explica tudo pra ele, menos sobre o poema.

– Já disse que não vou te dedurar.

– Obrigada, Kramisha. Você é mesmo uma boa Poeta Laureada.

– Você também não é nada má para uma garota do interior.

– Até mais tarde – Stevie Rae acenou e começou a dar uma corridinha até o carro de Z.

– *Tô* de olho, Grande Sacerdotisa!

As palavras de despedida de Kramisha fizeram Stevie Rae sentir algo borbulhar em seu estômago, mas também sorriu quando deu a partida no carro de Z. Ela estava engatando a marcha do carro quando se deu conta de que (a) não sabia aonde estava indo e (b) todo esse papo de "invocar a terra" seria mil vezes mais fácil se tivesse providenciado uma vela verde e talvez até um pouco de erva-doce para trazer um pouco de energia positiva. Totalmente irritada consigo mesma, ela pôs o carro em ponto morto. Onde raios estava indo?

Rever Rephaim. A ideia lhe veio como o ato de respirar, de modo instantâneo e natural. Stevie Rae ia desengatar a marcha do carro, mas sua mão parou espontaneamente. Será que rever Rephaim agora era realmente a coisa mais inteligente que podia fazer?

Claro. Por um lado, conseguira com ele um monte de informações sobre Kalona, as Trevas e tal. Por outro, não confiava de verdade nele. *Não podia* confiar de verdade nele.

E mais, ele bagunçava suas ideias. Quando ela leu o poema de Kramisha, estava tão obcecada por ele que nem pensou em mais nada, como a possibilidade de o poema ser um aviso sobre os novatos vermelhos do mal e não só sobre ela e o *Raven Mocker*.

Então, que diabos faria?

Dissera a Rephaim que voltaria para dar uma olhada nele, mas não era só por isso que estava voltando. Stevie Rae precisava vê-lo. *Precisava?*

Sim, ela reconheceu a contragosto para si mesma. Ela tinha que ver o *Raven Mocker*. E ficou abalada ao se dar conta disso.

– Eu sou Carimbada com ele. Isso significa que temos uma ligação, e não há muito que eu possa fazer quanto a isso – ela murmurou consigo mesma, apertando o volante do Fusca. – Simplesmente terei que me acostumar a lidar com isso.

E eu tenho que me lembrar de que ele é filho de quem é.

Tudo bem. Tudo certo. Ela ia revê-lo. E também faria perguntas sobre a Luz, sobre as Trevas e sobre as duas vacas. Ela fechou a cara. Bem, touros. Mas devia fazer uma escavação para ela sem Rephaim. Devia *mesmo* invocar seu elemento e ver que informações conseguiria sobre as vacas/touros. Isso sim seria usar de bom senso. Então, Stevie Rae sorriu e bateu no volante.

– Já sei! Vou parar naquele antigo parque bonitinho no caminho para Gilcrease. Fazer um pouquinho de magia da terra e depois encontrar Rephaim. Tranquilinho! – claro que primeiro ia passar no Templo de Nyx e pegar uma vela verde, fósforos e um pouco de erva-doce. Sentindo-se melhor agora que tinha um plano, Stevie Rae estava prestes a tirar o Fusca do ponto morto quando ouviu o som de botas de caubói batendo no asfalto do estacionamento, e então Dallas falou com exagerada indiferença.

– Estou só caminhando em direção ao carro de Zoey. Não estou espionando Stevie Rae nem dando susto.

Stevie Rae baixou a janela e sorriu para ele.

– Oi, Dallas. Pensei que Kramisha tivesse dito que você estava treinando com Dragon.

– Eu estava. Olha só, Dragon me deu essa faca maneira. Disse que é um punhal e que devo ser bom nisso.

Stevie Rae observou duvidosamente enquanto Dallas tirava um punhal pontudo de dois gumes de um estojinho de couro que trazia preso na cintura e o segurava meio sem jeito, como se com medo de cortar alguém.

– Parece bem afiada – Stevie Rae disse, tentando soar positiva.

– É, por isso não estou usando para praticar ainda, mas Dragon disse que posso levar comigo. Por enquanto. Só tenho que tomar cuidado.

– Ah, *tá*. Legal – Stevie Rae pensou que nem se ela vivesse um milhão de anos conseguiria entender de verdade essas coisas de garotos.

– Pois é, então, quando estava saindo do centro esportivo, depois que terminou minha aula de manejo de punhal, encontrei Kramisha – Dallas falava enquanto guardava o punhal no estojo. – Ela disse que a deixou aqui porque você estava se preparando para ir fazer um negócio com a terra. Resolvi tentar te alcançar a tempo de te acompanhar.

– Ahn, sei. Legal, Dallas, mas eu estou bem sozinha. Na verdade, você me ajudaria se fosse ao Templo de Nyx pegar para mim uma vela verde e uns fósforos. Ah, e se você encontrar erva-doce no templo pode trazer também? Não sei onde estou com a cabeça, mas invocar a terra é bem mais fácil com uma vela da terra, e me esqueci totalmente de pegar, sem contar a erva-doce, que atrai energia positiva.

Ela ficou surpresa ao ver que Dallas nem disse "*tá*" nem saiu correndo para pegar as coisas. Somente ficou onde estava, olhando para ela com as mãos enfiadas nos bolsos da calça jeans e com cara de quem estava um pouco irritado.

– O que foi?

– Desculpe por eu não ser guerreiro! – ele disse, parecendo desabafar algo preso no peito. – Tô tentando fazer de tudo para aprender alguma coisa com Dragon, mas vai levar um tempinho para conseguir atingir um nível razoável. Nunca liguei muito para lutas, essas coisas, e sinto muito! – Dallas repetiu, parecendo cada vez mais aborrecido.

– Dallas, de que diabo você está falando?

Ele levantou as mãos em um gesto de frustração.

– Estou falando de não ser bom o bastante para você. Eu sei que você precisa de mais, que precisa de um guerreiro. Caramba, Stevie Rae, se eu fosse seu guerreiro, podia ter te defendido quando aqueles garotos tentaram te matar. Se eu fosse seu guerreiro, você não teria que ficar me mandando fazer tarefas idiotas. Você iria querer me manter por perto para eu te proteger de toda essa barra pesada que vem acontecendo.

– Eu estou conseguindo me proteger muito bem, e pegar a vela da terra e outras coisas para mim não é tarefa idiota nenhuma.

– É, *tá*, mas você merece coisa melhor do que um cara que não sabe como proteger sua mulher.

Stevie Rae levantou as sobrancelhas, que roçaram em seus cabelos louros encaracolados.

– Você acabou de me chamar de sua mulher?

– Bem, é – Dallas se irritou e então acrescentou: – Mas no bom sentido.

– Dallas, você não tinha como impedir o que aconteceu no telhado – ela disse sinceramente. – Você sabe como são esses garotos.

– Eu tinha que estar com você; eu devia ser seu guerreiro.

– Eu não preciso de um guerreiro! – Stevie Rae berrou, exasperada com a teimosia dele e detestando vê-lo tão chateado.

– Bem, *tá* na cara que você não precisa mais de mim – ele deu as costas para o Fusca e enfiou as mãos nos bolsos.

Stevie Rae olhou para os ombros encolhidos do garoto e se sentiu péssima. Ele estava assim por sua culpa. Ela o magoara de tanto rejitá-lo, como vinha rejeitando todos só para guardar segredo sobre Rephaim. Sentindo-se morta de culpa, ela saiu do carro e tocou seu ombro gentilmente. Ele não olhou para ela.

– Ei, não é verdade. Eu preciso sim de você.

– Claro. Por isso você vive me enxotando.

– Não é nada disso, é que tenho andado muito ocupada. Desculpe se fui grossa – ela tentou se desculpar.

Ele se voltou.

– Você não foi grossa. Você só não liga mais *pra* mim.

– Eu ligo sim! – Stevie Rae se apressou em dizer e então se jogou nos braços dele, abraçando-o com tanta força quanto ele a abraçava.

Dallas falou baixinho em seu ouvido.

– Então me deixa ir com você.

Stevie Rae se afastou um pouco para olhar para ele, pronta para dizer que não, mas a negativa morreu em seus lábios. Era como se conseguisse enxergar o coração dele pelos olhos, e era evidente que estava partindo seu coração, estava magoando o garoto de verdade. Que diabo ela tinha na cabeça para magoar esse garoto por causa de Rephaim? Ela salvara o *Raven Mocker*. E não estava arrependida disso. Apenas lamentava o modo como aquilo estava afetando as pessoas ao seu redor. *Bem, então é isso. Não vou magoar as pessoas de quem mais gosto.*

— Tá bem, você pode vir comigo — ela respondeu.

Os olhos de Dallas instantaneamente se iluminaram.

— *Tá* falando sério?

— Claro que *tô*. Mas realmente preciso da vela da terra. Bem, e da erva-doce também. E continuo dizendo que isso não é tarefa idiota coisa nenhuma.

— Caramba, vou trazer um saco inteiro de velas e toda a erva-doce de que você precisar! — Dallas riu, beijou-a e então, gritando que voltava já, já, saiu correndo em disparada.

Stevie Rae voltou lentamente para dentro do Fusca. Ela agarrou o volante e olhou fixo para a frente, recitando mentalmente sua lista de coisas a fazer como se fosse um mantra: — Invocar a terra com Dallas. Recolher todo tipo de informação que puder sobre as tais vacas. Trazer Dallas de volta para a escola. Inventar uma desculpa. Uma *boa* desculpa para sair de novo, mas dessa vez sozinha. Dar um pulo no museu para ver Rephaim. Ver se ele sabe de mais alguma coisa que possa ajudar Stark e Z. Voltar aqui. Parar de ficar enxotando e magoando meus amigos. Dar uma olhada nos novatos vermelhos. Situar Lenobia e o resto da galera sobre o que está acontecendo com Z. Ligar para Aphrodite. Resolver que diabo vou fazer com os novatos do mal na estação abandonada. E então tentar, tentar *pra* valer, não cair em nenhuma armadilha no teto do edifício mais alto que houver por perto...

Sentindo-se como se estivesse se afogando em um enorme lago do interior, parado e fedido, composto de puro estresse, Stevie Rae baixou a cabeça e apoiou a testa no volante.

Como Z. conseguia aguentar tanta merda e tanto estresse?

Ela não aguentou, foi o pensamento que lhe veio espontaneamente. *Ela acabou despedaçada.*

12

Stevie Rae

– Uau! Parece até que um daqueles supertornados passou por Tulsa – Dallas disse. Ele olhava enquanto Stevie Rae manobrava o Fusca com cuidado para desviar de mais um galho de árvore caído. A estrada pela qual se entrava no parque estava bloqueada por uma pereira de Bradford partida quase em sua metade exata, de modo que Stevie Rae acabou parando ao lado dela.

– Pelo menos a energia está começando a voltar – ela fez um gesto indicando os postes de luz que cercavam o parque, que iluminavam o que consistia em um monte de árvores destruídas e congeladas e arbustos de azaleia massacrados.

– Não pra aquele pessoal ali – Dallas apontou com o queixo as jeitosas casinhas que ficavam perto do parque. Em uma e outra janela, via-se alguma luzinha brilhando heroicamente, provando que algumas pessoas haviam tido a perspicácia de comprar geradores a gás antes de cair o temporal, mas a maior parte da área continuava mergulhada em breu, frio e silêncio.

– Para eles é ruim, mas facilita meu lado esta noite – Stevie Rae disse, saindo do carro. Dallas se aproximou, carregando uma comprida vela verde ritualística, um galho de erva-doce trançada e uma caixa de fósforos compridos. – *Tá* todo mundo encolhido de frio e ninguém vai prestar atenção no que eu *tô* fazendo.

– Sem dúvida, garota. Você tem razão – Dallas pôs o braço sobre os ombros de Stevie Rae daquele seu jeito típico.

– Ah, você sabe como eu gosto quando você diz que tenho razão – ela passou o braço ao redor da cintura de Dallas e enfiou a mão no bolso de trás da sua calça, como costumava fazer antes. Ele apertou o ombro de Stevie Rae e beijou-lhe a parte de cima da cabeça.

– Então vou dizer que você tem razão mais vezes.

Stevie Rae sorriu para ele.

– Você *tá* tentando me amaciar *pra* conseguir alguma coisa?

– Sei lá. *Tá* dando certo?

– Talvez.

– Ótimo.

Ambos riram. Ela deu um empurrão nele com o quadril.

– Vamos lá perto daquele carvalho. Parece um bom lugar.

– Como quiser, garota.

Eles caminharam lentamente até o centro do parque, dando a volta por galhos despedaçados e tentando não se atolar na lama gelada que sobrara do temporal nem escorregar no gelo que voltara a se formar como o frio da noite. Stevie Rae fizera bem em deixar Dallas acompanhá-la. Talvez parte de sua confusão em relação a Rephaim tivesse acontecido por ter ficado meio isolada dos amigos e se concentrado demais na esquisitice que era a Carimbagem entre eles dois. Caraca, a Carimbagem com Aphrodite também pareceu totalmente bizarra no começo. Talvez ela só precisasse de um pouco de tempo, e de espaço, para lidar com a novidade que esta agora representava.

– Ei, olha só – Dallas atraiu a atenção dela outra vez. Ele estava apontando para o chão ao redor do velho carvalho. – É como se a árvore tivesse feito um círculo para você.

– Que legal! – ela disse. E era legal mesmo! A sólida árvore aguentara bem o temporal, só tinha perdido uns galhinhos pequenos de nada, que caíram na grama, formando um círculo perfeito ao redor da árvore.

Dallas titubeou ao chegar perto da circunferência.

– Vou ficar aqui, *tá*? Assim, o círculo vai parecer traçado principalmente pra você, e eu não vou romper nada.

Stevie Rae levantou o rosto para fitá-lo. Dallas era um cara legal. Ele estava sempre dizendo coisas doces como essa e lhe deixando claro que a entendia melhor do que a maioria das pessoas.

– Obrigada. É bem legal mesmo da sua parte, Dallas – ela ficou nas pontas dos pés e o beijou delicadamente. Ele a envolveu com os braços e a puxou mais para perto de si.

– Faço qualquer coisa pela minha Grande Sacerdotisa.

Stevie Rae sentiu o hálito doce e quente dele em sua boca e, cedendo ao impulso, beijou-o outra vez e gostou da pulsação que ele a fez sentir por dentro. E também gostou de ver que o toque de Dallas a fez parar de pensar em Rephaim. Ela já estava ofegando bastante quando ele, a contragosto, a soltou.

Ele limpou a garganta e deu uma risadinha.

– Cuidado, garota. Faz tempo que eu e você não ficamos sozinhos.

Sentindo-se meio boba e aérea, ela sorriu.

– Tempo demais.

Ele tinha um sorriso sexy e lindinho.

– Temos que resolver isso logo, mas primeiro é melhor você voltar ao trabalho.

– Ah, é. Trabalho, trabalho, trabalho...

Sorrindo, ela pegou o bastão trançado de erva-doce, a vela verde e os fósforos que ele lhe trouxera.

– Ei – Dallas disse, entregando-lhe o material –, acabei de me lembrar de uma coisa sobre erva-doce. Você não tinha que usar alguma outra coisa antes de queimar a erva? Eu até que era bom aluno de Feitiços e Rituais e posso jurar que tem que se fazer algo antes de acender e defumar com o galho de erva.

Stevie Rae coçou a testa, pensando.

– Eu não sei. Zoey falou que era coisa dos índios. E tenho certeza de que ela disse que atrai energia positiva.

– Tá, bem, acho que Z. devia saber, então – Dallas concordou.

Dando de ombros, Stevie Rae disse: – É, além do mais é só uma erva cheirosa. Tipo, que mal pode haver?

– É, fala sério. Além disso, você é a Garota da Terra. Você deve ser capaz de controlar o fogo de um bastão trançado.

– É isso aí. *Tá*, bem, lá vai – Stevie Rae sussurrou um simples "obrigada, terra" para seu elemento, virou de costas para Dallas e entrou no círculo. Caminhou para o ponto mais ao norte dentro do círculo, que ficava bem em frente à velha árvore. Parou e fechou os olhos. Ela aprendera logo no início que a melhor maneira de se conectar com seu elemento era através dos sentidos. Então, respirou fundo, varrendo da mente todos os pensamentos confusos que trazia consigo e permitindo o acesso de uma coisa apenas: a audição.

Ela ouviu a terra. Ouviu o vento murmurando por entre as folhas invernais, os pássaros noturnos cantando uns para os outros, os sons e suspiros do parque se acalmando para o que seria uma longa e fria noite.

Quando sua audição estava plena de terra, Stevie Rae respirou fundo mais uma vez e se concentrou no aroma. Respirou a terra, sentindo o odor úmido e pesado da grama envolvida pela película de gelo, o revigorante cheiro de canela das folhas amarronzadas, a fragrância única de musgo do carvalho ancestral.

Com o olfato tomado pelo cheiro da terra, Stevie Rae respirou fundo novamente e imaginou o cheiro forte de alho e de tomates maduros no verão. Pensou na simples magia de puxar da terra tufos verdes e encontrar debaixo deles grossas e crocantes cenouras nutridas no seio da terra. Com o paladar tomado pela fartura da terra, pensou na doce sensação da grama de verão sob os pés, no toque dos dentes-de-leão fazendo cócegas em seu queixo, quando uma vez pegou um para ver se soltava seu encanto amarelo, e no modo como a terra tomava conta de todos os seus sentidos após uma chuva de primavera.

E então, respirando ainda mais fundo, Stevie Rae deixou seu espírito abarcar a sensação maravilhosa, impressionante e mágica de ter o dom da afinidade com seu elemento. A terra era mãe, conselheira, irmã e amiga. A terra lhe dava sustentação e, mesmo quando seu mundo parecia totalmente ferrado, podia contar com seu elemento para tranquilizá-la e protegê-la.

Sorrindo, Stevie Rae abriu os olhos. Virou-se para a direita.

– Ar, eu lhe peço, por favor, que venha para meu círculo – apesar de não ter uma vela amarela nem ninguém para representar o ar, Stevie Rae sabia que era importante reconhecer e prestar reverência a cada um dos outros quatro elementos. E, com muita sorte, quem sabe eles não apareciam para reforçar o círculo. De frente para o sul, ela continuou: – Fogo, peço que venha para meu círculo, por favor – depois, voltou-se no sentido horário e chamou: – Água, gostaria que viesse para o meu círculo, por favor. Então, desviando-se da invocação tradicional, Stevie Rae recuou alguns passos para o meio do gramado e disse: – Espírito, eu sei que é inusitado, mas gostaria demais de tê-lo em meu círculo também – avançando em direção ao norte, Stevie Rae teve quase cem por cento de certeza de ter visto um fino fio de luz prateada formando uma espiral ao redor de si. Ela olhou para trás e sorriu para Dallas. – Ei, acho que está dando certo.

– Claro que está dando certo, garota. Você já nasceu com dom para ser Grande Sacerdotisa.

Foi bom demais ouvir Dallas chamando-a de Grande Sacerdotisa, e Stevie Rae ainda estava sorrindo quando se voltou para o norte. Sentindo-se forte e cheia de orgulho, ela finalmente acendeu a vela verde, dizendo: – Terra, sei que estou fazendo coisas inusitadas aqui, mas tive de deixar o melhor para o final. De modo que agora estou solicitando sua presença aqui, como sempre, pois temos uma ligação, e esta ligação é mais especial até do que uma noite de verao cheia de vaga-lumes no Haikey Creek Park. Venha para mim, terra. Por favor, venha para mim.

A terra crepitou ao redor dela como se fosse um filhotinho de cachorro saltitante. Momentos antes era uma noite fria, molhada e subjugada pela lancinante tempestade de gelo, mas agora Stevie Rae sentia o delicioso calor úmido de uma noite de verão em Oklahoma à medida que a presença de seu elemento tomava conta do círculo já plenamente traçado.

– Obrigada! – ela agradeceu cheia de alegria. – Não tenho palavras para dizer o quanto sou grata por poder contar com você – Stevie Rae sentiu um calor irradiando debaixo dos pés, e o gelo que envolvia a grama dentro do círculo rachou e se despedaçou, liberando a vegetação temporariamente de sua prisão de inverno. – Bem... – ela procurou se concentrar em seu elemento e falar com a terra como se o elemento tivesse se personificado na sua frente – ... eu preciso fazer uma pergunta importante. Mas primeiro vou acender isto aqui, pois acho que você vai gostar – Stevie Rae levantou a erva-doce seca perto da chama e pôs a vela no chão depois que o bastão de erva estava aceso. Soprou de leve e a erva começou a soltar fumaça. Stevie Rae virou para trás e, sorrindo para Dallas, deu a volta por dentro do círculo, balançando o bastão de erva até toda a área ficar acinzentada de tanta fumaça, tomada pelo inebriante cheiro de uma pradaria no verão.

Quando voltou ao topo do círculo, Stevie Rae fitou o norte outra vez, a direção mais intimamente ligada ao seu elemento, e começou a falar.

– Minha amiga Zoey Redbird disse que erva-doce atrai energia positiva, e eu bem que *tô* precisando de muita energia positiva esta noite, principalmente porque é por causa de Zoey que estou pedindo ajuda. Eu sei que você se lembra dela, ela tem afinidade com você, além de com os demais elementos. Ela é especial, e não só por ser minha melhor amiga. Z. é especial porque... – Stevie Rae fez uma pausa, e então as palavras lhe vieram: – Zoey é especial porque tem um pouquinho de tudo dentro dela. Acho que é meio como se ela representasse todos nós. Por isso, precisamos dela de volta. E tem mais, ela está sofrendo, e acho que precisa de ajuda para encontrar um jeito de voltar. Então, o guerreiro dela, que é um cara chamado Stark, vai atrás de Zoey. Ele precisa demais da sua ajuda. Por isso eu lhe peço que me mostre como Stark pode ajudar Zoey. Por favor.

Stevie Rae balançou mais uma vez o bastão de erva-doce, que ainda soltava fumaça, e esperou.

A fumaça era doce e densa. A noite estava excepcionalmente cálida por causa da presença de seu elemento.

Mas não estava acontecendo nada.

Claro que ela estava sentindo a presença da terra que a cercava, ansiosa para fazer seu papel.

Mas nada acontecia.

Nadinha mesmo.

Sem saber direito o que mais fazer, Stevie Rae balançou o bastão trançado de erva-doce mais um pouco e tentou de novo.

– Bem, talvez eu não tenha sido suficientemente específica – ela pensou por um instante, tentando se lembrar de tudo que Aphrodite lhe dissera, e acrescentou: – Com o poder da terra e através da energia desta erva sagrada, eu invoco ao meu círculo o touro branco de tempos antigos, pois preciso saber como Stark pode fazer para chegar a Zoey e protegê-la, enquanto ela arruma um jeito de se recompor e de voltar para este mundo.

A erva-doce, que estava soltando uma leve fumaça até então, transformou-se em uma brasa quente e vermelha. Stevie Rae deu um gritinho e soltou o bastão de erva. Uma fumaça densa e preta subiu do bastão em brasas como se fosse uma serpente rasgando as Trevas. Apertando a mão queimada junto ao corpo, Stevie Rae recuou, tropeçando.

– Stevie Rae? O que está acontecendo?

Ela ouviu Dallas, mas quando olhou para trás, não o viu mais. A fumaça era densa demais. Stevie Rae virou para trás para tentar enxergar Dallas em meio à escuridão, mas não conseguiu ver porcaria nenhuma. Ela olhou para onde a vela da terra deveria estar, mas também só viu fumaça. Desorientada, ela berrou: – Eu não sei o que está acontecendo. A erva-doce ficou esquisita de repente e...

A terra debaixo dos seus pés, aquela parte tangível de seu elemento que a fazia se sentir tão conectada e confortável, começou a tremer.

– Stevie Rae, você tem que sair daí agora. Eu não *tô* gostando dessa fumaça toda.

– Você *tá* sentindo isto? – ela gritou para Dallas. – O chão está tremendo aí também?

– Não, mas não *tô* conseguindo te ver, nem gostando nada disso.

Antes de ver, Stevie Rae sentiu aquela presença. Foi uma sensação aterrorizantemente familiar, e em um microinstante ela entendeu por quê. A sensação era parecida com a de quando ela estava morrendo. Igualzinho ao momento em que começou a tossir, agarrou a mão de Zoey e disse *"Tô* com medo, Z.". O eco daquele terror a paralisou, e quando a ponta do primeiro chifre tomou forma e cintilou para ela, branca, pontiaguda e ameaçadora, Stevie Rae só conseguiu ficar olhando e balançando a cabeça de um lado para outro.

— Stevie Rae! Você *tá* me ouvindo? – parecia que a voz de Dallas estava a quilômetros de distância. O segundo chifre se materializou e a cabeça do touro começou a tomar forma, branca e enorme, com olhos tão pretos que cintilavam como um lago insondável à meia-noite.

Socorro! Stevie Rae tentou dizer, mas o medo trancou as palavras em sua garganta.

— Demorou. Vou entrar aí *pra* te pegar mesmo que você não queira que eu rompa o círculo e...

Stevie Rae sentiu a vibração quando Dallas se aproximou do traçado do círculo. E o touro também. A criatura virou sua enorme cabeça e deu um riso irônico, expelindo um bafo fedido que empesteou a espessa fumaça. A noite estremeceu em resposta.

— Merda! Stevie Rae, não consigo entrar no círculo. Fecha ele e sai daí!

— Eu... eu não con-con-consigo – ela gaguejou com um fiapo de voz.

Plenamente formado, o touro era a personificação de um pesadelo. Seu bafo fez Stevie Rae ficar com vontade de vomitar. Seus olhos a imobilizaram. Seu couro branco iluminava o breu absoluto, mas não era um brilho de beleza. Era viscoso, frio e morto. Ele levantou um dos cascos fendidos e pisou com força, rasgando a terra de tal forma que Stevie Rae sentiu um eco da dor da rachadura como se fosse em sua própria alma. Ela parou de fitar os olhos do touro e baixou seus olhos para os cascos. Stevie Rae arfou de pavor. A grama ao redor da besta estava arrebentada e escurecida. A terra estava rachada e sangrando onde ele pisara; a terra de Stevie Rae.

– Não! – o terror represado estourou a ponto de fazer escapar enfim as suas palavras. – Pare! Você está nos machucando!

Os olhos pretos do touro penetraram os dela. A voz que lhe encheu a cabeça era profunda, poderosa e inimaginavelmente maldosa.

– *Você teve poder para me invocar, vampira, e como achei divertido, resolvi responder à sua pergunta. O guerreiro deve procurar no próprio sangue para descobrir a ponte e entrar na Ilha das Mulheres, e então ele precisará vencer a si mesmo para entrar na arena. Apenas reconhecendo um perante o outro ele poderá acompanhar sua Sacerdotisa. Depois que a encontrar, caberá a ela, e não a ele, decidir se retorna ou não.*

Stevie Rae engoliu o medo e disse: – Não vejo sentido no que você diz.

– *Sua incapacidade de compreender não é problema meu. Você me invocou. Eu respondi. Agora vou cobrar meu preço em sangue. De fato, há uma eternidade que não provo o gosto doce de sangue de vampiro, ainda mais sendo uma vampira tão repleta de Luz inocente.*

Antes que Stevie Rae pudesse começar a formular algum tipo de resposta, a besta começou a dar voltas ao seu redor. Brotos de Trevas surgiram serpentiformes na fumaça que o cercava e começaram a avançar na sua direção. Cada vez que a tocavam, era como ter a carne cortada por lâminas de gelo.

Sem pensar, ela gritou uma coisa só: – Rephaim!

13

Rephaim

Rephaim sabia que as Trevas haviam se materializado naquele mesmo instante. Estava sentado na varanda da cobertura, comendo uma maçã, olhando para o céu noturno sem nuvens e tentando ignorar a irritante presença do fantasma humano que desenvolvera um fascínio infeliz por ele.

– *Vamos lá, me diga! Voar é divertido mesmo?* – o jovem espírito perguntou a Rephaim pelo que devia ser a centésima vez. – *Parece divertido. Eu nunca consegui, mas aposto que voar com as próprias asas deve ser bem mais divertido do que voar de avião.*

Rephaim suspirou. A garota falava mais do que Stevie Rae, o que não era pouca coisa. Irritante, mas impressionante. Ele estava tentando decidir se devia continuar a ignorá-la e torcer para que fosse logo embora ou tentar um plano alternativo, já que ignorar a garota não estava dando certo. Ele pensou se não deveria perguntar a Stevie Rae o que fazer com o fantasma, o que o fez pensar na Vermelha. Mas, a bem da verdade, seus pensamentos nunca se distanciavam totalmente dela.

– *Voar é perigoso? Quer dizer, voar com suas asas? Acho que deve ser, porque você se machucou, e aposto que foi voando por aí...*

Enquanto a garota tagarelava, a textura do mundo ia mudando. Naquele momento de choque inicial, ele sentiu uma certa familiaridade e acreditou, por uma fração de segundo, que seu pai havia retornado.

– Silêncio! – ele ralhou com a fantasma. Levantou-se e virou o corpo, perscrutando o breu que o cercava com os olhos vermelhos injetados, torcendo além do que podia expressar em palavras que estivesse mesmo prestes a rever as asas negras do pai.

A menina fantasma deu um grito de espanto, afastou-se dele e desapareceu. Rephaim não lhe deu a mínima. Ele estava ocupado demais se confrontando com uma barreira de entendimento e emoções.

Primeiro veio o entendimento. Ele soube quase de imediato que não era seu pai quem ele tinha sentido. Sim, Kalona era poderoso e se aliara com as Trevas muito tempo atrás, mas o transtorno que esse imortal estava causando no mundo agora era diferente; bem mais poderoso. Rephaim podia sentir pela reação excitada daquelas espécies de espíritos da terra, seres sombrios e escondidos dos quais este mundo moderno dos homens, feito de luz e magia eletrônica, havia se esquecido. Mas ele não se esquecera e, ao ver as ondas e meneios nas sombras mais profundas, ficou desnorteado com a reação delas.

O que teria poder suficiente para despertar espíritos escondidos?

Então, ele sentiu o medo de Stevie Rae. Foi a crueza de horror completo dela misturado à excitação dos espíritos, além daquele instante de familiaridade inicial, que deram a ele a sua resposta.

– Por todos os deuses, as Trevas entraram nesta esfera! – Rephaim estava se mexendo antes mesmo de tomar qualquer decisão consciente de se mexer. Ele saiu como um foguete pela porta da frente da mansão dilapidada, derrubando-a com o braço bom como se fosse feita de cartolina, só parando ao alcançar a ampla varanda da frente. Ele não fazia ideia para onde ir.

Rephaim foi tomado por outra onda de terror. Sentindo tudo com Stevie Rae, ele teve certeza de que ela estava paralisada de medo. Um pensamento horrendo lhe veio à mente: *Será que Stevie Rae invocara as Trevas? Como podia fazer isso? Por que faria isso?*

A resposta à mais importante das três perguntas veio assim que ele as formulou. Stevie Rae faria quase qualquer coisa se achasse que isso traria Zoey de volta.

O coração de Rephaim trovejou e seu sangue pulsou mais rápido e com mais força pelo corpo. Onde ela estava? Na Morada da Noite? Não, certamente que não. Não estaria invocando as Trevas em uma escola devotada à Luz.

– Por que você não veio até mim? – ele berrou sua frustração noite adentro. – Eu conheço as Trevas; você não!

Mas, ao falar, ele reconheceu para si mesmo que estava errado. Stevie Rae fora tocada pelas Trevas ao morrer. Ele não a conhecia na ocasião, mas estava com Stark e testemunhara pessoalmente as Trevas que cercavam a morte e a ressurreição de um novato.

– Mas ela escolheu a Luz – agora ele falava baixinho. – E a Luz sempre subestima a maldade das Trevas.

O fato de eu estar vivo é um exemplo disso.

Stevie Rae estava precisando muito dele naquela noite. Isso também era um fato.

– Stevie Rae, cadê você? – Rephaim murmurou.

A única resposta que teve foi o ruído da inquietação dos espíritos. Será que podia forçar um espírito a levá-lo às Trevas? Não. Descartou a ideia de pronto. Os espíritos só iam às Trevas se por ela convocados. Se não fosse desse modo, eles prefeririam tirar vantagem dos vestígios de poder que vinham de longe. E ele não ia aguentar ficar aguardando na esperança de ser chamado pelas Trevas. Tinha de dar um jeito de...

– *REPHAIM!*

O grito de Stevie Rae reverberou de modo pavoroso ao redor. Sua voz estava cheia de dor e desespero. O som lhe cortou o coração. Ele sentiu seus olhos se inflamarem, vermelhos. Sentiu vontade de matar, ferir, destruir. A névoa de ódio escarlate que começou a tomar conta dele era uma escapatória sedutora. Se se entregasse completamente ao ódio, ele se tornaria de fato mais besta do que homem, e esse medo inesperado e desconfortável que começara a sentir por ela seria afogado pelo instinto e pela violência insana, que ele podia apaziguar atacando os humanos indefesos em qualquer uma das casas às escuras ao redor do museu sem vida. Serviria para saciá-lo por enquanto. E, por enquanto, deixaria de sentir.

E por que não ceder ao ódio que com tanta frequência consumia sua vida? Seria mais fácil, ele estava acostumado e era mais seguro assim.

Se ceder ao ódio, será o fim da ligação que desenvolvi com ela. A ideia lhe causou ondas de arrepios. As ondas se transformaram em brilhantes fagulhas de luz que cauterizaram a neblina vermelha que lhe cobria a visão.

– Não! – ele gritou, deixando a humanidade de sua voz abater a besta dentro de si. – Se eu abandoná-la nas garras das Trevas, ela vai morrer – Rephaim respirou longa e profundamente algumas vezes. Ele tinha que se acalmar. Tinha que pensar. A névoa rubra continuou a se dissipar e sua mente começou a raciocinar de novo. *Tenho que usar nossa conexão e nosso sangue!*

Rephaim forçou-se a ficar parado e respirou o ar noturno. Ele sabia o que tinha que fazer. Respirou fundo mais de uma vez e começou a recitar: – Eu invoco o poder do espírito dos imortais ancestrais, que me pertence por direito de nascença – Rephaim se preparou para o esgotamento que a invocação causaria ao seu corpo ainda enfermo, mas, ao absorver o poder das sombras da noite, ficou surpreso ao sentir uma explosão de energia. A noite ao seu redor parecia inchada, pulsando com um poder primitivo e ancestral. Era uma sensação pesada de mau agouro, mas ele continuou mesmo assim, canalizando o poder através de si, preparando-se para nele investir a imortalidade que trazia em seu sangue, o sangue que agora Stevie Rae também tinha. Mas, à medida que o poder foi entrando, seu corpo foi consumido por uma energia tão intensa, tão crua, que ele caiu de joelhos.

Seu primeiro sinal de que alguma coisa miraculosa estava acontecendo foi quando se deu conta de que usara as duas mãos automaticamente para se segurar ao cair de joelhos... e os dois braços funcionaram normalmente, inclusive o que antes estava quebrado e preso ao peito por uma tipoia.

Rephaim continuou ajoelhado, tremendo e esticando os braços para a frente. Arfando, movimentou as mãos.

– Mais! – ele sibilou. – Venha para mim!

Ele sentiu outro jato de energia lhe penetrar o corpo, uma corrente viva de fria violência que se esforçou para conter. Rephaim percebeu que estava sentindo algo diferente de todas as outras vezes em que invocara os poderes aos quais tinha direito por causa do sangue de seu pai, mas ele não era nenhum jovenzinho inexperiente. Já lidava com as sombras e com as criaturas da noite há tempo demais. O *Raven Mocker* buscou forças bem no fundo de si, respirou fundo para absorver bastante energia junto com o ar frio da noite de inverno, abriu os braços e, com eles, as asas.

– Sim! – seu grito de alegria fez as sombras se contorcerem em êxtase.

Ele estava inteiro outra vez! A asa estava completamente curada! Rephaim ficou em pé. Ele parecia uma escultura suntuosa com suas asas negras completamente estendidas, uma escultura que ganhara vida de repente. Com o corpo vibrando de tanta energia e poder, o *Raven Mocker* continuou a invocação. O ar chamejava em escarlate, como se uma garoa fosforosa de sangue o envolvesse. Inchada com as Trevas emprestadas, a voz de Rephaim soou noite adentro: – Pela força imortal de meu pai, Kalona, que fertilizou meu sangue e meu espírito com seu legado, eu ordeno a este poder que trago em seu nome: Conduza-me à Vermelha! A ela que bebeu meu sangue e com quem me Carimbei, e que salvou minha vida e cuja vida eu salvei. Leve-me a Stevie Rae! Eu ordeno!

A névoa pairou um pouco, depois oscilou e, como uma faixa de seda escarlate, uma trilha fina e cintilante se desdobrou na sua frente em pleno ar. Preciso e certeiro, Rephaim levantou voo, adentrando as convidativas Trevas.

Ele a encontrou não muito longe do museu, em um parque envolto em uma mortalha de fumaça. Enquanto descia em silêncio do céu, Rephaim imaginou como os humanos nas casas que emolduravam a área podiam viver tão indiferentes a tudo que acontecia bem na frente da falsa segurança de suas residências.

A piscina de fumaça preta se concentrava mais no coração do parque. Rephaim identificou os topos de vigorosos carvalhos velhos debaixo do caos que ali imperava. Diminuiu a velocidade ao se aproximar, mas manteve as asas abertas, sentindo o ar e permitindo-o seguir sem fazer ruído, com ligeireza, mesmo no chão.

O novato não reparou nele. Mas Rephaim percebeu que o garoto provavelmente não repararia na chegada de um Exército. Toda a sua atenção estava concentrada na tentativa de cravar um punhal enorme e de aparência letal no que parecia ser um círculo de escuridão que se aglutinara, formando um muro sólido – pelo menos era assim que a coisa se manifestava para o novato.

Rephaim não era novato; entendia as Trevas muito melhor.

Ele deu a volta pelo rapaz e, incógnito, encarou o ponto mais ao norte do círculo. Não sabia direito se tinha ido para lá por instinto ou por influência de Stevie Rae, mas reconheceu, ainda que brevemente, que os dois estavam virando um só.

Fez uma pausa e com um só gesto hesitante fechou as asas, recolhendo-as às costas. Então, levantou a mão e falou baixinho com a névoa escarlate que ainda estava sob seu comando.

– Oculte-me. Permita-me cruzar a barreira – Rephaim enroscou o braço na energia pulsante que lá se reunia e então, em um estalar de dedos, espalhou a névoa sobre o corpo.

Rephaim esperou pela dor. Ele podia ser capaz de comandar alguns poderes imortais, mas essa obediência deles tinha preço. E geralmente era cobrado em forma de dor. Desta vez, a dor lhe queimou o corpo recém-curado como lava, mas ele achou bom, pois era a confirmação de que sua ordem fora obedecida.

Não havia como se preparar para o que talvez encontrasse no círculo. Rephaim simplesmente se recompôs e, coberto pela força herdada do sangue de seu pai, avançou. E o muro de escuridão se abriu diante dele.

Dentro do círculo, Rephaim foi engolfado pelo cheiro do sangue de Stevie Rae e pelo odor avassalador de morte e deterioração.

– Pare, por favor! Não aguento mais! Pode me matar se quiser, mas não toque em mim outra vez!

Ele não a viu, mas sua voz soou totalmente destruída. Agindo rapidamente, Rephaim pegou com a mão em concha um pouco da densa névoa escarlate que lhe envolvia o corpo.

– Vá atrás dela, dê-lhe força – ele sussurrou o comando.

Ouviu Stevie Rae ofegando e teve quase certeza de que ela gritara seu nome. Então a escuridão se partiu e Rephaim viu algo que jamais esqueceria, ainda que vivesse tanto como seu pai.

Stevie Rae estava no meio do círculo. Gavinhas de pegajosos fios pretos prendiam suas pernas. Os fios pretos cortavam sua carne onde tocavam. Sua calça jeans estava toda rasgada, ainda pendurada em seu corpo por meros farrapos. Pingava sangue de sua carne retalhada. Enquanto ele olhava, outro fio preto brotou da densa escuridão que os cercava e fustigou a cintura dela como um chicote, instantaneamente extraindo uma linha de sangue, que escorreu como lágrima.

Ela gemeu de dor e sua cabeça caiu para trás. Rephaim percebeu que seus olhos ficaram sem expressão.

Foi então que a besta se mostrou. No instante em que a viu, Rephaim não teve mais dúvida de que estava de frente para a personificação das Trevas. A criatura deu um riso irônico, emitindo um som terrível e ensurdecedor. Cuspindo sangue, muco e fumaça, o touro rasgou a terra com seus cascos. Aproximou-se de Stevie Rae lentamente, saindo do ponto onde a fumaça preta era mais espessa. Como o luar em uma cripta, o couro do touro branco parecia a própria morte agigantando-se sobre a garota. A criatura era tão enorme que teve de abaixar a cabeça gigantesca para conseguir lamber o sangue que descia da cintura dela.

O grito de Stevie Rae foi ecoado pelo de Rephaim: – Não!

O enorme touro fez uma pausa. Virou a cabeça e pousou seu olhar insondável no *Raven Mocker*.

– *Esta noite está ficando cada vez mais interessante* – a voz retumbou bem dentro da cabeça de Rephaim, que controlou o medo que sentiu ao ver o touro dar dois passos em sua direção, farejando o ar e fazendo o chão tremer.

– *Sinto cheiro de Trevas em você.*

– Sim – Rephaim respondeu, tentando abafar as batidas aterrorizadas de seu coração. – Eu convivo com as Trevas há muito tempo.

– *Então é estranho eu não conhecê-lo* – o touro farejou o ar ao redor de Rephaim outra vez. – *Mas conheço seu pai.*

– Foi usando o poder do sangue de meu pai que abri a cortina de breu e aqui estou – Rephaim manteve os olhos no touro, mas estava plenamente ciente de Stevie Rae a poucos metros dele, sangrando, indefesa.

– *É? Acho que você está mentindo, homem-pássaro.*

Apesar de a voz em sua mente permanecer a mesma, Rephaim sentiu a raiva do touro.

Mantendo a calma, Rephaim cutucou seu peito com o dedo, extraindo do corpo uma linha de névoa vermelha. Levantou a mão, mostrando-a ao touro.

– Isto me permitiu atravessar a cortina de breu do círculo, e este poder é meu e me deve obediência em nome do sangue de meu pai imortal.

– *Que corre sangue imortal em suas veias é verdade. Mas você emprestou de mim o poder que lhe infla o corpo e que fez minha barreira se abrir.*

Rephaim sentiu um calafrio de medo lhe percorrer a espinha de cima a baixo. Tomando muito cuidado, abaixou a cabeça em respeito e reconhecimento.

– Então agradeço, apesar de não ter invocado o seu poder. Invoquei tão-somente o poder de meu pai, pois só tenho direito de comandar o poder dele, que dele herdei.

– *Ouço verdade em suas palavras, filho de Kalona, mas qual a razão de dar ordens ao poder dos imortais para trazê-lo para cá e permitir que você adentre o meu círculo? Você ou seu pai resolveram se meter com as Trevas esta noite por que motivo?*

O corpo de Rephaim ficou totalmente imóvel, mas sua mente disparou. Até aquele momento de sua vida, sempre extraíra força do legado de imortalidade em seu sangue, além de astúcia do corvo que tinha se unido a esse sangue para criá-lo. Mas esta noite, cara a cara com as Trevas, inflado com uma força que não era sua, Rephaim entendeu de repente que, apesar de ter conseguido chegar a Stevie Rae através do poder dessa criatura, ele não seria capaz de salvá-la por meio das Trevas, fosse ela oriunda do touro ou de seu pai; e seus instintos de corvo tampouco conseguiriam enfrentar aquele ser bestial. As forças que o auxiliavam não eram páreo para aquele touro, que era a personificação das Trevas.

Então Rephaim apelou à única coisa que lhe restara: os resquícios de humanidade que herdara do corpo morto de sua mãe. Ele respondeu ao touro como um humano, com uma honestidade tão incisiva que achou que seu coração fosse rachar.

– Estou aqui porque ela está aqui, e ela me pertence – Rephaim não tirou os olhos do touro, mas ele apontou para Stevie Rae com a cabeça.

– *Sinto o cheiro dela em você* – o touro deu outro passo em direção a Rephaim, fazendo o chão tremer debaixo deles. – *Ela pode lhe pertencer, mas teve o atrevimento de me invocar. Essa vampira me pediu ajuda, e eu ajudei. Como você bem sabe, ela tem de pagar o preço. Parta agora, homem-pássaro, e o deixarei viver.*

– Vá, Rephaim – a voz de Stevie Rae estava fraca, mas, quando ele finalmente olhou para ela, viu que seu olhar estava firme e lúcido.

– Isto aqui não é como aquela vez no teto do edifício. Você não tem como me salvar. Vá embora logo.

Ele devia ir embora, sabia que devia. Poucos dias antes, sequer poderia imaginar a possibilidade de encarar as Trevas para tentar salvar uma vampira ou quem quer que fosse, tirando ele mesmo ou seu pai. Mas, ao olhar nos delicados olhos azuis de Stevie Rae, o que viu foi um mundo inteiro de novas possibilidades; um mundo no qual aquela estranha vampirinha vermelha representava coragem, alma e verdade.

– Por favor. Não deixe ele te fazer mal também – ela pediu.

Foram aquelas palavras, abnegadas, sentidas e verdadeiras que fizeram Rephaim decidir.

– Eu disse que ela me pertence. Você sentiu o cheiro dela em mim, sabe que é verdade. Então, posso pagar essa dívida por ela – Rephaim disse.

– Não! – Stevie Rae gritou.

– *Pense bem antes de fazer uma oferta como essa, filho de Kalona. Eu não vou matá-la. Ela tem comigo uma dívida de sangue, não uma dívida de vida. Vou lhe devolver sua vampira quando terminar de saboreá-la.*

As palavras do touro revoltaram Rephaim. Como um parasita gordo, as Trevas se alimentariam de Stevie Rae. O touro branco das Trevas lamberia sua pele fustigada e provaria o gosto de sal e de cobre de seu sangue, do sangue *deles dois*, unidos para sempre pela Carimbagem.

– Tome meu sangue em vez do dela. Eu pago a dívida dela – Rephaim insistiu.

– *Você é filho de seu pai mesmo. Como ele, optou por defender uma criatura que jamais poderá lhe dar aquilo que mais quer. Pois então, que seja. Eu aceito que pague a dívida da vampira. Soltem-na!* – o touro ordenou.

A trama cortante de escuridão soltou o corpo de Stevie Rae e, como se elas fossem as únicas coisas que a mantinham em pé, ela desabou na grama coberta de sangue.

Antes que Rephaim pudesse se mexer para tentar ajudá-la, uma gavinha preta serpentiforme surgiu da fumaça e das sombras que cercavam o touro. Com sobrenatural agilidade, ela deu o bote, enrolando-se no tornozelo de Rephaim.

O *Raven Mocker* segurou um grito na garganta. Concentrando-se através da dor cegante, gritou para Stevie Rae: – Volte para a Morada da Noite!

Ele viu Stevie Rae tentar ficar em pé, mas ela acabou por escorregar no próprio sangue e ficou deitada no chão, chorando baixinho. Seus olhares se encontraram e Rephaim abriu as asas, tentando se aproximar dela, determinado a romper aquela teia que lhe agarrava o tornozelo para, pelo menos, empurrar Stevie Rae para fora do círculo.

Outra gavinha o açoitou, enrolando-se nos bíceps do seu braço recém-curado, penetrando-lhe o músculo. E das sombras atrás dele surgiu outra, e agora Rephaim não conseguiu conter o grito de agonia ao sentir aquela coisa se enrolando em suas asas, rasgando, cortando e jogando-o no chão.

– Rephaim! – Stevie Rae choramingou.

Ele não viu o touro, mas sentiu a terra tremendo quando a criatura se aproximou. Rephaim virou a cabeça e, em meio a uma nuvem de dor, viu Stevie Rae tentando se arrastar na sua direção. Ele quis mandá-la parar, quis dizer alguma coisa para fazê-la sair correndo. Então, com o tornozelo ardendo de dor ao sentir a língua do touro na ferida, Rephaim se deu conta de que Stevie Rae não estava realmente tentando se arrastar até ele. Estava de quatro, como um siri, fazendo pressão na terra. Seus braços estavam tremendo e seu corpo ainda sangrava, mas seu rosto estava ganhando cor novamente. *Ela está extraindo poder da terra,* Rephaim reconheceu e sentiu um alívio enorme. Assim ela ganharia força suficiente para sair do círculo e ir para onde fosse seguro.

– *Eu havia me esquecido de como é doce o sangue dos imortais* – o bafo podre do touro cobriu Rephaim. – *O sangue dos vampiros traz só um leve traço desta doçura. Acho que vou beber seu sangue até me fartar, filho de Kalona. Você de fato usou o poder das Trevas esta noite, de modo que sua dívida é maior do que a dela.*

Rephaim se recusou a olhar para a criatura. Preso pelos fios cortantes, levantou o corpo e se virou para apoiar o rosto na terra. E manteve o olhar fixo em Stevie Rae, enquanto o touro se colocava em cima dele e começava a beber o sangue da ferida abaixo das asas ensanguentadas.

Seu corpo foi tomado por uma agonia sem par. Ele não queria gritar. Não queria se contorcer de dor. Mas não conseguiu evitar.

Foi só por causa dos olhos de Stevie Rae que manteve a consciência enquanto as Trevas se alimentavam dele, violando-o repetidamente.

Quando Stevie Rae se levantou com os braços para cima, Rephaim achou que estivesse tendo alguma alucinação, pois ela estava parecendo anormalmente forte e poderosa, além de muito, muito furiosa. E tinha alguma coisa na mão, um longo bastão de erva fumegante.

– Eu já fiz antes. Vou fazer de novo.

A voz de Stevie Rae lhe veio como se estivesse muito longe, mas também soou forte. Rephaim se perguntou por que o touro não a ouviu e não fez nada para impedi-la, mas a resposta lhe veio através dos gemidos de prazer da criatura e da dor lancinante que irradiava de suas costas. O touro não considerou Stevie Rae uma ameaça, ele concentrava-se apenas no inebriante sangue de imortalidade. *Que ele continue bebendo meu sangue; que ela fuja,* Rephaim pediu em silêncio dirigindo-se a qualquer deus que se dignasse a ouvi-lo.

– Meu círculo se rompeu – Stevie Rae falou rápida e claramente. – Rephaim e esse touro nojento vieram por ordem minha. Portanto, ordeno novamente, através do poder da terra, e invoco o *outro* touro. O touro que enfrenta esse aqui, e a ele pagarei o que tiver de pagar só para tirar essa coisa de cima do meu *Raven Mocker*!

Rephaim sentiu a criatura parar de sorver seu sangue quando um clarão de luz penetrou a escuridão esfumaçada que estava na frente de Stevie Rae. Ele viu que os olhos dela se arregalaram e ela sorriu, como por milagre, e deu risada.

– Sim! – ela disse alegremente. – Eu vou pagar seu preço. Caramba! Você é tão preto e lindo!

Ainda sobre Rephaim, o touro branco grunhiu. Gavinhas começaram a brotar da escuridão, sinuosas, envolvendo Rephaim e rastejando em direção à Stevie Rae. Rephaim abriu a boca para dar um grito de aviso, mas Stevie Rae avançou para o facho de luz. Então, ouviu-se um som como de trovoada e outro clarão cegante. Do meio da luminosa explosão, saiu um touro enorme, tão extremamente preto quanto o outro era branco. Mas a escuridão dessa criatura não era a mesma das sombras carregadas que fugiam dele. O couro desse touro era negro como o céu da meia-noite repleto de estrelas radiantes como diamantes, profundas, misteriosas e belas de se admirar.

O olhar do touro preto e o de Rephaim se encontraram brevemente, e o *Raven Mocker* arfou de perplexidade. Ele jamais vira tanta bondade na vida; sequer imaginava ser possível a existência de tamanha amabilidade.

– *Não permita que ela faça a escolha errada* – a nova voz na mente dele soou tão profunda quanto a do primeiro touro, mas vinha cheia de enorme compaixão. – *Porque seja você merecedor ou não, ela já pagou o preço.*

O touro preto abaixou a cabeça e investiu contra o branco, arrancando-o de cima do corpo de Rephaim. Quando os dois se encontraram, ouviu-se o barulho ensurdecedor de uma colisão intensa, e em seguida um silêncio tão profundo que acabou provocando o mesmo efeito.

As gavinhas se dissiparam como gotas de orvalho ao sol de verão. Stevie Rae estava ajoelhada, esticando o braço em direção a Rephaim, quando a fumaça desapareceu e o novato correu para dentro do círculo de punhal em riste.

– Para trás, Stevie Rae! Vou matar esse filho da puta!

Stevie Rae tocou o chão e murmurou: – Terra, derrube-o. Com força.

Rephaim viu o chão se levantar bem em frente aos pés do garoto, que caiu de cara no chão com força.

– Está conseguindo voar? – ela sussurrou.

– Acho que sim – ele murmurou em resposta.

– Então volte para o Museu Gilcrease – ela disse afobadamente. – Mais tarde eu vou encontrar você.

Rephaim hesitou. Ele não queria deixá-la tão cedo depois de terem passado por tanta coisa juntos. Será que ela estava bem mesmo ou as Trevas a haviam sugado demais?

– Eu *tô* bem. Juro – Stevie Rae disse baixinho, como se estivesse lendo sua mente. – Pode ir.

Rephaim se levantou, deu uma última olhada em Stevie Rae, abriu as asas e forçou seu corpo alquebrado a levá-lo céu adentro.

14

Stevie Rae

Dallas estava meio que carregando, meio que arrastando Stevie Rae pela escola, discutindo com ela, dizendo-lhe que tinha de ir para a enfermaria ao invés de voltar para o quarto quando foram vistos por Kramisha e Lenobia, que caminhavam em direção ao Templo de Nyx.

– Ai, minha Deusa! Você está toda arrebentada! – Kramisha berrou, parando de repente.

– Dallas, vamos levá-la para a enfermaria! – Lenobia ordenou. Ao contrário de Kramisha, ela não ficou paralisada de medo ao ver Stevie Rae ensanguentada; em vez disso, correu para o outro lado e ajudou Dallas a carregá-la, automaticamente tomando o rumo da entrada da enfermaria.

– Olha, pessoal, nada disso. Só quero que me levem para o meu quarto. Eu preciso de um telefone, não de um médico. E não acho a porcaria do meu celular.

– Você não está achando porque aquela coisa tipo pássaro, quase te arrancou as roupas junto com a pele. O celular deve estar lá no parque, jogado naquela terra ensopada com seu sangue. Você tem que ir para a droga da enfermaria.

– Eu estou com meu telefone. Você pode usar – Kramisha disse ao alcançá-los.

– Pode usar o celular de Kramisha, mas Dallas tem razão. Você não está nem se aguentando em pé. Por isso, vai para a enfermaria – Lenobia disse com firmeza.

– Tudo bem. Que seja. Levem-me para uma cadeira ou algo assim para eu poder ligar. Você tem o número de Aphrodite, não tem? – ela perguntou a Kramisha.

– Tenho. Mas não que a gente seja amiga nem nada – Kramisha murmurou.

Enquanto se dirigiam à enfermaria, Lenobia manteve seu olhar incisivo voltado para o corpo destruído de Stevie Rae.

– Você está péssima. De novo – ela disse. Só então as palavras de Dallas pareceram alcançá-la, e a Mestra dos Cavalos arregalou os olhos, chocada. – Você disse pássaro?

– Um *troço* que parece um pássaro – Dallas respondeu ao mesmo tempo em que Stevie Rae o interrompeu: – Não! Dallas, não tenho tempo nem energia para discutir isso com você agora.

– Quer dizer que você não viu o que aconteceu com ela? – Lenobia quis saber.

– Não. Estava escuro e esfumaçado demais; não consegui enxergar nem entrar no círculo para ajudá-la. E então tudo clareou de repente, e vi um troço parecido com um pássaro agachado em cima dela.

– Dallas, pare de falar de mim como se eu não estivesse aqui! E ele não estava em cima de mim. Ele estava deitado no chão ao meu lado.

Lenobia ia começar a falar, mas eles chegaram à enfermaria e Sapphire, a enfermeira alta e loura que fora promovida a chefe do hospital na ausência de uma curandeira, saudou-os com sua expressão azeda de sempre, que logo se transformou em cara de susto.

– Ponham-na lá! – ela ordenou rispidamente, apontando para o quarto com estilo de hospital recentemente desocupado.

Eles deitaram Stevie Rae na cama e Sapphire começou a tirar coisas de um dos armários de metal. Entre elas, um saquinho de sangue que jogou para Lenobia: – Faça-a beber isto imediatamente.

Ninguém disse nada durante os segundos que Lenobia levou para abrir o saco de sangue e ajudar as mãos trêmulas de Stevie Rae a levar o saco à boca e a beber, sedenta.

– Vou precisar de mais – Stevie Rae avisou. – E, como já disse, preciso da droga do telefone. *Pra já*.

– Eu preciso saber o que foi que cortou seu corpo desse jeito e a fez perder tanto sangue, o qual você precisa repor imediatamente, e entender por que o sangue que ainda está pingando do seu corpo está com esse cheiro tão bizarro – disse Sapphire.

– *Raven Mocker*! É esse o nome do bicho – Dallas respondeu.

– Um *Raven Mocker* atacou você? – Lenobia perguntou.

– Não. E era isso que eu estava tentando enfiar na cabeça dura de Dallas. As Trevas atacaram a mim e ao *Raven Mocker*.

– E, como eu disse, você não está falando coisa com coisa. Vi o bicho-pássaro. Vi o seu sangue. Ele fez esses cortes com o bico, tenho certeza. Não vi mais nada por perto! – Dallas praticamente berrou.

– Você não viu mais nada porque as Trevas estavam cobrindo tudo dentro do círculo, inclusive eu e o *Raven Mocker*, enquanto atacava *nós dois*! – Stevie Rae berrou, sentindo-se frustrada.

– Por que tenho a impressão de que você está defendendo aquela coisa? – Dallas perguntou, levantando as mãos.

– Você quer saber, Dallas? Vá se ferrar! Não estou defendendo ninguém a não ser *a mim mesma*. Você não entrou no círculo para me ajudar a sair, fui eu que tive de fazer isso *sozinha*!

Houve um longo silêncio durante o qual Dallas olhou fixo para ela, visivelmente magoado, e então Sapphire falou com sua voz antipática e cortante: – Dallas, você tem que sair. Vou cortar o que restou da roupa dela, e não é correto você ficar aqui.

– Mas eu...

– Você trouxe sua Grande Sacerdotisa para casa, fez muito bem – Lenobia lhe disse, tocando-lhe o braço gentilmente. – Agora nos deixe cuidar dela.

— Dallas, ahn, por que você não vai comer alguma coisa? Eu vou ficar de boa – Stevie Rae disse, já arrependida por descontar nele a culpa e a frustração que sentia.

— Tá, tudo bem. Vou nessa.

— Ei, Lenobia tem razão – Stevie Rae gritou enquanto ele saía do quarto com os ombros murchos. – Você fez bem em me trazer para casa.

Ele deu uma olhada para trás pouco antes de fechar a porta, e ela teve a impressão de que seus olhos jamais tinham transmitido tanta tristeza.

— Faço qualquer coisa por você, garota.

Ele mal fechou a porta e Lenobia disparou: – Explique essa história de *Raven Mocker*.

— É, pensei que eles todos tinham ido embora – Kramisha disse.

— Vocês duas podem ficar. Margareta foi ao Hospital St. John's para nos reabastecer de material hospitalar, de modo que preciso de ajuda por aqui. Então, podem conversar, mas me ajudem enquanto isso – Sapphire lhes disse, entregando a Lenobia outro saquinho de sangue. – Abra isto para ela. Kramisha, vá lavar as mãos e depois comece a me passar essas bolinhas de algodão embebidas em álcool.

Kramisha levantou as sobrancelhas e disparou um olhar incisivo para Sapphire, mas foi até a pia. Lenobia abriu o saco e o deu a Stevie Rae, que bebeu lentamente, ganhando um pouco de tempo.

Produzindo um som de rasgo alto demais para o recinto, Sapphire eliminou o que restava da calça de Stevie Rae e de sua camiseta do bar Don't Late the 918.[1]

Stevie Rae sentiu todos os olhos sobre seu corpo quase nu. Como gostaria de estar usando um sutiã melhorzinho! Ela se virou nervosamente e disse: – Droga, eu adorava esta calça da Cowgirl U.[2] Odeio pensar em voltar à Drysdales[3] da Rua Trinta e Um com Memorial para comprar outra. O trânsito é sempre um saco naquela parte da cidade.

---

1 Bar com uma pequena loja em Tulsa, Oklahoma.
2 Cowgirl U, instituição de ensino voltada para a cultura *western* norte-americana.
3 Rede de lojas de botas e roupas estilo *country*.

– Talvez fosse uma boa você expandir um pouco seu conceito de moda. A Little Black Dress[4] na Rua Cherry fica mais perto e eles têm calças jeans lindas que não são dos anos noventa – Kramisha rebateu.

Três pares de olhos se voltaram momentaneamente para ela.

– Que foi? – ela deu de ombros. – Todo mundo sabe que Stevie Rae precisa de um banho de loja.

– Valeu, Kramisha. Estou me sentindo bem melhor, ainda mais que *acabei de quase morrer e tal* – prendendo o riso, Stevie Rae revirou os olhos para a amiga. A verdade é que Kramisha *de fato* fizera com que se sentisse melhor, no sentido de se sentir normal. E então Stevie Rae se deu conta de que realmente estava se sentindo melhor. O sangue a aquecera e agora não se sentia nem de longe tão fraca quanto estava minutos antes. Na verdade, sentia-se até ficando ligadona por dentro, como se seu sangue estivesse sendo bombeado com mais força, renovando-se em ondas por seu corpo inteiro. *É o sangue de Rephaim, a parte do sangue dele que se misturou ao meu e está se alimentando do sangue humano e me dando poder.*

– Stevie Rae, você parece bem desperta e consciente – Lenobia observou.

Stevie Rae se concentrou novamente em seu mundo externo e se deparou com o olhar da Mestra dos Cavalos, que a observava atentamente: – É, sem dúvida estou me sentindo melhor e preciso de um telefone. Kramisha, me empresta...

– Primeiro vou limpar essas feridas, e afirmo que você não vai conseguir falar ao telefone enquanto isso – Sapphire disse de um jeito que Stevie Rae achou presunçoso demais.

Então espere eu ligar para Aphrodite primeiro – Stevie Rae quase ordenou. Kramisha, pegue a droga do seu telefone na sua bolsona.

– Não é possível esperar – Sapphire a repreendeu. – Seus ferimentos são severos. Há lacerações que vão dos tornozelos à cintura. É preciso fazer assepsia em todas, e muitas precisam de curativos. Você precisa beber mais sangue. Na verdade, o ideal seria trazermos um dos

---

4 Butique de Tulsa, Oklahoma.

voluntários humanos para você se alimentar diretamente, o que ajudaria no processo de cura.

— Humanos? Voluntários? — Stevie Rae engoliu em seco. Na Morada da Noite acontecia *esse* tipo de coisa?

— Não seja ingênua — Sapphire limitou-se a dizer.

— Não vou beber o sangue de nenhum estranho! — Stevie Rae disse com mais veemência do que era sua intenção, atraindo olhares de sobrancelhas levantadas de Lenobia e Kramisha. — O que estou querendo dizer é que para mim tudo bem ficar só nos saquinhos. É bizarro demais pensar em beber o sangue de alguém que não conheço, ainda mais logo depois de, bem, vocês sabem... — ela não completou a frase. As três mulheres iam pensar que ela estava se referindo ao recente rompimento de Carimbagem com Aphrodite.

Mas ela não estava pensando em Aphrodite, isso seria ridículo.

Só pensava no seu desejo de beber o sangue de Rephaim, era só disso que precisava.

— Tem alguma coisa de errado com o cheiro do seu sangue — Lenobia observou.

Stevie Rae clareou as ideias e seu olhar se voltou imediatamente para a Mestra dos Cavalos.

— Alguma coisa de errado? Como assim?

— Tem alguma coisa estranha nele — Sapphire concordou enquanto começava a limpar os profundos cortes com as bolinhas de algodão embebidas em álcool que Kramisha lhe dava.

Stevie Rae sugou o ar de tanta dor. Rangendo os dentes, ela disse: — Eu sou uma vampira vermelha. Meu sangue é diferente do de vocês.

— Nada disso, elas têm razão. Seu sangue está com cheiro esquisito — Kramisha rebateu, tirando os olhos das feridas de Stevie Rae e torcendo o nariz.

Stevie Rae pensou rápido e disse: — É porque ele bebeu do meu sangue.

— Quem? O *Raven Mocker?* — Lenobia parecia assustada.

– Não! – Stevie Rae exclamou e então se apressou em dizer: – Como eu estava tentando dizer a Dallas, o *Raven Mocker* não me fez nada. Ele foi só outra vítima.

– Stevie Rae, o que aconteceu com você? – Lenobia perguntou.

Stevie Rae respirou fundo e começou a contar uma história, no geral, verdadeira: – Eu fui ao parque porque estava tentando conseguir informações sobre a terra que pudessem ajudar Zoey, como Aphrodite me pediu. Há umas crenças bem antigas dos vampiros, coisas de guerreiros que os *vamps* de hoje em dia não curtem mais, mas ela acha que essas crenças antigas podem ajudar Stark a chegar a Zoey no Mundo do Além.

– Mas Stark só pode entrar no Mundo do Além se morrer – Lenobia afirmou.

– É o que todo mundo diz, mas recentemente Aphrodite e eu descobrimos esse negócio superantigo que pode ajudá-lo a chegar lá com vida. A religião, ou como vocês quiserem chamar, era para ser representada por vacas, aliás, por touros. Um branco e um preto – ao se lembrar, Stevie Rae estremeceu. – Aphrodite, que é um "pé no saco", não me disse que a droga do *touro branco* era do mal e que a droga do *touro preto* era do bem, então invoquei o touro do mal por acidente.

Lenobia empalideceu tanto que ficou quase transparente.

– Ah, Deusa! Você evocou as Trevas?

– Você sabia dessa história? – Stevie Rae quis saber.

Com um movimento aparentemente inconsciente, Lenobia levou uma das mãos à nuca: – Eu conheço um pouquinho as Trevas e, na condição de Mestra dos Cavalos, posso dizer que entendo de animais.

Sapphire esfregou o corte que dava uma volta como se fosse uma cobra pela cintura de Stevie Rae, que fez careta de dor.

– Ai, porcaria, isso dói! – ela fechou os olhos momentaneamente, tentando se concentrar em meio à dor. Quando abriu os olhos, viu que Lenobia a observava com uma expressão indecifrável, mas, antes que pudesse formular a pergunta certa, foi a Mestra dos Cavalos quem perguntou: – O que o *Raven Mocker* estava fazendo lá? Você disse que ele não a atacou, mas ele com certeza não teria nenhuma razão para atacar as Trevas.

— Porque eles estão do mesmo lado — Kramisha acrescentou, balançando a cabeça em concordância.

— Não entendo desse negócio de lado bom e lado mau, mas o touro do mal atacou o *Raven Mocker* — Stevie Rae respirou fundo e continuou: — Na verdade, o que me salvou foi o *Raven Mocker* ter aparecido. Ele tipo caiu do céu de repente e distraiu o touro por tempo suficiente para que eu pudesse invocar a terra e o touro do bem — ela não conseguiu conter o sorriso ao falar da impressionante besta. — Nunca vi nada parecido antes. Ele era tão lindo, bom e muito, muito sábio. Ele foi atrás do touro branco e ambos desapareceram. Então Dallas conseguiu entrar no círculo e o *Raven Mocker* saiu voando.

— Mas o que você está dizendo é que, antes de o *Raven Mocker* chegar lá, o touro branco estava bebendo seu sangue? — Lenobia queria uma confirmação.

Stevie Rae teve de conter outro arrepio de nojo.

— É. Ele disse que eu tinha uma dívida com ele por ele ter respondido à minha pergunta. Deve ser por isso que o cheiro do meu sangue está esquisito, porque vocês ainda estão sentindo o cheiro dele em mim, e vou dizer uma coisa, ele fede. E é também por isso que preciso fazer uma ligação. O touro *de fato* respondeu à minha pergunta, e preciso falar com Aphrodite.

— Você pode deixar Stevie Rae ligar. Ela nem está precisando de curativo nenhum mesmo. Seus cortes já estão fechando — Kramisha disse, apontando para os primeiros talhos produzidos pelas Trevas ao redor dos tornozelos.

Stevie Rae deu uma olhada para baixo, mas, antes mesmo de olhar, já sabia. Ela já estava sentindo. O sangue de Rephaim estava se espalhando com seu calor e força por todo o seu corpo, fazendo sua pele rasgada começar a se recompor e a se curar.

— Isso é incrivelmente incomum. Tanto quanto a rápida reconstituição das queimaduras que você sofreu — Sapphire se lembrou.

Stevie Rae se forçou a encarar o olhar da vampira enfermeira.

– Eu sou uma Grande Sacerdotisa vampira vermelha. Nunca houve ninguém como eu antes, então acho que estou definindo os padrões para todos nós, vermelhos. Nós nos curamos muito rápido – ela levantou a ponta do lençol que lhe cobria o corpo e estendeu a mão para Kramisha. – Agora preciso do seu telefone.

Sem mais nenhuma palavra, Kramisha pegou o celular da bolsa que tinha jogado por ali e o entregou a Stevie Rae.

– Aphrodite está na letra C.

Stevie Rae teclou o número. Aphrodite atendeu no terceiro toque:
– Sim, é cedo demais para ligar. E não, eu não ligo a mínima para a porcaria do poema que você acabou de escrever, Kramisha.

– Sou eu.

O tom sarcástico de Aphrodite sumiu na hora.

– O que aconteceu?

– Você sabia que o touro branco era do mal e que o touro preto era do bem?

– Sabia. Eu não contei essa parte? – Aphrodite indagou.

– Não, o que foi bem ruim, pois invoquei o touro branco para o meu círculo.

– Essa não. Isso é ruim demais. O que foi que aconteceu?

– Ruim demais? Fala sério, Aphrodite. A coisa foi feia. Tipo *feia*, feia *pra caraca* – Stevie Rae quis mandar Lenobia, Sapphire e até Kramisha embora para poder falar direito com Aphrodite, em particular, e então quem sabe ter o ataque histérico a que tinha direito, mas sabia que elas precisavam ouvir o que tinha a dizer. Lamentavelmente, coisas ruins não desapareciam meramente sendo ignoradas. – Aphrodite, aquilo é um tipo de mal que jamais vi antes. Perto dele, Neferet parece uma moleca arteira – ela ignorou o pigarro indignado de Sapphire e continuou falando rápido. – E tem uma força que não dá pra acreditar. Não consegui lutar com ele. Acho que não tem nada nem ninguém que consiga, a não ser o outro touro.

– E como foi que você se livrou dele? – Aphrodite fez uma pausa muito breve, e então acrescentou: – Você *já* se livrou dele, não é? Você não está enfeitiçada e sendo usada por ele como uma marionete com sotaque caipira, certo?

– Que besteira, Aphrodite.

– Enfim, diga alguma coisa que prove que você é você mesma.

– Você me chamou de retardada na última vez em que conversamos. Mais de uma vez. E me chamou de *bundona*. E repito que não é nada legal.

– Tudo bem. É você mesma. E como foi que você conseguiu se livrar do touro?

– Eu consegui invocar o touro do bem e ele é muito, mas *muito* do bem, na mesma proporção que o outro é do mal. Ele enfrentou o touro branco e os dois desapareceram.

– Então você não conseguiu nenhuma informação?

– Consegui, sim – Stevie Rae ficou quase vesga de tanto se concentrar, pois queria ter certeza se ainda se lembrava do que o touro branco dissera, palavra por palavra. – Perguntei como Stark poderia alcançar Zoey para poder protegê-la enquanto ela se recupera e volta para cá. O que o touro disse foi o seguinte: "*O guerreiro deve procurar no próprio sangue para descobrir a ponte para entrar na Ilha das Mulheres, e depois ele precisará vencer a si mesmo para entrar na arena. Apenas reconhecendo um perante o outro ele poderá acompanhar sua Sacerdotisa. Depois que a encontrar, caberá a ela, e não a ele, decidir se retorna ou não*".

– Ele disse Ilha das Mulheres? Você tem certeza?

– Sim, tenho certeza. Foi exatamente o que ele disse.

– Ótimo. Tá. Ahn, *peraí, tô* escrevendo tudo para não esquecer nada.

Stevie Rae ouviu Aphrodite rabiscando em um pedaço de papel. Ao terminar, Aphrodite falou cheia de entusiasmo.

– Isso significa que estamos na pista certa! Mas como é que Stark vai encontrar uma ponte procurando por sangue? E que papo é esse de ele ter que vencer a si mesmo?

Stevie Rae suspirou. Uma dor de cabeça das grandes começou a pulsar em sua testa.

– Eu não faço a menor ideia, mas quase morri para conseguir essa informação, então deve ser alguma coisa importante.

– Então é melhor Stark decifrar – Aphrodite titubeou um pouco, mas acabou dizendo: – Se o touro preto é tão super do bem, por que simplesmente você não o invoca de novo e...

– Não! – Stevie Rae falou com tanta ênfase que quase fez pular quem estava perto dela. – Nunca mais. E você não deve deixar ninguém mais invocar nenhum desses touros. O preço é alto demais.

– Como assim, o preço é alto demais? – Aphrodite indagou.

– Estou querendo dizer que eles são poderosos demais. Eles não podem ser controlados, nem o bom e nem o mau. Aphrodite, há coisas nas quais a gente não deve meter o bedelho, e esses touros com certeza estão nessa categoria. E tem mais, não tenho muita certeza se dá para invocar um sem atrair o outro e, pode acreditar no que eu *tô* dizendo, você não ia querer encontrar esse touro branco *jamais* na vida.

– Tá, tá... relaxa. Eu me liguei no que você está dizendo e vou falar uma coisa: fico arrepiada só de falar nesses touros. Acho que você tem razão. Não se estressa. Ninguém vai fazer nada que não seja ajudar Stark a encontrar uma ponte de sangue para a Ilha de Skye.

– Aphrodite, eu não acho que seja uma ponte de sangue. Isso até soa esquisito – Stevie Rae esfregou o rosto e ficou surpresa ao ver sua mão tremendo.

– Agora já chega – Lenobia sussurrou. – Você é forte, mas não é imortal.

Stevie Rae olhou para a Mestra dos Cavalos, mas não viu nada em seus olhos além de preocupação.

– Ei, ahn, eu tenho que desligar agora. Não tô me sentindo muito bem.

– Ah, merda, pelo amor de Deus. Não vá me dizer que está quase morrendo de novo! É extremamente desagradável quando você faz isso.

– Não, eu não estou quase morrendo. Não estou mais. E você não é nem quase legal. Nem um pouquinho. Depois eu ligo. Dá um alô no pessoal por mim.

– Tá, vou espalhar amor entre eles. Tchau, caipira.

— Tchau — Stevie Rae apertou o botão para encerrar a ligação, devolveu o celular a Kramisha e desabou pesadamente sobre o travesseiro. — Ahn, vocês se importam se eu dormir um pouquinho?

— Beba mais sangue — Sapphire deu a Stevie Rae outro saquinho. — Depois você dorme. Vocês duas precisam sair e deixá-la descansar — a vampira enfermeira jogou as bolas de algodão ensanguentadas em um saco de lixo, descartou as luvas de látex, foi à porta e ficou lá, batendo com o pé no chão e olhando feio para Lenobia e Kramisha.

— Eu volto para ver como você está depois que descansar — Lenobia disse.

— Tudo bem — Stevie Rae sorriu para ela.

Lenobia apertou sua mão antes de sair. Quando Kramisha se aproximou dela, Stevie Rae chegou a pensar, chocada, que ela fosse abraçá-la, ou, pior ainda, até beijá-la. Em vez disso, Kramisha olhou nos olhos dela e sussurrou: — *Enxergue com a alma e não com a visão, pois, para com as feras dançar, é preciso seu disfarce penetrar.*

Stevie Rae ficou gelada de repente.

— Acho que eu devia tê-la ouvido melhor. Talvez assim soubesse que estava invocando o touro errado — ela sussurrou em resposta.

Kramisha lançou-lhe um olhar incisivo de quem estava entendendo.

— Talvez ainda seja preciso. Algo dentro de mim diz que você ainda não terminou de dançar com as feras — então ela se aprumou e disse com a voz normal: — Vá dormir. Você precisa usar todo seu bom senso amanhã.

Quando a porta se fechou e Stevie Rae ficou sozinha, ela suspirou aliviada e exausta. Bebeu o último saquinho de sangue metodicamente e então puxou o cobertor do hospital até o pescoço, aninhou-se de lado e, dando um suspiro, começou a enrolar lentamente um cacho louro com o dedo. Estava totalmente exausta. Pelo jeito, o poder do sangue de Rephaim a exauria enquanto a curava.

Rephaim...

Stevie Rae nunca, jamais se esqueceria do seu jeito ao confrontar as Trevas para defendê-la. Ele fora tão forte, bravo e *bom*. Não importava que Dallas, Lenobia e a droga do mundo inteiro achassem que ele estava do lado das Trevas. Não importava que seu pai fosse um guerreiro caído de Nyx que optara pelo caminho do mal séculos atrás. Nada disso importava. Ela tinha visto a verdade. Ele se oferecera em sacrifício por ela. Ele podia não ter escolhido a Luz, mas com certeza rejeitara as Trevas.

Ela estava certa em salvá-lo naquele dia em frente ao convento, e também estava certa em invocar o touro branco e salvá-lo hoje, não importava o preço.

Rephaim merecia ser salvo.

Não merecia?

Tinha que merecer. Depois do que acontecera hoje, ele *tinha que merecer*.

Seu dedo parou de encaracolar a mecha de cabelo e seus olhos começaram a se fechar, apesar de ela não querer mais pensar nem sonhar, muito menos se lembrar do terror causado pelas Trevas e por aquela dor inimaginável. Mas seus olhos se fecharam e a lembrança das Trevas e do que elas lhe tinham feito acabou se fazendo presente. Enquanto tentava resistir ao apelo teimoso da completa exaustão, Stevie Rae ouviu de novo a voz dele no meio daquele círculo de terror: *"Estou aqui porque ela está aqui, e ela me pertence"*. E essa simples frase afastou seu medo, permitindo que a lembrança das Trevas cedesse à Luz.

Pouco antes de Stevie Rae cair em um sono profundo e sem sonhos, ela pensou no lindo touro preto e no pagamento que ele exigiu, e novamente as palavras de Rephaim lhe vieram à mente: – *Estou aqui porque ela está aqui, e ela me pertence.*

Após esse último pensamento, enquanto ainda estava desperta, ela se perguntou se Rephaim algum dia saberia como suas palavras haviam subitamente se tornado verdadeiras para eles dois...

15

Stark

Quando Stark acordou, por um breve segundo não se lembrou de nada. Só sabia que Zoey estava lá, na cama, ao lado dele. Então, deu um sorriso sonolento e se virou, esticando o braço para puxá-la para perto de si.

A sensação fria e sem vida de sua carne sem reação alguma o despertou completamente, e a realidade se abateu sobre ele, destruindo o último de seus sonhos.

– Até que enfim. Sabe, vocês, vampiros vermelhos, podem ser fortes e sei lá o que à noite, mas durante o dia vocês dormem de um jeito sinistro, parece que estão mortos. *Hello*, só digo uma palavra: estereotipados.

Stark se sentou fazendo cara feia para Aphrodite, que estava sentada em uma das poltronas de veludo cor de creme, com suas pernas compridas cruzadas graciosamente, bebericando uma xícara de chá fumegante.

– Aphrodite, o que você está fazendo aqui?

Em vez de responder, ela voltou seu olhar para Zoey.

– Ela não se mexeu desde que tudo aconteceu, não é?

Stark saiu da cama e ajeitou gentilmente o cobertor sobre Zoey. Ele tocou-lhe o rosto com as pontas dos dedos e beijou a única Marca que lhe restara no corpo, uma tatuagem de novata comum em forma de lua crescente no meio da testa. *Não tem problema se você voltar como novata comum. Só quero que você volte,* ele pensou quando seus lábios roçaram a Marca. Então ele se aprumou e encarou Aphrodite: – Não.

Ela não se mexeu. Não consegue. Ela não está aqui. E nós temos sete dias para dar um jeito de trazê-la de volta.

– Seis – Aphrodite corrigiu.

Stark engoliu em seco.

– É, você tem razão. Agora são seis.

– Tá, então vamos nessa. Não temos tempo a perder – Aphrodite se levantou e começou a sair do recinto.

– Onde estamos indo? – Stark começou a segui-la, mas volta e meia olhava para trás para ver Zoey.

– Ei, você tem que sair dessa. Você mesmo disse: *Zoey não está aqui.* Pare de ficar olhando para ela com essa cara de cachorrinho perdido.

– Eu a amo! Você faz alguma ideia de que raios isso significa?

Aphrodite parou e se virou para encará-lo. – Amor não tem merda nenhuma a ver com isso. Você é o guerreiro dela. Isso significa mais do que "eu amo Zoey" – ela disse sarcasticamente, abrindo aspas no ar com os dedos. – Eu tenho meu próprio guerreiro, de modo que sei o que isso significa, e a verdade é a seguinte: se minha alma estivesse despedaçada e eu estivesse presa no Mundo do Além, não ia querer que Darius ficasse sofrendo e choramingando pelos cantos. Ia querer que ele agisse e fizesse sua parte, que seria ficar vivo e *me proteger para eu dar um jeito de voltar para casa*! Agora diz, você vem ou não vem? – ela jogou o cabelo, deu as costas para ele e foi seguindo pelo corredor com seus passos agitadinhos.

Stark calou a boca e foi atrás dela. Eles caminharam em silêncio por um tempinho enquanto Aphrodite o conduzia escadas abaixo por corredores cada vez mais estreitos, que desembocavam em mais escadas.

– Aonde estamos indo? – Stark perguntou.

– Bem, parece que é uma masmorra. Tem cheiro de mofo e de cecê esquisito. Este cenário institucional serviria tanto para uma prisão quanto para uma clínica psiquiátrica, e fez Damien achar que morreu e foi parar no paraíso dos idiotas. Adivinhe.

– Estamos voltando para a escola dos humanos?

— Perto — ela disse, quase sorrindo. — Estamos indo para uma biblioteca supervelha com uma horda de *nerds* estudando freneticamente.

Stark expirou lentamente através de um suspiro sonoro para não cair na gargalhada. Às vezes, ele quase gostava de Aphrodite; não que algum dia fosse admitir isso.

Stark

Aphrodite tinha razão. O porão do palácio realmente lembrava um bagunçado centro de mídia de escola pública, tirando as venezianas e as minipersianas baratas e sujas, o que era bizarro pra caramba, já que o resto da Ilha de San Clemente era megarrica. No entanto, no porão, lá embaixo, só tinha um monte de mesas velhas de madeira, bancos duros, paredes vazias, brancas, de pedra, e toneladas e mais toneladas de estantes tomadas por livros de zilhões de tamanhos, formatos e estilos diferentes.

Os amigos de Zoey estavam agrupados ao redor de uma mesa grande repleta de livros, latas de refrigerante, sacos amassados de batata frita e um gigantesco tubo cheio de doces de alcaçuz vermelho. Stark achou que estavam parecendo cansados, mas totalmente ligados por causa do açúcar e da cafeína. Enquanto ele e Aphrodite se aproximavam, Jack estava exibindo um livro grande com capa de couro e apontando para uma ilustração.

— Observem; esta é uma cópia da pintura da Grande Sacerdotisa grega de nome Calíope. Aqui diz que ela também foi Poeta Laureada depois de Safo. Ela não é a cara da Cher?

— Uau, que loucura. É igualzinha à Cher quando jovem — Erin disse.

— É, antes de ela começar a usar aquelas perucas brancas. Que diabo é aquilo? — Shaunee exclamou.

Damien lançou um olhar daqueles para as gêmeas.

— Não tem nada de errado com a Cher. Absolutamente nada.

— Ih, sujou — Shaunee disse.

— Pisou no calo do gay — Erin concordou.

– Eu tive uma Barbie da Cher. Adorava aquela boneca – Jack disse.

– Barbies, horda de *nerds*? Sério mesmo? Vocês deviam estar preocupados em salvar Z., esqueceram? – Aphrodite os repreendeu, balançando a cabeça em censura e torcendo o nariz para os doces de alcaçuz.

– Passamos o dia fazendo isso. Só estamos dando uma pequena pausa para descansar. Thanatos e Darius foram pegar mais comida – Damien comunicou. – Fizemos algum progresso, mas vou esperar eles voltarem para repassar tudo.

Ele acenou para Stark e seu "oi" foi repetido pelos outros jovens.

– É, não vá logo julgando, Aphrodite. Temos nos esforçado muito, você vai ver.

– Vocês estão conversando sobre bonecas – Aphrodite voltou à carga.

– *Barbies* – Jack a corrigiu. – E foi só um segundinho. E tem mais, Barbies são maravilhosas, além de representar uma parte importante da cultura norte-americana – ele assentiu enfaticamente e abraçou o retrato da "Cher" junto ao peito. – Ainda mais Barbies de celebridades.

– Barbies de celebridades só seriam importantes se tivessem *accoutrements*[5] interessantes para comprar junto – Aphrodite rebateu.

– *Accoutre* o quê? – Shaunee perguntou.

– Parece que você engoliu um francês e está querendo cuspi-lo – Erin zombou e as gêmeas riram.

– Escutem aqui, gêmeas do cérebro compartilhado. *Accoutrements* interessantes quer dizer peças legais, tipo acessórios exclusivos – Aphrodite explicou, pegando uma batata delicadamente.

– Bom, se você não entende nada de Barbies, sua mãe te odeia mesmo – Erin disse.

– Não que a gente não entenda por quê – Shaunee acrescentou.

– Porque todo mundo que já teve uma Barbiezinha que fosse sabe que dá para comprar peças para elas – Erin terminou.

– É, peças *legais* – Jack concordou.

---

5 Acessórios.

– Não são o que eu definiria como *legais* – Aphrodite desdenhou com ar superior.

– E o que é legal para você? – Jack perguntou, fazendo Shaunee e Erin suspirarem de irritação.

– Bem, já que você perguntou, eu acharia legal se tivesse uma Barbie da Barbra Streisand, mas com unhas e nariz vendidos à parte. E as unhas falsas viriam em várias cores e opções.

Houve um silêncio de perplexidade, e então Jack, soando admirado, sussurrou: – Isso seria *bem* legal.

Aphrodite fez cara de metida e continuou: – E que tal uma Britney Spears careca com acessórios tipo guarda-chuva, roupa larga, perucas bizarras e, naturalmente, uma calcinha opcional?

– Eeeeca – Jack disse e riu. – É, e na versão da Paris Hilton o opcional seria o cérebro.

Aphrodite arqueou a sobrancelha para ele: – Não comece a pirar. Tem coisas que nem Paris Hilton pode comprar.

Stark ficou lá parado com cara de embasbacado, e quando todos caíram na risada ele achou que seu cérebro fosse explodir.

– Qual é o problema com todos vocês? – ele berrou. – Como podem ficar rindo e contando piada assim? Vocês ficam se concentrando em brinquedos enquanto Zoey corre risco de morrer daqui a alguns dias!

A voz de Thanatos soou anormalmente alta em meio ao silêncio sepulcral.

– Não, guerreiro. Eles não estão se concentrando em brinquedos. Estão se concentrando na *vida* e em estar entre os vivos – a vampira veio caminhando da porta de onde ela e Darius tinham observado-os em silêncio por alguns minutos. Darius a seguiu, colocando uma bandeja cheia de sanduíches e frutas no meio da mesa. Ele então foi para o lado de Aphrodite no banco de madeira. – E ouça alguém que conhece bastante a morte: concentrar-se na vida é o que você deve fazer se quiser continuar respirando neste mundo.

Damien limpou a garganta, atraindo o olhar furioso de Stark. Imperturbável, o novato olhou nos olhos dele e disse: – Sim, esta é apenas uma das coisas que aprendemos nos estudos das últimas horas.

– Enquanto você estava *dormindo* – Shaunee murmurou.

– E nós *não* – Erin acrescentou.

– Enfim, o que descobrimos em nossa pesquisa – Damien interrompeu antes que Stark pudesse dizer alguma coisa para as gêmeas – é que, sempre que uma Grande Sacerdotisa sofreu um choque capaz de despedaçar sua alma, seu guerreiro também acabou morrendo.

Barbies e briguinhas com as gêmeas postas de lado, Stark encarou Damien com cara de ponto de interrogação e tentou extrair algum sentido do que estava ouvindo: – Você quer dizer que todos os guerreiros morreram?

– De certa forma – Damien respondeu.

– Alguns se mataram para acompanhar suas Grandes Sacerdotisas no Mundo do Além e continuar a protegê-las por lá – Thanatos explicou.

– Mas não deu certo, porque nenhuma das Grandes Sacerdotisas voltou, acertei? – Stark indagou.

– Correto. O que sabemos de Grandes Sacerdotisas que viajaram ao Mundo do Além através de sua afinidade com o espírito é que elas, perdidas, não suportavam a morte de seus guerreiros. Algumas conseguiram curar suas almas no Mundo do Além, mas optaram por ficar lá com seus guerreiros.

– Algumas delas conseguiram se curar – Stark disse lentamente. – E o que aconteceu com as Grandes Sacerdotisas que não conseguiram?

Os amigos de Zoey ficaram nitidamente desconfortáveis, mas a voz de Thanatos manteve-se firme.

– Como vocês ficaram sabendo ontem, se a alma continuar despedaçada, a pessoa se transforma em um *Caoinic Shi'*, um ser que jamais descansa.

– É como um zumbi, mas sem a parte de comer gente – Jack disse baixinho e sentiu um arrepio.

– Isso não pode acontecer com Zoey – Stark protestou. Ele jurara proteger Zoey e, se fosse preciso, faria valer esse Juramento dentro do Mundo do Além para ter certeza de que ela não se transformaria em nenhuma droga de zumbi.

– Mas, apesar de o resultado ser sempre o mesmo, nem todos os guerreiros se mataram para acompanhar suas Grandes Sacerdotisas – Damien voltou a falar.

– Fale desses outros – Stark pediu. Incapaz de se sentar, ficou andando de um lado para outro em frente à mesa.

– Bem, ficou mais do que óbvio que o suicídio dos guerreiros nunca fez voltar *nenhum* guerreiro nem *nenhuma* Grande Sacerdotisa, então encontramos registros de guerreiros que fizeram um monte de coisas diferentes para tentar se transportar paara o Mundo do Além – Damien continuou.

– Alguns enlouqueceram, como um que jejuou até começar a delirar, e então ele meio que abandonou o corpo – Jack disse.

– Ele morreu – Shaunee concluiu.

– É, a história foi feia. Ele berrava muito, tinha alucinações com sua Grande Sacerdotisa e o que ela estava passando, até que finalmente bateu as botas – Erin confirmou.

– Vocês. Não. Estão. Ajudando – Aphrodite os repreendeu novamente.

– Alguns dos guerreiros tomavam drogas para entrar em transe e conseguiam até fazer seus espíritos partir deste mundo – Damien continuou, enquanto as gêmeas reviravam os olhos para Aphrodite. – Mas eles não conseguiam entrar no Mundo do Além. Nós sabemos disso porque eles voltaram para seus corpos a tempo de contar que fracassaram.

Damien parou e deu uma olhada para Thanatos. Ela continuou a história.

– Então os guerreiros morreram. Todos morreram.

– Fracassar na missão de proteger suas Grandes Sacerdotisas os matou – Stark explicou, a voz completamente sem expressão.

– Não, eles morreram porque desistiram de viver – Darius corrigiu. Stark se voltou para ele.

– Você também não desistiria de viver se Aphrodite morresse por você não conseguir cumprir seu Juramento de protegê-la? Também não preferiria morrer a viver sem ela?

Aphrodite não deixou Darius responder.

— Eu ficaria superputa da vida se ele morresse! Era isso que eu estava tentando dizer lá em cima. Você não pode ficar olhando para trás, nem para Zoey, nem para o passado, nem para o seu Juramento. Precisa seguir em frente e dar um jeito de continuar vivendo, inventar outro jeito de protegê-la.

— Então me diz alguma coisa, *qualquer coisa* que tenha nesses malditos livros para me ajudar, em vez de ficar só me mostrando como os outros guerreiros fracassaram.

— Eu vou dizer uma coisa que não li em livro nenhum. Stevie Rae invocou por acidente o touro branco ontem à noite.

— Trevas! A novata invocou as Trevas para este mundo? — Thanatos fez uma cara como se Aphrodite tivesse acabado de explodir uma bomba no meio da sala.

— Ela não é novata. Ela é como Stark, uma vampira vermelha. Mas, sim. Ela o invocou. Em Tulsa. Foi um acidente — ignorando o olhar perplexo de Thanatos, Aphrodite tirou um pedaço de papel do bolso e leu: "*O guerreiro deve procurar no próprio sangue para descobrir a ponte e entrar na Ilha das Mulheres, e então ele precisará vencer a si mesmo para entrar na arena. Apenas reconhecendo um perante o outro ele poderá acompanhar sua Sacerdotisa. Depois que a encontrar, caberá a ela, e não a ele, decidir se retorna ou não*". Aphrodite levantou os olhos. — Alguém faz ideia do que isso possa significar?

Ela balançou o papel ao redor e Damien o pegou, já relendo enquanto Jack espiava por cima do seu ombro.

— Qual preço as Trevas cobraram por esse conhecimento? — Thanatos perguntou. Seu rosto ficou totalmente branco. — E como ela conseguiu pagar e sobreviver sem enlouquecer nem perder a alma?

— Eu também me perguntei isso, principalmente depois que Stevie Rae me contou como o touro branco era do mal. Ela disse que achava que só o touro preto era capaz de derrotar o branco e que foi assim que ela conseguiu se safar.

— Ela invocou o touro preto também? — Thanatos quis saber. — Isso é quase inacreditável.

— Stevie Rae tem uns poderes sinistros ligados à terra — Jack disse.

– É, ela disse que foi assim que conseguiu atrair o touro do bem para Tulsa. Ela usou o poder da terra para invocá-lo – Aphrodite contou.

– E você confia nessa vampira Stevie Rae?

Aphrodite hesitou.

– Na maioria das vezes.

Stark esperou que pelo menos um dos presentes se manifestasse em defesa de Stevie Rae, mas ficaram todos calados, até que Damien indagou: – Por que você pergunta se ela confia em Stevie Rae?

– Porque uma das poucas coisas que sei sobre as crenças ancestrais na Luz e nas Trevas simbolizadas pelos touros é que eles sempre cobram um preço por seus favores. Sempre. A resposta que Stevie Rae teve para sua pergunta foi um favor das Trevas.

– Mas ela invocou o touro do bem, que botou o do mal para correr. Assim Stevie Rae não teve de lhe pagar preço nenhum – Jack resumiu.

– Então ela está em dívida com o touro preto – Thanatos afirmou.

Aphrodite apertou os olhos.

– Por isso ela disse que jamais invocaria os touros de novo e que o preço era alto demais.

– Acho que você devia procurar sua amiga e descobrir como foi que ela pagou sua dívida com o touro preto – Thanatos sugeriu.

– E por que ela não me contou sobre isso – Aphrodite acrescentou.

Os olhos de Thanatos pareceram mais velhos e tristes quando voltou a falar: – Apenas lembre-se de que há consequências para tudo, sejam boas ou más.

– Dá para pararmos de olhar para o que aconteceu *lá atrás* com Stevie Rae? Stark protestou. – Eu preciso avançar. Para Skye e para a ponte de sangue. Então, vamos nessa.

– Eia, garotão – Aphrodite o alertou. – Calminha aí um instante. Você não pode simplesmente aparecer na Ilha das Mulheres e sair procurando a ponte de sangue. O feitiço de proteção de Sgiach vai *te* derrubar, e derrubar *pra* matar.

– Não acho que Stark tenha de procurar por alguma coisa *literal* – Damien falou, estudando de novo a anotação de Aphrodite. – Aqui diz para procurar *no próprio sangue* para encontrar a ponte, não diz para procurar *uma ponte de sangue*.

— Eca, metáfora. Mais uma razão para eu odiar poesia — Aphrodite disse.

— Eu sou bom com metáforas — Jack interveio. — Deixe-me ver.

Damien entregou o papel a ele. Jack mordeu o lábio enquanto lia novamente: — Hummm, se você fosse Carimbado com alguém, eu diria que isso quer dizer que deveríamos conversar com a pessoa em questão e quem sabe descobrir alguma coisa.

— Não sou Carimbado com ninguém — Stark respondeu, recomeçando a andar de um lado para outro.

— Então isso pode significar que precisamos procurar quem você é, ou seja, deve haver alguma coisa sobre você que é a chave para conseguir entrar na ilha de Sgiach — Damien concluiu.

— Eu não sei de nada! Esse é o problema!

— Tá, tá, que tal se procurarmos nas anotações que fizemos sobre Sgiach para ver se elas servem para dar alguma pista — Jack sugeriu, tentando consolar Stark com movimentos apaziguadores.

— É, calminha — Shaunee tentou consolar Stark.

— Sente-se e coma um sanduíche — Erin indicou a ponta da mesa com o sanduíche que havia começado a comer.

— Coma — Thanatos disse, pegando um sanduíche e se sentando ao lado de Jack. — Concentre-se na vida.

Stark sentiu vontade de grunhir, mas se controlou, pegou um sanduíche e se sentou.

— Ah, pega este gráfico que fizemos — Jack pediu, espiando por sobre o ombro de Damien enquanto ele dava uma olhada nas anotações que haviam feito. — Algumas dessas coisas são meio confusas, e sempre ajuda tentar mostrar a coisa visualmente.

— Boa ideia, aqui está — Damien rasgou um pedaço de papel do bloquinho amarelo que estava quase repleto de anotações. No topo estava desenhado um enorme guarda-chuva aberto. De um lado estava escrito LUZ e do outro, TREVAS.

— O guarda-chuva de Luz e Trevas é uma boa imagem — Thanatos observou. — Mostra que as duas forças são universais.

— Foi ideia minha — Jack gabou-se, corando ligeiramente.

Damien sorriu para ele: — Muito bem — e apontou para a coluna sob a Luz. — Então, sob a força da Luz, eu listei: o bem, o touro preto, Nyx, Zoey e nós — ele fez uma pausa e todo mundo assentiu. — E sob as Trevas eu tenho: o mal, o touro branco, Neferet/Tsi Sgili, Kalona e *Raven Mockers*.

— Percebo que vocês puseram Sgiach no meio — Thanatos observou.

— É, junto com anéis de cebola, bolinhos de chocolate Hostess Ding Dongs e o *meu nome?* — Aphrodite disse. — Que diabo isso quer dizer?

— Bem, acho que não concluímos se Sgiach é uma força da Luz ou das Trevas — Damien disse.

— Eu acrescentei os anéis de cebola e os Ding Dongs — Jack confessou. Ao ver que todo mundo o encarava, deu de ombros e explicou: — Anéis de cebola são frituras e engordam, mas a cebola é um vegetal. Então, elas fazem bem ou não? Talvez? E, bem, Ding Dongs é chocolate, mas tem creme no meio. Laticínios não são saudáveis?

— Acho que vocês têm problemas mentais — Aphrodite se adiantou.

— Nós acrescentamos seu nome — Erin lembrou.

— É, porque achamos que você é como a Rachel de *Glee* — Shaunee continuou. — Superirritante, mas tem que fazer parte do programa, pois às vezes dá uma dentro e meio que salva o dia.

— Mas continuamos achando que ela é uma bruxa do inferno. Como você — Erin terminou, sorrindo docemente para Aphrodite.

— Enfim — Damien rapidamente apagou os anéis de cebola, Ding Dongs e o nome de Aphrodite, pôs o gráfico no meio da mesa e voltou ao bloco amarelo —, aqui tem algumas informações que conseguimos sobre Sgiach — ele explicou, passando os olhos nas anotações. — Ela é considerada uma rainha dos guerreiros. Muitos deles costumavam treinar em sua ilha, de modo que um monte de Filhos de Erebus iam e vinham, mas os que ficavam com ela, aqueles que juravam servi-la...

— Espere, Sgiach tinha mais do que um guerreiro sob Juramento? — Stark interrompeu.

Damien assentiu: – Parece que ela tinha um clã inteiro deles. Só que não se chamavam Filhos de Erebus. Seu título era... – Damien fez uma pausa enquanto virava as páginas. – Aqui está. Eram chamados Guardiões do Ás.

– Por que Ás? – Stark quis saber.

– É uma metáfora – Aphrodite disse, revirando os olhos. – Mais uma. É como eles chamam Sgiach. Simboliza a rainha para seu Clã.

– Acho o clã escocês maneiro – Jack disse.

– Claro – Aphrodite retrucou. – Homem de saia é a sua fantasia sexual.

– Saia não, é *kilt* – Stark a corrigiu. – Ou manta escocesa. Se quiser falar à moda antiga, mas bem antiga mesmo, pode chamar de *philamore*.

Aphrodite levantou a sobrancelha loura.

– E você sabe disso porque gosta de usar?

Ele deu de ombros.

– Eu não, mas meu avô sim.

– Você é escocês? – Damien deixou transparecer incredulidade na voz. – E só agora nos diz?

Stark deu de ombros novamente.

– O que tem minha família humana a ver com isso? Eu mal tenho falado com eles nesses últimos quatro anos.

– Não é só uma família – Damien levantou a voz de entusiasmo enquanto começava a vasculhar as anotações de novo.

– Ah, fala sério. Sua família *é* seu sangue, debiloide – Aphrodite quase gritou. – Qual era o sobrenome do seu avô?

Stark fechou a cara para ela.

– MacUallis – Jack e Damien disseram juntos.

– Como sabem? – Stark se assustou.

– Os Guardiões do Ás eram do Clã MacUallis. – Damien sorriu triunfante, mostrando a todos o papel com suas anotações com as palavras: CLÃ MACUALLIS = GUARDIÕES DO ÁS.

– Creio que achamos nossa ponte de sangue – Jack concluiu, abraçando Damien.

16

Zoey

Heath se mexeu e murmurou qualquer coisa sobre não ir ao treino de futebol e dormir mais um pouco. Eu o observei e prendi o fôlego enquanto dava a volta por seu corpo adormecido. Tipo, quem ia querer acordá-lo e lhe dizer que estava mortinho da silva e nunca mais ia jogar futebol de novo? Nem morta.

Tentei ficar o mais quieta que pude, mas não consegui me conter. Desta vez, nem fingi descansar ao seu lado. Não consegui evitar. Não consegui me conter. Precisava continuar me mexendo.

Estávamos no meio do mesmo bosque denso no qual havíamos entrado antes. Antes quando? Eu não me lembrava de fato, mas as árvores curtas e retorcidas e os montes de pedras velhas eram legais. E tinha o musgo. Especialmente o musgo. Ele estava em toda parte, grosso, macio e gostoso.

De repente, meus pés estavam descalços e me distraí mergulhando-os no musgo e deixando meus dedos brincarem no carpete verde vivo.

Vivo?

Suspirei.

Que nada. Eu já suspeitava de que nada naquele lugar estivesse vivo de verdade, mas sempre me esquecia disso.

As copas das árvores formavam um túnel de folhas e galhos, de modo que só entrava um pouquinho do sol cálido, mas não demais, e quando passou uma nuvem no céu olhei para cima, já tremendo de frio.

Trevas...

Pisquei os olhos, surpresa, relembrando. Era *por isso* que Heath e eu estávamos enfiados ali. Aquela coisa estava nos perseguindo, mas não veio atrás de nós no bosque.

Senti outro arrepio.

Eu não fazia ideia do que seria aquela coisa. Só tinha tido uma sensação de completa escuridão, sentido um cheiro vago de algo que já havia morrido fazia algum tempo e visto chifres e asas. Heath e eu não chegamos a esperar para ver mais nada. Ficamos ambos sem fôlego de tanto medo e corremos e corremos... Razão pela qual Heath estava caído no sono. De novo. Como eu deveria estar.

Mas eu não conseguia dormir. Então, o que fiz foi andar de um lado para outro.

Estava realmente incomodada com o fato de minha memória estar um lixo. E o pior era que, apesar de achar que minha memória estava destruída, nem podia saber direito se estava mesmo, porque, bem, não me lembrava de nada mesmo; havia algo de errado comigo. Eu sabia que estavam faltando pedaços de várias coisas na minha mente, parte delas recente, como só me lembrar agora daquele troço assustador que nos perseguiu, a mim e a Heath, e nos fez entrar no bosque. Mas eu também estava me esquecendo de coisas antigas.

Não conseguia me lembrar de como era minha mãe.

Nem de como eram meus olhos.

Não conseguia me lembrar da razão pela qual não confiava mais em Stevie Rae.

Mas as coisas das quais eu me lembrava eram ainda mais perturbadoras. Lembrava-me de cada instante da morte de Stevie Rae; de que meu pai nos abandonou quando eu tinha dois anos de idade e, na prática, jamais voltou; e de ter acreditado em Kalona e me enganado amargamente.

Meu estômago deu voltas e, como se movida pela náusea, continuei andando de um lado para outro dentro da clareira no bosque.

Como pude deixar Kalona me enganar assim? Eu fui muito idiota.

E causara a morte de Heath.

Minha mente fugiu dessa culpa. Era horrível demais só de pensar, era uma dor crua demais.

Vi uma sombra com o canto do olho. Assustei-me, virei-me rapidamente e dei de cara com ela. Eu já a vira antes. Em meus sonhos e em uma visão compartilhada.

– Olá, A-ya – eu a cumprimentei, baixinho.

– Zoey – ela disse, abaixando a cabeça para me cumprimentar. Sua voz era bem parecida com a minha, tirando o enorme toque de tristeza que tingia tudo que ela dizia.

– Confiei em Kalona por sua causa – eu lhe disse.

– Você sentiu compaixão por ele por minha causa – ela me corrigiu. – Quando você me perdeu, perdeu junto a compaixão.

– Isso não é verdade – protestei. – Ainda tenho compaixão dentro de mim. Eu me preocupo com Heath.

– Mesmo? Por isso você o mantém ao seu lado, em vez de deixá-lo partir e seguir seu caminho?

– Heath não quer partir – repliquei e calei a boca em seguida, surpresa ao perceber como soara irritada.

A-ya balançou a cabeça e seus longos cabelos negros lhe roçaram a cintura.

– Você não parou para pensar no que Heath pode estar querendo, nem no que ninguém quer, a não ser você. E não vai fazer isso, não de verdade, a não ser que me chame de volta para você.

– Não quero chamar você de volta. Foi por sua causa que tudo isso aconteceu.

– Não, Zoey, não foi. Isso tudo aconteceu por causa de uma série de escolhas feitas por determinadas pessoas. A questão não gira apenas em torno de você – A-ya balançou a cabeça em desaprovação e desapareceu.

– Já vai tarde – murmurei e comecei a andar de um lado para outro novamente, de modo ainda mais ansioso e impaciente do que antes.

Vi outra sombra tremular com o canto do olho e me virei, pronta para mandar A-ya sumir de uma vez por todas, mas acabei de queixo caído. Dei de cara *comigo mesma*. Bem, na verdade, a minha versão aos nove anos que já tinha visto em meio a outras versões de mim que foram afugentadas por sei lá o que que correu atrás de Heath e de mim.

– Oi – eu disse.

– Nós temos seios! – a *garota-eu* me disse, olhando estupefata para o meu peito. – Fico *feliz* de ver que temos seios. Até que enfim.

– É, foi o que pensei também. Até que enfim.

– Eu bem que queria que eles fossem maiores – a garota ficou olhando para os meus peitos, até que me deu vontade de cruzar meus braços, o que era ridículo, porque ela era eu, o que era nada menos que *esquisito*. – Mas, ah, bem, podia ser pior! Podíamos ser a Becky Apple, hihihi!

A voz dela era tão cheia de alegria que acabei sorrindo, mas só por um segundo. Parecia-me difícil sentir essa alegria que a deixava tão radiante.

– Becky Renee Apple. Você acredita que a mãe deu esse nome a ela e mandou colocar a sigla "BRA"[6] em todos os suéteres dela? – a garota disse e caiu na gargalhada.

Eu tentei, sem sucesso, manter meu sorriso ao falar.

– É, a coitadinha foi condenada no primeiro dia de tempo frio – suspirei e esfreguei a mão no rosto, perguntando-me por que sentia aquela inexplicável tristeza.

– É porque não estou mais com você – a garota me disse. – Eu sou sua alegria. Sem mim, você não pode voltar a ser realmente feliz.

Olhei fixo para ela, sabendo que, como A-ya, ela estava falando a verdade.

Heath voltou a murmurar enquanto dormia, o que me fez olhar para ele. Ele parecia tão forte, normal e jovem, mas jamais voltaria a pisar em um campo de futebol. Jamais voltaria a acelerar na curva com o caminhão e a gritar como um típico Okie.[7] Ele jamais seria um marido. Jamais seria pai. Tirei os olhos dele e fitei minha versão de nove anos de idade.

– Acho que não mereço ser feliz de novo.

– Sinto muito por você, Zoey – ela disse e desapareceu.

---

6 Sutiã em inglês.
7 Nativo de Oklahoma.

Sentindo-me meio tonta e zonza, voltei a perambular.

A versão seguinte de mim não ameaçou surgir pelo canto da vista. Parou no meio do caminho, bloqueando minha passagem. Ela não se parecia comigo. Era muito alta. Tinha cabelos compridos, soltos e de tom vermelho-acobreado. Só quando olhei nos seus olhos percebi nossa semelhança: tínhamos os mesmos olhos. Ela era outro pedaço de mim; eu a conhecia.

– E quem é você? – perguntei, cansada. – E de que parte de mim vou sentir falta se eu não tiver você de volta?

– Pode me chamar de Brighid. Sem mim, você não tem força.

Suspirei.

– Estou cansada demais para ser forte no momento. Que tal voltarmos a conversar depois que eu tirar um cochilo?

– Você não entende, não é? – Brighid balançou a cabeça com desdém. – Sem nós, você não consegue cochilar. Não vai se sentir melhor. Nem descansar. Sem nós, você só vai ficando mais e mais incompleta, e vai acabar à deriva.

Tentei me concentrar apesar da dor que estava se formando na minha cabeça.

– Mas vou ficar à deriva com Heath.

– Sim, é possível.

– E, se eu conseguir fazer vocês todas voltarem para dentro de mim, deixo Heath para trás.

– Sim, é possível.

– Não posso fazer isso. Não posso voltar para o mundo sem ele – tentei justificar.

– Então você está realmente encrencada – sem dizer mais nada, Brighid desapareceu.

Minhas pernas cederam, e caí sentada no musgo. E só vi que estava chorando quando minhas lágrimas começaram a deixar marcas na minha calça jeans. Não sei quanto tempo fiquei lá sentada, encolhida de tristeza, confusa, exausta, até que um som acabou penetrando minha névoa mental: um ruflar de asas ao vento, pairando, baixando o voo, procurando.

– Vamos, Zo. Precisamos entrar mais no bosque.

Levantei os olhos e vi que Heath estava agachado ao meu lado.

– A culpa é minha – eu disse.

– Não é, não. Mas, que diferença faz de quem é a culpa? Já foi, gata. Não dá *pra* voltar atrás.

– Não posso deixar você, Heath – choraminguei.

Ele afastou o cabelo do meu rosto e me deu outra bola de lenços de papel amassados.

– Eu sei disso.

O som de asas enormes ficou mais alto; galhos de árvores atrás de nós oscilaram em resposta.

– Zo, vamos falar disso depois, *tá*? Agora precisamos voltar a andar – ele agarrou um de meus cotovelos, colocou-me de pé e começou a me conduzir mais para dentro do bosque, onde as sombras ficavam mais escuras e as árvores pareciam ainda mais ancestrais.

Deixei que ele me conduzisse. Sentia-me melhor ao me mexer. Mas não, não me sentia bem. Não mesmo. Entretanto, era melhor quando não ficava parada.

– É ele, não é? – perguntei, apática.

– Ele? – Heath perguntou, ajudando-me a subir em uma pedra cinza dura.

– Kalona – a palavra pareceu transformar a densidade do ar ao nosso redor. – Ele veio atrás de mim.

Heath me lançou um olhar incisivo e gritou: – Não, eu não vou deixar que ele te pegue.

Stevie Rae

– Não, eu não vou deixar que ele te pegue! – Dragon gritou.

Assim como todos que se encontravam no Salão do Conselho, Stevie Rae olhou fixo para o Mestre de Esgrima, que parecia prestes a estourar uma veia do pescoço.

– Ahn, ele quem, Dragon? – Stevie Rae perguntou.

– Aquele *Raven Mocker* que matou minha companheira! Por isso você não pode sair sozinha antes de acharmos e destruirmos essa criatura.

Stevie Rae tentou ignorar a depressão causada pelas palavras de Dragon e a culpa terrível que sentiu ao encará-lo e perceber como estava arrasado, sabendo que, apesar de Rephaim ter lhe salvado a vida duas vezes, ele realmente matara Anastasia Lankford.

Ele mudou. Ele está diferente agora, ela pensou, querendo dizer as palavras em voz alta sem fazer o mundo vir abaixo.

Mas não podia contar a Dragon sobre Rephaim. Não podia contar a ninguém sobre o *Raven Mocker*, então o que fez foi começar, novamente, a misturar mentiras com verdade, formando uma terrível tapeçaria de evasivas e engodos.

– Dragon, não sei qual *Raven Mocker* estava no parque. Quero dizer, ele não se apresentou nem nada.

– Acho que ele era o líder, o tal de *Ref não sei das quantas* – Dallas se manifestou, apesar de Stevie Rae fuzilá-lo com os olhos.

– Rephaim – Dragon se lembrou, com uma voz de morte.

– É, esse mesmo. Ele era enorme, como vocês descreveram, e seus olhos pareciam bem humanos. E tem mais, tinha um jeito diferente. Estava na cara que se achava o tal.

Stevie Rae conteve o ímpeto de tapar a boca de Dallas com a mão, e talvez o nariz também. Sufocá-lo com certeza o faria calar a boca.

– Ah, Dallas, não interessa. Nós não sabemos qual *Raven Mocker* era. E, Dragon, eu entendo sua preocupação e tudo, mas estamos falando apenas de eu ir ao Convento das Beneditinas para contar a vovó Redbird o que houve com Zoey. Não vou para o mato sozinha.

– Mas Dragon tem razão – Lenobia disse. Erik e a professora Penthasilea assentiram, pondo de lado temporariamente as divergências sobre Neferet e Kalona. – Esse *Raven Mocker* apareceu onde você estava, quando estava entrando em comunhão com a terra.

– Dizer que ela estava entrando em comunhão com a terra é simplificar demais – Dragon falou rapidamente quando Lenobia fez uma pausa. – Como Stevie Rae nos explicou, ela estava dialogando com poderes ancestrais do bem e do mal. Essa criatura não pode ter aparecido por coincidência durante a manifestação do mal.

– Mas o *Raven Mocker* não me atacou. Foi...

Dragon levantou a mão para silenciá-la.

– Sem dúvida, ele foi atraído para as Trevas e depois se voltou contra outro ser da escuridão, como é típico deles. Você não pode ter certeza de que a criatura não estava querendo atacá-la.

– Também não podemos ter certeza de que haja *um só Raven Mocker* em Tulsa – Lenobia disse.

Stevie Rae começou a sentir o pânico se formar no estômago. E se todo mundo ficasse tão surtado com a possibilidade de haver um monte de *Raven Mockers* à espreita em Tulsa que não a deixassem sair para ver Rephaim?

– Eu vou ao convento falar com a vovó Redbird – Stevie Rae disse com determinação. – E, caraca, não acho que haja um monte de *Raven Mockers* à solta por aí. Mas sim que um desses homens-pássaros acabou ficando para trás e apareceu no parque porque se sentiu atraído pelas Trevas. Bem, tenho toda a certeza do mundo de que não vou invocar as Trevas outra vez, então não há razão nenhuma para o pássaro querer se meter comigo.

– Não subestime o perigo que essa criatura representa – Dragon alertou com uma voz triste e sinistra.

– Não estou subestimando. Mas também não vou ficar trancada no campus por causa disso. Acho que nenhum de nós deve agir assim – Stevie Rae acrescentou afobadamente. – Quero dizer, temos que tomar cuidado, mas não podemos deixar o medo e o mal regularem nossas vidas.

– Stevie Rae está certa nesse ponto – Lenobia disse. – Na verdade, acredito que devemos voltar à programação normal da escola e incluir os novatos vermelhos nas turmas.

Kramisha, que até então estava parada, em silêncio, à esquerda de Stevie Rae, sorriu com suave ironia. Ela ouviu Dallas, que estava sentado à sua direita, suspirar pesadamente. Prendendo o riso, ela disse: – Acho que é mesmo uma boa ideia.

– Acho que não devíamos falar muito sobre o estado de Zoey – Erik disse. – Pelo menos não enquanto algo mais, bem, algo mais definitivo não acontece.

– Ela não vai morrer – Stevie Rae afirmou.

– Eu não quero que ela morra! – Erik disse logo, parecendo bastante abalado só de pensar na possibilidade. – Mas, com tudo que vem acontecendo por aqui ultimamente, ainda mais com esse *Raven Mocker* aparecendo, a última coisa de que precisamos é de falatório.

– Eu sou contra fazer segredo – Stevie Rae rebateu.

– Que tal entrarmos num acordo? – Lenobia sugeriu. – Podemos responder perguntas sobre Zoey, quando forem feitas, procurando dizer a verdade, ou seja, que estamos nos esforçando para trazê-la de volta do Mundo do Além.

– E lançarmos um alerta geral em todas as salas de aula para que os novatos estejam precavidos e comuniquem qualquer anormalidade que venham a perceber – Dragon acrescentou.

– Parece razoável – Penthasilea concordou.

– Tudo bem, também me parece razoável – Stevie Rae aceitou. Então, ela fez uma pausa antes de acrescentar: – Ahn, eu estava pensando, terei de voltar às aulas que frequentava antes?

– Pois é, eu também estava pensando nisso – Kramisha disse.

– Eu idem – Dallas completou.

– Novatos devem frequentar aulas, continuando de onde pararam – Lenobia disse tranquilamente, sorrindo para Kramisha e Dallas como se fosse um caso de férias inesperadas, não de mortes indesejadas, o que deu um toque bizarro e anormal à coisa toda. Então voltou-se para Stevie Rae: – Vampiros escolhem suas carreiras e áreas de estudo. Não frequentam as mesmas aulas que os novatos e sim com outros vampiros que são especialistas em seu campo. Você sabe o que gostaria de estudar?

Apesar de estarem todos olhando boquiabertos para ela, Stevie Rae não hesitou em sua resposta.

– Nyx. Quero estudar para ser uma Grande Sacerdotisa. Quero ser Grande Sacerdotisa por merecimento, não apenas por ser a única droga de *vamp* vermelha do mundo assim como o conhecemos.

– Mas não temos nenhuma Grande Sacerdotisa para ensiná-la desde que Neferet foi expulsa – Penthasilea observou, olhando de um jeito bem intencional para Lenobia.

– Então acho que vou estudar sozinha até trazermos nossa Grande Sacerdotisa de volta – Stevie Rae olhou nos olhos de Penthasilea e acrescentou: – E garanto a você que essa Grande Sacerdotisa não será Neferet – levantando-se, ela finalizou: – Bem, enfim, como eu já disse, vou ao convento. Quando voltar, vou falar com os outros novatos vermelhos para avisar que as aulas recomeçam amanhã.

Todos estavam começando a sair do recinto quando Dragon a puxou para um canto.

– Quero que me prometa que vai tomar cuidado – ele disse. – Você tem uma capacidade de recuperação que beira o milagre, mas não é imortal, Stevie Rae. Precisa se lembrar disso.

– Vou tomar cuidado. Prometo.

– Vou com ela – Kramisha disse. – E vou ficar de olho no céu para ver se alguma daquelas coisas nojentas está por perto. E meu grito é mortal. Se ele aparecer, juro que o mundo inteiro vai saber que ele está lá.

Dragon assentiu, mas não pareceu nada convencido, e Stevie Rae ficou aliviada quando Lenobia o chamou e começou a conversar com ele sobre a necessidade de suas aulas de artes marciais serem obrigatórias a todos os novatos. Ela saiu do recinto e estava pensando no que fazer para se livrar de Kramisha, que estava sendo mais abelhuda do que o suportável, quando Dallas as alcançou.

– Posso falar com você um instante antes de você ir?

– Vou esperar no Fusca de Zoey – Kramisha disse. – E, não, você não vai sem mim.

Stevie Rae olhou para Kramisha se afastando pelo corredor e a contragosto voltou-se para Dallas.

– Podemos entrar lá? – ele perguntou, apontando para o centro de mídia vazio.

– Claro, mas realmente não posso me demorar.

Sem dizer nada, Dallas abriu a porta para ela e os dois entraram na penumbra da sala fria, que tinha cheiro de livros e de cera para móveis com aroma artificial de limão.

– Você e eu não precisamos mais ficar juntos – Dallas disse, de uma vez só.

– Ahn? Não temos que ficar juntos? Como assim?

Dallas cruzou os braços, parecendo superdesconfortável.

– Quero dizer que a gente estava ficando. Você era minha namorada. Você não quer mais, já entendi. Você tinha razão, eu não pude mesmo fazer merda nenhuma para protegê-la daquele bicho. Só quero que saiba que não vou virar um escroto no que se refere a nós dois. Vou continuar à sua disposição para quando precisar de mim, garota, porque você sempre será minha Grande Sacerdotisa.

– Eu não quero terminar nada! – ela disse sem pensar.

– Não quer?

– Não – e não queria mesmo. Naquele instante, só tinha olhos para Dallas, e seu coração e sua bondade eram tão evidentes que Stevie Rae sentiu a possibilidade de perdê-lo como se fosse um soco no estômago. – Dallas, desculpe pelo que eu disse. Eu estava ferida e irritada, não foi por mal. Eu também não consegui sair do círculo, e eu tracei aquela porcaria. Nem você nem ninguém, nem mesmo um guerreiro, conseguiria entrar no círculo para me salvar.

Dallas olhou nos olhos dela.

– Aquele *Raven Mocker* entrou.

– Bem, como você mesmo disse, ele é um ser das Trevas – ela disse, apesar de sentir que falar em Rephaim era como levar um balde de água fria na cara.

– Tem um monte de seres das Trevas por aí – Dallas a alertou. – E um monte deles parece estar correndo para o seu lado. Portanto, tome cuidado, viu, garota? – ele esticou o braço e afastou do rosto dela uma mecha loura. – Eu não aguentaria se alguma coisa acontecesse com você – Dallas deixou sua mão repousar no ombro dela. Seu polegar acariciou gentilmente o contorno de seu pescoço.

– Vou tomar cuidado – ela respondeu suavemente.

– Você realmente não quer terminar?

Ela balançou a cabeça.

– Que bom, porque também não quero.

Dallas se debruçou um pouco, tomando-a nos braços. Seus lábios encontraram os de Stevie Rae em um beijo vacilante. Ela disse a si mesma para relaxar e se derreteu toda para ele. Ele era bom de beijo, sempre fora. E ela gostava que ele era mais alto que ela, mas não demais. E também tinha gosto bom. Dallas sabia que ela gostava que lhe esfregassem as costas, e ele enfiou as mãos debaixo da camisa dela, mas não para tentar pegar nos seus peitos, como a maioria dos caras teria feito. Em vez disso, Dallas começou a esfregar a parte de baixo das costas em movimentos circulares, apertando-a e trazendo-a mais para perto de si, intensificando o beijo.

Stevie Rae correspondeu. Era bom estar com ele... bloquear todo o resto... esquecer, nem que fosse um pouquinho, de Rephaim e de toda essa história... principalmente da dívida que ela tinha pago de boa vontade e que a fez...

Stevie Rae se afastou de Dallas. Ambos já estavam bastante ofegantes.

– Eu, ahn, eu tenho que ir. Lembra? – Stevie Rae sorriu para ele, tentando não soar tão esquisita quanto estava se sentindo.

– Na verdade, até me esqueci – Dallas respondeu, sorrindo docemente e afastando de novo a mecha de cabelo teimosa que voltara a lhe cair nos olhos. – Mas sei que você tem que ir. Vamos. Vou te levar até o Fusca.

Sentindo-se meio traidora, meio mentirosa e meio prisioneira condenada, Stevie Rae deixou que ele segurasse sua mão e a levasse ao carro de Zoey como se, realmente, pudessem voltar a ser namorado e namorada.

17

Stevie Rae

– Esse garoto é louco por você – Kramisha disse quando Stevie Rae saiu com o carro do estacionamento da escola, deixando Dallas para trás com uma cara lastimável. – Você sabe o que vai fazer em relação ao outro?

Stevie Rae freou o carro no meio da trilha de asfalto que desembocava na Rua Utica.

– Tô estressada demais pra falar sobre problemas com garotos agora. Se você só estiver a fim de falar sobre isso, pode ficar por aqui mesmo.

– Não falar sobre garotos me deixa mais estressada ainda.

– Tchau, Kramisha.

– Não vou dizer nada já que você vai bancar a louca. Por enquanto. Seja como for, tenho coisas mais importantes para você resolver.

Stevie Rae engatou a marcha do Fusca e continuou manobrando para fora do campus, lamentando por Kramisha não ter insistido em falar sobre garotos, para que assim tivesse uma desculpa para deixá-la para trás também.

– Você se lembra de quando me disse para pensar mais nos meus poemas e tal, para tentar pescar alguma coisa que pudesse ajudar Zoey?

– Claro que me lembro.

– Bem, eu fiz isso. E consegui me lembrar de uma coisa – ela enfiou a mão em sua enorme bolsa até achar e tirar dali um caderninho bastante usado com páginas roxas, como já era sua marca registrada. – Acho que todo mundo, inclusive eu antes de parar para pensar nisso, se esqueceu disto – ela abriu o caderninho e balançou uma página com sua típica caligrafia cursiva, mostrando-a para Stevie Rae.

– Kramisha, você sabe que não posso ler enquanto dirijo. Conta logo do que você se lembrou.

– O poema que escrevi logo antes de Zoey e o resto dos garotos viajarem para Veneza. O poema que parece que é de Kalona para Zoey. Vou ler pra você:

Uma faca de dois gumes
Um lado destrói
Outro liberta
Sou seu nó górdio
Você vai me libertar ou me destruir?
Siga a verdade e assim você irá:
Na água me encontrar
Pelo fogo me purificar
Prisão na terra, nunca mais
O ar vai lhe sussurrar
O que já sabe o espírito:
Mesmo com tudo arrasado
Tudo é possível
Se você acreditar
Então ambos havemos de ser livres.

– *Aimeudeus*! Eu *havia mesmo* me esquecido disso totalmente! Tá, tá, pode ler de novo, mas mais devagar – Stevie Rae ouviu com atenção enquanto Kramisha releu o poema. – Só pode ser de Kalona, não é? Com essa parte que fala de prisão na terra, só pode ser ele.

– Tenho praticamente certeza de que é dele para ela.

– Só pode ser, apesar de ser meio assustador esse papo de faca de dois gumes no começo, o fim parece ser *pra* valer.

– Diz *"Então ambos havemos de ser livres"* – Kramisha citou.

– Para mim, quer dizer que Z. vai se libertar do Mundo do Além.

– E Kalona também – Kramisha acrescentou.

– Isso a gente resolve quando acontecer. Libertar Z. é mais importante. Peraí! Acho que parte dessa história já começou a acontecer! Como é mesmo a parte da água?

– Diz assim: *"Na água me encontrar"*

– E ela encontrou. A Ilha de San Clemente fica na água, com certeza.

– Também diz que Zoey tem que "seguir a verdade". O que você acha que isso quer dizer?

– Não é cem por cento certeza, mas acho que tenho uma ideia. Na última vez que falei com Z., eu disse que ela tinha que seguir seu coração, mesmo que todo mundo achasse que ela estava fazendo a maior besteira de todos os tempos; disse que ela tinha que fazer aquilo que sua intuição dissesse que era certo – Stevie Rae fez uma pausa, piscando os olhos com força para conter a súbita vontade de chorar. – Mas... eu me senti superculpada de dizer isso por causa do que aconteceu com ela logo depois.

– Mas talvez você tivesse razão. Talvez tivesse mesmo de acontecer o que está acontecendo com Z., pois acho que só um tipo de verdade muito poderosa pode levar a pessoa a seguir sua intuição e fazer o que acha que é certo, mesmo todo mundo dizendo que você está totalmente errada.

Stevie Rae sentiu uma palpitação de entusiasmo.

– E, se ela continuar fazendo isso, prendendo-se à verdade que traz em seu coração, o fim do poema *vai* se concretizar e ela vai se libertar.

– Acho que é isso, Stevie Rae. Sério mesmo, sinto do fundo da alma que é isso mesmo.

– Eu também – Stevie Rae confirmou, sorrindo para Kramisha.

– Tá, mas Z. precisa saber disso tudo. O poema é como um mapa para o final da história. O primeiro passo, ou seja, encontrá-lo na água, já aconteceu. Depois ela tem que...

– Purificá-lo pelo fogo – Stevie Rae interrompeu, relembrando o texto. – E depois não tem qualquer coisa sobre a terra e o ar?

– Sim, e sobre o espírito também. São todos os cinco elementos.

– Todas as afinidades de Zoey, terminando no espírito, que é sua afinidade mais poderosa.

– E é quem manda no reino em que ela se encontra no momento – Kramisha lembrou. – Tá, não vou dizer isso só porque escrevi um poema irado, então escuta bem o que vou dizer: Zoey tem que saber disso. Vai fazer toda a diferença entre ela voltar ou ser morta por não sei qual situação que *tá* rolando por lá.

– Ah, eu acredito em você.

– Então, como você vai fazer?

– Eu? Sei lá. Não posso ir para lá. Sou da terra. Meu espírito não tem como chegar ao Mundo do Além – Stevie Rae estremeceu. Sentia calafrios só de pensar na ideia. – Mas Stark vai. Ele tem que ir, como disse aquela vaca nojenta.

– Touro – Kramisha a corrigiu.

– Tanto faz.

– Você quer que eu chame Stark e leia o poema para ele? Você tem o número dele?

Stevie Rae pensou um pouco.

– Não. Aphrodite disse que Stark está com a cabeça péssima. Ele pode até ignorar seu poema, achando que tem coisas mais importantes para resolver.

– Bem, erro dele nesse caso.

– É, concordo. Portanto, precisamos levar o poema à Aphrodite, isso sim. Ela é metida e tudo, mas vai entender que é importante.

– E por ser a metida que é, de jeito nenhum vai deixar Stark sem saber do poema.

– Exatamente. Mande um SMS para ela agora. Escreva que eu disse que Stark tem que memorizar o poema por causa de Zoey. E lembre-a de que é uma profecia, não é só um poema.

– Você sabe que questiono seriamente o bom senso dela, porque Aphrodite não gosta de poesia.

– Garota, você está pregando para quem já se converteu, caramba – disse Stevie Rae.

– Aham, só digo isso – e enquanto Stevie Rae entrava no estacionamento do Convento das Beneditinas, de onde haviam acabado de varrer a neve acumulada por dias, Kramisha abaixou a cabeça e tratou de digitar o SMS para Aphrodite no celular.

Stevie Rae

Logo de cara, Stevie Rae percebeu que vovó Redbird estava melhorando. Seu rosto já não estava tão machucado e ela não estava mais de cama e sim em uma cadeira de balanço perto da lareira na sala principal do convento, tão absorta no livro que estava lendo que de início nem reparou que Stevie Rae estava lá.

– *O Demônio de Olhos Azuis?* – apesar de ela estar lá para dar péssimas notícias à avó de Z., Stevie Rae não conteve o sorriso ao ler o título. – Vovó, isso me parece um livro romântico.

Vovó Redbird levou a mão à garganta.

– Stevie Rae! Filha, você me assustou. Sim, é um livro romântico, e excelente por sinal. Hardy Cates é um herói esplêndido.

– Esplêndido?

Vovó levantou as sobrancelhas para Stevie Rae.

– Sou velha, minha filha. Mas não estou morta. Ainda sei apreciar um bom homem – ela indicou uma das cadeiras estofadas não muito longe. – Puxe uma cadeira, meu bem, vamos conversar. Suponho que você me traga notícias de Zoey em Veneza. Imagine só... Veneza, Itália! Eu adoraria visitar...

A voz da velha senhora foi se desfazendo no ar quando olhou melhor para Stevie Rae.

– Eu sabia. Eu sabia que havia alguma coisa errada, mas minha cabeça está tão confusa desde o acidente – Sylvia Redbird ficou muito,

muito imóvel. Então, com a voz dura de medo, ela pediu: – Diga de uma vez.

Stevie Rae deu um suspiro triste e se sentou na cadeira que puxara para perto da cadeira de balanço de vovó Redbird.

– Ela não morreu, mas a coisa não é nada boa.

– Conte tudo. Quero saber de tudo. Não pare nem deixe nada de fora.

Vovó Redbird segurou a mão de Stevie Rae como se fosse um cabo de resgate, enquanto a melhor amiga de Zoey lhe contava tudo, da morte de Heath até o episódio dos touros e o poema profético de Kramisha, deixando só uma coisa de fora: Rephaim. Quando Stevie Rae terminou, a senhora Redbird estava tão pálida quanto logo após o acidente, quando ficou em coma e perto da morte.

– Despedaçada. A alma da minha neta está despedaçada – ela disse lentamente, como se as palavras carregassem em si mesmas grossas camadas de sofrimento.

– Stark vai atrás dela, vó – Stevie Rae olhou firmemente nos olhos da senhora Redbird. – E vai protegê-la até ela se recuperar.

– Cedro – disse a senhora Redbird, assentindo como se tivesse acabado de responder a uma pergunta e Stevie Rae estivesse concordando com ela.

– Cedro? – Stevie Rae perguntou, na esperança de que as notícias sobre Zoey não fizessem a avó de sua amiga perder a cabeça. Literalmente.

– Velas de cedro. Diga a Stark que a pessoa que estiver tomando conta do seu corpo enquanto ele estiver em estado de transe precisa queimar velas de cedro o tempo inteiro.

– Agora não entendi nada, vovó.

– Velas de cedro são remédios poderosos. Cedro é bom para repelir Asgina, que são considerados os espíritos mais malévolos. Só se usa cedro em casos de extrema necessidade.

– Bem, isto é caso de extrema necessidade – Stevie Rae confirmou, aliviada em ver a cor voltar ao rosto de vovó Redbird.

– Diga a Stark para respirar fundo a fumaça e se imaginar levando-a consigo ao Mundo do Além, acreditando que a fumaça vai acompanhar seu espírito até lá. A mente pode ser um aliado poderoso do espírito. Às vezes, nossas mentes podem até alterar a essência de nossas almas. Se Stark acreditar que a fumaça de cedro pode acompanhar seu espírito, é capaz de isso acontecer de verdade, e assim ele pode ganhar um pouco mais de proteção em sua missão.

– Vou dizer.

A senhora Redbird apertou a mão de Stevie Rae ainda mais forte.

– Às vezes, as coisas que parecem pequenas ou insignificantes podem nos ajudar, mesmo na hora mais difícil. Não despreze nada e tampouco deixe Stark fazê-lo.

– Pode deixar, vó. Nenhum de nós vai desprezar nenhum detalhe. Garanto.

– Sylvia, acabei de falar com Kramisha lá fora – a irmã Mary Angela entrou correndo no recinto. Ela parou ao ver Stevie Rae segurando a mão da velha senhora.

– Ah, Nossa Senhora! Quer dizer que é verdade – a freira abaixou a cabeça, nitidamente contendo as lágrimas, mas quando levantou o queixo já estava com olhos secos e o rosto composto por linhas firmes e resolutas. – Bem, então devemos continuar daqui mesmo de onde estamos – ela se virou abruptamente e começou a sair do recinto.

– Aonde vai, irmã? – vovó Redbird perguntou.

– Convocar o convento inteiro para se reunir na capela. Vamos rezar. Vamos todas rezar.

– Para Maria? – Stevie Rae perguntou, incapaz de disfarçar seu ceticismo.

A freira assentiu e disse com sua voz firme e sábia: – Sim, Stevie Rae, para Maria. Para a Senhora que consideramos nossa mãe espiritual. Talvez ela não seja a mesma divindade que a sua Nyx; ou talvez sim. Mas essa resposta realmente importa agora? Diga-me, Grande Sacerdotisa dos Novatos Vermelhos, você realmente acha que pedir ajuda em nome do amor pode ser errado, seja qual for a face de quem oferece ajuda?

Um lampejo do rosto de Rephaim, com seus olhos humanos ao enfrentar as Trevas e tomar para si a dívida que era dela, surgiu nos olhos de Stevie Rae, e então sua boca ficou seca subitamente.

– Desculpe, irmã. Erro meu. Peça ajuda à sua Maria, pois às vezes o amor vem de onde menos se espera.

A irmã Mary Angela olhou bem dentro dos olhos de Stevie Rae por um tempo que pareceu muito extenso, dizendo: – Você pode se juntar a nós em prece, filha.

Stevie Rae sorriu para ela.

– Obrigada, mas tenho o meu próprio tipo de reza para fazer, irmã.

Stevie Rae

– Nem morta que vou mentir por sua causa! – Kramisha protestou.

– Não *tô* pedindo *pra* você mentir – Stevie Rae rebateu.

– *Tá* sim. Você quer que eu diga que está envolvida em dar uma olhada no túnel com a irmã Mary Angela. Todo mundo já sabe que você bloqueou o túnel totalmente da última vez que veio aqui.

– Nem todo mundo sabe disso – Stevie Rae lembrou.

– Sabe sim. E tem mais, as freiras estão todas rezando por Zoey, e não acho certo usar em sua mentira freiras que estão rezando.

– Tudo bem. Vou descer para dar uma olhada no túnel se isso fizer você se sentir melhor – Stevie Rae não estava *acreditando* que Kramisha criaria caso por causa de uma mentirinha de nada, fazendo-a perder tempo. Ela já devia estar com Rephaim; só a Deusa sabia a dor que ele devia estar sentindo por causa daquela vaca branca nojenta. Stevie Rae se lembrou do que sentiu quando as Trevas se alimentaram dela, e ela sabia que para Rephaim a coisa tinha sido em dobro. Desta vez, teria que se empenhar mais para ele sarar, não era mais só questão de fazer uns curativos e dar comida. Até que ponto ele estava machucado? Ela ainda era capaz de ver na sua frente a cena daquela criatura avançando para cima dele com a língua vermelha de sangue enquanto...

Stevie Rae deu um pulo ao se dar conta de que Kramisha estava olhando para ela em silêncio. Procurando sacudir seus pensamentos mentalmente, deu a primeira desculpa que lhe veio à mente.

– Olha, simplesmente não quero lidar com o surto que todo mundo na Morada da Noite vai ter quando souberem que passei meio segundo sozinha. Só isso.

– Você é uma mentirosa.

– Eu sou sua Grande Sacerdotisa!

– Então comporte-se como tal – Kramisha lhe deu uma ordem. – Diga a verdade.

– Vou ver um cara e não quero que ninguém saiba! – Stevie Rae disse sem pensar.

Kramisha inclinou a cabeça para o lado.

– Agora sim. Ele não é novato nem *vamp*, é?

– Não – Stevie Rae respondeu com absoluta sinceridade. – Ele é alguém de quem ninguém gosta.

– Ele não está abusando de você, está? Porque, se for o caso, sei de mulheres que entraram nessa e não conseguiram sair mais.

– Kramisha, eu posso fazer a terra se abrir e cair de porrada em cima do cara que caia na besteira de tentar me bater.

– Então ele é humano e é casado.

– Garanto que não é casado – Stevie Rae se esquivou.

– Ahã – Kramisha deu um riso irônico anasalado. – Ele é um babaca?

– Acho que não.

– O amor é uma merda.

– É – Stevie Rae confirmou. – Mas não disse que estou apaixonada por ele – ela acrescentou afobadamente. – Só estou dizendo que...

– Ele está *te* deixando confusa e você não está precisando disso no momento – Kramisha deu um sorriso tenso enquanto pensava. – Tá, que tal assim: eu volto para a Morada da Noite com uma das freiras e, quando todo mundo se estressar por você ter saído sozinha, digo que precisou visitar um humano, assim, tecnicamente, você não estará sozinha nem eu estarei mentindo.

Stevie Rae pensou.

– Você precisa dizer que é um cara humano?

– Só vou dizer que é um ser humano e que não é da conta deles. Só vou dizer que é homem se alguém me perguntar especificamente.

– Combinado – Stevie Rae concordou.

– Você sabe que vai ter que assumir a situação mais cedo ou mais tarde. E, se ele não é casado, então não tem problema nenhum. Você é Grande Sacerdotisa e pode ter um parceiro humano e um consorte *vamp* ao mesmo tempo.

Desta vez, foi Stevie Rae quem deu uma risada irônica.

– E você acha que Dallas vai concordar com isso?

– Se quiser ficar com a Grande Sacerdotisa, vai. Todos os vampiros sabem disso.

– Bem, Dallas não é vampiro ainda, acho que é pedir demais. E a verdade é que sei que ele vai ficar magoado e não quero fazer isso.

Kramisha assentiu.

– Percebo que você não quer magoá-lo, mas acho que está criando tempestade em copo d'água. Dallas vai ter que aprender a lidar com a situação. O que você precisa é saber se esse humano vale a pena.

– Eu sei disso, Kramisha. É isso que estou tentando fazer. Por isso, tchau. Encontro você na Morada da Noite daqui a pouquinho – Stevie Rae começou a apertar o passo em direção ao Fusca.

– Ei! – Kramisha a chamou. – Ele não é negro, é?

Stevie Rae pensou nas asas cor da noite de Rephaim, fez uma pausa e virou o pescoço para olhar para Kramisha.

– Que diferença faz a cor dele?

– Faz muita, se você estiver com vergonha dele – ela disparou a resposta.

– Kramisha, que bobeira. Não. Ele não é negro. E, não, eu não teria vergonha se ele fosse. Caraca. Tchau. De novo.

– Falei por falar.

– Papo de maluco – Stevie Rae murmurou ao se voltar para seguir até o estacionamento.

– Eu ouvi, hein – Kramisha gritou.

– Ótimo! – Stevie Rae berrou de volta. Entrou no Fusca de Zoey e tomou o rumo do Museu Gilcrease, falando consigo mesma em voz alta: – Não, Kramisha, ele não é negro. Ele é um pássaro matador, filho de um ser maligno, e não são só os brancos ou os negros que vão ficar *bolados* comigo por causa dele... *todo mundo* vai ficar bolado! – e então, surpreendendo a si mesma por completo, Stevie Rae começou a rir.

18

Rephaim

Quando Rephaim abriu os olhos, deparou-se com Stevie Rae parada na frente do ninho de seu armário, olhando para ele com uma ênfase, marcada pelo cenho franzido, que deixava sua tatuagem de lua crescente vermelha com um aspecto estranhamente ondulado. Seus cachos louros se espalharam ao redor do rosto e ela pareceu tão menininha que ele, de repente, ficou perplexo ao pensar em como ela era jovem. Ele viu que, por maiores que fossem seus poderes sobre o seu elemento, a juventude de Stevie Rae a tornava vulnerável. E, só de pensar nessa vulnerabilidade, Rephaim sentia uma dor como se lhe apunhalassem o coração.

– Ei, você. *Tá* acordado? – ela o chamou.

– Por que está me olhando assim? – ele perguntou com um tom propositalmente áspero, irritado por já estar começando a se preocupar com a sua segurança, quando ela mal chegara.

– Bem, tô tentando ver se você chegou muito perto da morte desta vez.

– Meu pai é um imortal. É difícil me matar – Rephaim se esforçou para se sentar, fazendo careta.

– É, eu já sei do seu pai, já sei que você tem sangue de imortal e tudo mais, mas o negócio é que as Trevas beberam seu sangue. *Pra* valer. Isso não pode ter sido bom. E tem mais, pra ser sincera, você está com uma aparência péssima.

— Já você não está nada mal – ele disse. – E as Trevas também beberam seu sangue.

— Não estou tão machucada porque ontem você apareceu voando feito o Batman e me salvou antes que aquele touro desgraçado dos infernos fizesse estrago maior em mim. Então a Luz me tirou daquele sufoco, o que foi totalmente legal, aliás. E esse seu sangue imortal é como uma pilha alcalina dentro de mim.

— Eu não sou morcego – foi tudo o que Rephaim conseguiu dizer, como se essa fosse a única coisa que ela dissera que ele chegou a entender vagamente.

— Eu não te comparei com um morcego, eu disse que você estava parecendo o Batman. Ele é um super-herói.

— Também não sou herói.

— Bem, você foi meu herói. Duas vezes.

Rephaim não soube o que dizer depois dessa. Só sabia que ser chamado de herói por Stevie Rae tocara em algo bem no fundo do seu ser e que isso tornou mais fácil suportar a dor em seu corpo e a preocupação que sentia por ela.

— Portanto, vamos logo. Vejamos se posso lhe devolver o favor. De novo – ela se levantou e lhe estendeu a mão.

— Eu acho que não serei capaz de comer agora. Mas um pouco de água seria bom. Já bebi toda a água que havíamos trazido.

— Não vou levá-lo à cozinha. Pelo menos não agora. Vou levá-lo lá para fora. Para as árvores. Bem, tá certo, para aquela árvore supergrande perto do gazebo no pátio da frente, para ser mais específica.

— Por quê?

— Eu já te disse. Você me ajudou. E acho que posso te ajudar, mas preciso estar mais perto da terra. Andei pensando nisso e sei que as árvores têm bastante poder. Eu meio que já as usei antes. Na verdade, deve ser em parte por causa delas que consegui invocar aquela *coisa* – ela estremeceu, nitidamente relembrando o episódio em que invocara as Trevas, o que Rephaim entendeu perfeitamente. Se seu corpo não estivesse doendo tanto, ele também estremeceria.

Mas seu corpo estava de fato doendo. Mais do que isso. Seu sangue estava quente demais. A cada batida do seu coração, espalhava-se uma dor abrasadora conduzida pelo sangue e, no ponto onde suas asas encontravam a espinha, onde o touro das Trevas dele se alimentara e o violara, Rephaim sentiu uma agonia flamejante.

E ela achava que uma árvore ia resolver o estrago causado pelas Trevas?

– Acho que vou ficar aqui. Descansar já ajuda. Beber água também. Se você quiser fazer algo por mim, pegue a água que pedi.

– Não – Stevie Rae abaixou os braços e, com aquela força que sempre o surpreendia, agarrou suas mãos e o pôs de pé. Ela continuou lhe servindo de apoio enquanto Rephaim via e sentia tudo girando. Por um terrível momento, ele pensou que fosse desmaiar como uma garotinha.

Felizmente, o momento passou e ele conseguiu abrir os olhos sem medo de fazer mais papel de bobo ainda. Abaixou os olhos para Stevie Rae. Ela ainda estava segurando as mãos dele. *Ela não se encolhe de nojo de mim. Desde o primeiro dia, nunca fez isso.*

– Por que você me toca sem medo? – ele se pegou perguntando antes de poder segurar as palavras.

Ela deu uma risadinha.

– Rephaim, não acho que você esteja em condições de bater nem mesmo em uma mosca. Além do mais, você salvou minha vida duas vezes e nós somos Carimbados. Pode ter certeza de que não tenho medo de você.

– Talvez a pergunta na verdade seja por que você me toca sem nojo? – novamente, as palavras saíram quase sem sua permissão. Quase.

Ela cerrou o cenho como antes, e ele concluiu que gostava de vê-la pensar.

Finalmente, ela deu de ombros e respondeu: – Eu não acho que seja possível um vampiro sentir repulsa por alguém com quem é Carimbado. Tipo, eu era Carimbada com Aphrodite antes de beber seu sangue, e teve uma vez em que ela me deixou seriamente revoltada, com repulsa mesmo. Ela simplesmente não era uma pessoa das mais agradáveis. Nem um pouquinho, na verdade. E ela continua não sendo muito agradável.

Mas desenvolvi um carinho especial por ela depois que nos Carimbamos. Não no sentido sexual, mas não sinto mais nenhuma repulsa por ela.

Então Stevie Rae arregalou os olhos como se tivesse se dado conta de tudo que dissera, e a palavra "sexual" pareceu se transformar em uma presença tangível.

Ela soltou as mãos dele como se estivessem queimando.

– Você pode descer as escadas sozinho? – a voz de Stevie Rae soou estranha e abrupta.

– Sim. Vou seguir você. Se você acha mesmo que uma árvore pode ajudar...

– Bem, não vai demorar muito para conferirmos se o que estou dizendo faz algum sentido – ela deu as costas para ele e foi em direção à escada. – Ah – ela disse sem olhar para ele –, obrigada por me salvar. De novo. Você... desta vez não precisava – suas palavras soaram indecisas, como se estivesse com dificuldade em escolher exatamente o que queria lhe dizer. – Ele disse que não ia me matar.

– Há coisas piores do que a morte – Rephaim respondeu. – O que as Trevas podem tirar de alguém que caminha com a Luz é algo que pode mudar sua alma.

– E você? O que as Trevas tiraram de você? – Stevie Rae perguntou, ainda sem olhar para ele, quando chegaram ao térreo da velha mansão, mas diminuiu o passo para que ele pudesse acompanhá-la com mais facilidade.

– Nada foi tirado de mim. Ele só me encheu de dor e se alimentou da mistura da dor com meu sangue.

Eles chegaram à porta da frente e Stevie Rae fez uma pausa, levantando os olhos para ele.

– Porque as Trevas se alimentam da dor e a Luz se alimenta de amor.

Suas palavras ligaram algo dentro dele, e ele a observou mais de perto. *Sim*, ele concluiu, *ela está me escondendo alguma coisa*.

– Que preço a Luz exigiu de você para me salvar?

Stevie Rae foi incapaz de voltar a olhar para ele, o que fez brotar em Rephaim um estranho e súbito pânico. Achou que ela não fosse responder nada, mas finalmente ela falou com uma voz quase irritada:

– Você quer me contar tudo o que o touro exigiu de você quando bebeu seu sangue e foi *pra* cima de você, basicamente molestando-o?

– Não – Rephaim respondeu sem pensar duas vezes. – Mas o outro touro...

– Não – Stevie Rae devolveu a mesma resposta. – Eu também não quero falar sobre isso. Então, vamos esquecer o assunto e olhar *pra* frente. Bem, e vamos torcer para que eu consiga aliviar pelo menos parte da dor que as Trevas deixaram dentro de você.

Rephaim caminhou com ela até o congelado gramado da frente, que estava patético de tão dilapidado, como um eco triste e arrasado de seu opulento passado. Rephaim a acompanhou com movimentos lentos para tentar compensar aquela dor terrível que o deixava tão fraco. Enquanto caminhava, ele imaginou que tipo de pagamento a Luz teria exigido de Stevie Rae. Estava na cara que era alguma coisa incômoda, algo que Stevie Rae relutava em dizer.

Ele ficou olhando para ela de soslaio quando achava que ela não iria perceber. Ela estava com aparência saudável e totalmente recuperada de seu embate com as Trevas. De fato, parecia até forte, plena, completamente normal.

Mas, como ele tão bem sabia, as aparências frequentemente enganam.

Havia algo de errado ou no mínimo ela se sentia desconfortável com algum aspecto da dívida que ela tinha pagado para a Luz.

Rephaim estava tão entretido na função de observá-la furtivamente que quase deu com a cara na árvore ao lado da qual ela havia parado.

Ela olhou para ele e balançou a cabeça.

– Você não está conseguindo me enganar. Está ferrado demais para ser discreto, por isso pare de ficar me encarando. Eu *tô* bem. Nossa, você é pior do que a minha mãe.

– Você falou com ela?

Stevie Rae franziu o cenho mais ainda.

– Eu não tive exatamente muito tempo livre nos últimos dias. Portanto, não, não falei com a minha mãe.

– Pois devia.

– Não vou falar sobre minha mãe agora.

– Como quiser.

– E você não precisa usar esse tom comigo.

– Que tom?

Em vez de responder à pergunta, ela ordenou: – Senta aí e fica quieto, para variar um pouquinho, e me deixa pensar no que vou fazer para *te* ajudar – como se para ilustrar suas palavras, Stevie Rae se sentou de pernas cruzadas, de costas para a velha árvore de cedro que gotejava gelo com perfumadas agulhas congeladas ao redor. Vendo que ele continuava imóvel, ela fez um ruído impaciente e indicou com os braços o espaço na frente dela: – Senta.

Ele se sentou.

– E agora? – Rephaim perguntou.

– Bem, me dá um minuto. Não sei direito como se faz isso.

Ele ficou olhando enquanto ela pegou uma mecha de cabelo com o dedo e começou a enrolá-la e depois coçou a testa, até que ele sugeriu: – Ajudaria pensar no que você fez quando derrubou aquele novato irritante que pensa que pode comigo?

– Dallas não é irritante e ele achou que você estivesse me atacando.

– Que bom que eu não estava.

– Ah, é, por quê?

Apesar da dor em seu corpo, Rephaim achou graça do jeito que ela falou. Ela sabia muito bem que um novato baixinho não era páreo para ele, mesmo estando tão fraco. Se Rephaim a estivesse atacando, ou a quem quer que fosse, o jovem não poderia fazer nada. Ainda assim, o garoto era Marcado por uma lua crescente vermelha, o que significava que ele era um dos seus, e a Stevie Rae que Rephaim conhecia, a *sua* Stevie Rae, era totalmente leal. Então Rephaim abaixou a cabeça em aquiescência e apenas disse: – Porque teria sido inconveniente se eu tivesse que me defender.

Os lábios de Stevie Rae se levantaram em um quase sorriso.

– Dallas acha mesmo que estava me protegendo de você.

– Você não precisa dele – Rephaim falou sem pensar.

Stevie Rae olhou bem nos seus olhos. Bem que Rephaim queria ser capaz de decifrar mais facilmente as expressões dela. Ele achou ter visto surpresa nos seus olhos e talvez um leve brilho de esperança, mas também viu medo. Isso ele tinha certeza de ter visto.

Medo dele? Não, ela já provara que não tinha. Então, o medo tinha que vir de dentro, de algo que não era ele, mas que era acionado por ele.

Sem saber mais o que dizer, ele acrescentou: – Como você já disse, não posso fazer mal nem a uma mosca. Claro que não represento ameaça para você.

Stevie Rae piscou os olhos umas duas ou três vezes, como se estivesse tentando clarear as próprias ideias, e então disse, dando de ombros: – É, bem, o negócio é que foi um "pé no saco" convencer o pessoal da Morada da Noite que foi só por uma estranha coincidência que você caiu do céu na mesma hora em que as Trevas se manifestaram e que você *não estava* me atacando. Agora que eles sabem que ainda há um *Raven Mocker* em Tulsa, ficou superdifícil sair da escola sozinha.

– Eu deveria ir embora – aquelas palavras o deixaram estranhamente oco por dentro.

– Para onde você iria?

– Para o leste – ele disse sem hesitar.

– Leste? Tipo até Veneza? Rephaim, seu pai não está dentro do corpo. Você não tem como ajudá-lo indo até lá agora. Acho que você o ajudaria mais ficando aqui, trabalhando comigo para trazer Zoey e ele de volta.

– Você não quer que eu vá embora?

Stevie Rae olhou para baixo, como se estivesse observando a terra na qual estavam sentados.

– É duro para uma vampira ficar longe da pessoa com quem se Carimbou.

– Eu não sou uma pessoa.

– É, mas nós somos Carimbados mesmo assim, então acho que a regra se aplica a este caso também.

– Então eu fico até você me mandar embora.

Ela fechou os olhos como se aquelas palavras a tivessem magoado, e ele teve de se esforçar para ficar onde estava e não se aproximar para confortá-la, tocá-la.

Tocá-la? Eu quero tocá-la?

Ele cruzou os braços, negando fisicamente aquele pensamento perturbador.

– A terra – ele disse, a voz soando alta demais no silêncio que se impusera entre os dois. Ela levantou o rosto para fitá-lo com uma pergunta nos olhos. – Você a invocou antes, quando derrubou o novato vermelho. Você fez a terra se abrir para escapar da luz do sol quando estava no teto do edifício. Fez a terra fechar o túnel do convento depois que passei. Não pode simplesmente invocá-la agora e fazer seu pedido?

Ela arregalou os delicados olhos azuis.

– Você tem razão! Por que estou dificultando tudo? Já fiz a mesma coisa zilhões de vezes para lidar com outras situações. Não há razão para não conseguir fazer o mesmo agora – Stevie Rae levantou as mãos com as palmas para cima. – Vamos, segure minha mão.

Foi fácil demais para ele abrir os braços e pressionar as palmas das mãos contra as dela. Ele abaixou os olhos para ver suas mãos unidas e subitamente se deu conta de que, tirando Stevie Rae, ele jamais tocara um ser humano, a não ser de modo violento. Mesmo assim, lá estava ele, tocando-a novamente, gentil e calmamente.

Era bom sentir a pele dela na sua. Ela era quente. E macia. Então ele assimilou as palavras que agora ela dizia, e elas penetraram fundo, em um ponto distante de seu interior que jamais fora tocado.

– Terra, tenho um favor enorme para lhe pedir. Rephaim é especial para mim. Ele está sofrendo e com dificuldade para melhorar. Terra, já lhe pedi emprestado sua força outras vezes para salvar a mim mesma e aqueles que amo. Desta vez, estou pedindo para usar sua força para ajudar Rephaim. Acho que é justo – ela fez uma pausa e levantou o rosto para fitá-lo. Seus olhares se encontraram quando ela repetiu as palavras que ele dissera às Trevas quando achou que ela não estava ouvindo. – Sabe, ele está machucado por minha causa. Cure-o. Por favor.

O chão tremeu debaixo deles. Rephaim estava pensando que a terra parecia a pele de um animal revolto quando Stevie Rae arfou e seu corpo se contraiu. Rephaim começou a se afastar, pensando em impedir o que quer que estivesse acontecendo com ela, mas Stevie Rae segurou suas mãos com mais força, dizendo: – Não! Não solte. Está tudo bem.

Então irradiou calor da palma das mãos dela para as dele. Por um instante, ele se lembrou da última vez em que invocara o que acreditava ser o poder imortal do sangue de seu pai, mas, na verdade, era a resposta das Trevas. A força pulsara através de seu corpo, curando o braço e a asa que estavam feridos. Mas Rephaim não demorou a entender que havia uma diferença essencial entre ser tocado pelas Trevas e sê-lo pela terra. Se antes o poder era bruto e desgastante, do tipo que inchava o corpo inteiro com sua energia, agora ele se sentia como se uma brisa de verão soprasse sob suas asas. A presença da força em seu corpo não era menos impositiva do que a das Trevas, mas agora ela vinha temperada com compaixão; uma força viva e saudável, que estimulava o crescimento, em vez do esgotamento frio e violento. Era um bálsamo para seu sangue superaquecido, aplacando a dor que pulsava em seu corpo. Quando o calor da terra alcançou as costas no ponto ainda enfermo de onde brotavam as asas, o alívio foi tão instantâneo que Rephaim fechou os olhos, suspirando profundamente ao sentir a agonia se evaporar.

E, durante o processo de cura, o ar ao redor de Rephaim foi tomado pelo cheiro inebriante e reconfortante de agulhas de cedro e pelo aroma doce de grama no verão.

– Pense que está devolvendo a energia à terra – Stevie Rae pediu com voz gentil, mas insistente. Ele começou a abrir os olhos e soltar as mãos, mas ela novamente segurou firme, dizendo: – Não, continue de olhos fechados. Fique como está, mas imagine o poder da terra como uma luz verde intensa que vem do chão debaixo de mim e sobe pelo meu corpo e minhas mãos, alcançando você. Quando você sentir que terminou, visualize a força saindo de seu corpo e voltando para a terra.

Rephaim manteve os olhos fechados, mas perguntou: – Por quê? Por que deixar a força sair de mim?

Ele sentiu o sorriso em sua voz.

– Porque ela não é sua, seu bobo. Você não pode ficar com essa força, porque ela pertence à terra. Você só pode tomá-la emprestado e depois devolver, agradecendo.

Rephaim quase disse que aquilo era ridículo, que quando se ganha poder não se abre mais mão dele. Você fica com ele e o usa, você toma posse dele. Ele *quase disse* isso, mas não conseguiu. Pareceu errado dizer essas coisas enquanto se abastecia da energia da terra.

Então Rephaim resolveu fazer o que achou certo. Imaginou a energia que o preencheu como um facho de luz brilhante e o visualizou descendo pela espinha e voltando para dentro da terra de onde viera. E, à medida que o farto calor da terra dele se esvaía, disse uma só palavra, bem baixinho: – Obrigado.

Então voltou a si. Estava sentado debaixo de uma grande árvore de cedro no chão úmido e frio, segurando as mãos de Stevie Rae.

Rephaim abriu os olhos.

– Melhor agora? – ela perguntou.

– Sim. Bem melhor – Rephaim abriu as mãos, e desta vez Stevie Rae também tirou as suas mãos das dele.

– É mesmo? Tipo, senti a terra e achei que a estivesse canalizando para você através de mim, e você pareceu estar sentindo isso – ela inclinou a cabeça, observando-o com atenção. – Você parece mesmo melhor. Não tem mais dor nos seus olhos.

Ele se levantou e abriu os braços, ávido para mostrar a Stevie Rae que estava bem, abrindo as asas como se estivesse flexionando os músculos.

– Olhe! Eu posso me mexer sem sentir dor.

Ela estava sentada no chão, olhando para ele com olhos arregalados. Estava com uma cara tão estranha que ele automaticamente abaixou os braços e encolheu as asas.

– O que foi? – ele perguntou. – Qual o problema?

– Eu... eu me esqueci de que você voou até o parque. Bem, e foi embora do parque também – ela emitiu um som que seria de risada se não tivesse soado tão engasgado. – Que estupidez, não? Como pude me esquecer de algo assim?

– Imagino que você tenha se acostumado a me ver quebrado – ele disse, tentando entender por que ela de repente pareceu querer se afastar dele.

– Quem consertou sua asa?

– A terra.

– Não estou falando de agora. Sua asa não estava quebrada quando viemos aqui para fora. A dor dentro de você não tinha nada a ver com isso.

– Ah, não. Estou melhor desde ontem à noite. A dor foi por causa do que sobrou do efeito das Trevas em meu corpo.

– E então, como foi que você deu um jeito na sua asa e no seu braço ontem à noite?

Rephaim não respondeu. Enquanto ela o encarava com aqueles olhos enormes e acusativos, ele se pegou querendo mentir, dizendo-lhe que fora um milagre engendrado pela qualidade imortal de seu sangue. Mas não podia mentir para ela. Ele *não* mentiria para ela.

– Invoquei os poderes que tenho direito de comandar através do sangue do meu pai. Tive que fazer isso. Eu a ouvi gritar meu nome.

Ela piscou os olhos e seu olhar denunciou que só agora conseguia entender.

– Mas o touro disse que você havia se abastecido com o poder que vinha dele, não de você.

Rephaim assentiu.

– Eu senti que estava diferente. Mas não sabia por quê. Nem entendia que estava extraindo poder diretamente da personificação das Trevas.

– Então as Trevas o curaram.

– Sim, e depois a terra me curou da ferida que as Trevas deixaram dentro de mim.

– Bem, então tudo bem – ela se levantou abruptamente e limpou a calça jeans com as mãos. – Agora você já está melhor e preciso ir embora. Como eu disse, está difícil me afastar da Morada da Noite com todo mundo surtado porque tem um *Raven Mocker* à solta na cidade.

Ela começou a caminhar, passando rapidamente por ele, que esticou o braço para segurá-la pelo pulso.

Stevie Rae se esquivou.

A mão de Rephaim caiu no vazio, e ele recuou.

Eles se encararam firmemente.

– Tenho que ir – ela repetiu.

– Você vai voltar?

– Eu tenho que voltar! Eu prometi! – ela berrou com ele, e Rephaim se sentiu como se tivesse sido esbofeteado.

– Eu a libero de sua promessa! – ele também berrou com ela, furioso por se sentir tão atormentado emocionalmente por causa daquela humana baixinha.

Os olhos de Stevie Rae brilharam de um jeito desconfiado quando ela falou: – Não foi a você que prometi nada, então não tem como me liberar – rapidamente ela passou por ele de cabeça virada para não ver seu rosto.

– Não volte por obrigação. Só se tiver vontade – ele gritou.

Stevie Rae não parou nem se virou para olhar para ele. Simplesmente foi embora.

Rephaim ficou lá, parado, por um bom tempo. Só se mexeu, enfim, depois que o som do carro dela desapareceu ao longe. O *Raven Mocker* correu, gritando de frustração, e se projetou pelo céu noturno adentro, batendo com suas asas enormes no vento frio e ganhando altura rumo às correntes de ar mais cálidas que o elevariam, o abraçariam e o conduziriam a qualquer parte, a toda parte.

Só quero ir embora! Leve-me para longe daqui!

O *Raven Mocker* lançou-se rumo ao leste, em direção contrária à estrada que Stevie Rae tomara, para longe de Tulsa e do tumulto que tomara conta de sua vida desde que *ela* entrara em sua vida. Então ele fechou sua mente para qualquer coisa que não fosse a alegria familiar de estar no céu, e voou.

19

Stark

— Sim, estou ouvindo, Aphrodite. Você quer que eu decore o tal poema — Stark falou através dos fones do helicóptero que ele queria saber desligar. Não queria ouvi-la falar nada; não queria falar com Aphrodite nem com ninguém. Ele estava totalmente concentrado em revisar repetidas vezes em sua mente sua estratégia para entrar, ele e Zoey, na Ilha. Stark olhou pela janela do helicóptero, tentando enxergar em meio à névoa e à escuridão para dar uma primeira olhada na Ilha de Skye, onde, de acordo com Duantia e praticamente todo o Conselho Supremo, ele se encontraria com a morte certa em algum momento dentro dos próximos cinco dias.

— Poema não, *idiota*. *Profecia*. Eu jamais pediria a ninguém para decorar um poema. Metáforas, analogias, alusões, simbolismo... blá-blá-blá... eca. Essas merdas cansam a minha beleza. Não que uma profecia seja menos "pé no saco", mas, infelizmente, é importante. E Stevie Rae tem razão quanto a esta. Ela realmente parece um mapa poético confuso.

— Eu concordo com Aphrodite e Stevie Rae — Darius entrou na conversa. — Os poemas proféticos de Kramisha já orientaram Zoey em outras ocasiões. E este poema pode ser usado da mesma forma.

Stark tirou os olhos da janela.

— Eu sei — ele olhou de Darius para Aphrodite, e então seus olhos se voltaram para o corpo aparentemente sem vida de Zoey, atado a uma maca estreita entre os três. — Ela já encontrou Kalona na água. Agora tem de purificá-lo pelo fogo. O ar tem que lhe sussurrar algo que o espírito já sabe e, se ela continuar seguindo o caminho da verdade, se libertará. Eu já memorizei a droga toda. Não quero saber se é poema ou profecia. Vou me agarrar a qualquer chance de ajudar Zoey.

A voz do piloto chegou a todos através dos fones de ouvido.

– Vamos começar a descer para aterrissar. Lembrem-se de que a única coisa que posso fazer é deixá-los desembarcar. O resto é com vocês. Fiquem avisados: se pisarem na Ilha sem a permissão de Sgiach, vocês morrem.

– Eu já entendi isso na primeira das doze vezes que você disse isso, seu pentelho – Stark murmurou, sem se importar com o olhar soturno que o piloto lhe lançou.

Então o helicóptero aterrissou, e Darius começou a ajudar a desafivelar Zoey. Stark pulou para o chão. Darius e Aphrodite lhe entregaram Zoey com cuidado, e ele a aninhou em seus braços, tentando protegê-la como podia do vento frio e úmido formado pelas hélices enormes do helicóptero. Darius e Aphrodite o acompanharam e todos se afastaram correndo do helicóptero, apesar de o piloto não estar exagerando. Eles mal pisaram no chão e o helicóptero já foi decolando.

– Mariquinhas – Stark resmungou.

– Ele está apenas seguindo seus instintos – Darius o corrigiu, olhando ao redor como quem espera que o bicho-papão apareça do nada.

– Fala sério. Este lugar é supersinistro – Aphrodite exclamou, chegando mais perto de Darius, que segurou seu braço num gesto possessivo.

Stark fechou a cara para os dois.

– Vocês dois estão bem? Não me digam que bateu a típica melancolia dos vampiros.

Darius olhou para ele de cima a baixo, depois trocou um olhar com Aphrodite antes de responder: – Você não sente isso, sente?

– Eu me sinto molhado e com frio. Sinto-me furioso por Zoey estar enrascada e não conseguir ajudá-la, e irritado porque vai amanhecer daqui a mais ou menos uma hora e meu único abrigo é uma cabana que os *vamps* disseram que fica a meia hora daqui a pé. Você se refere a sentir alguma dessas coisas?

– Não – Aphrodite respondeu por Darius, apesar de o guerreiro já estar balançando a cabeça, negando. – O que Darius e eu sentimos é um forte desejo de sair correndo. Tipo sair *correndo* mesmo. *Agora*.

– Eu quero tirar Aphrodite daqui. Afastá-la desta Ilha e nunca mais voltar – Darius completou. – É isso que meus instintos estão me dizendo.

– Você não sente nada disso? – Aphrodite perguntou a Stark. – Não quer levar Zoey para longe disto aqui?

– Não.

– Acho que isso é um bom sinal – Darius disse. – O alerta inerente à terra não faz efeito nele.

– Ou quem sabe Stark seja cabeça-dura demais para que o alerta faça efeito – Aphrodite sugeriu.

– Após essa injeção de otimismo, vamos logo com isso. Não tenho tempo a perder com sensações sinistras – Stark retrucou. Ainda com Zoey nos braços, ele começou a seguir em direção à ponte comprida e estreita, iluminada por archotes que mal se viam devido à mistura soturna de noite e névoa, que se abria entre uma rocha da Escócia continental e a Ilha.

– Vocês dois vêm? Ou vão sair correndo e gritando feito garotas?

– Nós vamos com você – Darius afirmou, alcançando-o com dois passos largos.

– Tá. E eu disse que queria correr, não gritar. Não sou nenhuma histérica – Aphrodite protestou.

Ambos soaram bastante corajosos, mas Stark ainda não chegara nem à metade da ponte quando ouviu Aphrodite sussurrando com Darius. Ele deu uma olhada para os dois. Apesar da parca meia-luz, viu como o guerreiro e sua Profetisa tinham ficado pálidos.

Stark fez uma pausa.

– Vocês não têm que vir comigo. Todo mundo, até Thanatos, disse que não existe a menor chance de Sgiach deixar vocês entrarem na Ilha. Mesmo que estejam todos errados e vocês consigam entrar, não podem fazer muita coisa. Sou eu quem tenho de dar um jeito de chegar até Zoey. Sozinho.

– Não podemos ficar ao seu lado enquanto você estiver no Mundo do Além – Darius confirmou.

– Então, vamos ficar de olho em você, queira ou não. Zoey vai ficar muito revoltada comigo quando voltar para lá – Aphrodite apontou para o corpo de Zoey – e descobrir que Darius e eu o deixamos arcar com essa merda toda sozinho. Você sabe que com ela é "um por todos e todos por um". Os *vamps* não trariam a horda de *nerds* para cá, e não se pode realmente culpá-los por isso, de modo que Darius e eu vamos segurar a onda. De novo. Como você disse, não vamos desperdiçar um tempo que não temos – ela indicou com a mão a escuridão que tinham pela frente. – Vá em frente! Vou simplesmente ignorar as ondas pretas batendo lá embaixo e o fato de ter toda a droga de certeza do mundo de que esta ponte vai quebrar a qualquer momento e nos jogar na porra da água, aonde monstros marinhos vão nos puxar para debaixo das ondas negras sinistras e sugar nossos cérebros.

– É isso mesmo que este lugar faz você sentir? – Stark tentou, sem sucesso, disfarçar o sorriso.

– Sim, burraldo, é.

Stark olhou para Darius, que assentiu em vez de falar, nitidamente preferindo trincar o maxilar e lançar olhares suspeitos para baixo, onde a água negra formava ondas sinistras.

– Ahn – Stark desistiu de se conter e sorriu para Aphrodite. – Para mim, não passa de água e de uma ponte. Que pena você ficar tão surtada por causa disto.

– Ande – Aphrodite ordenou. – Antes que eu me esqueça de que você está com Zoey nos braços e o empurre desta ponte para eu poder voltar correndo e sumir daqui com Darius, gritando ou não.

O sorriso de Stark só durou mais alguns passos. E ele não precisou de feitiço ancestral nenhum para ficar ligado. Bastou o peso inerte de Zoey em seus braços. *Eu não devia estar zoando Aphrodite. Preciso me concentrar. Pensar no que decidi dizer a eles e, por favor, por favor, Nyx, permita que eu esteja certo. Permita que eu diga o que for necessário para entrar nesta Ilha.* Sem sorrir e com decisão, Stark seguiu na frente pela ponte, conduzindo-os, até que pararam em frente a uma imponente arcada de uma beleza etérea erguida com pedra branca.

A luz dos archotes captou nervuras de prata no que Stark imaginou ser um tipo raro de mármore, que fazia a arcada cintilar sedutoramente.

– Ah, fala sério, mal consigo olhar – Aphrodite reclamou, virando a cabeça da arcada e tapando os olhos. – E olha que costumo gostar de coisas brilhantes.

– É mais um aspecto do feitiço – a voz de Darius estava carregada de tensão. – O objetivo é repelir mesmo.

– Repelir? – Aphrodite deu outra olhada para a arcada, estremeceu e voltou a olhar, afobada. – Repulsar seria a palavra mais adequada.

– Você também não sente esse efeito, certo? – Darius perguntou a Stark.

Stark deu de ombros.

– É impressionante e obviamente imponente, mas não me sinto esquisito – ele se aproximou do mármore e observou de perto a arcada. – E onde fica a campainha ou sei lá o quê? Como a gente chama alguém? Tem algum telefone, tenho que gritar ou o quê?

– *Ha Gaelic akiv?* – a desencarnada voz masculina parecia vir da própria arcada, como se fosse um portal vivo. Stark olhou para dentro do breu com perplexidade. – Vai ser em inglês, então – a voz continuou. – Sua *indecejada* presença basta para me chamar.

– Preciso falar com Sgiach. É questão de vida ou morte – Stark disse.

– Sgiach não está interessada em suas *coiças*, mesmo que seja questão de vida ou morte.

Desta vez, a voz soou mais próxima, mais clara, e tinha um sotaque escocês mais rosnado do que o sotaque irlandês ou escocês comum.

– Que diabo é uma *coiça*? – Aphrodite sussurrou.

– Sssh – Stark a repreendeu. Voltando-se para a voz sem rosto, disse: – Zoey não é criança. Ela é uma Grande Sacerdotisa e precisa de ajuda.

Um homem saiu das sombras. Ele estava usando um *kilt* cor de terra, mas era diferente daqueles que tinham visto em sua viagem apressada pelas Terras Altas da Escócia. Este tinha mais tecido e não era careta nem engomadinho. O vampiro não usava paletó de *tweed* nem camisa com babados. O seu peito e os seus braços musculosos estavam nus, porque ele usava apenas uma camiseta de couro e protetores de antebraço. O punho de uma espada cintilava em sua cintura. À exceção de uma mecha curta no meio da cabeça, o cabelo era todo raspado. Duas argolas douradas cintilavam em uma orelha. A luz dos archotes captou o colar de ouro que ele usava enrolado em um dos pulsos. Contrastando com o corpo poderoso, sua face era profundamente marcada. A barba rente, completamente branca. As tatuagens em seu rosto eram grifos,[8] cujas garras alcançavam as maças do rosto. A primeira impressão que Stark teve foi a de que ele seria um guerreiro capaz de caminhar sobre o fogo e emergir não apenas incólume, mas vitorioso.

— Essa moçoila é novata, não Grande *Sacerdotiça* – ele disse.

— Zoey não é como as outras novatas – Stark falou rápido, temendo que aquele cara que parecia saído de um mundo ancestral se desmaterializasse e desaparecesse no passado a qualquer momento. – Até dois dias atrás, ela tinha as tatuagens dos vampiros, além de tatuagens por todo o resto do corpo. E afinidade com todos os cinco elementos.

Os olhos azuis do vampiro continuaram avaliando Stark sem se voltar para Zoey, Darius ou Aphrodite.

— Contudo, o que vejo agora é tão-*çomente* uma novata inconsciente.

— Sua alma se despedaçou faz dois dias em uma luta com um imortal caído. Quando isso aconteceu, suas tatuagens desapareceram.

— Então a morte é certa para ela – o vampiro levantou a mão num gesto desdenhoso e começou a dar meia-volta.

— Não! – Stark gritou e avançou.

---

8 Mitologia. Animal fabuloso, com cabeça de águia e garras de leão.

— *Parado!* — o guerreiro vampiro ordenou e, com velocidade sobrenatural, girou e deu um pulo para a frente sob a arcada, bloqueando a passagem de Stark. — Você é imbecil ou algum idiota, cara? Você não tem permissão para entrar na Eilean nan Sgiath, a Ilha das Mulheres. Se tentar, vai pagar com a vida. Ah, disto não tenha dúvida.

A poucos centímetros do imponente vampiro, Stark manteve-se firme e o encarou olho no olho.

— Não sou imbecil nem idiota. Sou guerreiro de Zoey e, se eu achar que entrar nesta Ilha é a melhor maneira de protegê-la, então é meu direito levar minha Grande Sacerdotisa a Sgiach.

— Informaram-lhe mal, guerreiro — o vampiro disse placidamente, mas com firmeza. — Sgiach e sua Ilha vivem em um mundo à parte de seu Conselho Supremo e suas regras. Não sou Filho de Erebus e *mo bann ri*, minha rainha, não está na Itália. Com ou sem Grande *Sacerdotiça* ferida, o guerreiro não tem direito de entrar aqui. Você não tem direito nenhum aqui.

Stark se voltou abruptamente para Darius.

— Segure Zoey — ele lhe entregou sua Grande Sacerdotisa e então encarou o vampiro de novo.

Stark levantou a mão com a palma para cima e, enquanto o vampiro o observava com nítida curiosidade, passou a unha do polegar no pulso, abrindo um talho.

— Não estou pedindo para entrar como guerreiro Filho de Erebus; abandonei o Conselho Supremo. As regras deles não querem dizer merda nenhuma para mim. Caramba, não estou *pedindo* para entrar! Em nome do dircito que tenho pelo sangue que corre em minhas veias, exijo falar com Sgiach. Tenho algo a lhe dizer.

O vampiro não tirou os olhos dos de Stark, mas farejou o ar, dilatando o nariz.

— Qual é o seu nome?

— Hoje eles me chamam Stark, mas creio que o nome que você está querendo é o de antes de eu ser Marcado: MacUallis.

— Fique aqui, MacUallis — o vampiro desapareceu noite adentro.

Stark esfregou o braço sangrando na calça jeans e tomou Zoey dos braços de Darius.

– Não vou deixá-la morrer – respirando fundo, Stark fechou os olhos e se preparou para passar debaixo da arcada e seguir o vampiro, contando com a proteção do sangue de seus ancestrais humanos.

Darius o segurou pelo braço, impedindo-o de cruzar a soleira.

– Eu acho que o vampiro disse para você ficar aqui porque vai voltar.

Stark fez uma pausa e olhou de Darius para Aphrodite, que revirou os olhos para ele e disse: – Sabe, você já devia ter aprendido nesta vida a ter um pouquinho de paciência, para não falar em *ter noção*. Nossa mãe, espere só uns minutinhos! O guerreiro bárbaro disse para você esperar aqui, não para ir embora. Parece que ele vai voltar.

Stark grunhiu e recuou um pouquinho do meio da arcada, mas recostou o ombro na lateral da entrada, ajeitando Zoey nos braços para que ela ficasse mais confortável.

– Tudo bem. Eu espero. Mas não por muito tempo. Ou eles me deixam entrar nesta droga de Ilha ou não deixam. De um jeito ou de outro, quero passar logo para a próxima etapa.

– A humana tem razão – uma voz de mulher saiu da escuridão da ilha. – Você precisa aprender a ter paciência, jovem guerreiro.

Stark endireitou sua postura e fitou a Ilha de novo.

– Eu só tenho cinco dias para salvá-la. Do contrário, ela morre. Não tenho tempo para aprender a ser paciente agora.

A risada da mulher deixou Stark com os pelinhos dos braços arrepiados.

– Impetuoso, arrogante e impertinente – ela disse. – Parece você muitos séculos atrás, Seoras.

– Sim, mas jamais fui tão jovem – respondeu o vampiro guerreiro.

Stark estava se segurando para não berrar aos dois que saíssem do breu para encará-lo quando eles pareceram se materializar da névoa diretamente no lado da arcada da Ilha. O vampiro de aparência arcaica estava lá novamente, mas Stark mal conseguiu olhar para ele. Sua concentração foi totalmente monopolizada pela mulher.

Ela era alta, musculosa e tinha ombros largos, mas, não obstante, era inteiramente feminina. Havia linhas nos cantos dos seus olhos, grandes e lindos, com uma impressionante tonalidade de dourado misturado com verde, a cor exata da pedra de âmbar do tamanho de um punho que pendia do colar ao redor do seu pescoço. Tirando uma única mecha vermelho-canela, seu cabelo, que batia na cintura, era imaculadamente branco, mas ela não parecia velha. E tampouco parecia jovem. Enquanto a estudava, Stark se deu conta de que ela o lembrava Kalona, que, apesar de não demonstrar a idade, era ancestral. Suas tatuagens eram incríveis, de espadas e outras armas brancas com punhos requintadamente entalhados em seu rosto forte e sensual. Ele se deu conta de que ninguém dissera nada enquanto ele estava olhando boquiaberto, então ele limpou a garganta, trouxe Zoey para perto de si e respeitosamente se curvou perante ela em saudação.

– *Merry meet*, Sgiach.

– Por que eu permitiria sua entrada em minha Ilha? – ela perguntou sem cerimônia.

Stark respirou fundo e empinou o queixo, encarando o olhar de Sgiach assim como encarara o do guerreiro.

– É meu direito de sangue. Sou um MacUallis. Isso significa que sou parte do seu Clã.

– Não do dela, garoto. Do meu – o vampiro o corrigiu, os lábios curvados em um sorriso bem mais ameaçador do que convidativo.

Pego de surpresa, Stark voltou sua atenção para o guerreiro.

– Do seu? Faço parte do seu Clã? – ele perguntou estupidamente.

– Eu me lembro que você era mais esperto quando era jovem assim – Sgiach disse a seu guerreiro.

– É – o vampiro deu um riso irônico. – Jovem ou não, pelo menos eu tinha bom senso.

– Sou esperto o bastante para saber que a história de meu sangue humano ainda me liga a vocês e a esta Ilha – Stark os enfrentou.

– Você mal tirou as fraldas, garoto – o guerreiro disse sarcasticamente. – Você se sai melhor em jogos escolares, e aqui nesta Ilha não tem nada disso.

Em vez de irritar, as palavras do *vamp* acionaram a memória de Stark, e foi como se as anotações de Damien estivessem de novo na sua frente.

— Por isso é meu direito entrar na Ilha — Stark continuou. — Não entendo merda nenhuma do que é preciso para ser guerreiro o suficiente e salvar Zoey, mas posso lhe afirmar que ela é mais do que uma Grande Sacerdotisa. Antes de ela se despedaçar, estava se transformando em algo que os vampiros jamais viram — os pensamentos começaram a lhe ocorrer e, à medida que ia falando e vendo a surpresa no rosto de Sgiach, os pedaços do quebra-cabeça iam se encaixando e sua intuição lhe dizia que estava seguindo a linha de raciocínio certa. — Zoey estava se transformando na Rainha dos Elementos. Eu sou seu guerreiro e seu Guardião, e ela é minha Ás. Estou aqui para aprender a proteger minha Ás. Não é isso o que vocês fazem? Treinar guerreiros para que protejam suas Ases?

— Eles pararam de me procurar — Sgiach respondeu.

Stark pensou que havia apenas imaginado tristeza naquela voz, mas, quando o guerreiro se aproximou mais um pouco de sua rainha, parecendo tão sintonizado com suas necessidades que se prontificava para desfazer até o mínimo tom de desconforto que dela se aproximasse, Stark soube então, além de qualquer dúvida, que encontrara a resposta, e agradeceu à Deusa Nyx em silêncio.

— Não, nós não paramos de procurá-la. Aqui estou — Stark disse à rainha ancestral. — Eu sou um guerreiro. Em minhas veias, corre o sangue dos MacUallis. Estou lhe pedindo ajuda para proteger minha Ás. Por favor, Sgiach, deixe-me entrar em sua Ilha. Ensine-me a manter minha rainha viva.

Sgiach hesitou apenas o suficiente para trocar um olhar com seu guerreiro e então levantou a mão e disse: — *Failte gu ant Eilean nan Sgiath*... Bem-vindo à Ilha de Sgiach. Você pode entrar.

— Sua Majestade — a voz de Darius fez todo mundo parar. O guerreiro se ajoelhara em frente à arcada, com Aphrodite parada um pouquinho atrás dele.

— Pode falar, guerreiro — Sgiach deu sua permissão.

– Não tenho o sangue de seu Clã, mas protejo uma Ás; portanto, peço para entrar em sua ilha também. Apesar de não vir na qualidade de guerreiro recém-formado, acredito que haja muitas coisas aqui que não conheço, muitas coisas que gostaria de aprender enquanto estiver ao lado de meu irmão guerreiro em sua busca para salvar a vida de Zoey.

– Essa é uma fêmea humana, ela não é Grande Sacerdotisa. Como você pode ter lhe oferecido o Juramento Solene? – o vampiro guerreiro perguntou.

– Desculpe, não entendi seu nome. Era Shawnus? – Aphrodite foi para o lado de Darius e pôs a mão em seu ombro.

– É *Seoras,* você também é surda? – o guerreiro falou, pronunciando seu nome lentamente. Stark ficou surpreso ao sentir seus lábios se levantando ao ouvir o tom abusado de Aphrodite.

– Tá, *Seoras* – ela imitou seu sotaque com assombrosa perfeição. – Não sou humana. Eu era uma novata que tinha visões. Depois deixei de ser novata. E quando me *desnovatei,* Nyx, por razões que ainda desconheço totalmente, decidiu deixar que eu continuasse tendo minhas visões. Então, agora sou Profetisa da Deusa. Espero que, junto com todo o estresse e a dor nos olhos que as visões me trazem, esse negócio de Profetisa me faça envelhecer tão graciosamente quanto sua rainha – Aphrodite fez uma pausa para abaixar a cabeça em saudação a Sgiach, que arqueou as sobrancelhas, mas não a atacou mortalmente, como Stark achou que merecia. – Seja como for, Darius *é* meu guerreiro sob Juramento. Se estou entendendo bem, e espero que sim, pois sou muito ruim nesse negócio de linguagem figurada, sou uma Ás à minha maneira. Então Darius se encaixa em seu Clã de Guardiões, com ou sem direito de sangue.

Stark achou que tivesse ouvido Seoras murmurar "vaca arrogante" ao mesmo tempo em que Sgiach sussurrou "interessante".

– *Failte gu ant Eilean nan Sgiath,* Profetisa e seu guerreiro – Sgiach os recebeu.

Sem maiores discussões, Stark, carregando Zoey, seguido por Darius e Aphrodite, passou por debaixo da arcada de mármore e entrou na Ilha das Mulheres.

20

Stark

Seoras os conduziu ao Range Rover preto que estava estacionado logo depois da esquina, longe da vista de quem estava de frente para a arcada. Stark parou ao lado do veículo. Ele devia estar com cara de surpreso, pois o guerreiro riu e disse: – Esperava o que, uma carrocinha *conducida* por um pônei das Terras Altas da Escócia?

– Ele eu não sei, mas eu esperava – Aphrodite interveio, entrando no banco de trás ao lado de Darius. – E, pelo menos desta vez, fico contente em estar errada.

Seoras abriu a porta do passageiro da frente para Stark, que entrou segurando Zoey com cuidado. O guerreiro já começara a dirigir antes de Stark se dar conta de que Sgiach não estava com eles.

– Ei, cadê sua rainha?

– Sgiach não *preciça* de motor para percorrer a Ilha.

Stark estava tentando articular a pergunta seguinte, mas foi Aphrodite quem falou.

– Que diabo *isso* quer dizer?

– Quer *dicer* que a afinidade de Sgiach não é limitada a nenhum elemento. *Sua* afinidade é com a Ilha. Ela comanda a tudo e a todos que nela estejam.

– Puta merda! Quer dizer que ela pode se transportar para os lugares tipo um personagem de *Jornada nas Estrelas* sem breguice? Não que seja possível *Jornada nas Estrelas* deixar de ser uma coisa brega – Aphrodite completou.

Stark começou a pensar em maneiras de amordaçá-la sem fazer Darius surtar com ele.

Mas o velho guerreiro não perdeu a serenidade por causa de Aphrodite. E se limitou a dar de ombros e dizer: – Sim, seria uma definição tão válida quanto qualquer coisa.

– Você conhece *Jornada nas Estrelas*? – Stark deixou escapar a pergunta antes que seu cérebro tivesse tempo de censurá-la.

Mais uma vez, o guerreiro deu de ombros.

– Nós temos satélite.

– E internet? – Aphrodite perguntou, cheia de esperança.

– E o internetógrafo também – Seoras confirmou formalmente.

– Então você permite a entrada do mundo exterior – Stark concluiu.

Seoras olhou rapidamente para ele.

– Sim, quando é do interesse da rainha.

– Isso não me choca. Ela é uma rainha. Ela gosta de fazer compras, daí a internet – Aphrodite se meteu na conversa de novo.

– Ela é uma rainha. Gosta de se informar sobre o mundo e os acontecimentos – o guerreiro usou um tom que não estimulava mais perguntas.

Eles seguiram em silêncio, até Stark começar a se preocupar com a luz nascendo no céu ao leste. Estava prestes a dizer a Seoras o que aconteceria se ele não estivesse abrigado e escondido ao nascer do sol quando o guerreiro apontou para a frente, à esquerda da estrada estreita, dizendo: – Craobh, o Bosque Sagrado. O castelo fica logo depois da praia.

Mesmerizado, Stark olhou para a esquerda, onde havia troncos finos e disformes de árvores, que pareciam muito maiores de longe por causa da fartura de verde nos galhos. Ele só captou de relance o interior do bosque, com suas camadas de musgo, sombras e montes do mesmo mármore da arcada, que apareciam como manchas de luz cintilantge. E, na frente de tudo isso, como um farol que atrai navegantes, havia o que pareciam duas árvores retorcidas e unidas. Nos galhos da estranha junção estavam amarradas tiras de tecido de cores vivas que formavam um contraste estranho, mas complementar, com os galhos antigos e nodosos.

Quanto mais Stark olhava fixo para as árvores, mais estranho se sentia.

– Nunca vi uma árvore como essa, e por que esses panos amarrados nela? – ele quis saber.

Seoras freou e parou no meio da estrada.

– Esses são um espinheiro e uma *tramaceira*,[9] unidas para formar uma árvore para pendurar.

Ao perceber que Seoras não ia elaborar a resposta, Stark lançou-lhe um olhar contrariado, perguntando: – Uma árvore para pendurar?

– Infelizmente sua educação deixa a *deçejar*, rapazote. Ah, bem, essa é uma árvore de pendurar *decejos*. Cada nó e cada tira de pano *representa* um *decejo*. Às *veces*, pais pedindo pelo bem de um filho. Às *veces*, amigos lembrando pessoas queridas que seguiram para a próxima vida. Mas a maioria é de pedidos de amor, unindo as vidas de duas pessoas e pedindo que sejam *felices*. As árvores foram cultivadas por Pessoas de Bem, e as *raíces* foram alimentadas pela transmissão de bem querer do mundo deles para o nosso.

– Pessoas de bem? – Stark pareceu exasperado.

– Vocês as chamam de fadas. Sabe que é daí que vem a expressão "se amarrar à pessoa amada"?

– Que romântico – Aphrodite disse, pela primeira vez sem sarcasmo.

– É, mulher, tudo que é romântico de verdade tem origem na Escócia – disse o guerreiro ao engatar a marcha do Range Rover e estacionar lentamente longe da árvore carregada de desejos.

Distraído pela ideia de amarrar um desejo para ele e Zoey, Stark só reparou no castelo quando Seoras parou novamente. Então ele levantou os olhos, e sua visão foi preenchida pelo facho de luz refletindo rocha e água. O castelo ficava a quase duzentos metros da estrada principal, depois de uma travessa que era, na verdade, uma trilha de

---

[9] Tramazeira (*Rowan tree*), árvore típica da Europa.

pedra, suspensa feito uma ponte, sobre uma área pantanosa. Archotes como aqueles que ladeavam a ponte para o continente iluminavam o caminho para o castelo e os muros da enorme construção, só que agora em quantidade três vezes maior.

E entre os archotes havia estacas grossas como braços de homem. Em cada uma delas, havia uma cabeça revestida de couro, com a boca fazendo um esgar, sem olhos. Macabras, pareciam se mexer, mas Stark se deu conta de que eram só os longos e fibrosos cabelos presos aos couros cabeludos murchos flutuando, fantasmagóricos, na brisa gelada.

– Nojento – Aphrodite sussurrou do banco de trás.

– O Grande Cortador de Cabeças – Darius disse, a voz abafada de temor respeitoso.

– É, Sgiach – foi tudo o que Seoras disse, mas seus lábios se levantaram em um sorriso que espelhava o orgulho em sua voz.

Stark não disse nada. Apenas desviou os olhos daquela entrada horrenda e levantou a cabeça. A fortaleza de Sgiach ficava empoleirada em um penhasco voltado para o oceano. Apesar de só conseguir avistar a parte do castelo voltada para a terra, não foi difícil para ele imaginar como seria o outro, o que se apresentava para o mundo externo; um mundo que jamais teria acesso aos domínios de Sgiach, mesmo que o feitiço de proteção da rainha não afastasse os intrusos. O castelo era feito de pedra cinzenta intercalada com o cintilante mármore branco que iluminava a ilha. Havia uma imponente arcada, logo depois da estreita estrada da entrada em forma de ponte, que conduzia às grossas portas duplas de madeira por onde se entrava no castelo.

Ao sair do Range Rover, Stark ouviu um som que o fez olhar ainda mais para cima. Iluminada por um círculo de archotes, uma bandeira tremulava na ponta da mais alta torre do castelo. Mesmo oscilando ao sabor da brisa fria, Stark viu perfeitamente na bandeira a imagem de um poderoso touro preto com a imagem do corpo musculoso de uma deusa, ou talvez de uma rainha.

Então as portas do castelo se abriram e de dentro brotaram guerreiros, homens e mulheres, que cruzaram a ponte e correram contidamente em direção a eles. Stark automaticamente recuou, enquanto Darius foi para o seu lado em posição de defesa.

– Não procurem problemas onde não há – Seoras disse, pedindo calma com um gesto da mão calejada. – Eles só querem prestar reverência à rainha de modo adequado.

Os guerreiros, todos vestidos como Seoras, tanto os homens quanto as mulheres, foram imediatamente para perto de Stark, mas sem qualquer sinal de agressão. Eles avançaram formando uma coluna dupla, segurando de ambos os lados uma liteira de couro.

– Esta é a tradição, reverência, *rapaçote*, para quando um de nós cai. É responsabilidade do Clã retorná-lo, ou retorná-la, para o lar em Tír na nÓg, a terra de nossa juventude – Seoras explicou. – Jamais deixaremos de lado um dos nossos.

Stark hesitou. Encarando o olhar firme do guerreiro, ele disse: – Acho que não consigo abrir mão dela.

– Ah, sim – Seoras disse baixinho, assentindo compreensivamente. – Não tem que abrir mão dela. Você estará assumindo a *pocição* dianteira. O Clã fará o resto.

Stark continuou imóvel, sem arredar pé, e Seoras caminhou para perto dele com os braços estendidos. Ele não entregaria Zoey; achava que não seria capaz de aguentar. Então Stark viu o colar de ouro brilhando no pulso de Seoras, e o objeto brilhante mexeu com ele. Surpreso, deu-se conta de que confiava em Seoras e, ao passar Zoey ao guerreiro, Stark soube que não a estava abandonando, mas sim compartilhando a responsabilidade.

Seoras virou-se e colocou Zoey com cuidado na liteira. Os guerreiros, seis de cada lado, abaixaram as cabeças respeitosamente. Então a líder do grupo que carregava a liteira, uma mulher alta com cabelos negros e lustrosos, disse a Stark: – Guerreiro, meu lugar é seu.

Movendo-se por instinto, Stark caminhou até a liteira e, quando a mulher recuou, ele tomou seu lugar para ajudar a levá-la. Seoras caminhou na frente deles. Como se fossem um só, Stark e os outros guerreiros o acompanharam, carregando Zoey como se fosse uma rainha caída para dentro do castelo de Sgiach.

Stark

O interior do castelo foi uma grande surpresa, principalmente depois da decoração medonha do exterior. No mínimo, Stark esperava que fosse um castelo de guerreiro, masculino e espartano, essencialmente como um meio-termo entre uma masmorra e um vestiário masculino. Mas enganou-se redondamente.

O interior do castelo era belíssimo. O piso liso de mármore branco tinha veios prateados. As paredes de pedra estavam cobertas por tapeçarias coloridas que retratavam de tudo, de lindas cenas da ilha, com direito a vacas descabeladas, a imagens de guerra, tão lindas quanto sanguinolentas.

Eles passaram pela entrada, desceram por um longo corredor e chegaram a uma escadaria imensa de pedras duplas, quando Seoras fez a coluna parar com um gesto de mão.

– Se você não consegue se decidir, não pode ser Guardião de uma Ás. Portanto, é preciso que decida. Você deseja levar sua rainha para cima e levar algum tempo para descansar e se preparar, ou pretende começar sua busca agora?

Stark não vacilou.

– Eu não tenho tempo para descansar e já comecei a me preparar para isso desde o dia em que Zoey aceitou meu Juramento Solene de guerreiro. Minha decisão é dar início à busca agora.

Seoras assentiu discretamente.

– Sim. Então, é para o Salão do Conselho do Fianna Foil que estamos indo – o guerreiro continuou seguindo pelo corredor. Logo atrás dele, Stark e os demais carregavam Zoey.

Para completa irritação de Stark, Aphrodite apertou o passo até chegar quase do seu lado e perguntou: – Então, Seoras, o que você quis dizer exatamente ao chamar de *busca* o que Stark precisa fazer?

Seoras quase nem virou o pescoço para responder: – Não falei à toa, mulher. Eu disse que sua tarefa é uma busca porque é isso o que é.

Aphrodite bufou.

– Cale a boca – Stark sussurrou para ela.

Como sempre, Aphrodite o ignorou.

– É, eu entendi a palavra. Só não entendi direito o significado.

Seoras chegou a um gigantesco par de portas em arco. Stark pensou que fosse preciso um Exército para abri-las, mas o guerreiro se limitou a dizer em voz baixa e gentil: – Seu Guardião pede permissão para entrar, minha Ás – com o som de um gemido de amor, as portas se abriram por si mesmas e Seoras os conduziu para dentro do cômodo mais impressionante que Stark jamais vira.

Sgiach estava sentada em um trono branco de mármore sobre um palanque de três níveis no meio do enorme recinto. O trono era incrível, entalhado de cima a baixo com intrincados nódulos que pareciam contar uma história ou representar uma cena, mas o vitral atrás de Sgiach e de seu palanque já anunciava o amanhecer, e Stark parou logo antes do limite imposto pela luz, paralisando a coluna e atraindo olhares curiosos de todos os guerreiros. Ele estava franzindo os olhos por causa da luz e tentando fazer seu cérebro funcionar, apesar do torpor que a luz do sol lhe causava, quando Aphrodite tomou a frente, curvou-se rapidamente a Sgiach e então disse a Seoras: – Stark é um vampiro vermelho. Ele é diferente de vocês. O contato direto com a luz do sol queima sua pele.

– Cubram as janelas – Seoras ordenou. Os guerreiros imediatamente obedeceram, soltando as cortinas de veludo vermelho nas quais Stark ainda não havia reparado.

Os olhos de Stark instantaneamente se adaptaram à escuridão que cobriu o salão, de modo que, antes mesmo de aparecerem mais guerreiros acendendo archotes e candelabros do tamanho de árvores, Stark viu nitidamente Seoras subir os degraus do palanque e tomar o lugar à esquerda do trono da rainha. Ele emanava uma segurança quase tangível. Stark sabia, sem sombra de dúvida, que nada neste mundo, e talvez nem mesmo de outro mundo qualquer, seria capaz de passar por Seoras e fazer mal à sua rainha, e por um instante ele sentiu uma inveja terrível. *Eu quero isso! Eu quero Zoey de volta para que possa protegê-la de todo o mal!* Sgiach levantou a mão e acariciou de modo breve, mas íntimo, o antebraço do guerreiro. A rainha não olhou para Seoras, mas Stark sim. Ele a estava encarando com uma expressão que Stark entendeu inteiramente. *Ele não é só um Guardião, ele é O Guardião. E a ama.*

– Aproximem-se. Deitem a jovem rainha na minha frente – ao falar, Sgiach gesticulou parecendo acenar.

A coluna avançou e gentilmente pousou a liteira de Zoey no piso de mármore aos pés da rainha.

– Você não suporta a luz do sol. O que mais tem de diferente? – Sgiach indagou, enquanto acendiam o último dos archotes que iluminaram o salão escuro com seu brilho amarelo cálido.

Os guerreiros se recolheram aos cantos sombrios do salão. Stark encarou a rainha e seu Guardião e respondeu rapidamente, sem evasivas nem preâmbulos.

– Costumo dormir o dia inteiro. Não me sinto em plena forma enquanto o sol brilha no céu. Tenho mais sede de sangue do que os vampiros normais. Não posso entrar na casa de ninguém sem ser convidado. Pode haver mais diferenças, mas não faz muito tempo que me transformei em vampiro vermelho, e isso é tudo que sei até agora.

– É verdade que você morreu e foi ressuscitado? – a rainha perguntou.

– É – Stark respondeu rapidamente, torcendo para que ela não lhe perguntasse mais nada sobre o assunto.

– Que intrigante... – Sgiach murmurou.

– A alma de sua rainha se despedaçou durante o dia? Por isso você fracassou em sua função de protegê-la? – Seoras perguntou.

Foi como se o guerreiro lhe tivesse lançado as perguntas como tiros no coração, mas Stark o encarou com firmeza e disse apenas a verdade.

– Não. Não era dia. E não fracassei por causa disso. Fracassei porque cometi um erro.

– Estou certa de que o Conselho Supremo, bem como os vampiros da sua Morada da Noite, já lhe explicaram que uma alma despedaçada equivale a uma sentença de morte para a Grande Sacerdotisa e, com muita frequência, para seu guerreiro também. Por que você crê que vir aqui possa mudar essa certeza? – Sgiach perguntou.

– Porque, como eu já disse, Zoey não é só uma Grande Sacerdotisa. Ela é diferente. É mais. E porque não serei apenas seu guerreiro, quero ser seu Guardião.

– Então está disposto a morrer por ela.

O guerreiro não indagou, mas Stark assentiu mesmo assim.

– Sim, eu morreria por ela.

– Mas ele sabe que, se morrer, não terá chance de trazê-la de volta para o corpo – Aphrodite disse enquanto, junto com Darius, aproximava-se de Stark, parando ao seu lado. – Porque foi isso o que os outros guerreiros tentaram, e nenhum deles se deu bem.

– Ele quer usar os touros e o caminho ancestral do guerreiro para encontrar uma porta para o Mundo do Além pela qual possa entrar enquanto está vivo – Darius continuou.

Seoras riu, mas sem achar graça nenhuma.

– Não se pode esperar entrar no Mundo do Além através de mitos e rumores.

– Vocês hasteiam uma bandeira com uma imagem do touro preto no topo deste castelo – Stark observou.

– Você se refere à tara, simbolismo ancestral há muito esquecido, como minha Ilha – Sgiach disse.

Stark rechaçou: – Nós nos lembramos de sua Ilha.

– E os touros também não foram tão esquecidos em Tulsa – Aphrodite interveio. – Ambos se manifestaram lá ontem à noite.

Fez-se um silêncio longo durante o qual o rosto de Sgiach transmitiu seu estupor, e o de seu guerreiro, uma ameaçadora prontidão para o ataque.

– Conte-nos – Seoras disse.

Rapidamente e, por incrível que pareça, com pouquíssimo sarcasmo, Aphrodite explicou como Thanatos lhes falara sobre os touros, como isso levou Stevie Rae a pedir a ajuda do touro errado ao mesmo tempo em que Damien e o resto do pessoal pesquisava e descobria a ligação de sangue entre Stark, os Guardiões e a Ilha de Sgiach.

– Conte de novo exatamente o que o touro branco disse – Sgiach pediu.

– *O guerreiro deve procurar no próprio sangue para descobrir a ponte e entrar na Ilha das Mulheres, e então ele precisará vencer a si mesmo para entrar na arena. Apenas reconhecendo um perante o outro ele poderá acompanhar sua Sacerdotisa. Depois que a encontrar, caberá a ela, e não a ele, decidir se retorna ou não* – Stark recitou.

Sgiach levantou o rosto para fitar seu guerreiro e disse: – O touro lhe deu a passagem para o Mundo do Além.

Seoras assentiu.

– Sim, mas só a passagem. O resto é tarefa do guerreiro.

– Expliquem-me! – Stark não conseguiu mais conter sua frustração. – Que diabo tenho que fazer para entrar na droga do Mundo do Além?

– O guerreiro não pode entrar vivo no Mundo do Além – Sgiach disse. – Apenas uma Grande Sacerdotisa tem essa habilidade, e não são muitas as que realmente conseguem acesso a esse reino.

– Eu sei disso – Stark disse entredentes. – Mas, como você disse, os touros estão me deixando entrar.

– Não – Seoras corrigiu. – Eles estão lhe dando a *passagem*, não estão deixando entrar. Você jamais pode entrar na condição de guerreiro.

– Mas eu sou um guerreiro! Então, como é que faço para entrar? O que quer dizer a parte que fala sobre vencer a mim mesmo?

– É aí que entra a velha religião. Muito tempo atrás, os vampiros do sexo masculino podiam servir à Deusa ou aos deuses além da capacidade de um guerreiro – Sgiach começou a explicação.

– Alguns de nós eram Xamãs – Seoras continuou.

– Tá, então preciso ser um Xamã também? – Stark perguntou, totalmente confuso.

– Só conheci um guerreiro que virou Xamã – para demonstrar o que queria dizer, Sgiach pousou a mão no antebraço de Seoras.

– Você é as duas coisas – Aphrodite disse animadamente. – Então diga a Stark como se faz! Como ele pode se tornar Xamã além de guerreiro?

O ancestral guerreiro levantou as sobrancelhas e um dos cantos de sua boca mostrou um sorriso sardônico.

– Ah, mas isso é tão simples. O guerreiro dentro dele precisa morrer para dar lugar ao Xamã.

– Maravilha. Tenho que morrer de um jeito ou de outro – Stark concluiu.

– É o que parece – Seoras confirmou.

Em sua imaginação, Stark quase conseguiu ouvir Zoey exclamar "Que inferno!".

21

Stevie Rae

Apesar de saber que escutaria um monte de porcaria quando voltasse à escola, Stevie Rae não contava que Lenobia estivesse esperando por ela no estacionamento.

– Olha, eu só estava precisando de um tempinho para mim. Como pode ver, estou bem e...

– Deu no noticiário da noite que uma gangue invadiu o edifício do Tribune. Quatro pessoas foram assassinadas. Tiveram as gargantas cortadas e seu sangue foi parcialmente drenado. A polícia só não está na nossa porta agora porque testemunhas disseram ter visto uma gangue de adolescentes humanos. De olhos vermelhos.

Stevie Rae engoliu o gosto de bílis no fundo da garganta.

– Foram os novatos vermelhos que deixei na estação abandonada. Eles são capazes de alterar as memórias das pessoas, mas, como nenhum deles passou pela Transformação, não conseguem anular totalmente.

– Não conseguiram apagar aqueles olhos vermelhos inflamados da memória dos humanos – Lenobia assentiu.

Stevie Rae saiu do carro e começou a caminhar até a escola.

– Dragon não foi atrás deles, foi?

– Não. Deixei pequenos grupos de novatos a encargo dele. Ele está lhes ensinando técnicas de autodefesa para o caso de sofrerem outro ataque dos *Raven Mockers*.

– Lenobia, eu acho mesmo que aquele *Raven Mocker* apareceu no parque por acaso. Aposto que a esta altura ele já está bem longe de Tulsa.

Lenobia fez um gesto desdenhoso.

– Um *Raven Mocker* já é demais, mas, esteja ele sozinho ou em bando, Dragon vai caçá-lo e destruí-lo. E, a menos que estejam sendo incitados por Kalona e Neferet, não acho que precisemos nos preocupar com um possível ataque deles à escola. Estou muito mais preocupada com os patifes dos novatos vermelhos.

– Eu também – Stevie Rae estava ansiosa para mudar de assunto. – Disseram no noticiário que as vítimas tiveram o sangue apenas parcialmente drenado?

Lenobia assentiu.

– Sim, e as gargantas foram cortadas, não mordidas, como se eu ou você tivéssemos bebido o sangue delas.

– Eles não estão se alimentando. Estão brincando. Eles gostam de apavorar as pessoas, dá uma espécie de onda neles.

– É uma abominação inominável que afronta os caminhos de Nyx – Lenobia disse logo, com a voz carregada de raiva. – Aqueles de quem nos alimentamos só deveriam sentir um prazer recíproco. Por isso a Deusa nos capacitou para compartilhar essa sensação tão poderosa com os humanos. Nós não os agredimos nem torturamos. Gostamos dos humanos, os tomamos como consortes. O Conselho Supremo chegou até a banir vampiros que usam mal o poder que temos sobre os humanos.

– Você não falou sobre os novatos vermelhos com o Conselho Supremo, falou?

– Eu não faria isso sem conversar com você primeiro. Você é a Grande Sacerdotisa desses novatos vermelhos. Mas você precisa entender que não podemos continuar ignorando o que estão fazendo.

– Eu sei, mas ainda quero lidar com eles pessoalmente.

– Sozinha de novo, não. Desta vez, não – Lenobia estava decidida.

– Você tem razão quanto a isso. O que eles fizeram hoje mostra como são perigosos.

– Devo pedir ajuda a Dragon?

– Não. Eu não vou sozinha e pretendo dar um ultimato do tipo "entra na linha ou vaza". Mas, se eu levar gente de fora até eles, não darei oportunidade para que nenhum deles decida se quer desistir das Trevas e vir comigo – de repente Stevie Rae se deu conta do que dissera e ficou estática, como se tivesse dado de cara com a lateral de um celeiro. – *Aimeudeus,* é isso! Eu não tinha como saber antes de conhecer os touros, mas agora entendo. Lenobia, não sei o que é que toma conta da gente, depois que a gente morre e *desmorre,* que nos faz passar para o lado do mal, nos deixa sedentos por sangue e tudo mais, mas, seja o que for, essa coisa tem parte com as Trevas. Isso significa que o que aconteceu com a gente não é novidade nenhuma. Tem de ser algo tão ancestral quanto a religião dos touros. Neferet está por trás de tudo o que aconteceu comigo e com os outros garotos – ela encarou o olhar da Mestra dos Cavalos e viu refletido em seus olhos o medo que ela própria sentia. – Ela está envolvida com as Trevas. Agora não resta a menor dúvida.

– Lamento dizer que já faz muito tempo que não resta a menor dúvida sobre isso – Lenobia disse.

– Mas, caramba, como Neferet foi descobrir esse aspecto das Trevas? Os vampiros vêm prestando culto a Nyx por séculos a fio.

– Não é porque as pessoas pararam de adorar a divindade que ela deixa de existir. As forças do bem e do mal se movem em uma dança atemporal, alheios aos caprichos e às tendências dos humanos.

– Mas Nyx é *a* Deusa.

– Nyx é a *nossa* Deusa. Não me diga que você acha, sinceramente, que só existe uma divindade em um mundo tão complexo quanto o nosso.

Stevie Rae suspirou. – Vendo a coisa por esse prisma, tenho de concordar com você, mas bem que eu gostaria que não houvesse mais do que uma opção para o lado do mal.

– Então só haveria uma opção para o lado do bem. Lembre-se, deve haver equilíbrio sempre, eternamente – elas caminharam em silêncio um pouco até que Lenobia perguntou: – Você vai levar os novatos vermelhos com você para confrontar os vermelhos do mal?

– Vou.

– Quando?

– Quanto antes, melhor.

– Faltam pouco mais de três horas para amanhecer – Lenobia lembrou.

– Bem, a pergunta que vou fazer para eles requer uma resposta simples, sim ou não. Não vai demorar.

– E se eles responderem não?

– Se responderem não, vou fazer com que parem de usar os túneis da estação abandonada como esconderijo confortável e também que se separem. Como indivíduos, ainda creio que não sejam tão maus – Stevie Rae hesitou e acrescentou: – Não quero matá-los. Acho que, se fizer isso, vou estar cedendo ao lado do mal. E não quero que as Trevas me toquem nunca mais – uma imagem de Rephaim com as asas abertas, plenamente curado e poderoso, veio-lhe à mente.

Lenobia assentiu.

– Eu entendo. Não concordo com você, Stevie Rae, mas entendo. E seu plano tem mérito. Se você os espantar do abrigo e os desagrupar, os que sobrarem terão de se preocupar com a sobrevivência e não terão tempo de "brincar" com os humanos.

– Tá. Então vamos cada uma para um lado para sair espalhando que preciso que todos os novatos vermelhos me encontrem no estacionamento, em frente ao Hummer, *pra já*. Eu vou para os dormitórios.

– Eu vou para o estádio e para o refeitório. Na verdade, quando estava vindo encontrá-la, vi Kramisha indo para o refeitório. Vou falar com ela primeiro. Ela sempre sabe onde todo mundo está.

Stevie Rae assentiu e Lenobia saiu caminhando rápido, deixando-a seguir sozinha para os dormitórios. Sozinha e capaz de pensar. Ela devia estar pensando que diabo diria à imbecil da Nicole e ao seu grupo de novatos assassinos. Mas não conseguia tirar Rephaim da cabeça.

Afastar-se dele fora uma das coisas mais difíceis que já fizera na vida.

Então por que se afastara?

– Porque ele já se recuperou – Stevie Rae disse em voz alta, mas então fechou a boca e olhou para os lados como quem se sente culpada. Ainda bem que não havia ninguém por perto. Mesmo assim, ela manteve sua grande boca fechada enquanto a cabeça continuava em disparada.

Tá, Rephaim estava curado e tudo mais. E daí? Será que ela realmente achou que ele fosse ficar todo ferrado para sempre?

Não! Eu não quero que ele fique todo ferrado! O pensamento lhe veio rápida e honestamente. Mas a questão não era só ele estar bem. A questão era que as Trevas o tinham curado e o fizeram parecer...

Os pensamentos de Stevie Rae foram sumindo, pois ela não queria levar a coisa para esse lado. Não queria admitir nem para si mesma o impacto da imagem de Rephaim emoldurado pelo luar, pleno e poderoso.

Ela enrolou uma mecha de seus cabelos louros nervosamente. Afinal, eles eram Carimbados. Era de se esperar que ele tivesse certo apelo para ela.

Mas Aphrodite jamais a atraíra como Rephaim fazia agora.

– Bem, eu não sou *gay*! – ela murmurou e voltou a ficar de boca fechada, pois o pensamento voltara a se embrenhar por sua mente, mesmo contra sua vontade.

Stevie Rae *tinha gostado* da aparência de Rephaim. Ele estava lindo e forte, e ela chegou a ver de relance o lado belo da besta, percebendo que ele não era nenhum monstro. Era magnífico, e era dela.

Ela vacilou um pouco e parou. Era por causa daquela droga de touro preto! Só podia ser. Antes de ele se materializar totalmente, ele avisara Stevie Rae: *Eu posso espantar as Trevas, mas, se fizer isso, você terá uma dívida com a Luz, e essa dívida significa que você ficará para sempre presa à humanidade dentro daquela criatura, a mesma criatura que você me chamou para salvar.* Ela respondera sem hesitar: "*Sim! Vou pagar seu preço*". Então a droga do touro lhe jogou uma porcaria de Luz que mexeu com alguma coisa por dentro dela.

Mas isso era verdade mesmo? Stevie Rae enrolou a mecha de cabelo no dedo enquanto pensava. Não, as coisas já estavam diferentes entre ela e Rephaim *antes* de o touro preto aparecer. A mudança se deu quando Rephaim confrontou as Trevas no lugar dela e assumiu sua dívida de dor.

Rephaim dissera que ela lhe pertencia.

Agora ela se dava conta de que ele tinha razão, e que ela tinha mais medo disso do que das próprias Trevas.

Stevie Rae

– Tá, então, estamos todos aqui?

Cabeças assentiram e, detrás dela, Dallas disse: – Tá todo mundo aqui.

– Aqueles garotos do mal mataram gente no edifício do Tribune, não é? – Kramisha perguntou.

– É – Stevie Rae respondeu. – Acho que sim.

– Isso é ruim – Kramisha disse. – Ruim demais.

– Você não pode deixar esse pessoal continuar matando gente por aí – Dallas interveio. – Não são mendigos nem nada.

Stevie Rae soltou o ar bufando, exasperada.

– Dallas, quantas vezes tenho que repetir que não interessa se é mendigo ou não... Não é certo matar *ninguém*.

– Desculpe – Dallas tentou se retratar. – Sei que você tem razão, mas às vezes as coisas que aconteceram *antes* me confundem a cabeça e eu meio que me esqueço.

Antes... A palavra pareceu reverberar ao redor deles. Stevie Rae sabia exatamente o que Dallas queria dizer: antes de sua humanidade ter sido salva pelo sacrifício de Aphrodite e de eles adquirirem a capacidade de escolher entre o bem e o mal. Ela também se lembrava de como era *antes*, mas, quanto mais para trás ficava esse passado, mais e mais fácil ficava para Stevie Rae tirar da cabeça tudo que acontecera. Enquanto observava Dallas, ela imaginava se seria diferente para ele e para os demais que ainda não haviam passado pela Transformação, pois Dallas ainda cometia uns deslizes como esse com uma certa frequência.

– Stevie Rae? Você *tá* legal? – Dallas perguntou, nitidamente desconfortável.

– *Tô* bem, sim. Só *tô* pensando. Portanto, o negócio é o seguinte: vou voltar para os túneis sob a estação abandonada, túneis que são *nossos*, e vou dar a esses garotos mais uma chance de decidir se querem agir direito. Se toparem, eles ficam e voltam a frequentar a escola conosco na segunda-feira. Se não, vão ter que se virar sozinhos, arrumar um lugar para ficar por si mesmos, porque tomaremos de volta os túneis e eles não serão mais bem-vindos.

Kramisha sorriu.

– Vamos voltar a viver nos túneis!

– É – Stevie Rae disse e, pelos gritos de animação e alívio que ouviu do pessoal, finalmente, acreditou que estava decidindo certo. – Eu ainda não falei com Lenobia sobre isso, mas não posso achar que exista nenhum problema em ficarmos indo e voltando da estação abandonada para a Morada da Noite. Precisamos ficar debaixo da terra e, apesar de eu realmente gostar desta escola, não me sinto mais em casa de verdade aqui. Mas nos túneis, sim.

– *Tô* contigo, garota – Dallas comemorou. – Mas precisamos deixar uma coisa bem clara de uma vez. Você não vai enfrentar esses garotos sozinha de novo. Eu vou com você.

– Eu também – Kramisha ecoou. – Não interessa a história que você inventou para o resto do pessoal, mas eu sei que foram esses garotos que quase mataram você frita no teto daquele edifício.

– É, todos nós falamos sobre isso – disse o musculoso Johnny B. – Não vamos deixar nossa Grande Sacerdotisa passar por aquela merda toda outra vez.

– Por mais que ela tenha poderes sinistros sobre a terra e seja capaz de quebrar o maior pau – Dallas completou.

– Eu não vou sozinha. Por isso chamei todo mundo aqui. *Nós vamos* retomar nossos túneis e, se for preciso quebrar o pau, *nós vamos* quebrar o pau – Stevie Rae disse. – Portanto, Johnny B, quero que você dirija o Hummer – ela lhe jogou as chaves. O grandão lhe sorriu e agarrou as chaves no ar. – Leve Ant, Shannoncompton, Montoya, Elliott, Sophie, Geraty e Vênus irão com você. Eu vou com Dallas e Kramisha no Fusca da Zo. Sigam-me, nós vamos para o estacionamento debaixo da estação abandonada.

– Parece boa ideia, mas como teremos certeza de que conseguiremos achar esses garotos? Você sabe como são esses túneis, bem, aquilo lá embaixo é um verdadeiro formigueiro – disse o baixinho, cujo apelido era Ant,[10] e todo mundo deu risada.

– Também andei pensando nisso – Kramisha falou. – E tenho uma ideia, se você não se importa de eu dizer uma coisinha.

– Ué, mas essa foi uma das razões pelas quais chamei todos vocês, porque preciso que todo mundo me ajude nessa – Stevie Rae respondeu.

– É, bem, minha ideia é a seguinte: esses garotos já tentaram *te* matar uma vez, certo?

Ao perceber que não tinha o que esconder dos novatos, Stevie Rae assentiu: – Certo.

– Então suponho que, se eles tentaram se livrar de você uma vez e não conseguiram, eles vão tentar de novo, certo?

– Provavelmente.

– O que eles fariam se achassem que você voltou aos túneis?

– Viriam me pegar – Stevie Rae respondeu.

– Então use a terra para fazer com que eles saibam que você está lá embaixo de novo. Você pode fazer isso, não pode?

Stevie Rae piscou os olhos, surpresa.

– Jamais tive essa ideia antes, mas aposto que posso.

– Que ideia genial, Kramisha! – Dallas bradou.

– Só é! – Stevie Rae concordou. – Então, esperem aí que vou experimentar uma coisa.

Ela correu do estacionamento para a lateral da escola logo ali perto. Havia dois carvalhos velhos por lá, um banco de ferro fundido e uma fonte cintilante cercada pelo que agora consistia em uma cama de

---

10 Ant, formiga em inglês.

violetas e amores-perfeitos revestida por gelo. Enquanto seus novatos assistiam, Stevie Rae se voltou para o norte e se ajoelhou no chão em frente à maior das duas árvores. Ela abaixou a cabeça e se concentrou.

– Venha para mim, terra – ela sussurrou. Instantaneamente, o chão ao redor de seus joelhos se aqueceu e ela sentiu o cheiro de flores do campo e de grama alta e ondulante. Stevie Rae apertou as mãos contra a terra que tanto amava e regozijou em sua conexão com o elemento. Sentindo-se quente e preenchida pela força da natureza, ela disse: – Sim! Eu a reconheço, sinto que estou dentro de você e você dentro de mim. Por favor, faça uma coisa para mim. Por favor, use um pouco da magia e da maravilha que somos nós duas juntas e jogue um pouco do elemento no túnel principal sob a estação abandonada. Faça com que pareça que estou lá, de modo que todos que repousam sob a terra saibam disso – ela fechou os olhos e imaginou um raio verde, brilhante de energia, saindo de seu corpo, mergulhando na terra e entrando no túnel bem ao lado de seu antigo quarto na estação abandonada. Então ela disse: – Obrigada, terra. Obrigada por ser meu elemento. Agora pode ir.

Quando voltou para junto dos novatos, Stevie Rae viu que todos a encaravam de olhos arregalados.

– O que foi? – ela perguntou.

– Isso foi impressionante – Dallas respondeu, a voz carregada de temor respeitoso.

– É, você ficou verde e toda brilhante – Kramisha disse. – Nunca vi nada assim antes.

– Foi muito irado – Johnny B se manifestou enquanto o resto dos garotos assentiu sorrindo.

Stevie Rae sorriu para eles também, sentindo-se uma Grande Sacerdotisa de verdade.

– Bem, tenho certeza de que deu certo – ela disse.

– Você acha mesmo? – Dallas perguntou.

– Acho – ela respondeu e os dois trocaram um olhar que fez Stevie Rae sentir um arrepio no estômago. Ela teve de varrer aqueles pensamentos e se concentrar de novo: – Ahn, então *tá*. Vamos agir.

Os jovens se dividiram entre os dois veículos e Dallas passou o braço ao redor do ombro de Stevie Rae, que permitiu a aproximação.

– Estou orgulhoso de você, garota.

– Obrigada – ela abraçou a cintura dele com um dos braços e enfiou a mão no bolso de trás da sua calça.

– E estou contente por você nos levar desta vez.

– É o certo. E tem mais, somos mais fortes juntos do que separados.

Ao lado do Fusca, ele parou e a puxou para seus braços. Curvando-se, murmurou junto aos lábios dela: – Isso aí, garota. Nós *somos* mais fortes juntos – então ele a beijou de um jeito tão intenso que Stevie Rae se surpreendeu. Antes de se dar conta de verdade, ela já estava correspondendo ao beijo e gostando do que seu corpo firme, familiar e completamente *normal* a fazia sentir.

– Podem ocupar seus lugares? – Kramisha gritou para eles enquanto ia para o pequeno banco de trás do Fusca.

Stevie Rae deu uma risadinha, estranhamente tonta, principalmente quando lhe veio à mente uma voz sussurrando *"Cai na real, você não pode nem beijar o outro"*.

Dallas a deixou sair de seus braços a contragosto para que ela pudesse assumir a direção do Fusca. Por sobre o teto do carro, ele captou seu olhar e disse suavemente: – Eu bem que gostaria de ocupar outro tipo de *lugar* para nós.

Stevie Rae sentiu as bochechas esquentando e outra risadinha lhe escapou. Ela e Dallas entraram no carro. Do banco de trás, Kramisha resmungou: – Dallas, eu ouvi esse seu papinho de vocês ocuparem outro tipo de lugar, e só digo que é melhor vocês pararem de pensar em baixaria e se concentrarem nesses moleques do mal que curtem sair por aí cortando gargantas.

– Eu não falei baixaria nenhuma – Dallas deu um sorriso malicioso para Kramisha.

– E eu faço a linha multitarefa – Stevie Rae acrescentou, com mais uma risadinha.

– Que seja. Vamos de uma vez. Essa história está me dando uma sensação estranha – Kramisha disse.

Instantaneamente séria, Stevie Rae deu uma olhada para Kramisha pelo espelho retrovisor enquanto saía do estacionamento.

– Sensação estranha? Por acaso você escreveu outro poema, quer dizer, tirando o que você já me mostrou?

– Não. E eu não *tô* falando daqueles moleques do mal.

Stevie Rae fechou a cara para o reflexo de Kramisha no espelho.

– Do que mais você poderia estar falando? – Dallas perguntou.

Kramisha lançou um olhar demorado para Stevie Rae antes de responder.

– Nada. É que fico meio paranoica de vez em quando, só isso. Vocês dois ficarem se agarrando em vez de prestarem atenção no que interessa não ajuda em nada.

– Eu *tô* prestando atenção no que interessa – Stevie Rae respondeu, tirando os olhos do reflexo de Kramisha e se concentrando na estrada.

– É, não se esqueça de que minha garota é uma Grande Sacerdotisa, e elas com certeza são capazes de encarar um monte de merda de uma vez só.

– Ahã – Kramisha deu um riso irônico.

A viagem até a estação abandonada foi curta e silenciosa. Stevie Rae estava superciente da presença de Kramisha no banco de trás. *Ela sabe sobre Rephaim.* Aquele pensamento penetrou como um sussurro na sua mente, e ela imediatamente procurou sufocá-lo. Kramisha não sabia sobre Rephaim. Só sabia que havia outro cara. *Ninguém* sabia sobre Rephaim.

Tirando os novatos vermelhos.

Stevie Rae sentiu o pânico alvoraçando seu estômago. Que diabo faria se Nicole ou outro dos novatos rebeldes contasse a seus novatos vermelhos sobre a ligação entre ela e Rephaim? Dava até para imaginar a cena. Nicole seria grosseira e detestável. O pessoal dela ficaria totalmente chocado e bolado. Eles não acreditariam que ela pudesse...

Com um repente de compreensão que quase a fez ofegar ruidosamente, Stevie Rae entendeu a resposta para o seu problema. *Seus novatos não acreditariam que ela se Carimbara com um Raven Mocker. Jamais.* Ela simplesmente negaria. Não havia prova nenhuma. É, seu sangue podia estar com um cheiro estranho, mas ela já explicara aquilo. As Trevas haviam bebido seu sangue, isso era uma boa razão para deixar seu sangue com cheiro estranho. Kramisha acreditava nisso, Lenobia também. Os demais garotos também acreditariam. Seria a palavra dela, palavra de Grande Sacerdotisa, contra um monte de garotos que resolveram passar para o lado do mal e tentaram matá-la.

E se eles resolvessem mesmo escolher o caminho do bem esta noite e ficassem nos túneis com o resto do pessoal?

Então eles vão ter que ficar de bico calado, senão não vão ficar, foi o pensamento implacável que tomou conta de Stevie Rae enquanto ela estacionava no terreno da estação abandonada e reunia os novatos ao seu redor.

– Bem, vamos entrar. Não os subestimem – Stevie Rae os alertou.

Sem mais nenhuma discussão, Dallas foi para o lado direito de Stevie Rae, enquanto Johnny B ficou do esquerdo. Os outros jovens acompanharam de perto enquanto eles retiravam as grades falsamente seguras que davam acesso fácil ao porão da estação abandonada de Tulsa.

Estava bastante parecido com a época em que estavam morando lá. Talvez com um pouquinho mais de lixo, mas era basicamente um porão frio e escuro. Eles foram para a entrada do canto de trás, onde os túneis mergulhavam em uma escuridão ainda mais profunda.

– Está enxergando? – Dallas perguntou a Stevie Rae.

– É claro, mas vou acender os archotes nas paredes assim que encontrar um fósforo ou algo do tipo para que vocês todos enxerguem também.

– Eu tenho isqueiro – Kramisha disse enquanto procurava em sua enorme bolsa.

– Kramisha, não me diga que você está fumando – Stevie Rae disse, pegando o isqueiro da mão dela.

– Não, eu não estou fumando. Que besteira. Mas gosto de ser prevenida. E às vezes um isqueiro é algo que vem bem a calhar, como agora.

Stevie Rae ia começar a descer pela escada de metal, mas foi impedida por Dallas, que a segurou pelo braço.

– Não, eu vou primeiro. Eles não querem me matar.

– Bem, não que você saiba – Stevie Rae rebateu, mas deixou que ele fosse na frente, e Johnny B foi atrás dela. – *Peraí* – ela fez os dois esperarem ao pé da escada enquanto seguiu com plena segurança em meio à total escuridão para onde havia antigos lampiões de querosene que ajudara a pendurar nos pregos da velha ferrovia na parede curva do túnel. Ela acendeu o lampião e se virou para sorrir para seus garotos:
– Pronto, assim está melhor, hein?

– Bom trabalho, garota – Dallas sorriu para ela. Então ele parou e inclinou a cabeça para o lado. – Ouviram isso?

Stevie Rae olhou para Johnny B, que balançou a cabeça enquanto ajudava Kramisha a descer a escada.

– Ouvimos o que, Dallas? – Stevie Rae perguntou.

Dallas apertou a sólida parede de concreto do túnel com a mão.

– *Isso!* – ele soou impressionado.

– Dallas, você não está falando coisa com coisa – Kramisha lhe disse.

Ele deu uma olhada para trás.

– Não tenho certeza, mas acho que estou ouvindo zumbido de eletricidade.

– Esquisito – Kramisha disse.

– Bem, você sempre foi superfera em eletricidade e todas essas coisas de homem – Stevie Rae lembrou.

– É, mas nunca foi assim antes. Sério mesmo, está dando para *ouvir* o zumbido da eletricidade correndo pelos cabos que conectei aqui embaixo.

– Bem, talvez seja uma afinidade que você tem na qual não reparou antes porque estava sempre aqui embaixo e isso parecia normal – Stevie Rae tentou encontrar uma justificativa.

— Mas eletricidade não é coisa da Deusa. Como pode ser um dom de afinidade? — Kramisha perguntou, olhando para Dallas com desconfiança.

— Por que não pode ser de Nyx? — Stevie Rae perguntou. — A bem da verdade, já soube de coisas mais esquisitas do que um novato com afinidade por eletricidade. Ahn, tipo um touro branco personificando as Trevas, por exemplo.

— Você tem razão nesse ponto — Kramisha concordou.

— Então eu posso mesmo ter uma afinidade? — Dallas parecia perplexo.

— Claro que pode, garoto — Stevie Rae confirmou.

— Se você tiver mesmo, o dom veio em boa hora — Johnny B disse, ajudando Shannoncompton e Vênus a descer a escada.

— Em boa hora? Como assim? — Dallas perguntou.

— Bem, pelo zumbido ou sei lá o que dá para você saber se esses novatos vermelhos asquerosos andaram usando a eletricidade aqui embaixo ultimamente? — Kramisha perguntou.

— Vou ver — Dallas virou de costas para a parede, pressionou o concreto com as mãos e fechou bem os olhos. Poucos segundos depois, ele abriu os olhos e ofegou de surpresa, e seus olhos se voltaram diretamente para Stevie Rae: — É, os novatos andaram usando a eletricidade sim. Na verdade, eles estão usando agora mesmo. Na cozinha.

— Então é para lá que nós vamos — Stevie Rae afirmou.

22

Stevie Rae

– Cara, isso me deixa muito "p" da vida – Stevie Rae chutou outra das garrafas vazias de um litro de Dr. Pepper que entulhavam o túnel.

– Eles são asquerosos, não valem nada – Kramisha concordou.

– *Aimeudeus*. Eu vou ficar muito bolada se tiverem zoado minhas coisas –Vênus reclamou.

– Zoado suas coisas? Garota, você viu o que eles fizeram com o meu quarto? – Kramisha chiou.

– Eu acho que a gente devia realmente se concentrar – Dallas chamou a atenção de todos e ficou passando a mão na parede de concreto.

Quanto mais eles se aproximavam da cozinha, mais impacientes ficavam. Até que Stevie Rae disse: – Primeiro precisamos expulsá-los daqui, depois vamos pensar em arrumar as coisas.

– Pier One e Pottery Barn ainda têm registrado o cartão de crédito gold de Aphrodite – Kramisha disse a Vênus, que pareceu bastante aliviada.

– Bem, isso vai dar um jeito nessa meleca toda.

– Vênus, você precisa de bem mais do que um cartão de crédito para dar um jeito na meleca em que você se transformou – o sarcasmo veio direto das sombras do túnel que tinham pela frente. – Veja só, toda comportadinha e sem graça. E eu que cheguei a pensar que você tinha potencial.

Vênus, bem como Stevie Rae e os demais novatos, pararam.

– Eu sou comportadinha e sem graça? – a risada que Vênus deu se equiparou em sarcasmo à voz de Nicole. – Potencial para sair por aí cortando pescoço de gente? Por favor. Não dá para chamar isso de uma atividade atraente.

– Ei, experimenta primeiro para saber se é bom ou não é – Nicole rebateu, afastando o cobertor pendurado na entrada da cozinha.

Ela estava à porta, emoldurada pela luz de lampião que vinha de dentro. Parecia mais magra e mais dura do que Stevie Rae se lembrava.

Starr e Kurtis estavam parados logo atrás dela, e mais atrás havia pelo menos uma dúzia de novatos vermelhos de olhos inflamados que os fitavam cheios de malícia.

Stevie Rae deu um passo à frente. Os olhos maldosos e rubros de Nicole se voltaram para ela com um movimento certeiro, como se fossem dardos.

– Ah, veio brincar mais um pouquinho? – Nicole perguntou.

– Não vou brincar com você, Nicole. E você vai parar de "brincar" – ela abriu aspas no ar com os dedos – com as pessoas por aqui.

– Você não pode nos dar ordens! – as palavras explodiram da boca de Nicole.

Atrás dela, Starr e Kurtis mostraram os dentes e emitiram ruídos que mais pareciam rosnados do que risadas. Os novatos na cozinha ficaram inquietos.

De repente, Stevie Rae viu. Pairando junto ao teto sobre os novatos do mal, havia um mar ondulante de escuridão que parecia se encolher e se contorcer como um fantasma feito apenas de Trevas.

Trevas...

Stevie Rae engoliu a bílis formada pelo medo e forçou seus olhos a se concentrarem em Nicole. Sabia o que tinha de fazer. Precisava acabar com aquilo agora, antes que as Trevas ampliassem ainda mais seu domínio sobre eles.

Em vez de responder a Nicole, Stevie Rae respirou profundamente, renovando o ar dos pulmões, e disse: – Terra, venha para mim! – ao sentir o chão sob seus pés e as laterais curvas do túnel começando a esquentar, Stevie Rae voltou sua atenção para Nicole. – Como sempre, você entendeu tudo errado, Nicole. Eu não vou lhe dar ordens – Stevie Rae falou com voz calma e tranquila. A julgar pelos olhos arregalados de Nicole, ela devia estar adquirindo aquela incandescência verde que a cercara na Morada da Noite. E, então, ela foi levantando as mãos, puxando para si mais da energia farta e vibrante de seu elemento. – Vou deixar que vocês escolham, e aí vão encarar as consequências do que escolherem. Assim como todos nós, terão de fazer uma escolha.

– Que tal vocês escolherem tirar seus rabinhos de fracotes daqui e voltarem para a Morada da Noite para ficar com aqueles otários de merda que se dizem vampiros? – Nicole sugeriu.

– Você sabe que não sou fracote – Dallas disse, chegando mais perto de Stevie Rae.

– Nem eu – Johnny B rugiu por trás de Dallas.

– Nicole, nunca gostei muito de você. Sempre te achei um caso perdido de sem-noção. Agora tenho certeza – Kramisha afirmou, chegando mais perto de Stevie Rae pelo outro lado. – E não gosto do jeito com que está falando com nossa Grande Sacerdotisa.

– Kramisha, eu *tô* cagando para o que você gosta ou deixa de gostar. E ela não é minha Grande Sacerdotisa! – Nicole gritou, e de sua boca choveu saliva branca.

– Que nojenta – Vênus parecia sentir repulsa. – Você devia reconsiderar esse negócio de ser novata do mal. Está te deixando feia, em vários sentidos.

– O poder nunca é feio, e eu tenho poder – Nicole exclamou.

Stevie Rae não precisou olhar para saber que as Trevas no teto da cozinha estavam se adensando.

– Tá, agora chega. Vocês estão deixando claro que não pretendem ser gente boa. Então, a coisa tem que ser feita. As opções são as seguintes, e cada um tem que escolher por si só – Stevie Rae olhou para trás de Nicole enquanto falava, encarando um por um os pares de olhos escarlates flamejantes, esperando ardentemente conseguir tocar ao menos um deles que fosse.

– Vocês podem abraçar a Luz. Se fizerem isso, poderão escolher o bem e o caminho da Deusa e ficar aqui conosco. Voltaremos às aulas na Morada da Noite na segunda-feira, mas vamos ficar morando aqui nos *nossos* túneis, onde ficamos cercados pela terra e nos sentimos confortáveis e tudo mais. Ou, então, vocês podem continuar optando pelas Trevas – Stevie Rae viu que Nicole ficou surpresa quando ela deu nome à coisa. – É, eu sei de tudo sobre as Trevas. E posso dizer que se meter nisso, seja como for, é um erro dos grandes. Mas, se for essa a escolha, vocês vão ter que ir embora daqui, sozinhos, para não voltar mais.

– Você não pode nos forçar a isso! – Kurtis disse por trás de Nicole.

– Posso – Stevie Rae levantou as mãos, cerrando os pulsos fulgurantes. – E não sou só eu. Lenobia vai informar o Conselho Supremo de que vocês existem. Vocês serão oficialmente banidos de todas as Moradas da Noite do mundo.

– Ei, Nicole, como Vênus disse antes, você *tá* com uma cara meio acabada. Como está se sentindo? – Kramisha disse subitamente. Então, ela levantou a voz para falar com os garotos que estavam atrás do ombro de Nicole. – Quantos de vocês andam tossindo e se sentindo um lixo? Vocês não têm estado com nenhum vampiro por perto ultimamente, confere?

– *Aimeudeus*, eu não sei como fui me esquecer disso – Stevie Rae se dirigiu a Kramisha e então voltou a prestar atenção nos garotos que estavam conversando na cozinha, logo depois de Nicole. – E aí, quem vai querer morrer? De novo.

– Parece que ser novato vermelho não é diferente de ser um novato como os outros – Dallas afirmou.

– É, pode até ser que vocês morram se estiverem perto dos *vamps* – Johnny B disse.

– Mas vão morrer com certeza se não estiverem perto deles – Kramisha completou, com indisfarçada arrogância na voz. – Mas vocês sabem disso, afinal, todos já morreram antes. Querem repeteco?

– Então vocês precisam escolher – Stevie Rae expressava urgência, ainda de punhos cerrados para o alto.

– Nem mortos vamos escolher ter você como Grande Sacerdotisa! – Nicole cuspiu as palavras. – E nenhum de vocês escolheria se soubesse a verdade sobre ela – com um sorriso bobo feito o do gato de *Alice no País das Maravilhas*, ela pronunciou as palavras que Stevie Rae tanto temia. – Aposto que ela não lhes contou que salvou um *Raven Mocker*, contou?

– Você é uma mentirosa – Stevie Rae disse, encarando firmemente o olhar vermelho de Nicole.

– Como você sabe que tem um *Raven Mocker* em Tulsa? – Dallas perguntou.

Nicole deu um sorriso irônico.

– Ele estava aqui, com o cheiro da sua preciosa Grande Sacerdotisa, porque ela *salvou sua vida*. Foi assim que a prendemos no telhado. Ela foi lá em cima para salvá-lo de novo.

– Papo furado! – Dallas gritou. Ele pressionou a parede de cimento com as palmas das mãos. Stevie Rae sentiu os seus cabelos se arrepiarem com uma súbita onda de eletricidade estática.

– Uau, você os enrolou direitinho – Nicole disse jocosamente.

– É isso. Para mim, acabou – Stevie Rae afirmou. – Escolha. Agora. Luz ou Trevas, qual vai ser?

– Nós já escolhemos – Nicole enfiou a mão debaixo da camisa folgada que estava usando, tirou um pequeno revólver tipo *três-oitão* e apontou para o meio da cabeça de Stevie Rae.

Stevie Rae sentiu um instante de terror, ouviu sons de armas, e então seu olhar perplexo passou da arma de Nicole para as duas que Kurtis e Starr haviam levantado e apontado para Dallas e Kramisha.

Foi *isso* que tirou Stevie Rae do sério, e tudo passou a acontecer rápido demais.

– Proteja-os, terra! – Stevie Rae rogou. Abrindo bem os braços e relaxando os pulsos, ela imaginou o poder da terra, como se todos estivessem sendo revestidos por um casulo. O ar ao redor dela brilhava em um tom suave de verde-musgo. E, quando a barreira se manifestou, ela viu as Trevas oleosas que pairavam no teto tremerem e se dissiparem por completo.

Dallas berrou: – Ai, que inferno, essa não. Você não está apontando esse negócio para mim! – ele fechou os olhos e se concentrou, enquanto pressionava a parede lateral do túnel. Ouviu-se um som de chiado. Kurtis uivou e derrubou sua arma. No mesmo instante, Nicole soltou um berro gutural, primitivo, um som que mais parecia o rugido de um animal enfurecido do que saído da garganta de uma novata, e então apertou o gatilho.

Os tiros foram ensurdecedores. O som reverberou dolorosamente, repetidas vezes, até Stevie Rae perder a conta de quantos foram tiros de verdade e quantos foram só uma avalanche de som, fumaça e sensação.

Stevie Rae não ouviu os gritos dos novatos do mal quando as balas ricochetearam da barreira de terra e lhes perfuraram os corpos, mas viu Starr cair e a terrível florescência vermelha que brotou na lateral de sua cabeça. Dois outros garotos de olhos vermelhos desabaram também.

O pandemônio foi geral, e os novatos que estavam na cozinha e não se feriram foram pisoteando uns aos outros na luta para tentar passar pela entrada estreita e subir para o edifício principal da estação.

Nicole não se mexeu. Ela segurava a arma descarregada, com olhar de louca e com o dedo ainda puxando o gatilho, quando Stevie Rae berrou: – Não! Vocês já passaram dos limites! – agindo por um instinto totalmente associado à terra, Stevie Rae bateu as palmas brilhantes das mãos na sua frente. Ouviu-se um som rasgado e um buraco se escancarou no fundo da cozinha, onde antes só havia a lateral curva do túnel. – Vocês têm que ir embora daqui pra não voltar nunca mais – parecendo uma deusa vingativa, Stevie Rae arremessou terra em Nicole, Kurtis e nos outros que ainda estavam com eles, emanando uma onda de poder que varreu a cozinha. Eles foram levantados no ar e atirados no túnel que acabara de se abrir. Enquanto Nicole grunhia e rogava pragas contra ela, Stevie Rae fez um movimento calmo com a mão. Com a voz ampliada por seu elemento, ela disse: – Leve-os para fora daqui e feche o buraco depois que passarem. Se eles não forem, enterre-os vivos.

Na última visão que Stevie Rae teve de Nicole, ela estava mandando Kurtis sair da frente aos berros.

Então o túnel se fechou e tudo ficou calmo.

– Vamos – Stevie Rae disse. Sem se dar tempo para pensar aonde estava entrando, foi até a cozinha, direto até os corpos machucados e ensanguentados que Nicole deixara para trás. Havia cinco. Três, inclusive Starr, foram atingidos pelos tiros a esmo de Nicole. Os outros dois foram pisoteados. – Estão todos mortos – Stevie Rae achou estranha aquela sua calma.

– Johnny B, Elliott, Montoya e eu vamos nos livrar deles – Dallas disse, apertando o ombro dela um pouquinho.

– Eu tenho que ir com você – Stevie Rae respondeu. – Vou abrir a terra para enterrá-los, mas não aqui embaixo. Não quero que os corpos fiquem onde vamos morar.

– Tudo bem, como você achar melhor – ele concordou, tocando-lhe o rosto gentilmente.

– Enrole-os nesses sacos de dormir – Kramisha foi abrindo caminho entre os escombros e os corpos na cozinha, foi até o armário e começou a encher os braços com sacos de dormir.

– Obrigada, Kramisha – Stevie Rae agradeceu, tirando os sacos dos braços dela e abrindo o zíper de cada um, metodicamente. Um barulho chamou sua atenção novamente para a porta, onde estavam Vênus, Sophie e Shannoncompton, todas muito pálidas. Sophie emitia uns gemidinhos abafados, mas não havia lágrimas em seus olhos. – Vão para o Hummer – Stevie Rae lhes disse. – Fiquem lá esperando por nós. Vamos voltar para a escola. Não vamos passar esta noite aqui. Tá certo?

As três garotas assentiram e então, de mãos dadas, foram saindo pelo túnel até sumirem de vista.

– Essas daí provavelmente vão precisar de terapia – Kramisha disse para Stevie Rae.

Stevie Rae olhou para ela por sobre um dos sacos de dormir.

– E você não?

– Não. Já fiz trabalho voluntário no hospital St. John's e já vi muita doideira por lá.

Pensando que seria útil agora ter experiência prévia com "doideira", Stevie Rae apertou os lábios e tentou não pensar enquanto colocava os corpos mortos dentro dos cinco sacos de dormir. Depois, acompanhou os garotos, que bufavam com o peso que carregavam, pelo edifício principal da estação abandonada. Silenciosamente, eles a deixaram seguir na frente até a área deserta atrás dos trilhos. Stevie Rae se abaixou e pressionou a terra com as mãos: – Abra, por favor, e permita que estes garotos voltem para você – a terra se mexeu como se fosse a pele trêmula de um animal e então se abriu, formando uma fenda profunda e estreita. – Jogue-os aí dentro – ela disse aos garotos, que seguiram as ordens em silêncio, com rostos compungidos. Quando o último corpo desapareceu dentro da terra, Stevie Rae voltou a falar: – Nyx, eu sei que esses garotos erraram, mas não acho que tenha sido só culpa deles. Eles são meus novatos e, como sua Grande Sacerdotisa, peço que você seja gentil com eles e permita que encontrem a paz que aqui não tiveram – ela fez um gesto com a mão, sussurrando: – Por favor, cubra-os – a terra e os novatos ao seu lado cumpriram sua determinação.

Ao se levantar, Stevie Rae sentiu-se como se tivesse cem anos de idade. Dallas tentou tocá-la novamente, mas ela começou a caminhar de volta para a estação abandonada, dizendo: – Dallas, você e Johnny B podem dar uma olhada lá fora para ver se algum desses garotos ainda estão por lá? Se estiverem, façam com que entendam que não são bem-vindos de volta. Vou esperar na cozinha, depois me encontrem lá, tá?

– É pra já, garota – Dallas respondeu e, com Johnny B, saiu andando rápido.

– E vocês podem ir para o Hummer – ela disse. Em silêncio, os jovens desceram a escada que dava para a garagem subterrânea.

Stevie Rae voltou lentamente para a estação abandonada e desceu para a ensanguentada cozinha. Kramisha ainda estava lá. Encontrara uns sacos de lixo enormes e estava enfiando os escombros neles, resmungando sozinha. Stevie Rae não disse nada. Apenas pegou um saco e começou a ajudá-la. Quando já tinham quase terminado de enfiar os destroços nos sacos, Stevie Rae disse: – Bem, pode ir agora. Vou fazer umas paradas com a terra e acabar com esse sangue todo.

Kramisha observou o chão sujo e ensopado.

– O chão nem está absorvendo o sangue.

– É, eu sei. Vou dar um jeito nisso.

Kramisha olhou nos olhos dela.

– Ei, você é nossa Grande Sacerdotisa e tal, mas precisa entender que não pode dar um jeito em tudo.

– Acho que uma boa Grande Sacerdotisa quer dar um jeito em tudo – ela respondeu.

– Acho que uma boa Grande Sacerdotisa não fica se sacrificando por coisas que estão além de seu controle.

– Você daria uma boa Grande Sacerdotisa, Kramisha.

– Já tenho minha cota de trabalho. Não tente jogar mais peso nas minhas costas. Mal dou conta desse negócio de escrever poemas – Kramisha respondeu com um sorriso irônico.

Stevie Rae sorriu, apesar de seu rosto estar estranhamente tenso.

– Você sabe que isso depende de Nyx.

– É, bem, eu e Nyx vamos bater um papinho. Encontro você lá fora.

Ainda resmungando baixinho, Kramisha desceu pelo túnel, deixando Stevie Rae sozinha.

– Terra, venha para mim novamente, por favor – ela pediu, voltando para a entrada da cozinha. Quando sentiu o calor aumentando abaixo e ao redor de si, Stevie Rae estendeu as mãos com as palmas viradas para o chão ensanguentado. – Como tudo que tem vida, o sangue acaba voltando para você. Por favor, absorva o sangue desses garotos que não tinham que ter morrido – como uma esponja gigante de terra, o chão da cozinha ficou poroso e, sob o olhar de Stevie Rae, absorveu a mancha escarlate. Depois que foi tudo absorvido, Stevie Rae sentiu os joelhos fraquejando e caiu sentada no chão, agora limpo. Então começou a chorar.

Foi assim que Dallas a encontrou. De cabeça baixa, rosto afundado nas mãos, chorando compulsivamente de culpa e tristeza. Ela não o ouviu chegando. Só sentiu seu abraço quando ele se sentou ao seu lado e a puxou para seu colo, enquanto fazia carinho em seus cabelos e a embalava como se fosse bem pequenina.

Quando o choro se transformou em soluços, até finalmente parar, Stevie Rae enxugou o rosto com a manga e deitou a cabeça em seu ombro.

– O pessoal está esperando lá fora. Temos que ir embora – ela disse, apesar de se sentir incapaz de fazer qualquer movimento.

– Não, podemos ir com calma. Eu os mandei voltar no Hummer. Disse que nós dois iríamos em seguida no Fusca de Zo.

– Até Kramisha?

– Até Kramisha. Mas ela reclamou por ter de ir no colo de Johnny B. Stevie Rae riu, surpreendendo a si mesma.

– Aposto que ele não reclamou.

– Nada. Acho que eles se gostam.

– Você acha? – ela endireitou as costas para olhar para ele, que sorriu para ela.

– É, sou bom nesse negócio de saber quando uma pessoa está a fim da outra.

– Ah, é? Por exemplo?

– Você e eu, garota – Dallas se curvou e a beijou.

O beijo começou delicado, mas Stevie Rae não deixou que continuasse assim. Não sabia explicar direito o que aconteceu exatamente, mas, seja o que fosse, ela se sentiu como um archote em descontrolada combustão. Talvez tivesse a ver com o fato de ela ter chegado tão perto da morte e por isso precisar se sentir tocada e amada para se sentir viva. Ou talvez estivesse finalmente levantando fervura a frustração que vinha crescendo por dentro, em fogo brando, desde que Rephaim falara com ela pela primeira vez; e Dallas seria queimado por essa fervura. Fosse qual fosse a razão, Stevie Rae estava pegando fogo e precisava que Dallas apagasse aquele fogo.

Ela o puxou pela camisa, murmurando "Tire..." junto aos lábios dele.

Ele soltou um gemido e tirou a camisa pela cabeça. Enquanto ele fazia isso, Stevie Rae tirou a própria camiseta e começou a chutar as botas para os lados e a abrir o cinto. Ela sentiu os olhos dele nela e levantou a cabeça para encarar a incógnita em seu olhar.

– Quero fazer isso com você, Dallas – ela disse, afobada. – Agora.

– Tem certeza?

Ela assentiu.

– Toda. Agora.

– Tá bom, agora – ele disse, abrindo os braços para ela.

Quando suas peles nuas se tocaram, Stevie Rae achou que fosse explodir. Era *disso* que ela precisava. Sua pele estava ultrassenssível e toda parte que Dallas tocava incandescia de um jeito muito, muito gostoso, porque ela precisava ser tocada. Tinha que ser tocada, amada e possuída repetidas vezes para apagar tudo: Nicole, os garotos mortos, o medo por Zoey e por Rephaim. Sempre, antes de qualquer coisa, havia Rephaim. Mas o toque de Dallas a cauterizava a ponto de afastá-lo. Stevie Rae sabia que ainda era Carimbada com Rephaim, jamais poderia se esquecer, mas agora, ao sentir na pele o calor escorregadio da pele suada, lisa, humana e real de Dallas, Rephaim lhe pareceu tão distante. Era quase como se ele estivesse se afastando dela... deixando-a partir...

– Você pode me morder se quiser – o hálito cálido de Dallas lhe aqueceu a orelha. – Sério. De boa. Eu quero.

Ele estava sobre ela e passou a apoiar o seu peso sobre o outro lado do corpo, aproximando o contorno de seu pescoço dos lábios dela. Ela beijou sua pele e se permitiu passar a língua nele para sentir seu gosto, sentindo o ritmo ancestral de sua pulsação. Stevie Rae então afastou a língua e começou a tocar o mesmo ponto com a unha, fazendo carinho de leve, encontrando o ponto exato para furar e poder beber o sangue de Dallas.

Dallas gemeu, ansioso pelo que estava para acontecer. Ela poderia lhe dar prazer e beber seu sangue ao mesmo tempo. Era assim que as coisas funcionavam com casais, e era assim que tinha de ser. A coisa ia ser rápida, fácil e muito, muito gostosa.

Se eu beber o sangue dele, vou romper a Carimbagem com Rephaim. O pensamento a fez hesitar. Stevie Rae parou, a unha afiada ainda apertando o pescoço de Dallas. *Não, uma Grande Sacerdotisa pode ter um companheiro e um consorte,* disse a si mesma.

Mas era mentira. Ao menos para Stevie Rae, era. Ela sabia, nos recônditos mais profundos de seu coração, que sua Carimbagem com Rephaim era uma coisa única. Uma coisa que não seguia as regras que costumavam prender uma vampira a seu consorte. Era forte, impressionantemente forte. E talvez fosse por causa desta força incomum que ela não conseguia se ligar a nenhum cara.

Se eu beber o sangue de Dallas, minha Carimbagem com Rephaim vai se romper.

Uma certeza fria se afirmou dentro de Stevie Rae.

E a dívida que ela aceitara pagar? Será que poderia se manter ligada ao lado humano de Rephaim sem ser Carimbada com ele?

A pergunta ficou sem resposta, pois naquele momento, como se invocado por seus pensamentos, Rephaim surgiu por trás deles e gritou:
– Não faça isso conosco, Stevie Rae!

23

Rephaim

Rephaim sentiu a raiva que ela estava sentindo e tentou decifrar se seria por causa dele ou não. Propositalmente, concentrou seus pensamentos em Stevie Rae, reforçando assim o laço de sangue que tinham. Mais raiva. A raiva de Stevie Rae emanava através do elo entre os dois e a força de sua ira o surpreendeu, apesar de conseguir sentir que ela estava tentando se controlar.

Não. A fúria de Stevie Rae não era contra ele. Havia outro alguém lhe despertando tamanha fúria, era outro o foco de sua ofensiva.

Ele sentiu pena do infeliz idiota. Se fosse um ser inferior, ele daria uma risada sardônica e desejaria boa sorte ao coitado.

Estava na hora de tirar Stevie Rae da cabeça.

Rephaim continuou voando para o leste, saboreando a noite com suas poderosas asas, regozijando-se em sua liberdade.

Ele não precisava dela agora. Estava pleno. Forte. Voltara a ser ele mesmo.

Rephaim não precisava da Vermelha. Ela era tão somente o veículo pelo qual ele fora salvo. A verdade era que a reação dela ao vê-lo inteiro de novo havia provado que a ligação entre eles tinha que ser rompida.

Rephaim diminuiu a velocidade, sentindo o inesperado peso de seus pensamentos. Ele pousou em um delicado monte de terra coberto por velhos carvalhos dos pântanos. Parado na pequena elevação, voltou a olhar para o lado de onde tinha vindo, pensando...

Por que ela me rejeitou?

Será que a assustara? Isso não parecia possível. Ela era testemunha de que ele já se encontrava em plena forma ao entrar no círculo. Já estava plenamente recuperado quando encarou as Trevas.

Ele enfrentara as Trevas por ela!

Distraído, Rephaim levou o braço às costas e esfregou a base das asas. Sentiu com os dedos que a pele estava macia. Não havia resquício de ferimento. Stevie Rae o curara completamente do estrago causado pela ira das Trevas.

E depois se voltara contra ele, como se de repente o visse como monstro, e não como homem.

Mas eu não sou homem! A mente de Rephaim explodia em pensamentos. *Ela sabia o que eu era! Por que se voltar contra mim depois de tudo o que passamos?*

Ele ficou completamente perplexo com a atitude de Stevie Rae. Ela o chamara quando estava aterrorizada, com medo de morrer. *Quando sentiu um pavor além da imaginação, Stevie Rae me chamou.*

Ele atendera ao seu chamado, fora atrás dela e a salvara.

Eu a chamei de minha.

E então, em prantos, ela fugira. Sim, ele a vira em prantos, mas não sabia o que fizera para causar suas lágrimas.

Soltando um grito profundo de frustração, ele levantou as mãos como se quisesse expulsar de si qualquer resquício de pensamento relacionado a ela, e o luar brilhou nas palmas de suas mãos. Rephaim se conteve. Mantendo os braços esticados, olhou para eles como se os estivesse vendo pela primeira vez. Ele tinha braços de homem. Com eles, segurara as mãos de Stevie Rae. Chegou até a embalá-la nos braços, apesar de muito rápido, quando escaparam da morte no telhado daquele edifício. Sua pele de fato não era muito diferente da dela. A dele era mais amarronzada, talvez, mas só um pouco. E seus braços eram fortes... benfeitos...

Por todos os deuses, o que havia de errado com ele? Não fazia diferença a aparência de seus braços. Ela jamais seria verdadeiramente sua. Como ele pôde sequer imaginar isso? Estava além de qualquer pensamento, além dos sonhos mais loucos.

As palavras das Trevas ecoaram de modo espontâneo em sua mente: *Você é filho de seu pai mesmo. Como ele, optou por defender uma criatura que jamais poderá lhe dar aquilo que você mais quer.*

– Meu pai defendeu Nyx – Rephaim falou para a noite. – Ela o rejeitou. E agora eu também defendi quem me rejeita.

Rephaim se projetou céu adentro. Bateu as asas e subiu, subiu. Queria tocar a lua, aquela lua crescente que simbolizava a Deusa que partira o coração de seu pai e dera início à sequência de eventos que remontavam à sua origem. Talvez, se ele alcançasse a lua, sua Deusa lhe desse alguma explicação que fizesse sentido, que fosse um bálsamo para seu coração, *porque as Trevas tinham razão. O que eu mais queria, Stevie Rae não podia me dar.*

O que eu mais quero é amor...

Rephaim foi incapaz de falar em voz alta, mas o mero pensamento já o queimava por dentro. Ele fora concebido com violência, através de uma mistura de luxúria, medo e ódio. Principalmente o ódio, sempre o ódio.

Suas asas cortaram o céu, levando-o ainda mais para cima.

Amor não era algo dentro de suas possibilidades. Ele não devia nem querer, nem pensar nisso.

Mas pensava. Desde que Stevie Rae tocara sua vida, Rephaim começara a pensar em amor.

Ela lhe demonstrara gentileza, o que então ele jamais conhecera ou sentira.

Ela fora gentil com ele, fizera curativos em suas feridas e cuidara de seu corpo. Ninguém jamais cuidara dele antes daquela noite em que ela o ajudou em meio à gélida e sangrenta escuridão. Compaixão... Ela trouxera compaixão à sua vida.

E, antes de conhecê-la, ele jamais soube o que era dar risada.

Sem desviar o olhar da lua, batendo as asas ao vento, ele pensou na tagarelice de Stevie Rae e no jeito como seus olhos brilhavam, cheios de humor, ao olhar para ele, mesmo quando ele nem sabia o que tinha feito para ela achar graça, e acabava tendo que segurar a inesperada vontade de dar uma gargalhada.

Stevie Rae o fizera rir.

Ela não parecia ligar para o fato de ele ser o poderoso filho de um imortal indestrutível. Stevie Rae foi lhe dando ordens como se ele fosse apenas mais um em sua vida, como se fosse alguém normal, mortal, capaz de amar, de rir e de ter emoções reais.

Mas ele tinha mesmo emoções reais! Porque Stevie Rae o fizera senti-las.

Será que era esse o plano desde o começo? Ao libertá-lo daquele convento, ela dissera que ele tinha que fazer uma escolha. Seria isso que ela queria dizer? Que ele podia optar por uma vida na qual existiam risadas, compaixão e talvez até amor verdadeiro?

E quanto ao seu pai? E se Rephaim optasse por uma nova vida e Kalona retornasse a este mundo?

Talvez ele devesse se preocupar com essa possibilidade quando ela acontecesse. Se acontecesse.

Antes que ele soubesse o que estava fazendo, Rephaim diminuiu a velocidade. Ele não podia tocar a lua; era impossível uma criatura como ele ser amada. E então ele se deu conta de que não estava mais voando para o leste. Ele fizera uma curva e estava retraçando seu trajeto. Rephaim estava voltando para Tulsa.

Ele tentou não pensar enquanto voava. Tentou manter a mente totalmente limpa. Ele queria sentir apenas a noite sob as asas, o ar gélido e doce lhe roçando o corpo.

Mas Stevie Rae se intrometeu de novo.

A tristeza dela o alcançou. Rephaim sabia que ela estava chorando. Ele sentia seus soluços de tristeza como se fossem em seu próprio corpo.

E então voou mais rápido. Qual seria o motivo de seu pranto? Estaria chorando por causa dele outra vez?

Rephaim passou voando pelo Museu Gilcrease sem hesitar. Ela não estava lá. Dava para sentir que Stevie Rae estava longe, mais para o sul.

Enquanto batia as asas no ar noturno, a tristeza de Stevie Rae mudou, transformando-se em algo que primeiro o confundiu e depois, quando ele se deu conta do que era, fez seu sangue ferver.

Desejo! Stevie Rae estava nos braços de outro!

Rephaim não parou para pensar, como uma criatura de dois mundos que não era nem homem nem besta. Deixou de se lembrar que nascera de um estupro, condenado a não conhecer nada além de Trevas, violência e a servir a seu pai, que era movido a ódio. Rephaim simplesmente não pensou. Apenas *sentiu*. Se Stevie Rae se entregasse a outro, ele a perderia para sempre.

E, se a perdesse para sempre, seu mundo voltaria a ser o lugar escuro, solitário e desprovido de alegria que sempre fora antes de conhecê-la.

Rephaim não seria capaz de suportar aquilo.

Não invocou o sangue de seu pai para levá-lo até Stevie Rae. Fez o contrário. Do fundo de si, invocou a imagem de uma virgem Cherokee de rosto doce que não merecia ter morrido em um mar de sangue e dor. Mantendo firme em sua mente a garota que ele imaginava como sua mãe, voou por instinto, seguindo seu coração.

O coração de Rephaim o levara à estação abandonada.

Só de ver aquele lugar, já se sentia mal. Não só por se lembrar do teto do edifício no qual Stevie Rae chegara tão perto da morte. Ele odiava aquele lugar, pois podia senti-la lá dentro, debaixo da terra, e sabia que ela estava nos braços de outro.

Rephaim destroçou a grade da entrada e, sem hesitar, foi até o porão. Seguindo a conexão que o direcionava para ela, entrou pelos conhecidos túneis. Respirava rápida e intensamente. Seu sangue pulsava por todo o seu corpo, alimentando sua raiva e seu desespero.

Quando finalmente a encontrou, aquele garoto estava sobre ela, esfregando-se nela como se estivesse no cio, indiferente ao resto do mundo. Como ele era tolo. Devia tê-lo arrancado de cima dela. Era isso que tinha vontade de fazer. O *Raven Mocker* dentro de si sentiu vontade de jogar o novato na parede repetidas vezes até que ele ficasse destroçado e ensanguentado e não representasse mais ameaça nenhuma.

Mas o homem que havia dentro dele quis chorar.

Invadido por uma profusão de sentimentos que não conseguia entender nem controlar, Rephaim se viu imobilizado, olhando para aquela cena cheio de horror e ódio, e também de desejo e desespero. Enquanto olhava, Stevie Rae se preparava para beber o sangue do garoto, e Rephaim teve duas certezas: primeiro, ela ia romper a Carimbagem entre eles dois. Segundo, ele não queria rompê-la.

Sem pensar, ele gritou: – Não faça isso conosco, Stevie Rae!

O garoto reagiu mais rápido do que ela e se levantou de um só pulo, empurrando para trás de si o corpo nu de Stevie Rae.

– Cai fora daqui, seu anormal de merda! – o garoto se interpôs entre Rephaim e Stevie Rae.

Ao ver o novato encobrindo-a, protegendo *dele* a *sua* Stevie Rae, Rephaim foi tomado por uma onda furiosa de sentimento de posse.

– Vá embora, garoto! Ninguém precisa de você aqui! – Rephaim se agachou, na defensiva, e começou a se aproximar lentamente.

– Mas... O quê? – Stevie Rae perguntou, balançando a cabeça como se tentando clarear as ideias e ao mesmo tempo agarrando a camisa de Dallas, que estava no chão, para se cobrir às pressas.

– Fique atrás de mim, Stevie Rae. Não vou deixar ele te pegar.

Rephaim espreitou o garoto, seguindo-o enquanto ele recuava e empurrava Stevie Rae com ele. Rephaim notou como os olhos dela se arregalaram quando ela olhou em volta e finalmente o enxergou de verdade.

– Não! – ela gritou. – Não, você não pode estar aqui!

Aquelas palavras tiveram o efeito de uma facada.

– Mas estou! – sua raiva alcançou o ponto de máxima ebulição. O garoto continuou recuando, mantendo Stevie Rae atrás de si. Seguindo-o, Rephaim entrou na cozinha. Ao fazê-lo, um movimento chamou sua atenção de relance, e ele olhou para cima.

As Trevas se contorciam em uma repulsiva poça negra junto ao teto.

Rephaim voltou sua atenção para Stevie Rae e para o novato. Até então, ele não havia pensado nas Trevas. Não podia sequer considerar a possibilidade de o touro branco ter retornado para reclamar o restante de sua dívida.

– Vá para trás! – o garoto gritou, tentando enxotar Rephaim com um gesto de mão, como se ele não passasse de um passarinho irritante sobrevoando a casa de alguém.

– *Ssssaia* daí! Você está me impedindo de tomar o que é meu! – Rephaim odiou ouvir o sibilar bestial em sua voz, mas não tinha como evitar. O maldito garoto estava esgotando sua paciência.

– Rephaim, vá embora. Estou bem. Dallas não está me fazendo mal.

– Ir embora? Deixar você? – as palavras escaparam de Rephaim sem que ele pensasse nelas. – Como posso fazer isso?

– Você não devia estar aqui! – Stevie Rae gritou, parecendo à beira das lágrimas.

– Como não? Como você pode achar que eu não saberia o que você estava prestes a fazer?

– Saia daqui!

– Você quer dizer fugir? Como você fugiu de mim? Não. Eu não farei isso, Stevie Rae. É a minha *escolha*.

Dallas havia chegado à parede. Enquanto olhava de Rephaim para Stevie Rae, ele tateava à procura dos fios elétricos que saíam de um buraco que tinha sido aberto lá.

– Vocês se conhecem. Vocês se conhecem mesmo – o garoto disse.

– *Ssssem* dúvida que *sssim*, tolo! – Rephaim sibilou novamente, odiando ouvir sua voz denunciar a besta desgovernada que havia dentro de si.

– Como assim? – Dallas atirou as palavras em Stevie Rae.

– Dallas, eu posso explicar.

– Ótimo! – Rephaim gritou como se ela tivesse falado com ele, não com o novato. – Eu quero que você explique o que aconteceu hoje.

– Rephaim – Stevie Rae olhou de Dallas para ele e balançou a cabeça como se estivesse sentindo algo além da frustração. – Não podia haver hora pior para isso.

– Vocês se conhecem.

Rephaim percebeu antes de Stevie Rae a mudança na voz do garoto. O novato agora falava de um jeito duro, frio e mesquinho. As Trevas adejavam sobre eles como que ansiosas por ver o circo pegar fogo.

– Tá, tudo bem, nós nos conhecemos. Mas eu posso explicar. Sabe, ele...

– Você esteve com ele o tempo todo.

Stevie Rae fechou a cara.

– O tempo todo? Não. O negócio é que o encontrei quando ele estava muito ferido; eu não sabia o que...

– Esse tempo todo eu te tratando feito uma rainha ou sei lá o que, como se você fosse uma *verdadeira* Grande Sacerdotisa – Dallas interrompeu Stevie Rae de novo.

Stevie Rae estava nitidamente chocada e magoada.

– Eu *sou* uma verdadeira Grande Sacerdotisa. Mas, como estava tentando dizer, encontrei Rephaim quando ele estava muito machucado, e eu não podia simplesmente deixá-lo morrer.

Aproveitando que o garoto estava prestando atenção em Stevie Rae, totalmente voltado para ela, Rephaim foi se aproximando devagarzinho.

As Trevas acima dele se adensaram.

– Ele era um dos monstros que quase te mataram no círculo!

– Foi ele quem me *salvou* naquele círculo! – Stevie Rae gritou para Dallas. – Se ele não tivesse aparecido, aquele touro branco teria me sugado até a última gota.

Suas palavras não fizeram efeito nenhum no garoto.

– Você andou guardando segredo sobre essa *coisa*. Você mentiu para todo mundo!

– Caraca, Dallas! Eu não sabia o que fazer!

– Você mentiu *pra* mim, sua puta!

– Não ouse falar comigo desse jeito! – Stevie Rae o esbofeteou. Com força.

Dallas cambaleou ligeiramente para trás.

– Que merda é essa que ele fez com você?

– Você quer dizer além de salvar minha vida duas vezes? Nada! – ela berrou.

– Ele ferrou sua cabeça completamente! – Dallas berrou de volta. As Trevas acima deles se desprenderam do teto, como se de repente tivessem encontrado um ponto fraco em um dique. Elas foram se ajeitando ao redor de Dallas, pegajosas, cobrindo sua cabeça e seus ombros, dando voltas pela cintura com uma enervante familiaridade que fez Rephaim pensar em cobras afiadas como gilete. Mas as Trevas não cortaram Dallas. Em vez disso, ele pareceu indiferente ao resplandecente breu que agora o recobria.

– Na minha cabeça, quem manda sou eu. Ele não me fez nada – Stevie Rae disse e, de repente, arregalou os olhos quando, finalmente, percebeu as Trevas.

Ela deu um passo para trás como se não quisesse se deixar contaminar por aquela coisa que o estava tocando.

– Dallas, me ouça. Pense. Você me conhece. Não é o que parece.

Rephaim pôde ver a mudança que se processava em Dallas. Ele estava ficando fora de si e, além disso, ainda havia a influência das Trevas que o cercavam. Totalmente alterado, o novato berrou: – Ele te transformou em uma puta desgraçada, uma mentirosa! Você precisa de alguém que te meta um pouco de juízo nessa cabeça, garota! – Dallas levantou a mão como se fosse bater em Stevie Rae.

Rephaim não vacilou. Saltou e se colocou entre o novato e Stevie Rae, ocupando o seu lugar e o empurrando para longe dela.

– Não faça mal a ele! – Stevie Rae ordenou, segurando o braço de Rephaim e o impedindo de continuar partindo para cima do garoto. – Ele só tá bolado. Jamais me machucaria de verdade.

Rephaim se deixou deter por Stevie Rae. Voltando-se para ela, disse: – Acho que você subestima esse garoto.

– Não tenha dúvida disso – Dallas respondeu amargamente.

Rephaim não soube de onde veio a dor. Só viu um calor luminoso. Seu corpo entrou em convulsão. Ele se curvou de agonia. Enxergando parcamente, como se um véu cinzento tivesse caído sobre seus olhos, conseguiu ver que Dallas, com os olhos vermelhos flamejando em um tom de escarlate incrivelmente brilhante, segurava um dos cabos que saíam da parede.

– Rephaim! – Stevie Rae gritou.

Ela começou a ir em sua direção, mas então Rephaim a viu recuar e correr até Dallas.

– Pare com isso! Solte ele – ela gritou com o garoto, puxando seu braço.

Dallas lançou-lhe um olhar perfurante com os olhos injetados de sangue.

– Eu vou torrar o desgraçado. E aí esse controle bizarro que ele tem sobre você vai acabar. Você e eu vamos poder ficar juntos, e não vou contar a ninguém o que aconteceu aqui, contanto que você seja minha garota.

Com uma sensação de vaga compreensão, Rephaim notou que as Trevas já não estavam mais presentes sobre o corpo do garoto. Elas o ensoparam por dentro, tomando-o completamente. E elas aumentavam aquela força que o novato controlava.

Rephaim sentiu que Dallas ia realmente matá-lo.

– Terra, venha para mim. Preciso de você.

Ele ouviu a voz de Stevie Rae em meio às imagens distorcidas de sua consciência vacilante como se fosse uma luz de vela tentando alcançá-lo em meio a uma ventania. Fazendo um esforço supremo, Rephaim concentrou nela a sua visão. Seus olhares se encontraram e as palavras dela chegaram a ele, subitamente claras, fortes e plenas de certeza.

– Proteja Rephaim de Dallas, pois ele me pertence.

Ela fez um gesto em direção a Rephaim, como se estivesse arremessando algo nele; e estava mesmo. Um brilho verde atingiu seu corpo, jogando-o para trás e quebrando o que Dallas estava canalizando para dentro dele. Respirando com dificuldade, Rephaim caiu no chão, todo desconjuntado, enquanto absorvia o gentil e já familiar toque curativo da terra.

Dallas se voltou para Stevie Rae: – Você acabou de dizer que essa coisa lhe pertence?

A voz do novato parecia transmitir uma espécie de morte. Rephaim pressionou o corpo contra o chão, abrindo o corpo esturricado para a terra, sentindo vontade de entrar nela, de se curar o suficiente para alcançar Stevie Rae.

– É. Ele me pertence. É difícil de explicar, e já entendi que você tá bolado. Mas Rephaim me pertence – seus olhos contornaram os de Dallas e reencontraram os de Rephaim. – E acho que pertenço a ele, por mais estranho que pareça.

– Não parece estranho. Parece nojento, isso sim.

Antes que Rephaim conseguisse ficar de pé, Dallas apontou o dedo para ela. Houve um estalo ensurdecedor, e Stevie Rae de repente se viu no meio de um círculo verde, brilhante. Ela franziu o cenho e balançou a cabeça lentamente de um lado para outro: – Você tentou me dar um choque? Você quis mesmo me machucar, Dallas?

– Você escolheu essa coisa em vez de mim! – ele gritou.

– Eu fiz o que achei que era certo!

– Você quer saber do que mais? Se isso é o certo, não quero ter nada a ver com isso! Quero o contrário!

Assim que acabou de dizer aquelas palavras, Dallas deu um grito e, soltando o cabo que tinha na mão, caiu de joelhos, todo encolhido e com o rosto para baixo.

– Dallas? Você tá bem? – Stevie Rae fez um movimento vacilante em direção a ele.

– Fique longe dele – Rephaim chiou enquanto se levantava com dificuldade.

Stevie Rae fez uma pausa e então, em vez de continuar em direção a Dallas, correu até Rephaim e colocou o braço dele apoiado sobre seus ombros.

– Você tá bem? Parece meio frito.

– Frito? – apesar de tudo, ela conseguiu despertar nele vontade de rir. – E isso quer dizer o quê?

– Isso – Stevie Rae tocou uma das plumas em seu peito. Ele ficou surpreso ao ver que estava chamuscado. – Você está meio crocante nas beiradas.

– Você toca essa coisa. Você também deve dar *pra* ele! Droga, que bom que ele parou o que estávamos fazendo antes de terminarmos. Não vou passar nem mais um segundo comendo uma anormal!

– Dallas, você tá dizendo um monte de... – Stevie Rae começou a falar, mas quando olhou para Dallas, ficou sem palavras.

– É isso aí. Não sou mais novato – ele se vangloriou.

Tatuagens vermelhas novíssimas em forma de chicotes em riste emolduravam o rosto de Dallas. Rephaim as achou perturbadoramente semelhantes às gavinhas das Trevas que haviam aprisionado Stevie Rae e ele dentro do círculo.

Os olhos vermelhos de Dallas brilharam mais ainda, e seu corpo pareceu crescer, inchando com o poder recém-adquirido.

– *Aimeudeus* – Stevie Rae exclamou. – Você se Transformou!

– Em vários sentidos!

– Dallas, você tem que me ouvir. Você se lembra das Trevas? Eu vi as Trevas te agarrando. Por favor, pare *pra* pensar. Por favor, não deixe elas te pegarem.

– *Me* pegarem? Você tem coragem de dizer isso ao mesmo tempo em que fica do lado dessa coisa? Ah, fala sério! Nunca mais vou dar ouvidos às suas mentiras. E vou fazer de tudo para que você não consiga enrolar mais ninguém! – ele rosnou as palavras com a voz cheia de raiva e ódio.

Enquanto ele se levantava e começava a procurar os cabos que estava usando antes para canalizar energia, Stevie Rae entrou em ação. Puxando Rephaim consigo, ela saiu da cozinha. Parou logo depois da entrada, levantou a mão, respirou fundo e disse: – Terra, feche esta entrada para mim, por favor.

– Não! – Dallas berrou.

Rephaim viu, muito de relance, Dallas agarrando o cabo e apontando para eles dois, e então veio um som parecido com o murmúrio do vento nas folhas de outono e a terra desabou como chuva na frente deles, fechando a entrada do túnel para a cozinha e os protegendo da ira das Trevas.

– Você consegue andar? – Stevie Rae perguntou.

– Consigo. Não está doendo muito. Pelo menos, agora não está mais. Sua terra cuidou disso – ele respondeu, abaixando a cabeça para olhar para ela, pequenina, mas orgulhosa e poderosa debaixo de seu braço.

– Então, tá. Temos que dar o fora daqui – Stevie Rae saiu do lado dele e começou a andar apressadamente pelo túnel. – Existe outro caminho para sair da cozinha. Ele vai sair rapidinho, e a essa altura a gente já tem que ter sumido.

– Por que você simplesmente não fecha a outra saída também? – ele perguntou enquanto a seguia.

Ela deu uma olhada para ele sem esconder a irritação.

– E matar o garoto? Ahn, não. Ele na verdade não é tão mau, Rephaim. Só ficou pirado porque as Trevas mexeram com ele e porque descobriu sobre nós dois.

Nós dois...

Rephaim teve vontade de se segurar àquelas palavras que os uniam, mas não podia. Não havia tempo para essas coisas. Ele balançou a cabeça: – Não, Stevie Rae. Não foi só porque as Trevas mexeram com ele. Dallas escolheu abraçá-las.

Rephaim achou que ela fosse discutir com ele. Em vez disso, viu que ela encolheu os ombros, não olhou para ele e apenas falou: – É, eu ouvi o que ele disse.

Eles subiram a escada em silêncio e estavam passando pelo porão quando Rephaim ouviu um som vindo logo depois do portão escancarado. E estava começando a reconhecer o som quando Stevie Rae falou, ofegante: – Ele tá pegando o Fusca! – Stevie Rae saiu correndo, seguida de perto por Rephaim.

Chegaram a tempo de ver o carrinho azul saindo do estacionamento.

– Caraca, que roubada – Stevie Rae exclamou.

Os olhos incisivos de Rephaim se voltaram para o horizonte ao leste, que estava começando a perder seu negrume e a ganhar os tons do pré-amanhecer.

– Você precisa voltar para dentro dos túneis – ele a alertou.

– Não posso. Lenobia e o resto do pessoal vão surtar se eu não estiver de volta antes de clarear.

– Eu vou embora. Vou voltar para o Museu Gilcrease. Aí você pode descansar debaixo da terra e seus amigos vão te encontrar. Você estará segura.

– E se Dallas estiver correndo para a Morada da Noite? Ele vai contar pra todo mundo sobre nós.

Rephaim hesitou por um breve momento.

– Então faça o que tem que fazer. Você sabe onde me encontrar – ele se virou para partir.

– Quero que me leve com você.

Aquelas palavras o fizeram parar, estanque. Ele não olhou para ela.

– Está quase amanhecendo.

– Você está curado, não está?

– Estou.

– Você tem força para voar e me carregar?

– Tenho, sim.

– Então me leve de volta ao Gilcrease com você. Aposto que aquele lugar velho tem porão.

– E os seus amigos, os outros novatos vermelhos?

– Vou ligar para Kramisha e dizer que Dallas pirou e que eu estou bem, mas que não estou nos túneis, e amanhã explico tudo.

– Quando descobrirem sobre mim, vão achar que você me escolheu ao invés deles.

– Estou escolhendo parar para pensar antes de ter que lidar com a tempestade de merda jogada no ventilador por Dallas, isso sim – ela respondeu. Então, falando de um jeito bem mais suave, acrescentou: – A não ser que você não queira me levar. Você pode ir embora, e aí não vai ter que enfrentar a confusão que está vindo por aí.

– Mas eu sou ou não seu consorte? – Rephaim perguntou antes que pudesse conter a própria língua.

– Sim. Você é meu consorte.

Rephaim só percebeu que estava prendendo a respiração quando soltou o ar num longo suspiro e, então, abriu os braços para ela.

– Então você deve vir comigo. Hoje vou tomar conta do seu sono para que descanse tranquila.

– Obrigada – ela disse, e então a Grande Sacerdotisa de Rephaim entrou em seus braços. Ele a segurou com força enquanto foram ganhando altura com suas asas poderosas.

Rephaim

Stevie Rae tinha razão. Havia um porão na velha mansão, com paredes de pedra e chão duro de terra batida, mas surpreendentemente quente e confortável. Com um suspiro aliviado, Stevie Rae se acomodou, sentando-se de pernas cruzadas, recostando-se na parede e pegando o celular. Rephaim ficou sem saber direito o que fazer enquanto ela ligava para a novata de nome Kramisha e começava um diálogo de explicações curtas e grossas sobre por que ela não ia voltar para a escola: *Dallas perdeu o juízo... a eletricidade deve ter eliminado seu bom senso... ele me chutou para fora do carro de Z. quando estávamos voltando para a Morada da Noite... não, eu tô bem... devo voltar amanhã à noite...*

Sentindo-se um intruso, Rephaim deixou Stevie Rae conversar com sua novata a sós. Foi para o sótão e ficou andando de um lado para outro em frente à porta do armário que havia transformado em ninho.

Estava cansado. Apesar de estar em plena forma, fugir do nascer do sol carregando Stevie Rae conseguiu lhe sugar as reservas de força. Ele devia voltar para dentro do armário e descansar durante o dia. Stevie Rae não sairia do porão até o pôr-do-sol.

Stevie Rae *não podia deixar* o porão.

Ela poderia se machucar se fosse exposta à luz do dia. Era verdade que todos os novatos vermelhos ficavam vulneráveis entre o amanhecer e o pôr-do-sol, então Dallas não representava perigo para ela até escurecer. Mas e se algum humano topasse com ela?

Rephaim foi ajeitando lentamente os cobertores e o estoque de comida que juntara e começou a levar para o porão. Já era dia quando desceu pela última vez. Stevie Rae encerrara o telefonema e se aninhara no canto. Ela mal se mexeu quando Rephaim a cobriu com um cobertor. Então, ele se acomodou ao seu lado. Não foi tão para perto a ponto de tocá-la, mas não tão longe que ela não o visse imediatamente ao acordar. E fez questão de ficar em uma posição entre ela e a porta. Se alguém tentasse entrar, teria que primeiro passar por ele.

O último pensamento de Rephaim antes de cair no sono foi que finalmente entendia o ódio e o desassossego implacáveis que cercavam seu pai. Se Stevie Rae o tivesse rejeitado, enxotado de verdade, seu mundo teria ficado para sempre tingido pela perda. E entender isso era mais aterrorizante para ele do que a possibilidade de ter de voltar a enfrentar as Trevas.

Eu não quero viver em um mundo sem ela. Inteiramente exaurido por aquelas emoções que mal compreendia, o *Raven Mocker* adormeceu.

24

Stark

– Eu sei que posso morrer se entrar no Mundo do Além, mas não quero viver neste mundo sem ela – Stark conseguiu se controlar para não gritar, mas não conseguiu disfarçar a frustração que fervilhava em sua voz. – Então, só me mostre o que preciso fazer para chegar aonde Zoey está, e a partir daí é comigo.

– Por que você quer que Zoey volte? – Sgiach lhe perguntou.

Stark passou a mão nos cabelos. Aquela exaustão que sempre vinha com a luz do sol acabava com ele, deixava-o com os nervos esgarçados e as ideias embaralhadas, e foi assim que acabou dando a única resposta que sua mente cansada foi capaz de formular.

– Porque eu a amo.

A rainha não esboçou reação ao que ele disse; apenas seguiu observando-o atentamente.

– Sinto que as Trevas já lhe tocaram.

– É – Stark assentiu, apesar de ficar confuso com o que ela disse. – Mas, ao optar ficar com Zoey, escolhi o caminho da Luz.

– Sim, mas manteria a escolha se ela implicasse a perda daquilo que você mais ama? – Seoras perguntou.

– Espere, o propósito de Stark ir ao Mundo do Além é proteger Zoey. Assim ela vai poder reagrupar os pedaços de sua alma e voltar para dentro do corpo. Certo? – Aphrodite parecia confusa.

– Sim, ela pode optar por retornar se a sua alma estiver inteira de novo.

– Então não entendo sua pergunta. Se Z. voltar, ele não a perde.

– Meu Guardião está explicando que Zoey estará mudada se voltar do Mundo do Além – Sgiach esclareceu. – E se a mudança a levar para um caminho que a afaste de Stark?

– Eu sou o seu guerreiro. *Isso* não vai mudar e, portanto, vou ficar com ela – Stark insistiu.

– Sim, *rapaçote*, como seu guerreiro, com *certeça*, mas talvez não como seu amor – Seoras o advertiu.

Stark sentiu como se tivessem lhe cravado um punhal na barriga. Parado, sem hesitar, ele falou: – Eu seria capaz de dar a vida para trazê-la de volta. Independente de qualquer coisa.

– Nossas emoções mais profundas às vezes são separadas apenas pelo tipo de seres humanos que, no fundo, somos – a rainha disse. – Luxúria e compaixão, generosidade e obsessão, amor e ódio. Costumam ser muito próximas umas das outras. Você diz que ama sua rainha o bastante para morrer por esse sentimento; mas e se ela não corresponder mais a esse amor, qual será a cor do seu mundo?

Escuro. A palavra veio instantaneamente à mente de Stark, mas ele sabia que não devia dizê-la.

Felizmente, a grande boca de Aphrodite o salvou.

– Se Z. não quiser ficar com ele, tipo como um casal, seria péssimo para Stark. Trata-se de um acéfalo. Mas isso não significa que ele iria passar para o Lado das Trevas, e eu sei que você sabe o que isso significa, pois seu cara se amarra em *Jornada nas Estrelas,* e um jeca reconhece o outro. Seja como for, o que Stark vai ou não vai fazer caso Zoey venha a lhe dar um pé na bunda é assunto dele, de Zoey e de Nyx, vamos combinar? Fala sério. A Deusa sabe que não quero parecer escrota, mas você é uma rainha, não uma Deusa. Tem coisas que estão simplesmente fora do seu controle.

Stark prendeu a respiração, esperando que Sgiach usasse *Jornada nas Estrelas ou Guerra nas Estrelas,* ou algo assim, para reduzir Aphrodite a zilhões de pedacinhos. Em vez disso, a rainha riu, o que a fez parecer inesperadamente jovial.

– Que bom que não sou uma Deusa, jovem Profetisa. O pedacinho de mundo que controlo já está mais do que suficiente para mim.

– Por que você se importa tanto com o que Stark possa fazer ou deixar de fazer? – Aphrodite perguntou à rainha, apesar de Darius fitá-la de um jeito que Stark entendeu como sendo seu olhar de "pare de falar agora".

Sgiach e seu Guardião trocaram um longo olhar, e Stark viu o guerreiro assentir levemente, como se os dois tivessem chegado a um acordo.

A rainha Sgiach então respondeu: – O equilíbrio entre Luz e Trevas no mundo pode se inverter a partir de um simples ato. Apesar de Stark ser apenas um guerreiro, suas ações têm potencial para afetar muitos.

– E este mundo não *preciça* de outro *poderoço* guerreiro lutando do lado das Trevas.

– Eu sei disso, e jamais estarei do lado das Trevas novamente – Stark disse com expressão amarga. – Eu vi a alma de Zoey se despedaçar por causa de um só ato, portanto também entendo isso.

– Então meça suas ações com mais cautela – a rainha lhe disse. – No Mundo do Além e neste mundo. E considere isto: os jovens e ingênuos creem que o amor seja a maior força do universo. Os mais, digamos, *realistas* sabemos que a vontade de uma só pessoa, reforçada por integridade e determinação, pode ser mais poderosa do que um elenco de românticos apaixonados.

– Vou lembrar. Juro – Stark mal ouviu as próprias palavras. Ele juraria cortar fora o seu braço se fosse isso o que Sgiach quisesse ouvir para agilizar logo a situação e deixá-lo entrar no Mundo do Além.

Como se lendo sua mente, a rainha balançou a cabeça com tristeza e disse: – Muito bem, então. Que tenha início sua busca – ela, então, levantou a mão e ordenou: – Ergam o Seol ne Gigh.

Ouviu-se um movimento e uma série de sons de cliques. O chão se abriu em frente ao palanque em que estava a rainha, logo depois de onde Zoey estava descansando, e surgiu do chão uma placa de pedra cor de ferrugem. A pedra batia na cintura dele, ampla e comprida o bastante para caber um vampiro adulto deitado em sua superfície plana. Stark notou que a pedra era coberta por intrincados nós ornamentais em fios sem começo nem fim, e em ambos os lados do piso ao redor havia dois sulcos encurvados, quase como um arco. Eram mais grossos de um lado do que de outro, e a parte estreita tinha pontas afiadas. Ao observar bem, Stark subitamente se deu conta de duas coisas.

Os sulcos pareciam enormes chifres.

A pedra na verdade não era cor de ferrugem. Era um mármore branco. A cor de ferrugem era por causa das manchas. De sangue.

– Esse é o Seol ne Gigh, o Assento do Espírito – Sgiach explicou. – É um lugar ancestral de sacrifício e adoração. No princípio, antes mesmo de nossas memórias, o Seol ne Gigh foi um conduto para as Trevas e a Luz, ou seja, para o touro branco e o touro preto que formam a base do poder dos Guardiões.

– *Sacrifício* e adoração – Aphrodite repetiu, aproximando-se da pedra. – Que tipo de sacrifício?

– Sim, bem, isso depende da busca que está sendo empreendida, não é mesmo? – Seoras respondeu.

– Isso não é resposta – Aphrodite retrucou.

– Claro que é, moçoila – o Guardião rebateu, dando um sorriso austero. – E você sabe disso, admita ou não.

– Por mim, tudo bem quanto ao sacrifício – Stark disse, esfregando a testa com a mão num gesto cansado. – Diga o que ou quem – e olhou de relance para Aphrodite, sem se importar em enfurecer Darius – preciso pegar para sacrificar, que eu vou e sacrifico.

– Você será o sacrifício, *rapaçote* – Seoras esclareceu.

– Acho que a fraqueza que ele sente durante o dia será conveniente. Vai facilitar a saída do espírito do corpo – Sgiach falou com seu Guardião como se Stark não estivesse presente.

– Sim, é verdade. A maioria dos guerreiros *reciste* a abandonar o corpo. Estando fraco, essa parte fica mais fácil – Seoras concordou.

– Então, o que tenho que fazer? Arrumar uma virgem ou algo assim? – Stark não olhou para Aphrodite desta vez, porque, bem, ela sem dúvida não se encaixava nessa categoria.

– É você o sacrifício, guerreiro. O sangue de outro não serve. Essa missão é sua, do começo ao fim. Ainda está disposto a começar, Stark? – Sgiach perguntou.

– Sim – Stark não vacilou.

– Então deite na Seol ne Gigh, jovem Guardião MacUallis. Seu comandante vai extrair seu sangue e levá-lo para um estado entre a vida e a morte. A pedra vai aceitar sua oferta. O touro branco se pronunciou e você será aceito. Ele guiará seu espírito ao portal do Mundo do Além. Depende de você conseguir entrar lá. E que a Deusa tenha piedade de sua alma – a rainha disse.

– Tudo bem. Ótimo. Vamos logo com isso – mas Stark não foi direto para a Seol ne Gigh. O que fez foi se ajoelhar ao lado de Zoey. Ignorando os olhares de todos no recinto, segurou seu rosto com as mãos e a beijou gentilmente, sussurrando junto a seus lábios: – Vou encontrar você. Desta vez, não vou te decepcionar – e então, ele se levantou, empinou os ombros e foi para cima da enorme pedra.

Seoras saiu do lado de sua rainha e foi ficar em frente à cabeceira da pedra. Encarando firmemente o olhar de Stark, ele desembainhou um punhal perversamente pontudo que descansava em um porta-punhal de couro gasto pendurado na sua cintura.

– Peraí, peraí! – inacreditavelmente, Aphrodite começou a apalpar e a procurar algo dentro da bolsa de couro metálico excepcionalmente grande que levara para Veneza.

Stark já estava de saco cheio dela.

– Aphrodite, agora não é hora.

– Ah, droga... Finalmente! Eu sabia que não poderia perder um troço tão grande e fedido – ela tirou da bolsa um saquinho de quase um quilo cheio de folhas em forma de agulhas e fez um gesto para um dos guerreiros parados ao redor do recinto, estalando os dedos e parecendo mais régia do que Stark jamais admitiria em voz alta. Ela fez o corpulento sujeito praticamente correr para pegar o saquinho de sua mão, enquanto dizia: — Antes de você começar uma situação que tenho certeza de que será sangrenta e nada atraente, alguém tem que queimar isso aqui como incenso e defumar Stark.

— Que diabo é isso? — Stark perguntou, balançando a cabeça para Aphrodite e pensando, não pela primeira vez, se a garota realmente não tinha problemas mentais sérios.

Ela revirou os olhos para ele.

— Vovó Redbird disse a Stevie Rae, que por sua vez me disse, que queimar cedro é um tipo de amuleto Cherokee poderoso no mundo espiritual.

— Cedro? — Stark agora parecia confuso.

— Sim. Aspire o cedro e o carregue para o Mundo do Além. E, por favor, feche a boca e prepare-se *pra* sangrar — Aphrodite disse e voltou sua atenção para Sgiach: — Acho que você consideraria vovó Redbird uma Xamã. Ela é sábia e com certeza tá ligada nessa parada de alma da terra e tal. Ela disse que o cedro ajudaria Stark.

O guerreiro a quem ela entregara o saquinho deu uma olhada para sua rainha. Ela deu de ombros e assentiu, dizendo: — Mal não vai fazer.

Após acenderem um braseiro de metal e acrescentarem algumas folhas, Aphrodite sorriu, baixou a cabeça de leve para Seoras e disse: — Tá, *agora* podemos prosseguir.

Stark engoliu as palavras que queria berrar para a irritante Aphrodite. Precisava se concentrar. Ele se lembraria de aspirar o cedro porque vovó Redbird entendia dessas coisas, e o que realmente importava era que precisava alcançar Zoey e protegê-la. Ele passou a mão na testa, desejando conseguir limpar aquela névoa cansada que tomava conta de seu cérebro durante o dia.

— Não *recista*. Você precisa se sentir indisposto para sair do corpo. Não é tarefa nata de um guerreiro. — Seoras usou seu punhal para apontar para a superfície lisa da enorme pedra. — Desnude o peito e deite-se aí.

Stark tirou o suéter e a camiseta e deitou-se na pedra.

– Vejo que você já foi Marcado – Seoras disse, apontando a cicatriz rosada de queimadura de uma flecha partida que cobria a parte esquerda de seu peito.

– É. Por Zoey.

– Sim. Bem... então, nada mais justo do que ser novamente marcado por ela.

Stark retesou o corpo, deitando sobre a pedra manchada de sangue. Esperava que a pedra estivesse fria e morta, mas, no momento em que sua pele tocou a superfície de mármore, o calor, que irradiava ritmicamente dentro da pedra, como um pulso, começou a crescer dentro dele.

– Ah, sim, estou sentindo – disse o ancestral Guardião.

– É quente – Stark disse, levantando os olhos para ele.

– Para nós, Guardiões, ela tem vida. Crê no que digo, rapaz?

Stark piscou os olhos, surpreso pela pergunta de Seoras, à qual, contudo, respondeu sem hesitar.

– Sim.

– Vou conduzi-lo ao local antes da morte. Você precisa confiar em mim para que eu possa levá-lo.

– Eu confio em você – Stark confiava mesmo. Havia alguma coisa naquele guerreiro que o impressionava profundamente. Parecia certo confiar nele.

– Isso não será agradável para nenhum de nós, mas é necessário. O corpo *preciça* soltar o espírito para que ele tenha liberdade de partir. Apenas a dor e o sangue podem *facer* isso. Pronto?

Stark assentiu. Pressionando as mãos com toda a força na pedra quente, respirou fundo pela boca, sugando o ar que cheirava a cedro.

– Espere! Antes de cortar esse garoto, diga alguma coisa que vá ajudá-lo. Não deixe sua alma ficar se debatendo feito um mongo no Mundo do Além. Você é Xamã, então dá uma *Xamāzada* nele – Aphrodite pediu.

Seoras olhou para Aphrodite e depois para sua rainha. Stark não viu Sgiach, mas o que quer que tenha se passado entre os dois fez o Guardião franzir os lábios em uma ameaça de sorriso quando seus olhos se voltaram novamente para Aphrodite: – Bem, se é com a aquiescência da rainha... Vou *dicer* o seguinte ao seu amigo: quando uma alma quer realmente saber o que é ser bom, e digo bondade pura, sem *rações* egoístas, isso acontece quando nossa essência cede ao *decejo* de amor, paz e harmonia. Essa entrega tem uma força *poderoça*.

– É poesia demais pra minha cabeça, mas Stark gosta de ler. Talvez ele saiba do que você está falando – Aphrodite disse.

– Aphrodite, me faz um favor? – Stark perguntou.

– Talvez.

– Cala. A. Boca – ele levantou os olhos para Seoras. – Obrigado pelo conselho. Não vou me esquecer.

Seoras olhou nos olhos dele.

– Você *preciça facer* isso por si mesmo, *rapaçote*. Não posso controlá-lo. Se não aguentar isso, não conseguirá passar pelo portal e, nesse *caço*, é melhor parar por aqui, antes mesmo de começar.

– Eu não vou me mexer – Stark afirmou.

– A batida do coração da Seol ne Gigh o *conducirá* ao Mundo do Além. Quanto a voltar, ah, bem, você terá que descobrir o caminho por si mesmo.

Stark assentiu e espalmou as mãos sobre o mármore, tentando absorver o calor para dentro do seu corpo subitamente frio.

Seoras levantou a adaga e golpeou Stark tão rápido que o movimento da mão do Guardião foi como um borrão. A dor inicial do ferimento que lhe talhara a cintura até a parte de cima das costelas, do lado direito, era pouco mais do que uma linha quente em sua pele.

O segundo corte foi quase idêntico ao primeiro, mas soltando uma fina linha vermelha que escorreu pelas costelas do lado esquerdo. E então a dor começou. Seu calor o queimou. Seu sangue parecia lava brotando das laterais, formando poças na superfície de mármore. Seoras trabalhou com o afiado punhal metodicamente de um lado do corpo ao outro, até o sangue se acumular na beira do mármore como se fosse o canto do olho de um gigante. Primeiro o sangue hesitou, mas finalmente gotejou e se derramou, chorando lágrimas escarlates sobre os intrincados nós ornamentais, começando a encher os sulcos em forma de chifres.

Stark jamais sentiu tanta dor.

Nem quando morreu.

Nem quando desmorreu e voltou pensando apenas em sangue e violência.

Nem quando quase morreu atingido pela própria flecha.

A dor que o Guardião lhe causou foi além do físico. Queimou seu corpo, mas também cauterizou sua alma. Era uma agonia líquida e interminável. Era uma onda da qual não conseguia escapar, que o derrubava seguidamente. Ele estava se afogando.

Stark automaticamente lutou. Sabia que não podia se mexer, mas ainda assim lutou para manter a própria consciência. *Se eu deixar acontecer, eu morro.*

– Confie em mim, *rapaçote*. Deixe acontecer.

Seoras estava de pé, logo acima dele, debruçando-se repetidas vezes sobre seu corpo para lhe talhar a carne, mas a voz do Guardião era um eco distante, que ele mal discernia.

– Confie em mim...

Stark já escolhera. Só precisava seguir em frente.

– Eu confio em você – ele se ouviu sussurrando. O mundo ficou cinza, depois escarlate e depois preto. Stark só sentia o calor da dor e o líquido de seu sangue. As duas coisas se fundiram, e ele se viu subitamente fora do corpo, afundando no mármore, escorrendo pelas laterais entalhadas e preenchendo os chifres.

Cercado apenas pela dor e pela escuridão, Stark lutou contra o pânico, mas, estranhamente, após um breve momento, o terror foi substituído por um torpor de aceitação que, de certa forma, foi reconfortante. Pensando bem, aquela escuridão até que não era tão má. Pelo menos a dor estava passando. Na verdade, a dor quase parecia uma lembrança...

– Não desista, seu retardado! Zoey precisa de você!

A voz de Aphrodite? Deusa, mesmo estando fora do corpo, ela tinha a capacidade de irritá-lo e incomodá-lo.

Fora do meu corpo. Ele conseguira! A alegria que veio ao se dar conta disso foi rapidamente substituída pela confusão.

Ele estava fora do corpo.

Não via nada. Não sentia nada. Não ouvia nada. O breu era total.

Stark não fazia ideia de onde estava. Seu espírito voava e, como um pássaro engaiolado, debatia-se contra o nada.

O que Seoras disse a ele? Qual foi mesmo o seu conselho?

...entrega tem uma força poderosa.

Stark parou de resistir e aquietou o espírito, e uma pequena lembrança fulgurou em meio à escuridão. A sua alma, derramando-se com seu sangue em duas calhas em formato de chifres.

Chifres.

Stark se concentrou na única ideia tangível em sua mente e se imaginou agarrando os chifres.

A criatura saiu da mais absoluta escuridão. Ele tinha um tipo diferente da cor preta que tinha envolvido Stark por completo, era de um negrume de um céu sem lua, de uma água profunda em repouso noturno, o negrume de sonhos quase esquecidos no meio da noite.

Eu aceito seu sacrifício de sangue, guerreiro. Encare-me e siga em frente, se você se atrever.

Eu me atrevo! Stark gritou, aceitando o desafio.

O touro partiu para cima dele. Agindo por puro instinto, Stark não correu. Nem se desviou. Em vez disso, encarou o touro de frente. Gritando de raiva, ódio e medo, Stark correu para ele. A criatura abaixou sua enorme cabeça como se fosse dar uma chifrada em Stark.

Não! Stark saltou sobre o touro e, com um movimento que pareceu saído de um sonho, agarrou-lhe os chifres. No mesmo instante, a criatura levantou a própria cabeça, e Stark saltou por sobre o corpo da fera. Ele se sentiu como se estivesse pulando de um penhasco indescritivelmente alto, enquanto ele se lançava mais e mais para a frente. Então, ele ouviu atrás de si, vinda do breu sem alma, a voz do touro ecoando três palavras: *Muito bem, Guardião...*

De repente, houve uma explosão de luz que o cercou logo depois de tropeçar em um pedaço duro de chão. Stark se levantou lentamente, pensando em como era estranho ainda ter a forma e a sensação de seu corpo, apesar de ser tão-somente espírito, e olhou ao redor.

À sua frente, havia um bosque idêntico àquele perto do castelo de Sgiach. Havia até uma árvore para pendurar desejos, decorada com tiras de pano numerosas demais para contar. Enquanto ele observava, as tiras de pano foram se transformando, ganhando cores e tamanhos diferentes e brilhando como árvores de Natal cheias de fios prateados e dourados.

O Mundo do Além. Aquilo só podia ser uma entrada para o reino de Nyx. Nada mais pareceria tão mágico.

Antes de avançar, Stark olhou para trás, pensando que não podia ser tão fácil assim entrar, esperando que o touro preto gigante se materializasse e, desta vez, o atacasse de verdade.

Mas atrás dele só havia o breu vazio de onde viera. Como se não fosse suficientemente bizarro, o pedaço de chão onde fora jogado era um pequeno semicírculo de barro vermelho, que lhe trouxe a inesperada lembrança de Oklahoma. No centro do semicírculo, havia uma espada fulgurante cravada no solo quase até o punho. Stark teve de puxar a espada com as duas mãos para soltá-la e então, enquanto automaticamente limpava na calça jeans a lâmina cintilante apesar do barro, ele se deu conta de que a cor original do chão estava manchada de sangue, como acontecia com a Seol ne Gigh.

Stark terminou de limpar a lâmina afobadamente, por alguma razão não gostando desse negócio de mancha de sangue, e então ele voltou sua atenção para o que havia na sua frente. Era para lá que precisava ir. Sua mente, seu coração e seu espírito sabiam disso.

– Zoey, estou aqui. Estou indo te encontrar – ele disse e deu um passo para a frente, mas deu de cara com uma barreira invisível, dura como um muro. – Mas que diabo é isso? – ele murmurou, recuou e olhou para cima, deparando-se com uma arcada de pedra que aparecera do nada.

Houve uma explosão de luz branca e fria, que lhe trouxe a bizarra imagem de uma porta de freezer se abrindo e expondo carne morta. Piscando os olhos, ele olhou para baixo e ficou profundamente chocado com o que viu.

Stark estava olhando para si mesmo.

Primeiro, ele pensou que tivesse um espelho debaixo da arcada, mas não havia fundo negro atrás dele e sua outra metade estava dando um sorriso metidinho bem familiar. Stark com certeza não estava sorrindo. Então ele falou, dissipando qualquer pensamento sobre imagem no espelho ou outras explicações racionais.

– É, maluco, é você. Você sou eu. Para entrar neste lugar, você tem que me matar, o que não vai rolar, pois não tô a fim de morrer. O que vai acontecer é que *eu* vou te enfiar porrada e *te* matar.

Enquanto Stark ficou parado, encarando a si mesmo sem saber o que dizer, sua imagem no espelho se aproximou e o atacou com uma espada idêntica à que ele, Stark, tinha nas mãos, conseguindo extrair um fio de sangue que escorreu pelo braço.

– É, vai ser mais fácil do que pensei – disse seu outro eu, partindo para cima de Stark outra vez.

25

Aphrodite

– É, a luz está acesa, mas não tem ninguém em casa – Aphrodite movimentou a mão na frente dos olhos de Stark que, apesar de abertos, nada viam. Mas teve de tirar a mão quando Seoras fez outro corte no corpo já ensanguentado, indiferente ao fato de estar quase cortando Aphrodite também.

– Ele já tá parecendo um hambúrguer. Você tem que continuar fazendo isso? – Aphrodite perguntou ao Guardião. Ela e Stark não morriam de amores um pelo outro, mas isso não queria dizer que ela achava legal ficar assistindo Seoras retalhar o garoto.

Seoras, pelo jeito, não a ouviu. Ele estava inteiramente concentrado no garoto ali deitado.

– Eles estão ligados por essa busca – Sgiach disse, levantando-se de seu trono e parando ao lado de Aphrodite.

– Mas seu Guardião está consciente e presente em seu próprio corpo – Darius disse, observando Seoras com atenção.

– Sim. Sua consciência está aqui. Mas também está tão ligada ao garoto que ele pode ouvir as batidas de seu coração e sentir sua respiração. Seoras sabe exatamente até que ponto Stark está perto da morte física. Ele está no limiar entre a vida e a morte, onde meu Guardião precisa mantê-lo. Se sua alma pender demais para o lado de cá, sua alma retorna ao corpo e ele acorda. Se pender demais para o outro lado, a alma jamais retorna.

— Como ele vai saber a hora de acabar com isso? — Aphrodite perguntou, encolhendo-se involuntariamente enquanto o punhal de Seoras voltava a cortar a carne de Stark.

— Stark acordará ou então morrerá. Seja como for, dependerá de Stark, não do meu Guardião. O que Seoras está fazendo agora permite que o garoto tome suas próprias decisões — Sgiach falou com Aphrodite, mas não tirava os olhos de Seoras. — Você devia fazer o mesmo.

— Cortá-lo? — Aphrodite fez uma careta para a rainha, que sorriu, mas continuou a observar seu Guardião.

— Você disse que é Profetisa de Nyx, não disse?

— Eu *sou* sua Profetisa.

— Então pense em usar seu dom para também ajudar o garoto.

— Eu usaria, só que não tenho a menor ideia de como fazer isso.

— Aphrodite, talvez seja melhor... — Darius começou a falar, puxando Aphrodite pelo braço para afastá-la de Sgiach, nitidamente temendo que ela estivesse passando dos limites com a rainha.

— Não, guerreiro. Não precisa afastá-la. Uma coisa que você vai aprender quanto à função de proteger uma mulher de temperamento forte é que ela frequentemente se envolverá em problemas originados por suas palavras, e você não poderá protegê-la. São palavras dela e, portanto, dela são as consequências — Sgiach finalmente olhou para Aphrodite. — Use parte da força que deixa suas palavras afiadas como adagas e procure suas respostas. Uma verdadeira Profetisa recebe pouquíssimas orientações neste mundo, a não ser as que recebe de seu próprio dom, mas a força, equilibrada com sabedoria e paciência, pode ensiná-la a usá-lo corretamente — a rainha levantou a mão e gesticulou com elegância para um dos vampiros nas sombras. — Leve a Profetisa e seu Guardião aos seus aposentos. Providencie para que tenham descanso e privacidade — sem dizer mais nada, Sgiach retornou a seu trono, voltando a concentrar o olhar em seu Guardião.

Aphrodite apertou os lábios e acompanhou o gigante de cabelos ruivos, cujas tatuagens eram uma série de complexas espirais que pareciam feitas de diminutas safiras. Ela e Darius voltaram pela escadaria dupla e seguiram pelo corredor onde as paredes eram adornadas com espadas incrustadas de joias que cintilavam à luz dos archotes. Após subirem por uma escadaria menor, chegaram finalmente a uma porta arqueada de madeira. O guerreiro abriu a porta e fez um gesto para que ela entrasse.

– Se mudar algo com Stark, mande alguém me chamar na hora, sim? – Aphrodite pediu ao guerreiro antes que ele fechasse a porta.

– Sim – o guerreiro respondeu com uma voz surpreendentemente gentil antes de deixá-los a sós.

Aphrodite se voltou para Darius: – Você acha que ainda vou acabar me encrencando por causa da minha língua?

O guerreiro levantou as sobrancelhas.

– Claro que acho.

Ela fez cara feia.

– Tá, olha só, não tô brincando.

– Nem eu.

– Por quê? Porque digo o que penso?

– Não, minha linda, porque você usa suas palavras como se fossem adagas, e apontar uma adaga para alguém é arrumar encrenca na certa.

Ela deu um riso irônico e se sentou na enorme cama de dossel.

– Se minhas palavras são como adagas, então por que diabo você gosta de mim?

Darius se sentou ao seu lado e segurou sua mão.

– Você já se esqueceu que minha arma favorita é a adaga?

Aphrodite olhou nos olhos dele, sentindo-se subitamente vulnerável, apesar do tom gentil de Darius.

– Fala sério. Sou a maior escrota. Você não devia gostar de mim. Acho que a maioria das pessoas não gosta.

– As pessoas que a conhecem gostam de você. As que a conhecem de verdade. E o que sinto por você vai além do gostar. Eu amo você, Aphrodite. Eu amo sua força, seu senso de humor, o carinho que você demonstra ter por seus amigos. E amo essa parte do seu interior que se quebrou e só agora está começando a se curar.

Aphrodite continuou olhando nos olhos dele, apesar de estar lutando para não deixar cair as lágrimas que brotavam em seus olhos.

– Tudo isso faz de mim uma grande escrota.

– Tudo isso faz de você quem você é – ele levou a mão dela aos seus lábios e a beijou gentilmente, e então disse: – Também faz de você forte o bastante para descobrir um jeito de ajudar Stark.

– Mas eu não sei como ajudar!

– Você usou seu dom para sentir a ausência de Zoey, bem como a de Kalona. Não pode tentar o mesmo caminho para sentir Stark?

– A única coisa que fiz com eles foi ver se suas almas estavam ou não dentro dos corpos. Nós já sabemos que Stark não está lá.

– Então você não teria que tocá-lo como fez com os outros dois.

Aphrodite suspirou.

– Mesma coisa, né?

– É.

Ela levantou o rosto para fitá-lo, apertando sua mão com mais força.

– Você acha mesmo que posso fazer isso?

– Acredito que há poucas coisas que não possa fazer se realmente resolver focar sua mente para alcançar o objetivo, minha linda.

Aphrodite assentiu e deu um apertão na mão dele antes de soltá-la. Abriu o zíper das botas de couro preto e saltos finíssimos e se enfiou na cama como quem quer se esconder, apoiando-se sobre o monte de travesseiros.

– Você me protege enquanto eu estiver fora de mim? – ela perguntou ao seu guerreiro.

– Sempre – Darius respondeu.

Ele foi para a lateral da cama e parou, fazendo Aphrodite se lembrar do jeito com que Seoras parou ao lado do trono de sua rainha. Extraindo forças da certeza que tinha de que seu coração e seu corpo estariam sempre sendo protegidos por Darius, ela fechou os olhos e se forçou a relaxar. Então, respirou fundo três vezes para limpar os pulmões e concentrou seus pensamentos em sua Deusa.

Nyx, sou eu. Aphrodite. Sua Profetisa. Ela quase acrescentou "pelo menos é assim que todos me chamam", mas se conteve. Respirou fundo mais uma vez e continuou: *Estou pedindo sua ajuda. Você já sabe que não sei direito como funciona esse negócio de Profetisa, então não vai ser surpresa para você ouvir que não sei usar o dom que você me deu para ajudar Stark, mas ele de fato precisa da minha ajuda. Tipo, o cara está sendo fatiado em um mundo, e no outro ele está vagando e tentando usar poesia e as palavras confusas de um coroa para ajudar Z. Cá entre nós, às vezes acho que Stark só tem músculos e cabelos, aliás, dos bons, sou obrigada a reconhecer, mas o cérebro não é o forte do garoto. Tá na cara que ele precisa de ajuda e, por Zoey, eu quero ajudá-lo. Portanto, por favor, Nyx, me mostre como posso fazer isso.*

Entregue-se a mim, filha.

A voz de Nyx em sua mente foi como o esvoaçar de uma diáfana cortina de seda transparente, etérea e inacreditável de tão linda.

Sim! Aphrodite respondeu de pronto. Ela abriu seu coração, sua alma e sua mente para sua Deusa.

E subitamente transformou-se numa brisa viajando à mercê da delicada voz de Nyx, ascendendo e indo embora rapidamente.

Observe meu reino.

O espírito de Aphrodite voou pelo Mundo do Além de Nyx. O lugar era tão adorável que era quase impossível descrever suas infinitas variações de verde, suas flores brilhantes que ondulavam como se estivessem dançando e seus lagos cintilantes. Aphrodite pensou ter visto de relance cavalos selvagens e pavões multicoloridos em pleno voo. E por todo o reino espíritos apareciam de relance e sumiam, dançando, rindo e amando.

– *É para onde vamos quando morremos?* – Aphrodite perguntou, pasma.

Às vezes.

– *Como assim, às vezes? Você quer dizer se formos bons?* – Aphrodite ficou apreensiva ao pensar que jamais acabaria neste reino se fosse esse o critério.

A risada da Deusa foi como mágica. *Eu sou sua Deusa, filha, não sua juíza. O bem é um ideal multifacetado. Por exemplo, observe uma faceta do bem.*

A jornada espiritual de Aphrodite diminuiu a velocidade, fazendo-a parar em frente a um bosque de aparência impressionante. Ela piscou os olhos, surpresa ao observá-lo com atenção e se dar conta de que lhe lembrava o bosque perto do castelo de Sgiach. Enquanto comparava, Aphrodite afundou delicadamente por debaixo do dossel de folhas muito bem entretecidas para descansar sobre o grosso carpete de musgo que cobria o chão.

— Escuta o que eu digo, Zo! Você consegue.

Ao ouvir a voz de Heath, Aphrodite se virou e viu Zoey, que estava quase tão pálida e translúcida quanto Heath. Zoey estava andando de um lado para outro, em círculos, com uma aparência totalmente sinistra, enquanto Heath continuava parado, observando-a com uma expressão impressionantemente triste.

— Zoey! Finalmente! Tá, me escuta. Você precisa se recompor e voltar para o seu corpo.

Ignorando-a completamente, Zoey caiu em prantos, mas continuou a andar.

— Não, Heath. Já faz tempo demais. Não consigo mais juntar os pedaços da minha alma. Não consigo me lembrar das coisas nem me concentrar, a única coisa que sei com certeza é que mereço isso.

— *Ah, que merda. ZOEY! Pare de chorar e preste atenção!*

— Você não merece isso! — Heath foi para perto de Zoey e pôs as mãos em seus ombros, forçando-a a parar. — E você *consegue* sim, Zo. Tem que conseguir. Se conseguir, podemos ficar juntos.

— *Que ótimo. Tô invisível feito um fantasma. Eles não estão ouvindo porra nenhuma do que eu tô dizendo!*

Então talvez fosse bom você ouvir um pouco para variar, minha filha.

Aphrodite reprimiu um suspiro de impaciência e fez o que a Deusa aconselhou, apesar de se sentir como se estivesse espiando pela janela de alguém.

– Você está falando sério, Heath? – Zoey olhou fixo para ele, deixando por um instante de ser aquele ser bizarro e fantasmagórico que não conseguia parar de andar e parecendo voltar ao normal. – Você quer mesmo ficar aqui? – ela deu um sorriso hesitante para Heath, retorcendo o corpo inquieto sob suas mãos.

Então ele a beijou e disse: – Gata, quero estar onde você estiver, para sempre.

Zoey deu um gemido triste e saiu dos braços de Heath.

– Desculpe. Desculpe – ela disse, recomeçando a andar de um lado para outro e a chorar. – Não consigo parar. Não consigo descansar.

– Por isso você tem que juntar os pedaços da sua alma. Você não pode ficar comigo se não fizer isso. Zo, você não pode fazer *nada se não fizer isso*. Vai ficar só andando pra lá e pra cá, perdendo pedaços de si mesma até sumir totalmente.

– Você morreu por minha culpa e por isso está num lugar que não é o seu. Como ainda pode me amar? – ela afastou do rosto as mechas de seu cabelo viscoso e começou a rodear Heath, sem parar momento algum, sem jamais descansar.

– Não é culpa sua! Kalona me matou. Foi isso o que aconteceu. Seja como for, que diferença faz onde estamos ou mesmo se estamos vivos ou mortos, já que estamos juntos?

– Você tá falando sério? É mesmo?

– Eu te amo, Zoey. Eu te amo desde o dia em que te conheci, e vou te amar pra sempre. Juro. Se você voltar a ficar inteira, vamos ficar juntos pra sempre.

– Pra sempre – Zoey repetiu num sussurro. – E você me perdoa mesmo?

– Gata, não tem o que perdoar.

Fazendo um esforço tão enorme quanto evidente, Zoey parou de andar e disse: – Então vou tentar fazer isso. Por você – ela abriu os braços e jogou a cabeça para trás. Seu corpo pálido começou a brilhar, primeiro com uma luz pequena e hesitante que vinha de dentro. Zoey começou a gritar nomes e...

Aphrodite foi arrancada da visão e saiu do bosque tão rápido que seu estômago se revirou, nauseado.

– *Ah, eca! Acho que vou vomitar.*

Um vento quente passou por cima dela, acalmando sua tontura. Quando se mexeu de novo, a náusea havia passado, mas ela continuava confusa.

– *Peraí, não tô entendendo. Z. conserta a alma, mas fica aqui com Heath em vez de voltar para o corpo?*

Nessa versão do futuro, sim.

Aphrodite hesitou e, a contragosto, perguntou: – *Mas ela está feliz?*

– *Sim. Zoey e Heath estão contentes juntos no Mundo do Além pela eternidade.*

Aphrodite sentiu uma densa e pesada tristeza, mas teve que continuar.

– *Então talvez Z. possa ficar onde está. Vamos sentir saudades dela. Eu vou sentir saudades dela* – Aphrodite hesitou, contendo uma inesperada vontade de chorar, e continuou em seguida: – *Seria péssimo para Stark, mas, se for aqui o lugar dela, então Zoey deve ficar.*

O que está destinado para cada pessoa muda de acordo com suas escolhas. Essa é apenas uma das versões do futuro de Zoey e, como muitas escolhas que são feitas no Mundo do Além, as que ela faz podem alterar a tapeçaria do futuro na Terra. Se Zoey resolver ficar, observe o novo futuro da Terra.

Aphrodite foi sugada para dentro de uma cena por demais familiar. Ela estava parada no meio do campo em que estivera numa visão anterior. Assim como antes, era uma das pessoas que estavam pegando fogo, entre humanos, *vamps* e novatos. Ela passou novamente pela dor do fogo, além da agonia abstrata que a envolveu durante a visão original. Como naquela, Aphrodite levantou os olhos e viu Kalona de pé na frente de todos eles, mas desta vez Zoey não estava com ele de agarração nem lhe dizendo nada do que dissera na segunda parte da visão em que o destruíra. Em vez disso, Neferet entrou em cena. Ela passou por Kalona, olhando fixo para as pessoas em chamas. Então, começou a traçar intrincados desenhos no ar em volta de si mesma e, ao fazer isso, as Trevas brotaram ao seu redor. A partir dela, as Trevas se espalhavam, manchando o campo, apagando o fogo, mas não acabando com a dor.

– Não, eu não vou matá-los! – ela gesticulou com um dedo e um grupo de gavinhas se enroscou no corpo de Kalona. – Ajude-me a tê-los para mim.

Kalona as absorveu. Aphrodite se concentrou nele e, como a materialização de uma miragem, as gavinhas das Trevas que envolviam o imortal ficaram visíveis. Elas se contorceram, fazendo a pele do imortal caído estremecer e se retorcer. Kalona arfou, e Aphrodite não soube dizer se de dor ou de prazer, mas ele deu um sorriso melancólico para Neferet, abriu bem os braços para aceitar as Trevas e disse: – Como desejar, minha Deusa.

Coberto pelas gavinhas, Kalona foi parar na frente de Neferet, ajoelhou-se e expôs o pescoço. Aphrodite viu Neferet se abaixar, lamber a pele de Kalona e, com uma violência sedenta e assustadora, cravar os dentes nele e beber seu sangue. As gavinhas das Trevas pulsaram, palpitaram e se multiplicaram.

Totalmente enojada, Aphrodite desviou o olhar e viu Stevie Rae entrar no campo.

Stevie Rae?

Uma coisa negra se movia ao seu lado, e Aphrodite se deu conta de que Stevie Rae estava perto de um *Raven Mocker*, bem ao lado dele; tipo, tão perto que eles pareciam estar *juntos*.

Que porra é essa?

A asa do *Raven Mocker* se abriu e envolveu Stevie Rae, como se a estivesse abraçando. Stevie Rae suspirou e se aproximou ainda mais da criatura; tanto que sua asa a abarcou por completo. Aphrodite ficou tão chocada com o que viu que nem reparou de onde veio o índio; o garoto simplesmente apareceu lá de repente, bem na frente do *Raven Mocker*.

Apesar da dor e do choque causado por sua visão, Aphrodite conseguiu apreciar a beleza incrível daquele novo garoto. Seu corpo era impressionante e estava quase nu, de modo que dava para ver muita coisa. Ele tinha cabelos grossos, longos e negros como as plumas de corvo que ele trazia entrelaçadas ao longo do corpo. Era alto, musculoso e gostosíssimo como um todo.

Ele ignorou o *Raven Mocker* e estendeu a mão para Stevie Rae, dizendo: – Aceite-me, e ele vai embora.

Stevie Rae saiu do abraço da criatura alada, mas não segurou a mão do garoto. Em vez disso, disse: – Não é tão simples assim.

Ainda de joelhos na frente de Neferet, Kalona berrou: – Rephaim! Não me traia novamente, meu filho!

As palavras do imortal serviram para incitar o *Raven Mocker*, que imediatamente atacou o índio. Os dois começaram uma luta brutal, e Stevie Rae ficou sem fazer nada, apenas olhando para o *Raven Mocker* e chorando copiosamente. Entre um soluço e outro, Aphrodite a ouviu dizer: – Não me deixe, Rephaim. Por favor, por favor, não me deixe.

Ao longe, no horizonte, atrás de todos, Aphrodite viu o que pensou ser um sol nascendo, incandescente, mas franziu os olhos por causa da claridade e se deu conta de que não era o sol, mas sim um enorme touro branco tentando subir no corpo abatido de um touro preto que tentava, mas não conseguia proteger o que restava do que um dia fora o mundo moderno.

Aphrodite foi alçada de sua visão. Nyx a segurou em uma brisa carinhosa, mas a alma de Aphrodite tremia.

– Ah, Deusa – ela sussurrou. – *Não, por favor, não. A escolha de uma adolescente é capaz de acabar com o equilíbrio entre a Luz e as Trevas no mundo inteiro? Como pode uma coisa dessas?*

Considere que sua escolha pelo bem abriu o caminho para a existência de um tipo inteiramente novo de vampiros.

– Os novatos vermelhos? Mas eles já existiam antes de eu fazer qualquer coisa.

Sim, mas a trilha para que eles retomassem a sua humanidade estava fechada até você fazer seu sacrifício, sua escolha, que abriu este caminho. E você não é só uma adolescente?

– Ah, que merda. Zoey tem que voltar.

Então Heath precisa sair de meus domínios no Mundo do Além. Só assim Zoey escolherá retornar para seu corpo caso sua alma se reunifique.

– Como posso ter certeza de que isso vai acontecer?

Você só precisa fazer com que eles saibam, filha. A escolha é de Heath, Zoey e Stark.

Aphrodite sentiu um solavanco e foi empurrada para trás. Arfando, ela abriu os olhos e piscou, sentindo a dor e a bruma de lágrimas vermelhas, e se deparou com Darius debruçado sobre ela.

– Você voltou para mim?

Aphrodite se sentou. Estava tonta e com a cabeça latejando no fundo dos olhos, com aquela dor que conhecia tão bem. Ela afastou o cabelo do rosto, surpresa por se ver tremendo tanto.

– Beba isto, minha linda. Você precisa se fortalecer após uma jornada espiritual – Darius lhe entregou uma taça e a ajudou levá-la aos seus lábios.

Aphrodite engoliu o vinho com dificuldade e então disse: – Preciso que você me ajude a ir onde Stark está.

– Mas seus olhos... Você precisa descansar!

– Se eu parar para descansar, estarei arriscando a possibilidade de o mundo inteiro ir para o inferno. Literalmente.

– Então eu a levo até ele.

Sentindo-se fraca e muito aérea, Aphrodite se apoiou em seu guerreiro e os dois voltaram para Fianna Foil, onde muito pouco havia mudado. Sgiach ainda estava observando seu Guardião enquanto ele continuava cortando Stark lenta e metodicamente.

Aphrodite não perdeu tempo. E logo se dirigiu a Sgiach.

– Preciso falar com Stark. Agora.

Sgiach olhou para ela e notou que estava tremendo e com os olhos injetados.

– Você usou seu dom?

– Usei, e tenho que dizer uma coisa a Stark, senão a coisa vai ficar feia. Pra todo mundo. Feia mesmo.

A rainha assentiu e gesticulou, indicando que Aphrodite a acompanhasse até a Seol ne Gigh.

– Você terá apenas um momento. Fale com Stark rapidamente e com clareza. Se você o segurar por muito tempo, ele não será capaz de refazer o caminho para o Mundo do Além até se recuperar da jornada de hoje. E, entenda, essa recuperação pode levar semanas.

– Entendi. Eu tenho uma chance só. Estou pronta – Aphrodite respondeu.

Sgiach tocou o antebraço de seu Guardião. Foi um toque levíssimo, mas que causou uma sensação que reverberou por todo o corpo de Seoras. Ele parou bem na hora em que ia fazer mais um corte. Seu olhar permaneceu em Stark, mas ele perguntou com voz arenosa: – *Mo bann ri?* Minha rainha?

– Chame-o de volta. A Profetisa precisa falar com ele.

Seoras fechou os olhos como se aquelas palavras o tivessem ferido, mas, quando os abriu, retorquiu com um resmungo grave: – Sim, minha rainha... Como desejar – ele pôs a mão que não estava segurando o punhal na testa de Stark: – Ouça-me, garoto. Você precisa retornar.

26

Stark

Stark cambaleou para trás, segurando-se instintivamente em sua espada, de modo que foi por acidente e por instinto que conseguiu se desviar do golpe do Outro, aquele ser que era ele, mas ao mesmo tempo não era.

– Por que você está fazendo isso? – Stark gritou.

– Já disse. O único jeito de você conseguir entrar aqui é me matando, e eu não vou morrer.

Os dois guerreiros ficaram dando voltas, encarando-se mutuamente com expressões ameaçadoras.

– Do que você está falando, porra? Você sou eu. Como é que você vai morrer se eu entrar aí?

– Eu sou parte de você. A parte não muito legal. Ou você é parte de mim, a parte boa, essa parte de merda que só de falar me dá ódio. Não seja tão idiota. Não finja que não sabe de mim. Pense em como você era antes de resolver bancar o babaquinha e jurar fidelidade àquela cachorra metida à boazinha. Nós nos conhecemos muito bem, e sabemos que a coisa não é bem assim.

Stark ficou olhando, observando os olhos vermelhos e o jeito duro do rosto dele. O sorriso continuava lá, mas o que antes era seu típico sorriso metidinho agora transmitia crueldade, tornando suas feições ao mesmo tempo familiares e estranhas.

— Você é o meu lado mau.

— Mau? Isso depende apenas de que lado você está, não é? E do lado que estou agora, nem pareço tão mau assim – rindo, o Outro continuou: – "Mau" é uma palavra que nem chega perto de descrever meu potencial. O mau é um luxo. Meu mundo é repleto de coisas que ultrapassam a sua imaginação.

Stark começou a balançar a cabeça, querendo negar o que estava ouvindo, e sua concentração começou a falhar. O Outro atacou de novo, fazendo um corte grosso em seu bíceps direito.

Stark levantou a espada na defensiva, surpreso por sentir uma queimação estranha, mas dor nenhuma nos braços.

— É, nem dói tanto, né? Ainda. Isso é porque a porra da lâmina é tão afiada que não dói na hora. Mas se liga só, *cê* tá sangrando. *Pra* caramba. É só questão de tempo pra você não conseguir mais nem levantar a espada. Então vai ser seu fim, e eu vou me livrar de você de uma vez por todas. Ou talvez a gente brinque um pouco. Que tal se eu me divertir te esfolando vivo, pedacinho por pedacinho, até você não passar de uma carcaça ensanguentada aos meus pés?

Com o canto do olho, Stark viu que o calor que estava sentindo era a quentura do sangue pulsando constantemente nos dois ferimentos. O Outro estava certo. Stark estava se acabando.

Ele tinha que lutar, e já. Se continuasse vacilando, agindo apenas na defensiva, acabaria morrendo.

Agindo completamente por instinto, Stark avançou com tudo para atacar seu reflexo em qualquer ponto que pudesse representar uma abertura de suas defesas, mas sua versão de olhos vermelhos bloqueou cada um de seus movimentos com a maior facilidade. E então, como uma cobra, ele revidou, ardilosamente minando as defesas de Stark e fazendo um corte longo e profundo em uma das coxas.

— Você não pode me derrotar. Eu conheço todos os seus movimentos. Sou tudo o que você não é. Essa merda de querer ser bonzinho acabou com suas defesas. *Pra* começo de conversa, é por isso que você não consegue proteger Zoey. Amá-la fez de você um fraco.

– Não! Amar Zoey é a melhor coisa que já fiz na vida.

– Pois é, e será a última, com cer...

Stark foi puxado de volta para seu corpo. Ele abriu os olhos e viu Seoras com o punhal em uma das mãos e com a outra lhe apertando a testa.

– Não! Eu tenho que voltar! – ele gritou, sentindo o corpo em brasas. A dor nas laterais era inacreditável de tão forte, chegava a bombear adrenalina por toda a sua corrente sanguínea. Seu primeiro instinto foi se mexer! Cair fora! Lutar!

– Não, garoto. Lembre-se de que você não pode se mexer – Seoras o avisou.

Stark estava respirando rápida e intensamente enquanto se esforçava para manter o corpo imóvel e ficar onde estava.

– Mande-me de volta pra lá – ele pediu ao Guardião. – Eu tenho que voltar.

– Stark, me ouça – de repente apareceu o rosto de Aphrodite. – A chave de tudo é Heath. Você tem que falar com ele antes de ver Zoey. Diga que ele tem de seguir em frente. Ele tem que deixar Zoey no Mundo do Além, senão ela jamais vai voltar para cá.

– O quê? Aphrodite?

Ela agarrou o braço de Stark e aproximou seu rosto do dele. Ele levou um choque ao ver sangue nos olhos dela, entendendo que ela havia tido uma visão.

– Confie em mim. Vá falar com Heath. Convença-o a ir embora. Se você não conseguir, não vai ter ninguém que consiga enfrentar Neferet e Kalona, e vai ser o fim da linha pra todo mundo.

– Se ele vai retornar, tem de ser agora – Seoras disse.

– Leve-o de volta – Sgiach ordenou.

As bordas luminosas em volta do campo de visão de Stark começaram a se acinzentar, mas ele resistiu ao ser sugado de novo.

– Espera! Diz pra mim. Como... como posso lutar contra mim mesmo? – Stark conseguiu dizer, arfando muito.

– *Ah, mas isso é realmente simples. O guerreiro dentro de você tem de morrer para que possa nascer o Xamã.*

Stark não entendeu direito se as palavras de Seoras eram uma resposta à sua pergunta ou se elas vieram de sua memória, mas não tinha tempo para conferir. Em menos de um piscar de olhos, Seoras agarrou a cabeça dele como se sua mão fosse um alicate e passou a lâmina ao longo das pálpebras de Stark. Depois de um clarão abrasador e cegante, Stark se viu novamente de frente para si mesmo, como se nem tivesse se ausentado. Ainda que desorientado pela dor do último corte do Guardião, ele se deu conta de que seu corpo estava reagindo mais rápido do que sua mente conseguia compreender, e ele estava se defendendo com facilidade do ataque desferido por sua imagem espelhada. Era como se o último corte tivesse revelado uma geometria de linhas de ataque ao coração do Outro, que Stark não conhecia antes, e que talvez o Outro também não. Se fosse o caso, ele tinha uma chance, ainda que mínima.

— Eu posso passar o dia inteiro assim. *Você* não. Caramba, como é fácil dar um chute na minha bunda – o Stark de olhos vermelhos riu com arrogância.

Enquanto ele ria, Stark partiu para cima, seguindo a linha de ataque revelada pela dor e pela necessidade, atingindo a parte externa do antebraço de seu reflexo.

— Puta que pariu! Você me tirou sangue. Achei que você não dava para a coisa.

— É, este é um dos seus problemas; você é arrogante demais. – Stark viu a hesitação que varreu sua imagem espelhada, e uma vaga compreensão lhe surgiu na mente. Ele acompanhou o pensamento com a mesma naturalidade com que levantou a espada para se defender, observando de relance as linhas de ataque por todo o corpo do Outro. – Não, na verdade não é *você* o maldito arrogante. Sou eu. Eu sou arrogante.

Seu reflexo abriu a guarda por um breve instante. Stark entendeu perfeitamente e fez mais pressão. – Também sou egoísta. Por isso matei meu mentor. Era egoísta demais para deixar alguém ser melhor do que eu em alguma coisa.

— Não! – o Stark de olhos vermelhos berrou. – Esse não é você, sou eu.

Ao notar uma abertura, Stark atacou outra vez, fazendo um corte na lateral do Outro.

– Você está errado, e sabe disso. Você é o que há de mau em mim, mas, mesmo assim, está em mim. O guerreiro não poderia admitir isso, mas o Xamã está começando a entender – enquanto Stark falava, avançava implacavelmente, desferindo uma saraivada de golpes em sua imagem espelhada. – Nós somos arrogantes. Nós somos egoístas. Às vezes somos maldosos. Nós temos um gênio ruim pra cacete e, quando a gente fica puto da vida, guardamos rancor.

As palavras de Stark, pelo jeito, desencadearam alguma coisa no Outro, que revidou com uma velocidade quase inacreditável, atacando-o com avassaladora destreza e sede de vingança. *Ah, Deusa, não. Não me deixe pagar pela língua.* Stark mal se defendeu do ataque e se deu conta de que estava reagindo de modo por demais racional e previsível. A única maneira pela qual poderia derrotar a si mesmo seria fazer algo que o Outro não estaria esperando.

Eu tenho que dar abertura para ele me matar.

Enquanto o Outro desferia uma pancada atrás da outra, Stark entendeu que era isso. Então, fingiu que abria a guarda à esquerda. Com incontrolável ímpeto, o Outro partiu para atacar o ponto vulnerável, avançando de um jeito que, por um instante, o deixou mais vulnerável ainda do que Stark.

Stark viu a linha de ataque, a geometria da verdadeira abertura e, com uma ferocidade da qual até então não se sabia capaz, enfiou o cabo da espada através do crânio do Outro.

A imagem espelhada de Stark caiu de joelhos. Puxando com dificuldade o ar para dentro dos pulmões, ele mal conseguia continuar segurando a própria espada.

– Então agora você me mata, entra no Mundo do Além e pega a garota.

– Não. Agora eu aceito você, pois, por mais sábio que eu seja e por melhor que me ache ou venha a me tornar, você sempre estará dentro de mim.

Os olhos vermelhos fitaram os castanhos mais uma vez. O Outro abaixou a espada e, com extrema rapidez, avançou, fazendo a espada de Stark afundar até o cabo em seu peito. Na brutal intimidade do momento final, o Outro exalou seu último suspiro tão perto de Stark que ele chegou a sentir seu doce hálito.

Stark sentiu o estômago revirar. Ele mesmo! Ele havia matado a si mesmo! Balançando a cabeça ao assimilar a terrível realidade, ele gritou: – Não! Eu...

No momento em que gritou, o Stark de olhos vermelhos sorriu, entendendo tudo, e sussurrou com os lábios ensanguentados: – Ainda vamos nos reencontrar, guerreiro, antes do que você pensa.

Stark abaixou o corpo do Outro, fazendo-o ficar de joelhos e simultaneamente puxando a enorme espada de seu peito.

O tempo parou enquanto a divina luz do reino de Nyx se concentrou na espada, que cintilava comprida e ensanguentada, mas ainda assim bela, cegando Stark, assim como o último corte de Seoras que lhe cauterizara a visão, e, miraculosa e momentaneamente, foi como se o ancestral Guardião estivesse ao lado dele e do Outro; os três guerreiros fitando a espada.

Seoras falou sem tirar os olhos do punho da espada.

– Sim, esta *claymore*[11] de Guardião é para ti, garoto, esta espada forjada em sangue quente, *uçada* apenas em *defeça* da honra, empunhada por um homem que escolheu *facer* a guarda de uma Ás, uma *bann ri*, uma rainha. Sua lâmina afiada corta sem dor, e o Guardião que a usar irá atacar sem piedade, medo ou obséquio a quem quer que macule nossa grande linhagem.

Mesmerizado, Stark virou a *claymore*, deixando o cabo cravejado de joias absorver a luz enquanto o Guardião de Sgiach continuou: – Os cinco cristais, dispostos nos quatro cantos e no centro, no coração da pedra, criam uma pulsação constante em sintonia com as batidas do coração de seu Guardião, *se* ele for um guerreiro que defende a honra

---

11 Espada escocesa típica de dois gumes.

com a própria vida – Seoras fez uma pausa, finalmente tirando os olhos da *claymore*. – Será você esse guerreiro, meu garoto? Será você um verdadeiro Guardião?

– Eu quero ser – Stark respondeu, tentando fazer a espada bater em sintonia com seu coração.

– Então será preciso sempre agir de acordo com a honra e mandar aquele a quem derrotar para um lugar melhor. Se puder fazer isso como Guardião e não como um garoto... Filho, se você tiver afinidade com o verdadeiro sangue, alma e espírito, você entenderá que seu último horror será a facilidade com que aceita e executa sua responsabilidade eterna. Mas saiba que não há retorno, pois esta é a lei e o destino do Guardião, e nele não pode haver rancor, malícia, preconceito ou vingança, e sua única paga é a fé em sua honra, sem garantia de amor, felicidade e nem lucro. Pois, depois de nós, não há nada – Stark percebeu a resignação atemporal nos olhos de Seoras. – Isto você há de carregar pela eternidade, pois quem guardaria um Guardião? Agora você sabe a verdade. Decida, filho.

A imagem de Seoras desapareceu e o tempo recomeçou. O Outro estava ajoelhado na sua frente, fitando-o com medo e aceitação.

Morte honrada. Quando as palavras ocorreram a Stark, o cabo da *claymore* esquentou em suas mãos com uma pulsação que espelhou a de seu coração. Com a outra mão, Stark segurou o cabo da espada, regozijando-se com a sensação.

Então, o peso da espada ganhou vida própria, enchendo Stark com uma força e um conhecimento tão terríveis quanto maravilhosos. Sem pensar, sem emoção, ele usou o arco de uma lua crescente para desferir o golpe mortal, batendo a espada no Outro de um jeito pavoroso, fazendo um talho que ia do crânio até a altura da virilha. Depois de um grande suspiro, o corpo desapareceu.

Então Stark se deu conta do nível de brutalidade que acabara de praticar. Ele soltou a *claymore* e caiu de joelhos.

– Deusa! Como posso fazer isso e ser honrado?

Com a mente dando voltas, Stark, ainda ajoelhado, respirava com dificuldade. Ele abaixou os olhos para o próprio corpo esperando ver a carne cortada e com muito, muito sangue.

Mas estava errado. Ele não tinha absolutamente nenhum ferimento físico. O único sangue que viu estava contido na terra sob seus pés. O único ferimento que permanecia era a lembrança do que acabara de fazer.

Quase por vontade própria, sua mão encontrou o cabo da grande espada. Revendo na lembrança o golpe mortal que acabara de desferir, a mão de Stark tremeu, mas ele segurou firme o cabo, encontrando calor e o eco das batidas de seu coração.

– Eu sou um Guardião – ele sussurrou. E com as palavras veio a verdadeira aceitação de si mesmo e, enfim, entendimento. A questão não era nem nunca fora matar seu lado ruim. A questão era controlá-lo. Era isso que fazia um verdadeiro Guardião. Ele não negava a brutalidade, a empregava com honradez.

Stark abaixou a cabeça, pousando-a na *claymore* de Guardião.

– Zoey, minha Ás, minha *bann ri shi'*, minha rainha, eu escolho aceitar tudo isso e aceito seguir o caminho da honradez. Só assim posso ser o guerreiro que você precisa que eu seja. Isso eu juro.

Com o Juramento de Stark ainda pairando no ar ao seu redor, desapareceu a arcada que marcava a fronteira do Mundo do Além de Nyx, bem como a *claymore* de Guardião, deixando Stark sozinho, desarmado e de joelhos em frente ao bosque da Deusa e da beleza etérea da árvore para pendurar desejos.

Stark se levantou com dificuldade, caminhando automaticamente em direção ao bosque.

Seu único pensamento era encontrá-la; sua rainha, sua Zoey.

Mas, quando se aproximou do bosque, Stark diminuiu o passo e finalmente parou.

Não. Ele estava começando errado. De novo.

Não era Zoey quem ele tinha que encontrar, era Heath. Por mais pentelha que Aphrodite fosse, ele sabia que suas visões eram reais. Que diabo Aphrodite havia dito? Algo sobre Heath ter de seguir em frente para Zoey poder voltar. Stark pensou nisso. Por mais doloroso que fosse admitir, ele podia entender a razão pela qual o que Aphrodite vira era verdade. Zoey estava com Heath desde que eles eram crianças. Ela o vira morrer, o que lhe ferira a alma de tal maneira que se partira em pedaços. Se ela conseguisse deixar sua alma inteira de novo, e pudesse ficar com Heath aqui...

Stark olhou para os lados e, como no momento em que se conectara à *claymore*, ele estava *vendo* de verdade.

O reino de Nyx era incrível. O bosque estava bem na sua frente, mas ele conseguiu sentir a vastidão do lugar e entendeu que o reino de Nyx era bem maior do que aquilo. Mas, com toda a honestidade, o bosque em si já bastava; verde e acolhedor, era como um abrigo para o espírito. Mesmo depois de tudo que passara para chegar àquele lugar, mesmo sabendo de suas responsabilidades na condição de Guardião de Zoey e que sua busca estava longe do fim, Stark sentiu vontade de entrar no bosque, respirar fundo e deixar a paz tomar conta de seu interior. Acrescentando a isso tudo a presença de Zoey, seria uma felicidade para Stark passar no bosque pelo menos um fragmento da eternidade.

Portanto, sim, devolva Heath a Zoey e ela vai querer ficar. Stark esfregou o rosto com as mãos. Ele odiou admitir, partia-lhe o coração admitir, mas Zoey amava Heath, talvez mais até do que amasse a ele próprio.

Stark sacudiu as ideias, desviando o rumo do pensamento. O amor que ela sentia por Heath não interessava! Zoey tinha de voltar; até a visão de Aphrodite dizia isso.

E, claro, se Heath não estivesse envolvido na situação, provavelmente poderia convencê-la a voltar com ele. Era esse o tipo de garota que ela era. Ela se importava mais com os amigos do que consigo mesma.

E era exatamente por isso que Heath tinha que deixá-la, não o contrário.

Então ele tinha que encontrar Heath e convencê-lo a desistir da única garota que amou na vida. Desistir para sempre.

Porra.

Impossível.

Mas também deveria ter sido impossível ele derrotar a si mesmo e aceitar todo o significado que isso implicava.

Então pense, caramba! Pense como um Guardião, não se limite a agir e reagir como um moleque idiota.

Ele podia encontrar Zoey. Já fizera isso antes. E, encontrando Zoey, encontraria Heath também.

Stark olhou para a árvore de pendurar desejos. Era maior do que a que vira em Skye, e os pedaços de pano que estavam amarrados a seu enorme guarda-chuva de galhos ficavam trocando de cor e tamanho enquanto ondulavam gentilmente na brisa cálida.

A árvore tinha a ver com sonhos, desejos e amor.

Bem, ele de fato amava Zoey.

Stark fechou os olhos e se concentrou em Zoey, no quanto a amava e sentia sua falta.

O tempo passou... Minutos, talvez horas. Nada. Porra nenhuma. Nem mesmo uma vaga pista de onde ela estaria. Ele não estava mesmo conseguindo senti-la.

Você não pode desistir. Pense como Guardião.

Então o amor não o levaria a Zoey. O que o levaria? O que era mais forte do que o amor?

Stark piscou os olhos. Surpresa! Ele já sabia a resposta. Ele a recebera com o título de Guardião e com a mística *claymore*.

– Para um Guardião, a honra é mais forte do que o amor – Stark disse em voz alta.

Mal terminou de dizer as palavras, uma fina faixa dourada apareceu bem sobre ele na árvore de pendurar desejos. Ela cintilava com uma luminescência metálica, fazendo-o se lembrar do colar de ouro que Seoras usava no punho. Quando o nó da faixa se desfez e flutuou livre bosque adentro, Stark não vacilou. Ele seguiu seu instinto e seu pequeno lembrete de honra, e foi atrás dele.

27

Heath

Zoey estava piorando. O que simplesmente não era justo. Como se ela já não viesse tendo que encarar todo tipo de problema ultimamente. Ainda tinha que lhe acontecer isso, sua alma se despedaçar? E assim Zoey estava se perdendo dele, de tudo. A coisa começara aos pouquinhos. Agora estava se desfazendo de modo mais gigantesco, e cada pedaço que ela perdia era como um cataclisma. À medida que eles adentravam o coração do bosque, afastando-se da fronteira delimitada pelas árvores e de quem os estava perseguindo lá fora (provavelmente Kalona), Zoey começou a mudar mais rápido. Pelo jeito, ele não tinha o que fazer quanto a isso. Ela não lhe dava ouvidos. Ele não conseguia argumentar. Ela nem conseguia ficar parada. Literalmente.

Ele podia vê-la na sua frente. Apesar de estar quase correndo pelas margens musgosas de um córrego melodioso, ele não estava rápido o bastante para ela. Zoey ia vagando na frente, às vezes sussurrando coisas a esmo, às vezes chorando baixinho, mas sempre inquieta, sempre em movimento.

Era como se ele estivesse testemunhando sua evaporação.

Heath tinha que fazer alguma coisa. Ele se deu conta de que aquilo estava acontecendo porque sua alma não estava inteira. Isso fazia sentido. Ele tentou falar com ela sobre isso, tentou fazer com que juntasse os pedaços de sua alma e voltasse para seu corpo. Ele não entendia direito esse negócio de Mundo do Além, mas quanto mais o tempo passava no lugar, mais simplesmente *entendia* as coisas, o que provavelmente se devia ao fato de ele estar mortinho da silva.

Nossa, era esquisito demais se imaginar morto. Não esquisito no sentido de dar medo, mas porque era bizarro, pois ele não se sentia morto. Sentia-se ele mesmo, mas em outro lugar. Heath coçou a cabeça. Caramba, isso era difícil de entender, mas, se havia uma coisa que não era difícil de entender era que Zo *não estava* morta e, portanto, este realmente não era o seu lugar.

Heath suspirou. Às vezes, achava que este também não era o seu lugar. Não que o lugar não fosse legal. Tá, tudo bem, Zo estava toda ferrada e eles não podiam sair do bosque, pois Kalona ou seja lá que diabo fosse estava na cola deles, pronto para matá-lo de novo. Se é que isso era possível. Tirando isso, o lugar era legal.

Mas só legal.

Era como se seu espírito estivesse procurando por algo mais, algo que ele não podia encontrar aqui.

— Você morreu cedo demais. É isso.

Heath deu um pulo de surpresa. Zoey estava de frente para ele, balançando-se para lá e para cá, de um pé para outro, encarando-o com olhos assombrados de tristeza.

— Zo, gatinha, é meio sinistro demais quando você faz esse negócio de aparecer na minha frente de repente — ele se forçou a dar risada. — É como se fosse você o fantasma, não eu.

— Desculpa... desculpa... — ela murmurou e começou a dar voltas ao redor de Heath. — É que elas me disseram que você não tá feliz aqui porque morreu cedo demais.

Heath ficou parado, mas virando-se para acompanhar as voltas que ela dava ao seu redor.

— "Elas" quem? — ele perguntou.

Zoey indicou o bosque com a mão.

— Aquelas que são como eu.

Heath foi mais perto dela, parando bem ao seu lado enquanto ela continuava a se mexer incessantemente.

– Gata, você não se lembra de que falamos sobre elas? Elas são pedaços de você. É por isso que agora você está tão ferrada. Da próxima vez que elas falarem com você, quero que peça para voltarem para dentro de você. Tudo vai ficar bem mais fácil.

Zoey o fitou com olhos arregalados e perdidos.

– Não, eu não posso.

– Por que não, gata?

Zoey irrompeu em lágrimas.

– Não consigo, Heath. Já faz muito tempo. Não consigo juntar os pedaços da minha alma. Não me lembro das coisas, não consigo me concentrar, a única coisa que sei com certeza é que mereço isso.

– Você não merece isso! – Heath parou perto de Zoey e estava levantando as mãos para segurá-la pelos ombros e forçá-la a escutar de uma vez por todas quando viu, com o canto do olho, uma faixa dourada que lhe desviou momentaneamente a atenção de Zoey.

Um momento era tudo de que Zoey precisava em seu desassossego, e então ela disse, chorando de infelicidade: – Eu tenho que ir! Tenho que continuar andando, Heath. Pelo jeito, é só o que posso fazer – antes que ele pudesse segurá-la, ela se afastou com um movimento estranho, que fez seu corpo pálido flutuar como pluma na ventania, rapidamente, sem rumo, adentrando mais o bosque.

– Cara, que merda. Isso não está dando certo mesmo pra mim – ele começou a acompanhar Zoey. Tinha de fazer com que ela lhe desse ouvidos. Precisava ajudá-la. Então ele diminuiu o ritmo. O problema era que não sabia como ajudá-la. – Eu não sei o que fazer! – ele gritou, dando um murro em uma das árvores cobertas de musgo. – Eu não sei o que fazer! – Heath bateu na árvore novamente, ignorando a dor na mão. – Eu. Não. Sei. O. Que. Fazer. Porra! – ele pontuou cada palavra com murros, até arrebentar as juntas dos dedos e ser envolto pelo cheiro de seu próprio sangue.

Foi quando a sombra cobriu o sol. Heath esfregou no musgo a mão latejante e levantou os olhos.

Trevas. Asas. Ofuscando a luz da Deusa.

Com o coração trovejando no peito, Heath se agachou, os punhos ensanguentados já em riste para se defender de um ataque, que não aconteceu.

O que veio foi uma revelação em forma de pensamento sussurrado, que pareceu sair das sombras no alto e se infiltrar em suas veias através do aroma do sangue.

Ela poderia ficar com você aqui para sempre, mas precisaria estar inteira.

Heath piscou os olhos, surpreso.

– Ahn? Quem está aí?

Use a cabeça, mortal insignificante!

– Ah, tá – Heath respondeu, franzindo os olhos para tentar olhar para as sombras que pairavam no ar. Era Kalona? Ele não estava conseguindo ver direito.

Você tem que fazer com que ela junte os pedaços de sua alma e assim ela poderá ficar descansando com você aqui, no bosque sagrado.

– Isso eu entendi. Só não entendo como vou fazer para Zoey fazer isso. Se é que faz sentido o que eu tô dizendo.

A resposta está na ligação que você mantém com ela.

– Minha ligação com ela, mas eu não sei... – e foi quando Heath se deu conta de que ele *sabia* sim usar a ligação que tinha com Zo. Só precisava fazer com que ela o escutasse, e ele sempre fora bom nisso, mesmo na época em que andou fazendo babaquices, bebendo e zoando na escola, e ela chegou a tentar terminar com ele. Ele sempre conseguia fazer os dois ficarem de boa outra vez, sempre dava um jeito de ficarem juntos.

Então Heath sorriu. Era isso! Esquecendo-se das Trevas aladas, correu atrás de Zoey, e a Deusa voltou a derramar sua luz irrestrita no interior do bosque. A ligação dos dois era a chave. Eles sempre deram certo juntos, a despeito do que estivesse acontecendo em suas vidas. A ligação continuava sempre. E foi por causa dela que Zo o acompanhou até depois que ele morreu. Era isso o que ele ia usar. Depois que Zo entendesse que eles podiam ficar juntos, e que seria legal ficar com ele onde estavam, ela ia dar um jeito de voltar ao normal. E aí poderia vir qualquer coisa, que eles enfrentariam juntos, para sempre. Caramba, isso não devia ser tão difícil. Sua Zo era capaz de botar muita moral.

Com renovada determinação, Heath correu atrás de Zoey, mas parou ao ouvir alguém sussurrar seu nome.

– Heath!

– Mas o que é...?

– Aqui!

Heath virou para trás, onde o fio dourado se enroscara nos galhos de uma tramazeira, e piscou os olhos totalmente surpreso quando um cara saiu de trás da árvore.

– Stark? O que você...

– Sssh! Não deixe Zoey saber que estou aqui.

Heath caminhou até a árvore.

– Que diabo você tá fazendo aqui? – mas ele não deixou Stark responder. – Ah, porra! Você também morreu? Zo nunca vai conseguir dar conta disso!

– Fala baixo, droga. Não, eu não morri. Estou aqui para proteger Zoey para que ela possa voltar para dentro corpo, que é o lugar dela – Stark fez uma pausa e então acrescentou: – Você sabe que está morto, não sabe?

– Não brinca, cara! Tô morto mesmo? – Heath disse sarcasticamente. – Que bom que você veio me dar uma luz. Não sei que porra eu faria da minha vida se não fosse você.

– Bom, vamos lá. Você sabe que a alma de Zoey está despedaçada?

Antes que Heath pudesse dizer alguma coisa, os dois viram Zoey, e Stark pulou para trás da árvore, agachando-se em sua sombra. Heath agiu rápido para tentar interceptá-la, ficando na frente de Stark para que ela não o visse.

– Você não veio atrás de mim. Você sempre vem atrás de mim – o corpo de Zoey balançava de um lado para outro enquanto ela tentava ficar parada.

– Tô indo, Zo. Você sabe que jamais vou te abandonar. É que você está indo mais rápido do que eu agora.

– Então você não me abandonou?

Heath tocou-lhe o rosto, odiando ver Zoey tão fraca e confusa, tão o contrário do que sempre fora.

– Não. Não vou te abandonar. Vá na frente. Eu te alcanço depois – quando ela hesitou e ficou claro que ela ia recomeçar a dar voltas ao redor dele de novo, o que a deixaria perto demais da droga do esconderijo de Stark, ele acrescentou: – Olha só, talvez você se sinta melhor se for mais rápido. Por que não dá uma boa corrida, ou sai flutuando, ou algo assim, e depois volta para cá? Se você não se importar, vou ficar aqui um pouquinho. Preciso dar uma descansadinha.

– Desculpa... desculpa... Eu me esqueci de que você precisa descansar... me esqueci... – e começou a flutuar para longe.

Heath lhe disse: – Mas não vá *pra* longe demais! E não se esqueça de dar meia-volta.

– Não vou esquecer... não posso me esquecer de você – ela respondeu. Sem olhar para trás, Zoey desapareceu sombras adentro.

Stark se afastou da árvore. Ele estava tão chocado que sua voz soou áspera.

– Ah, merda! É bem pior do que eu pensava.

Heath assentiu pesarosamente.

– É. Eu sei. Esse negócio de alma despedaçada ferrou a Zoey totalmente. Ela não consegue descansar, então não consegue pensar, e isso está causando alguma coisa nela, alguma coisa muito, muito ruim.

Ainda olhando para Zoey, que se afastava, Stark disse: – O Conselho Supremo falou que isso ia acontecer. Ela está se transformando em um *Caoinic Shi'*. Não está morta nem viva, e está sem alma aqui no reino dos espíritos. Por isso ela ficou assim, e vai ficar pior. Ela nunca mais vai conseguir descansar. Jamais.

– Então a gente tem que fazer ela voltar ao normal. Acho que também posso fazer isso. E, cara, não quero dar uma de babaca, mas não tem nada que você possa fazer para ajudar. Se você quer me dar uma mãozinha, vai lá fora e bota *pra* correr aquele treco medonho que fez a gente se esconder aqui. Você dá conta. Eu cuido de Zo.

Heath começou a se afastar, seguindo Zoey, mas parou ao ouvir as palavras de Stark: – É, você pode ajudar a dar jeito no seu espírito dizendo que vai ficar aqui com ela, mas, se fizer isso, vai foder com todo mundo que Zoey ama no mundo real.

Heath virou para encarar Stark.

– Não pega bem *pra* você dizer esse tipo de merda. Larga do pé da garota, cara. Eu sei que você a ama e tal, mas, de boa, você a conheceu outro dia desses. Eu tô com ela há anos. Tô ligado que você vai sentir saudade dela, mas Zo vai ficar bem aqui comigo, vai ficar feliz.

– Isso não é questão de amor. É questão de fazer o que é certo. Eu dou minha palavra de Guardião que estou dizendo a verdade. Se Zoey não voltar para o corpo, o mundo que ela conhece, e que você conheceu, será destruído.

– Que papo de Guardião é esse?

Stark respirou fundo.

– É questão de honra.

Algo na voz de Stark fez Heath olhar para ele com outros olhos. O cara tinha mudado. Ele parecia mais alto, mais velho e não o palhaço metido de sempre. E parecia triste. Bem triste.

– Você tá falando a verdade.

Stark assentiu.

– Aphrodite teve uma visão. O que ela viu foi você ajudando Zoey a reagrupar os pedaços soltos de sua alma. Você faz isso prometendo ficar aqui com ela. Assim Zoey não se torna um *Caoinic Shi'*. Ela volta a ser ela mesma. E fica aqui com você para sempre. Mas, sem Zoey, não vai ter ninguém para enfrentar Neferet e Kalona.

– E eles vão dominar o mundo – Heath completou.

– E eles vão dominar o mundo – Stark confirmou.

Heath olhou nos olhos de Stark.

– Eu tenho que abandonar Zoey.

— Eu não vou deixá-la sozinha — Stark prometeu. — Sou o seu guerreiro, seu Guardião. Eu juro solenemente que a protegerei o tempo todo.

Heath assentiu, desviando o olhar de Stark, tentando controlar as próprias emoções. Ele quis correr, quis encontrar Zo e fazer com que ficasse para sempre com ele, onde quer que fosse. Mas, quando voltou a olhar para Stark, percebeu a absoluta verdade: Zoey o odiaria se seus amigos fossem destruídos. Ela o odiaria mais do que o amava. Então, se Heath *realmente* a amava, teria de deixá-la.

Apesar de estar sentindo vontade de vomitar, Heath ficou aliviado ao ouvir a própria voz soando calma e normal.

— Como você vai fazer para ela dar um jeito na alma depois que eu for embora?

— Não dá pra você dizer que vai ficar com ela, ajudá-la a consertar a alma e depois ir embora?

Heath deu um riso irônico.

— Meu camarada, não vou pegar pesado com você porque, como você não tá morto, fica meio ridículo você falando de espíritos e tal, mas não vou mentir pra Zo porra nenhuma. Tipo, fala sério, cara, essa história nem faz sentido.

— É, tudo bem. Acho que você tem razão — Stark passou a mão nos cabelos. — Então não sei como vou fazer isso, mas vou. Tenho que fazer. Se você é homem o suficiente para deixá-la, eu sou homem o suficiente para dar um jeito de salvá-la.

— Bem, põe na cabeça o seguinte: Zo não gosta que ninguém tente salvá-la. Ela gosta de cuidar de si mesma. No geral, o melhor é você ficar na sua e deixar ela fazer as coisas do seu jeito.

Stark assentiu solenemente.

— Vou me lembrar disso.

— Tá. Então, vamos atrás dela.

Os dois rapazes começaram a caminhar para a parte do bosque onde tinham visto Zoey pela última vez.

— Vou ficar de fora até você dizer adeus pra ela. Só vou deixar Zoey me ver depois que você tiver ido embora — Stark disse.

Heath não confiou na própria voz, limitando-se a assentir.

– Fale mais sobre esse outro negócio que você comentou, o tal treco medonho que encurralou vocês para dentro do bosque.

Heath limpou a garganta e contou: – No começo, achei que fosse Kalona, mas aconteceu um negócio esquisito hoje que me fez achar que não deve ser ele. Tipo, parecia que aquela coisa lá fora estava querendo me ajudar a descobrir como salvar Zoey.

– Mas ficando aqui, certo?

– É, é isso. Essa era mais ou menos a ideia central.

– Então Kalona disse isso a você para se certificar que Zoey nunca mais iria embora do Mundo do Além, jamais voltaria para o seu corpo – Stark disse. – Ele disse exatamente o que se esperava que dissesse.

– E hoje ele quase conseguiu, me usando. Filho da puta desgraçado. Como se não bastasse ele ter me matado! – Heath olhou para Stark. – Então, na verdade, é por isso que você está aqui? Quer dizer, eu sei que você tinha que me dizer que tenho que tomar meu rumo, mas basicamente você está aqui pra quebrar a cara de Kalona e então levar mesmo a Zoey de volta.

– É, cada vez mais parece que é por isso que estou aqui.

Heath bufou.

– Boa sorte em sua missão de quebrar a cara do imortal, camarada.

– Andei pensando nisso, e tudo que realmente tenho que fazer é mantê-lo afastado de Z. por tempo suficiente para que ela volte a ficar inteira. Assim ela pode sair daqui e voltar para dentro do corpo, onde Kalona não pode lhe fazer mal, ao menos não no momento.

– Não. Desculpe estragar seus planos, mas, se for esse o negócio, Zo não vai precisar que você a proteja.

Stark olhou para ele com cara de quem não entendeu nada.

– O negócio é o seguinte: Zo não corre perigo neste lugar – Heath apontou para o bosque que os cercava. – Aqui não entra nada que seja do mal. Tem algo de especial neste lugar. Parece que toda a magia da Terra lá embaixo vem deste bosque aqui em cima. É uma versão da Superterra, um lugar de paz total. Você não sente?

– É, Superterra é uma boa definição – Stark disse. – E eu sinto essa paz também. Senti desde o começo. Por isso eu sabia que ela estaria aqui com você.

– Pois é. Por isso ela precisa de você. Porque, se ficar aqui sem correr perigo, ela não vai voltar para o mundo real. Portanto, repito, boa sorte em sua missão de protegê-la de Kalona. O canalha me matou. Espero que você se saia melhor do que eu. E, se você se der bem, quebre a cara dele por mim e por Zo também.

– Pode deixar. Ei, Heath, quero te dizer uma coisa – Stark o chamou. – Eu não teria coragem de fazer o que você está fazendo. Eu não conseguiria deixá-la.

Heath olhou para ele de relance e deu de ombros.

– É, bem, eu a amo mais do que você.

– Mas você está fazendo a coisa certa. Está agindo com honradez – Stark disse.

– Sabe, de onde me encontro agora, honra não quer dizer merda nenhuma. O que rola entre mim e Zo é amor. Sempre foi. Sempre vai ser.

Eles caminharam em silêncio, ambos perdidos em seus próprios pensamentos e, enquanto seguiam Zoey, as palavras de Heath ficaram reverberando sem parar na cabeça de Stark. "*O que rola entre mim e Zo é amor. Sempre foi. Sempre vai ser.*" Até que, para sua grande surpresa, ele entendeu tudo, entendeu de verdade. O que não facilitava em nada o que tinha que fazer, mas tornava mais suportável.

Eles a encontraram em uma pequena clareira no fundo do bosque. Ela estava dando voltas e mais voltas ao redor da sempre-viva alta e imponente, mas estranhamente deslocada entre as tramazeiras, espinheiros e musgos. O odor da árvore tomava conta da área. Eles entraram sorrateiramente, tomando cuidado para ficar sempre atrás de algum arbusto para Zoey não os ver. Stark assentiu e foi em direção a um monte de pedras da altura de um homem, cobertas de musgo e bem perto de Zoey, mas que ainda assim serviam de esconderijo discreto atrás do qual Stark se escondeu. Então Heath foi para perto do monte e respirou fundo, sentindo o ar.

– Que bizarro – Heath falou baixo para ela não ouvir. – O que será que a árvore de cedro está fazendo aqui?

– Cedro? É esse o nome dessa árvore? – Stark perguntou.

– É. Tem uma dessas, enorme, entre a antiga casa de Zo e a minha, bem parecida com essa, quase igual, até no cheiro.

– A avó de Zoey disse que era bom queimar folhas de cedro perto de mim enquanto estivesse aqui, no Mundo do Além. Aphrodite trouxe um sacão cheio dessas folhas. Eles queimaram antes de eu deixar meu corpo – ele olhou para Heath. – A árvore é um bom sinal. Significa que estamos seguindo o caminho certo.

Heath olhou para Stark longamente e, enfim, disse: – Espero que seja um bom sinal, mas você tem que saber que nada disso facilita as coisas pra mim.

– É, tô ligado.

– Tá mesmo? Porque estou prestes a deixar para você a única garota que já amei na vida, apesar de saber que ela precisa demais de mim.

– O que você quer que eu diga, Heath? Que eu gostaria que não tivesse de ser assim? É verdade. Que eu preferia que você não estivesse morto e que a alma de Zoey não estivesse despedaçada, e que minha pior preocupação fosse ter ciúme de você e daquele babaca do Erik? Preferia mesmo.

– Você não tem que ter ciúme do Erik. Zo jamais passaria muito tempo ao lado de um bosta possessivo que nem ele. Não deixe esse tipo de cara te estressar.

– Se eu conseguir fazer Zoey voltar inteirinha para dentro do corpo, nunca mais vou me estressar com cara nenhum – Stark respondeu.

– Quando – ele disse solenemente. Stark franziu o cenho. Heath soltou um suspiro e explicou: – *Quando* você conseguir fazer Zoey voltar, não *se*. Eu não vou deixar Zoey se você não tiver certeza do que está fazendo.

Stark assentiu.

— Tá, você tem razão. *Quando* eu conseguir fazer Zoey voltar. Tenho certeza de que estou fazendo o que é certo; *nós* estamos fazendo o que é certo. Só que eu sei que, de um jeito ou de outro, Zoey vai acabar sofrendo.

— É, eu sei — Heath apontou com o queixo a direção que Zoey tomara. — Mas nada é pior do que o que está acontecendo com ela agora — Heath abaixou a cabeça por um momento e então bateu nos dois ombros como se estivesse batendo nas ombreiras de seu uniforme de jogador de futebol americano. Ele se sacudiu, soltou o ar dos pulmões longamente e então levantou a cabeça para olhar nos olhos de Stark pela última vez. — Deixe bem claro para a Zo que não quero que ela fique chorando, surtada, por causa de mim. Fale que eu disse pra ela não esquecer que ela não fica nada gata quando faz isso.

— Pode deixar.

— Ah, falando nisso, é melhor você ir se acostumando logo a ter sempre lenço de papel no bolso, porque *não* tô exagerando mesmo. Zo fica toda encatarrada quando chora.

— Tá bem, deixa comigo.

Heath estendeu a mão para Stark.

— Tome conta dela por mim.

Stark segurou firme no antebraço de Heath.

— De guerreiro para guerreiro, eu te dou meu Juramento sobre isso.

— Ótimo, porque vou te cobrar esse Juramento da próxima vez que a gente se encontrar.

Heath soltou o braço de Stark, respirou fundo outra vez e parou de se esconder atrás do monte de pedras cobertas por musgo. Ele tentou não pensar no que estava prestes a acontecer.

Em vez disso, olhou para Zoey e enxergou além da sombra na qual ela estava se transformando e pensou na garota que ele amava desde criança. Viu a franja torta que ela mesma cortou quando estava na quarta série. Ele sorriu, pensando na fase moleca de Zoey nos últimos anos do ensino fundamental, quando ela vivia com os joelhos ralados. Depois teve aquele verão antes de ela passar para o ensino médio; Zoey ainda era magrela e desengonçada quando Heath saiu de férias com a família por um mês, mas, quando voltou, ele se deparou com uma jovem deusa. Sua jovem deusa.

– Ei, Zo – ele disse ao alcançá-la, começando a acompanhar seus passos circulares.

– Heath! Eu estava mesmo querendo saber onde você estava. Eu, ahn, parei aqui para você me alcançar. Senti sua falta.

– Você é rápida, Zo. Eu te alcancei assim que pude – ele deu o braço a ela. A pele de Zoey estava pavorosamente gelada. – Como *cê* tá, gata?

– Sei lá. Meio esquisita. Tonta e pesada ao mesmo tempo. Você sabe o que aconteceu comigo, Heath?

– Sei, gatinha, sei sim – ele parou de caminhar, mas continuou de braço dado com ela, forçando-a a parar também. – Sua alma está em pedaços, Zo. Estamos no Mundo do Além, lembra?

Zoey o fitou com seus enormes olhos escuros e, por um instante, quase pareceu a mesma de antes.

– É, eu me lembro agora, e vou dizer uma coisa, é tudo uma grande porcaria.

A imagem de Zoey oscilou diante dos olhos de Heath por causa das lágrimas que estavam brotando, mas ele piscou com força e sorriu.

– Pode ter certeza de que é mesmo, mas eu sei como consertar as coisas.

– Sabe? Que ótimo, mas, ahn, dá pra você fazer isso enquanto eu caminho? É que esse negócio de ficar parada não está dando certo para mim.

Em vez de deixá-la caminhar, Heath segurou seus ombros com firmeza, forçando-a a parar e a olhar em seus olhos.

– Você tem que juntar os pedaços da sua alma para depois levar seu corpo de volta para o mundo real. Você tem que fazer isso por causa dos seus amigos, por causa de Stark, por causa de sua avó. Zo, você tem que fazer isso até por mim também.

Zoey ficou agitada, remexendo o corpo, mas ele percebeu que ela estava se esforçando para ficar parada.

– Não sem você, Heath. Eu não quero voltar para o mundo real sem você.

– Eu sei, gata – ele disse brandamente. – Mas às vezes a gente tem que fazer coisas que não quer fazer. Tipo eu agora mesmo. Não quero me separar de você, mas está na hora de eu ir embora.

Ela arregalou os olhos e colocou suas mãos nas dele, que lhe cobriam os ombros.

– Você não pode me deixar, Heath! Eu vou morrer se você for embora sem mim.

– Não, gata. Pelo contrário. Você vai juntar seus pedaços e vai viver.

– Não, não, não! Você não pode ir embora sem mim – Zoey começou a chorar. – Não posso ficar aqui sem você.

– É isso que eu tô tentando fazer você entender, Zo. Se eu não ficar aqui, você vai voltar para o seu lugar e parar de virar esse fantasma patético no qual você está se transformando.

– Não. Não, olha só. Eu vou juntar meus pedaços. Mas fica aqui. Fica comigo. Vou ficar bem, você vai ver. Eu juro, Heath.

Ele já sabia que ela ia dizer algo assim e já estava com a resposta na ponta da língua, mas nem por isso seu coração deixou de sangrar dentro do peito.

– A questão não é só você, Zo. Também tem a ver com o que é melhor para mim. Chegou a hora de eu passar para outro domínio.

– Como assim? Heath, eu não tô entendendo – ela choramingou.

– Eu sei que você não tá entendendo, gata. Eu também não entendo de verdade, mas posso sentir – ele disse sinceramente. À medida que ia falando, as palavras lhe vinham e, ao surgirem, o tranquilizavam, amenizavam a dor em seu coração e lhe davam a certeza de que estava realmente fazendo a coisa certa. – Eu morri cedo demais. Eu quero minha vida, Zo. Quero minha chance.

– Eu... eu sinto muito, Heath. A culpa é minha, e não posso lhe devolver sua vida.

– Ninguém pode, Zo. Mas posso ter outra chance de viver. Mas não se ficar aqui com você. Se eu ficar aqui, jamais terei vivido, nem você.

Zoey parara de soluçar, mas as lágrimas continuavam brotando de seus olhos, inundando-lhe as bochechas e pingando de seu rosto como se ela estivesse debaixo de uma chuva de verão.

– Não posso. Não consigo continuar sem você.

Heath sacudiu-a de leve e se forçou a sorrir.

– Pode, você pode sim. Se eu consigo, você também consegue. Porque você sabe que é mais esperta e mais forte do que eu, Zo. Você sempre foi.

– Não, Heath – Zoey sussurrou.

– Eu quero que você se lembre de uma coisa, Zo. É uma coisa importante e que vai fazer mais sentido quando você estiver inteira de novo. Eu vou embora daqui e vou ter outra chance de viver. Você vai ser uma grande e famosa Grande Sacerdotisa *vamp*. Isso significa que vai viver trocentos anos. *Eu vou te encontrar de novo.* Nem que leve cem anos. Eu juro, Zoey Redbird, vamos ficar juntos de novo – Heath a puxou para os seus braços e a beijou, tentando demonstrar através do toque que seu amor por ela não tinha fim. Quando finalmente se forçou a soltá-la, teve a impressão de ver um traço de compreensão em seu olhar chocado e assombrado. – Eu vou te amar *pra* sempre, Zo.

Então Heath se virou e começou a caminhar, afastando-se de seu verdadeiro amor. O ar se abriu na frente dele como se fosse uma cortina, e ele saiu de uma esfera para outra, desaparecendo completamente.

Totalmente destruída, Zoey voltou tropeçando para perto da árvore de cedro. Silenciosa como um cadáver, com lágrimas insistindo em escorrer pelo rosto, ela parou de andar em círculos.

28

Kalona

Kalona não soube dizer há quanto tempo estava no reino de Nyx. As Trevas canalizadas por Neferet o tinham arrancado do corpo com um solavanco física e espiritualmente tão intenso que ele ficou indiferente a tudo que não fosse a perplexidade e o medo por estar de volta ao reino Dela.

Ele não se esquecera da beleza do lugar. Do puro encanto do Mundo do Além e da magia que o lugar tinha para ele. Especialmente para ele.

Ele era diferente na época em que aquele era o seu lugar.

Ele era uma força da Luz que protegia Nyx contra qualquer coisa que as Trevas pudessem invocar para tentar desequilibrar o mundo a favor do mal, da dor, do egoísmo e do desespero dos quais elas se alimentavam.

Por séculos a fio, Kalona protegera sua Deusa de tudo, menos de si mesmo.

É uma ironia as Trevas terem usado esse amor para derrotá-lo.

Ainda mais irônico era, após ele ter caído, a Luz também ter usado o amor para prendê-lo em uma armadilha.

Ele ponderou brevemente se o amor poderia lhe fazer algo pior do que já fizera. Será que ele ainda era capaz de amar?

Ele não amava Neferet. Usara-a para se libertar da prisão da terra, e ela, por sua vez, o usara para seus próprios interesses.

Ele amava Zoey?

Kalona não queria ser a causa de sua destruição, mas culpa não era amor. Arrependimento tampouco. E essas também não eram emoções fortes o bastante para fazê-lo querer sacrificar a liberdade de seu corpo para salvá-la.

Circulando pelos domínios da Deusa, o imortal caído afastou da mente todas as questões sobre o amor e suas dolorosas armadilhas e se concentrou na tarefa à mão.

O primeiro passo tinha sido encontrar Zoey.

O segundo era fazer com que ela não voltasse ao mundo dos vivos, para que ele pudesse recuperar o corpo e cumprir o que prometera a Neferet.

Encontrar Zoey não tinha sido difícil. Ele só tivera que se concentrar nela, e o seu espírito seguira a onda das Trevas, sendo levado diretamente a ela, aos pedaços fragmentados de sua alma.

O garoto humano que ele matou estava lá com ela, ou melhor, ele estava com uma parte dela, que era basicamente a Zoey de sua época.

Foi estranho ver o garoto consolando-a, acalmando-a e depois, por alguma razão provavelmente instintiva, conduzindo-a ao bosque sagrado da Deusa. Um lugar tão puramente composto da essência de Nyx que, enquanto houvesse equilíbrio entre Luz e Trevas no mundo, mal nenhum conseguiria nele entrar.

Kalona se lembrava muito bem do bosque. Foi dentro dele que se dera conta de seu amor por Nyx. Naquela época terrível antes de optar pela queda do reino Dela, era lá o único lugar onde conseguia pelo menos um pouquinho de paz.

Ele tentara entrar lá de novo. Tentara seguir Zoey e Heath bosque adentro e tirar dos ombros, de uma vez por todas, o peso das tramoias que Neferet lhe impusera, mas não conseguira ultrapassar a barreira do bosque sagrado. A tentativa o deixara fraco e ofegante, e isso o fez se lembrar muito bem de como se sentia sempre que ficava aprisionado sob a terra.

Desta vez, foi a paz e a magia da terra da Deusa que, em vez de prendê-lo, rejeitaram-no.

A parte que ele tinha com as Trevas não permitia que fosse aceito no bosque de Nyx.

Kalona quase esperava que Nyx aparecesse a qualquer momento na sua frente para acusá-lo de ser o intruso que ele obviamente era, e novamente expulsá-lo de seus domínios.

Mas a Deusa não apareceu. Pelo jeito, Neferet estava certa. Se Nyx tivesse banido seu corpo *e* sua alma, o próprio Erebus o teria abordado para cumprir a determinação da Deusa e, com todos os poderes de um consorte divino, expulsado seu espírito do Mundo do Além.

Então Kalona tinha direito a esta *liberdade,* esta maldita *opção* de voltar para vislumbrar aquilo que ele mais desejava, mas que jamais teria.

O imortal ferveu por dentro, sentindo uma raiva familiar, que lhe dava uma sensação de segurança.

Kalona perseguiu Zoey e o garoto. Não precisou de muito tempo para perceber que bastava forçá-los a ficar dentro do bosque para acabar completando sua tarefa.

Zoey estava murchando e se dissipando. Transformando-se em um *Caoinic Shi'* incapaz de descansar e, desse jeito, jamais retornaria para o próprio corpo.

Pensar em Zoey se transformando em um ser nem vivo nem morto, eternamente incapaz de descansar, fez Kalona sentir uma dor curiosa.

Sentir de novo! Será que um dia ele se livraria disso? Sim. Tinha que haver um jeito. Talvez Neferet tivesse razão. Talvez fosse tão fácil quanto se livrar de Zoey. Então ele ficaria livre da culpa, do desejo e da perda que ela despertava nele.

Mas bastou pensar na ideia para Kalona entender que não se livraria de Zoey se a deixasse se transformar em um espectro, uma mera sombra de si mesma. Esse peso na consciência o assombraria pela eternidade.

Ele repensou a situação enquanto viu, do lado de fora do bosque, Heath ao lado de Zoey, tentando consolá-la, quando não havia consolo possível.

Ele a ama de verdade, e ela a ele. Kalona ficou surpreso de não ficar com raiva nem ciúme ao pensar isso. Era um simples fato. Se o mundo de Zoey não estivesse de ponta-cabeça, ela teria passado a vida inteira com esse garoto humano, uma vida de inocência, trivialidade e felicidade.

E então, com súbita clareza, Kalona entendeu como libertar a si mesmo de Zoey e cumprir o compromisso com Neferet.

Aqui ela ficaria feliz com o garoto, e sua satisfação bastava para amainar a culpa que ele sentia por ter impulsionado sua morte. Ela ia ficar aqui, no bosque de Nyx, com seu amor de infância, e ele voltaria ao domínio terrestre livre de suas complicações com ela. *Seria uma ação do bem se ela ficasse aqui,* Kalona racionalizou. *Ela jamais voltaria a sofrer as dores e as preocupações típicas da vida na Terra.* Era uma solução que parecia satisfatória.

Kalona expulsou de sua mente o pensamento sobre como seria ficar sem a única pessoa que, em suas duas vidas, o lembrara sua Deusa perdida e realmente o fizera *sentir* alguma coisa.

Em vez de pensar em Zoey, Kalona se concentrou no garoto. Heath era a chave. Foi por causa da morte dele que a alma de Zoey se despedaçara, e era ele quem estava impedindo sua recuperação. *Humano idiota! Será que não sabe que só ele pode amainar a culpa dela e permitir a cura de sua alma?*

Não, claro que não sabia. Ele era apenas um garoto e nem era dos mais brilhantes. Alguém tinha de fazê-lo entender.

Mas o garoto estava no bosque, onde Kalona não podia entrar. Então ele pairou e observou, esperando a raiva do garoto estourar para aproveitar esse sentimento para sussurrar-lhe coisas, conduzi-lo, fazê-lo tomar seu rumo.

Quase satisfeito, Kalona foi esperar na beira do bosque. O garoto ia ajudar Zoey a restaurar sua alma, mas ela não ia deixá-lo, não se ele fosse o veículo através do qual ela voltasse a ficar inteira. Então era apenas questão de tempo, de muito pouco tempo, aliás, para que seu corpo terreno perecesse desprovido de espírito.

Então ele poderia retornar ao próprio corpo e cumprir seu trato com Neferet. *E aí,* Kalona pensou amargamente, *eu nunca mais vou deixar a Tsi Sgili me dominar.*

Convencido por suas especulações e autoilusões, o imortal não viu Stark entrando no bosque e, portanto, não testemunhou a nova revolução no mundo de Zoey.

Stark

Stark viu Heath passar pela cortina que separa um reino de outro. Por um momento, não conseguiu se mexer, nem mesmo para abordar Zoey.

Ele tinha razão. Heath era mais corajoso do que ele. Stark abaixou a cabeça e sussurrou: – Nyx, esteja com Heath e faça com que ele reencontre Zoey nesta vida – os lábios de Stark se curvaram em um sorriso e ele acrescentou: – Mesmo que depois ele acabe enchendo a droga do meu saco.

Então Stark empinou o queixo, esfregou os olhos e saiu detrás da pedra onde estava escondido, seguindo rapidamente e em silêncio em direção a Zoey.

Ela estava assustadoramente mal. Seu cabelo emaranhado se levantou com uma estranha brisa que parecia sussurrar ao seu redor enquanto ela caminhava sem parar, parecendo mover-se ao sabor de um vento fantasmagórico. Logo antes de ver Stark, ela levantou a mão para afastar umas mechas do rosto, e ele viu que sua mão e até seu braço pareceram subitamente transparentes.

Ela estava literalmente sumindo.

– Zoey, oi, sou eu.

O som de sua voz teve o efeito de um choque elétrico nela. Quase dando um pulo, Zoey virou-se para olhar para ele.

– Heath!

– Não. Sou eu, Stark. Eu... eu sinto muito quanto ao Heath – ele disse sem pensar, sentindo-se idiota, mas sem saber mais o que dizer.

– Ele foi embora – ela lançou seu olhar vazio para o lugar onde Heath estava antes de desaparecer e, voltando a andar em círculos, olhou angustiada para Stark.

Ele percebeu que ela o reconheceu porque de repente ela parou, abraçando a si mesma como quem se protege de um golpe.

– Stark! – ela balançou a cabeça de um lado para outro, sem parar. – Não, você também, não!

Ele entendeu o que ela devia estar pensando e se aproximou instantaneamente, puxando seu corpo rígido e frio para dentro de seus braços.

– Eu não morri – ele disse as palavras lentamente e com cuidado, olhando para o rosto dela. – Você entende, Zoey? Eu tô aqui, mas meu corpo está bem. Ele está lá no mundo real com o seu. Nenhum de nós dois morreu.

Por um momento, ela quase sorriu. Então ela mergulhou brevemente mais fundo em seus braços, permitindo que ele a abraçasse.

– Senti tanta saudade de você – ele murmurou.

Ela se afastou, estudando seu rosto com cuidado.

– Você é meu guerreiro.

– Sou. Sou seu guerreiro. Sempre serei seu guerreiro.

Ela deu um suspirinho e recomeçou a andar em círculos.

– Agora não existe mais sempre.

Ele continuou caminhando com ela, sem saber como alcançar essa versão estranha e fantasmagórica de sua Zoey. Lembrou-se de que Heath falava com ela basicamente do jeito normal. Então, ignorando as palavras confusas que ela dizia e o fato de não conseguir parar de se mexer, ele segurou sua mão, agindo como se estivessem apenas passeando juntos no bosque.

– Este lugar é bem legal.

– Era para ser um lugar de paz.

– Eu acho que é.

– Não. Pra mim, não é. Nunca mais vou ter paz. Perdi essa parte de mim.

Ele apertou sua mão.

– Por isso estou aqui. Vim te proteger para você poder juntar os pedaços de sua alma e voltar para casa comigo.

Ela nem olhou para Stark.

– Não posso. Volte sem mim. Eu tenho que ficar aqui esperando por Heath.

– Zoey, Heath não vai voltar para cá. Ele foi para outra vida. Ele vai renascer. É para o mundo real que ele vai voltar.

– Ele não pode estar lá. Ele morreu.

– Tá, eu não entendo direito desse negócio de Mundo do Além, mas, pelo que entendi, Heath saiu daqui para renascer e viver outra vida. É assim que você vai revê-lo, Z.

Zoey parou, lançou seu olhar vazio sobre ele, balançou a cabeça e então voltou ao seu infinito caminhar.

Stark apertou os lábios para não dizer aquilo que o estava destruindo por dentro, ou seja, que ela teria juntado os pedaços de sua alma por amor a Heath, mas não por amor a ele. Ela não o amava o bastante.

Stark procurou afastar esses pensamentos da cabeça. Não era questão de amor. Ele já sabia disso desde que Seoras o confrontara perguntando-lhe se arriscaria sua vida por Zoey mesmo se a perdesse. *"Eu fico com ela"*, – Stark lhe dissera. *"Sim, rapaçote, como seu guerreiro, não resta dúvida, mas talvez não como seu amor."*

Talvez não como seu amor.

Stark olhou para Zoey e a enxergou de verdade. Ela estava completamente arrasada. Suas tatuagens haviam sumido. Seu espírito estava fragmentado. Ela estava se perdendo.

Ainda assim, enxergou beleza e força dentro dela e foi atraído para ela. Ela não era mais a mesma de antes, não era o que poderia ser, mas, mesmo despedaçada, ela era sua Ás, sua *bann ri shi'*, sua rainha.

... Mas saiba que não há retorno, pois esta é a lei e o destino do Guardião, e nele não pode haver rancor, malícia, preconceito ou vingança, e sua única paga é a fé em sua honra, sem garantia de amor, felicidade e nem lucro.

Stark era Guardião de Zoey, além e acima de qualquer outra coisa. Ele estava ligado a ela por algo mais forte do que o amor: a honra.

– Zoey, você tem que voltar. Não é por causa de você e de Heath, nem por causa de nós dois. Tem que voltar porque é o certo, o honrado.

– Não posso. Não me resta muito tempo.

– Agora que você tem ajuda, resta sim. Seu Guardião está aqui – Stark levou a mão dela aos lábios, beijou-a e então sorriu para ela ao se lembrar. – Aphrodite me fez decorar um poema pra você. É um dos poemas de Kramisha. Ela e Stevie Rae acham que é uma espécie de mapa para você voltar a ficar inteira.

– Aphrodite... Kramisha... Stevie Rae... – Zoey sussurrou com hesitação, como se estivesse reaprendendo os nomes. – São minhas amigas.

– Sim, é isso o que elas são – Stark voltou a apertar-lhe a mão. Como parecia que ele a estava alcançando, continuou: – Então, se liga só no poema. Lá vai:

Uma faca de dois gumes
Um lado destrói
Outro liberta
Sou seu nó górdio
Você vai me libertar ou me destruir?
Siga a verdade e assim você irá:
Na água me encontrar
Pelo fogo me purificar
Prisão na terra, nunca mais
O ar vai lhe sussurrar
O que já sabe o espírito:
Mesmo com tudo arrasado
Tudo é possível
Se você acreditar
Então ambos haveremos de ser livres.

Quando ele terminou de recitar o poema, Zoey parou de se mexer tempo o suficiente para olhar nos seus olhos e dizer: – Isso não quer dizer nada.

Ela recomeçou a caminhar, mas segurando firme na mão dele, mantendo-o perto de si.

– Quer dizer sim. Tem a ver com você e Kalona. Ele tem alguma coisa a ver com sua saída daqui – Stark fez uma pausa e então acrescentou: – Você se lembra de que vocês dois têm uma ligação, certo?

– Não temos mais, não – ela respondeu rapidamente. – Ele quebrou essa ligação quando quebrou o pescoço de Heath.

Bem que eu queria que fosse verdade, Stark pensou, mas disse: – É, mas, mesmo assim, parte disso já aconteceu. Você seguiu o que achou que fosse verdade sobre ele ser encontrado na água. E o próximo verso diz: *Pelo fogo me purificar.* O que você acha que isso pode querer dizer?

– Eu não sei! – Zoey gritou com ele. Apesar de estar ficando nitidamente irritada, Stark ficou contente de ver um pouco de animação naquele rosto tão pálido e mortiço. – Kalona não está aqui. Não tem fogo aqui. Eu não sei!

Stark segurou firme sua mão e esperou Zoey se acalmar.

– Kalona está aqui. Ele veio atrás de você. Ele só não pode entrar no bosque – então, sem pensar racionalmente, foi dizendo as palavras que lhe vinham do coração e não da sua mente: – E foi o fogo que me trouxe para cá. Pelo menos, parecia fogo.

Zoey olhou para ele e, com um tom bastante sensato, mudou o rumo da vida dele ao dizer: – Então parece que esse poema fala sobre Kalona e você, não sobre mim e Kalona.

As palavras caíram sobre Stark como uma tela de aço.

– Como assim, Kalona e eu?

– Você foi comigo a Veneza e sabia o monstro que Kalona era antes de mim. O fogo trouxe você pra cá. O resto deve acabar significando alguma coisa pra você se pensar bastante.

– A faca de dois gumes... – Stark pronunciou as palavras suavemente. A *claymore* tinha dois gumes. E, com ela, ele tanto destruíra quanto soltara, no sentido de libertar. Ele sabia o perigo que, na verdade, Kalona representava ao segui-lo até Veneza com Zoey... O fogo da dor causada pelos cortes de Seoras o levaram ao encontro dela em um lugar que parecia a Terra, apesar de ser o Mundo do Além. E Zoey estava presa lá, precisando de alguém que a soltasse. E agora ele tinha que seguir o que o seu espírito sabia sobre honra para acabar com essa história toda. – Ah, merda! – ele olhou para Zoey, que não parava de andar ao seu lado, e os pedaços do quebra-cabeça começaram a se encaixar. – Você tem razão. O poema é para mim.

– Ótimo, então ele vai te mostrar como se libertar – Zoey disse.

– Não, Z. Ele está me mostrando como libertar a nós dois – ele explicou. – Kalona e eu.

Ela pousou seu olhar atormentado e inquieto no rosto dele, mas logo desviou, afobada.

– Libertar Kalona? Não entendo.

– Eu entendo – Stark disse com uma expressão amarga, lembrando-se do golpe mortal que libertara o Outro. – Há muitas maneiras de ser livre – ele apertou a mão dela, fazendo-a desacelerar e olhar para ele. – E acredito em você, Zoey. Mesmo despedaçada, você ainda pode contar com meu Juramento. Eu vou protegê-la e, enquanto ainda me lembrar do que seja honra e não voltar a decepcioná-la, acho que qualquer coisa é possível. Ser seu Guardião é isso: questão de honra.

Stark levantou a mão dela e a beijou novamente antes de começar a caminhar. Mas não se deixou controlar pelos passos circulares de Zoey. Desta vez, ele a levou diretamente para a beira do bosque.

– Não. Não. A gente não pode ir *pra* lá – Zoey protestou.

– É para lá que temos que ir, Z. Vai dar certo. Eu confio em você.

Stark continuou caminhando em direção às áreas amplas e iluminadas em meio ao verde que marcavam o fim do bosque.

– Confiar em mim? Não. Não tem nada a ver com confiança. Stark, não podemos sair deste lugar. Nunca. Tem coisas ruins lá fora. *Ele* está lá fora – Zoey estava puxando a mão dele com força, tentando fazer com que mudasse de direção.

– Zoey, vou dizer umas coisas bem rápido e sei que sua concentração não está das melhores no momento, mas você precisa me ouvir. Stark estava prestes a arrastar Zoey com ele, mas continuou puxando-a para a frente, para onde terminava o bosque, incansavelmente. – Não sou mais apenas seu guerreiro. Sou seu Guardião. E isso significa uma mudança das grandes para mim e para você. A maior delas é o fato de eu estar ligado a você mais pela honra do que pelo amor. Nunca mais vou te decepcionar. Eu não sei dizer que mudança vai acontecer contigo – o fim do bosque cintilava na frente deles. Stark parou e, obedecendo a um impulso vindo das entranhas, ajoelhou-se com uma das pernas na frente de sua rainha despedaçada: – Mas tenho cem por cento de certeza de que você vai dar conta. Zoey, você é minha Ás, *mo bann ri,* minha rainha, e tem que se recompor, senão nenhum de nós vai sair mais daqui.

– Stark, você tá me assustando.

Ele se levantou, beijou as mãos dela e depois a testa e disse: – Bem, Z., fique ligada, porque eu tô só começando – ele deu seu bom e velho sorrisinho arrogante. – Aconteça o que acontecer, pelo menos cheguei aqui. Se conseguirmos voltar, vamos poder dizer para aqueles babacas do Conselho Supremo dos Vampiros que a gente tinha razão – então, ele afastou as folhas de duas sorveiras e foi para a fronteira pedregosa que demarcava o fim do bosque.

Zoey ficou dentro do bosque, mas afastou os galhos à sua frente para ver Stark, sempre balançando para lá e para cá, fazendo as folhas farfalharem como se fossem uma plateia murmurante.

– Stark, volte!

– Não posso, Z. Tenho algo a fazer.

– O que é? Eu não entendo!

– Vou dar umas porradas num imortal. Por você, por mim e por Heath.

– Mas você não pode fazer isso! Você não vai conseguir derrotar Kalona.

– Você provavelmente está certa, Z. Eu não posso. Mas *você* pode – Stark levantou os braços abertos e berrou para o céu de Nyx. – Vamos, Kalona! Eu sei que você está aí! Venha me pegar. É o único jeito de você ter certeza de que Zoey não vai voltar, porque, enquanto eu for vivo, vou lutar para salvá-la!

O céu acima de Stark ondulou e o azul imaculado começou a se acinzentar. Gavinhas das Trevas, como fumaça emanando de um fogo tóxico, começaram a se espalhar, a se adensar, a tomar forma. As asas de Kalona apareceram primeiro. Imponentes, negras e abertas, elas obscureciam o sol da Deusa. Depois apareceu seu corpo, maior, mais forte, mais ameaçador do que Stark se lembrava.

Ainda pairando sobre Stark, Kalona sorriu.

– Então é você, garoto. Você se sacrificou para acompanhá-la até aqui. Meu trabalho está feito. Sua morte a prende aqui mais facilmente do que eu jamais teria conseguido.

– Errado, otário. Não morri. Estou vivo e vou continuar assim. E Zoey também.

Kalona apertou os olhos.

– Zoey não vai deixar o Mundo do Além.

– Bom, acontece que estou aqui para provar que você está errado outra vez.

– Stark! Volta *pra* cá! – Zoey gritou de dentro do bosque.

Kalona olhou para ela. Ele soou triste, quase magoado quando falou: – Teria sido mais fácil para ela se você tivesse deixado o garoto humano fazer minha vontade.

– Este é o seu problema, Kalona. Você tem complexo de Deus. Ou não, acho que devo chamar de complexo de Deusa. É isso o que você tem. Sabe, não é só porque você é imortal que tem de dar as cartas. Na verdade, no seu caso, ser imortal significa que você está errado há muito, muito tempo mesmo.

Lentamente, Kalona tirou os olhos de Zoey e se voltou para Stark. Os olhos cor de âmbar do imortal ficaram rasos e frios de raiva.

– Você está cometendo um erro, garoto.

– Não sou mais garoto – o tom de Stark se equiparou ao de Kalona.

– Você sempre será um garoto para mim. Insignificante, fraco, *mortal*.

– Já é o seu terceiro erro seguido, pois mortal não quer dizer fraco. Desça aqui e me deixe provar *pra* você.

– Muito bem, garoto. Que a dor que isso causará em Zoey fique na sua alma, não na minha.

– Ah, é, porque eu detestaria que você se responsabilizasse por alguma das merdas que já fez!

Como Stark já esperava, a provocação fez Kalona ferver de raiva e rugir para ele: – Não ouse falar do meu passado!

O imortal esticou o braço e arrancou das Trevas, que serpenteavam no ar que o cercava, uma lança com ponta de metal sinistramente cintilante, preta como um céu sem lua. Então Kalona caiu do céu.

Em vez de pousar na frente de Stark, arrastou suas enormes asas para baixo e para a frente, traçando no chão ao redor de Stark um círculo perfeito. Sob seus pés, a terra estremeceu e se desintegrou, e, como se o inferno tivesse se aberto abaixo dele, Stark foi caindo... caindo...

Ele bateu no chão com tanta força que o ar foi expelido violentamente de seus pulmões e sua visão perdeu o foco. Ele se levantou com dificuldade, ouvindo as risadas debochadas de Kalona.

– Apenas um garotinho fraco tentando brincar comigo. Isso não vai dar nem para o começo – Kalona se vangloriou.

Arrogante. Ele é mais arrogante do que eu jamais fui.

E, pensando no que já fora e no que já derrotara, o peito de Stark se aliviou. Ele conseguiu respirar. Sua visão se recuperou a tempo de ver um lampejo intenso penetrar a escuridão entre ele e Kalona, e a *claymore* de Guardião estava lá com a lâmina cravada na terra a seus pés.

Stark agarrou o cabo e sentiu na hora o calor e a pulsação de seu coração quando a *claymore*, *sua claymore*, entrou no ritmo do seu sangue.

Ele olhou para Kalona e notou a surpresa nos olhos cor de âmbar do imortal.

– Eu disse que não era mais um garoto – sem hesitação, Stark avançou, segurando a *claymore* com as duas mãos, perfeitamente centralizado nas linhas geométricas de ataque que se aglutinavam sobre o corpo de Kalona.

29

Zoey

O choque que senti quando Kalona se materializou sobre Stark foi terrível. Quando o vi, voltou tudo que acontecera naquele último momento daquele último dia, antes de o meu mundo explodir em morte, desespero e culpa. Plenamente delineados, seus olhos cor de âmbar fitaram os meus, e congelei de tristeza ao me lembrar de como olhara naqueles olhos antes e de como acreditei perceber neles alguma humanidade, bondade ou até amor.

Eu estava errada, muito errada.

Heath havia morrido por causa do meu erro.

Então Kalona voltou a olhar para Stark, atiçado pelas provocações do meu guerreiro.

Não! Ah, Deusa! Por favor, faça ele ficar quieto. Por favor, faça Stark voltar para mim.

Mas Stark parecia estar gostando de provocar Kalona. Ele não se calou, não correu. Fiquei horrorizada ao ver Kalona tirar do céu aquela lança. Suas asas cortaram um buraco no chão e então ele e Stark desapareceram naquela escuridão.

Foi quando me dei conta de que Stark também ia morrer por minha causa.

– Não! – o grito silencioso veio como um rasgo do fundo de mim, onde tudo era um grande vazio sem esperança e sem descanso. Eu precisava correr e continuar andando para fugir do que estava acontecendo aqui.

Eu não conseguia encarar mais essa. Não restava muito de mim mesma para dar conta daquilo tudo.

Mas, se eu não encarasse mais essa, Stark ia morrer.

– Não – desta vez, não falei como um fantasma; desta vez, não foi um grito sem voz. Foi a minha voz; a *minha* voz, não aquele som vazio, aqueles balbucios que andaram saindo da minha boca.

– Stark. Não. Pode. Morrer. – saboreei as palavras e acompanhei sua forma e familiaridade, ouvindo minha própria voz enquanto saía do bosque em direção ao buraco negro no chão dentro do qual desaparecera meu guerreiro.

Quando o buraco se abriu aos meus pés, olhei para baixo e vi Stark e Kalona se encarando bem no centro dele. Stark estava segurando uma espada fulgurante com as duas mãos para enfrentar a lança de Kalona.

Então me dei conta de que aquilo não era só um buraco no chão. Era uma arena. Kalona havia criado uma arena com muros altos, uniformes e escorregadios. Muros impossíveis de escalar.

Kalona fizera Stark cair em uma armadilha. Agora ele não podia correr, mesmo que me ouvisse. Ele não tinha como escapar. E também não tinha como vencer. E Kalona não ficaria nada feliz batendo um pouquinho em Stark, nem mesmo batendo bastante. Kalona pretendia matar Stark.

Aquele torpor inquieto começou a me sufocar de novo enquanto Stark encarava Kalona. Deixei meus pés se mexerem, mas me forcei a ficar onde dava para ver os adversários andando ao redor da arena até que, por incrível que pareça, Stark atacou o imortal caído.

Rindo cruelmente, Kalona desviou-se da espada manejando a lança com estonteante velocidade, de modo que Stark não teria a menor chance de ver, e então afundou a mão aberta no rosto de Stark com ferocidade e desprezo. Stark avançou tropegamente, passando pelo imortal e caindo no chão, com as mãos nos ouvidos como se estivesse tentando cessar a dor de cabeça.

– Uma *claymore* de Guardião... que divertido. Então você acha que se garante com ela? – Kalona falou enquanto Stark se reequilibrava e se virava para voltar a encará-lo de espada em riste.

Saía sangue das orelhas, nariz e lábios de Stark, formando finos traços escarlates que lhe escorriam pelo queixo e pelo pescoço.

– Eu não *acho* que sou um Guardião. Eu *sou* um Guardião.

– Você não pode ser. Conheço seu passado, garoto. Eu o vi abraçar as Trevas. Conte isso aos Guardiões e vamos ver se eles ainda vão querer você.

– A única pessoa que pode fazer ou desfazer de mim um Guardião é a minha rainha, e ela sabe de mim e do *meu* passado.

Stark arremeteu mais uma vez. Com profundo desdém, Kalona usou a lança para desviar a lâmina. Desta vez, ele bateu em Stark com o punho fechado, e a força foi tanta que lhe quebrou o nariz e ensanguentou seu rosto, fazendo meu guerreiro cair de costas.

Prendi o fôlego, esperando, impotente, Kalona dar o golpe que eu sabia seria mortal.

Mas o imortal apenas riu enquanto Stark se levantava com muita dor e dificuldade.

– Zoey não é rainha. Ela não tem força o suficiente. Ela é só uma garota fraca que se deixou despedaçar por causa da morte de um garoto humano – Kalona disse.

– Você está errado. Zoey não é fraca, ela é amorosa! E, quanto ao garoto humano, é em parte por ele que estou aqui. Eu preciso cobrar a dívida da morte dele.

– Idiota! Só Zoey pode cobrar a dívida dessa morte.

Com aquelas palavras, foi como se Kalona tivesse tirado sua lança e cortado a neblina da culpa que estava me cobrindo desde que o vi torcer o pescoço de Heath, permitindo assim que tudo ficasse bem claro para mim.

Eu posso não me considerar uma rainha, às vezes acho que não sou coisa nenhuma, mas Stark confiava em mim. Heath confiava em mim. Stevie Rae acreditava em mim. Até Aphrodite confiava em mim.

E, como diria Stevie Rae, Kalona estava mais equivocado do que um sujeito com roupa de mergulhador no deserto.

Eu não era fraca por gostar das pessoas. As escolhas que fiz por me importar com as pessoas definiam quem eu era.

Eu tinha deixado o amor me despedaçar uma vez, mas, ao ver Kalona brincando com meu guerreiro, meu Guardião, resolvi deixar o senso de honra me curar.

E assim, finalmente, tomei minha decisão.

Virei de costas para a arena e fui rapidamente para a beira do bosque da Deusa. Bloqueando a inquietude que ameaçava me empurrar para a frente o tempo todo sem me levar realmente para lugar nenhum, forcei-me a ficar parada. Abrindo bem os braços, concentrei-me primeiro no último espírito que havia falado comigo.

– Brighid! Eu preciso de minha força de volta!

A ruiva se materializou na minha frente. Ela parecia uma Deusa, toda alta e fogosa, repleta do poder e da segurança que me faltavam.

– Não – eu me corrigi em voz alta. – O poder e a segurança são meus. Eu só os perdi temporariamente.

– Está pronta para aceitá-los de volta? – ela perguntou, voltando aqueles olhos que eu conhecia tão bem para os meus.

– Estou.

– Bem, já estava na hora mesmo – ela se aproximou e me envolveu com seus braços, puxando-me para perto dela em um abraço tão forte quanto íntimo. Abracei-a também e, com essa aceitação, ela se dissolveu em minha pele, e me senti preenchida por uma explosão de calor que era poder, puro poder.

– Menos uma – murmurei. – Garota, se segura que eu *tô* indo com tudo – abri os braços novamente. Desta vez, meus pés ficaram firmemente plantados na terra e o desejo de me mexer, procurar, voar e me agitar passou por mim incólume como uma chuva de primavera.

– Preciso da minha alegria de volta!

Meu eu de nove anos de idade não se materializou. Ela saiu do bosque. Dando risada, ela se jogou em meus braços. Eu a peguei e ela gritou "iupííí" e mergulhou em minha alma.

Abri meus braços de novo, rindo. A alegria e a força me possibilitaram aceitar a última parte que faltava em minha alma, a compaixão.

– A-ya, eu preciso que você volte também – gritei, voltada para o bosque.

A boneca Cherokee saiu graciosamente detrás da farta vegetação.

– *A-de-lv*, irmã, fico feliz em ouvi-la chamar meu nome.

– É, bem, posso dizer honestamente que sou feliz por você fazer parte de mim. Eu te aceito, A-ya. Totalmente. Você volta?

– Sempre estive aqui, o tempo todo. Bastava você pedir.

Fui até ela e nos encontramos no meio do caminho em um abraço forte que a trouxe de volta para mim e, por conseguinte, me trouxe de volta a mim mesma.

– Agora, vamos ver quem é a garotinha fracote – eu disse, correndo de volta para a arena de Kalona.

Fui para a borda do buraco e olhei para baixo. Stark estava de joelhos outra vez. Vê-lo daquele jeito me apertou o coração. Meu Guardião estava com uma aparência péssima. Seus lábios estavam abertos e arrebentados em várias partes. Seu nariz, amassado e pingando sangue. Seu ombro esquerdo, sem forma, totalmente deslocado, e o braço estava frouxo, pendurado. A linda espada estava no chão, fora do seu alcance. Vi que os ossos de um dos pés e uma rótula do joelho estavam esmagados, mas Stark ainda resistia no chão aos pés de Kalona, tentando chegar mais perto de sua *claymore* em um esforço inútil.

Kalona estava levantando sua lança, como se estivesse testando o equilíbrio dela, e observou Stark: – Um Guardião arrebentado para uma garota despedaçada. Parece que agora vocês dois estão combinando mais.

E aquilo me deixou bem "p" da vida.

– Você não faz ideia de como tô de saco cheio das suas porcarias, Kalona – eu disse.

Os dois levantaram a cabeça. Não desviei o olhar de Kalona, mas senti o sorriso de Stark.

– Volte para o bosque, Zoey – Kalona disse. – É melhor você ficar lá.

– Você sabe de uma coisa que detesto? Homens tentando me dar ordens.

— É, minha rainha, foi o que Heath disse — o sorriso de Stark agora transparecia em sua voz, e eu tive que olhar para ele.

Olhei em seus olhos abatidos e neles vi tanto orgulho de mim que fiquei com vontade de chorar.

— Meu guerreiro... — sussurrei para ele.

Aquele instante, meu único errinho, bastou para Kalona. E o ouvi dizer: — Você devia ter voltado para o bosque — vi os olhos de Stark se arregalando e, quando me voltei novamente para o imortal, Kalona girou, esticando o braço direito como se fosse um antigo deus guerreiro. Ele soltou a lança com um arroubo de força e velocidade que eu sabia que não podia...

— Não! — eu gritei. — Venha para mim, ar! — pulei para dentro da arena, confiando que o elemento amorteceria minha queda, mas, apesar de sentir a corrente de ar me pegando, percebi que era tarde demais.

Kalona enfiou a lança no meio do peito de Stark, atravessando-lhe o corpo. A seta da lança agarrou suas costelas, arremessando-o para trás com tanta fúria, que ele foi empalado contra a parede do outro lado da arena com uma força repulsiva.

Meus pés tocaram o chão, e corri imediatamente até Stark. Cheguei perto dele e nos olhamos nos olhos. Ele ainda estava vivo!

— Não morra! Não morra! Eu posso dar um jeito nisso. Eu tenho que conseguir dar um jeito.

Por incrível que pareça, ele sorriu: — Isso mesmo. Minha rainha não vai se deixar despedaçar de novo por mais nada. Cobre sua dívida, e vamos para casa.

Stark fechou os olhos, com um sorriso nos lábios arrebentados. Observei seu corpo se convulsionar uma vez. Bolhas de ar sanguinolentas espumaram em volta da lança em seu peito e subitamente não houve mais movimento, nenhum som. Meu guerreiro estava morto.

Desta vez, ao encarar aquele ser que acabara de matar uma pessoa que eu amava, não me entreguei ao horror nem à dor. Desta vez, mantive o espírito perto de mim em vez de enxotá-lo, e foi do espírito que tirei forças para me deixar guiar pela sabedoria e pela intuição, não pela culpa nem pelo desespero.

Kalona balançou a cabeça.

– Eu queria que as coisas tivessem terminado de outro jeito. Se você tivesse me ouvido e me aceitado, teria sido diferente – ele disse.

– Que bom perceber que você concorda comigo, porque isso *vai* terminar de outro jeito – respondi. Antes de começar a me aproximar dele, peguei a espada de Stark. Ela era mais pesada do que eu estava esperando, mas ainda tinha o calor da mão dele, e esse calor me ajudou a ter forças para levantá-la.

O sorriso de Kalona foi quase gentil: – Eu não vou lutar contra você. Esse é o meu presente para você – ele abriu as grandes asas. – Adeus, Zoey. Vou sentir saudades e me lembrar de você com frequência.

– Ar, não o deixe ir embora – atirei o elemento sobre ele. Suas asas totalmente abertas foram pegas com facilidade, e um vento dos bons as jogou contra a parede da arena, reproduzindo sinistramente a pose final de Stark.

Caminhei até ele e, sem hesitar, enfiei a *claymore* em seu peito.

– Esta é por Stark. Sei que não vai te matar, mas pode ter certeza de que é muito bom fazer isso. E sei que ele vai gostar.

Os olhos de Kalona faiscaram ameaçadoramente.

– Você não pode me prender aqui para sempre. E, quando finalmente me soltar, eu vou fazê-la pagar por isso.

– Olha só, é como o Stark disse: você tá errado. De novo. Há regras diferentes no Mundo do Além, então, é provável que eu possa mantê-lo aqui para sempre, se eu quiser ficar e resolver pirar e fazer a linha *A Vingativa*, mas acontece que já quase pirei antes. Não tô mais interessada em pirar de novo. E tem mais, quero voltar pra casa. Então você vai fazer o seguinte. Vai me pagar a dívida de vida que me deve por matar meu consorte, Heath Luck, devolvendo-me Stark. Então Stark e eu vamos voltar para casa. Ah, aliás, não estou nem aí pra onde você vai.

– Você enlouqueceu. Não posso trazer os mortos de volta.

– Neste caso, eu acho que você pode. O corpo de Stark está em segurança no mundo real, junto comigo. Nós estamos no Mundo do Além, e aqui as coisas todas são relacionadas com o espírito. Você é um imortal, o que significa que é todo espírito. Então você vai compartilhar um pouco do seu espírito imortal com o meu Guardião. E trazê-lo de volta para mim. Agora. Porque você me deve isso. Entendeu? Estou cobrando a dívida, e está na hora de você pagar.

– Você não tem poder para me forçar – Kalona me desafiou.

Ela não tem, mas eu tenho.

As palavras incorpóreas tomaram conta da arena. Reconheci o som da voz de Nyx imediatamente e olhei para os lados na esperança de vê-la. Mas foi Kalona quem a encontrou. Ele já tinha olhado para trás de mim com uma expressão que lhe transformou o rosto inteiramente. Eu nem o reconheci por um momento. Ele estava olhando para mim com tesão, de um jeito possessivo e até com o que ele chamaria de amor. Mas ele estava errado. Ele não me amava. Kalona amava Nyx. Acompanhei seu olhar e vi a Deusa ao lado do corpo de Stark. Uma de suas mãos estava pousada ternamente na cabeça dele.

– Nyx! – a voz do imortal soou frágil e surpreendentemente jovem. – Minha Deusa!

Nyx levantou os olhos do corpo de Stark, mas não dirigiu seu olhar a Kalona. A Deusa olhou para mim. Ela sorriu e tudo dentro de mim se inundou de alegria.

– *Merry meet*, Zoey.

Eu sorri e abaixei a cabeça.

– *Merry meet*, Nyx.

– Você agiu bem, filha. Estou mais uma vez orgulhosa de você.

– Demorei muito... Sinto muito por tudo isso – tentei me desculpar.

O olhar dela era de uma bondade inquebrantável.

– Digo o que sempre repito para muitas de minhas filhas mais fortes, como você: são vocês que devem perdoar a si mesmas. Não precisa pedir perdão a mim.

– E eu? – Kalona perguntou com irritação. – Algum dia você vai me perdoar?

A Deusa olhou para ele. Seus olhos estavam tristes, mas os lábios transmitiam determinação, e suas palavras foram curtas e secas, sem emoção: – Se você um dia se mostrar digno de perdão, peça-o para mim. Mas não antes disso – Nyx levantou a mão da cabeça de Stark e estalou os dedos para Kalona. A *claymore* desapareceu de seu peito. O vento perdeu a força e ele caiu da parede da arena. – Você pagará o que deve à minha filha e então retornará ao mundo e às consequências que lá o aguardam, ciente, meu guerreiro caído, de que seu espírito, bem como seu corpo, estão proibidos de entrar no meu reino – sem mais olhar para Kalona, Nyx deu-lhe as costas. Ela se abaixou para beijar gentilmente os lábios ensanguentados de Stark, e então o ar se mexeu ao redor dele, cintilando, e ela desapareceu.

Quando Kalona se levantou, eu me afastei dele rápido, levantando as mãos e me preparando para atacá-lo de novo com o ar. Então seus olhos encontraram os meus, e vi que ele estava chorando em silêncio.

– Eu vou fazer o que ela mandou. Exceto por uma vez, uma única vez, sempre fiz o que ela mandou – ele disse.

Eu o segui quando ele se aproximou do corpo de Stark.

– Eu lhe retorno este último doce sopro de vida. Com ele você viverá novamente, e aceite um pedacinho de minha imortalidade pela vida humana que eu tirei – então, para meu choque total, Kalona se agachou e, imitando Nyx, beijou Stark.

Stark quase deu um pulo. Ele arfou e respirou fundo.

Antes que eu pudesse contê-lo, Kalona pôs uma mão no ombro de Stark e, com a outra, puxou a lança do corpo dele. Stark deu um grito agoniado e desmaiou.

– Seu canalha! – corri para perto de Stark e pus sua cabeça no meu colo. Ele estava respirando com dificuldade, mas respirava. Levantei os olhos em direção a Kalona: – Não é à toa que ela não te perdoa. Você é cruel e desalmado, você é totalmente errado!

– Quando você voltar ao mundo, fique longe de mim. Você estará fora do reino dela, e aí Nyx não virá correndo salvá-la – seu tom era de aviso.

– Quanto mais longe de você, melhor.

Kalona abriu as asas, mas, antes que ele pudesse ganhar o céu, gavinhas das Trevas, pegajosas e afiadas, emanaram das laterais escuras da arena e da terra cor de piche sob seus pés. Enquanto ele me olhava fixo, elas lhe envolveram o corpo, retalhando-lhe a carne. Foram cortando pedacinho por pedacinho, cobrindo-o, até ele não ser nada além de uma escuridão serpentiforme, misturada a sangue e a olhos cor de âmbar. Então as gavinhas alcançaram seus olhos, penetrando-os. Eu gritei, horrorizada, quando as gavinhas rasgaram algo tão luminoso e brilhante dentro dele que tive de fechar os olhos de tão ofuscante que era. Quando voltei a abri-los, o corpo de Kalona havia desaparecido com a arena, e Stark e eu estávamos dentro do bosque.

30

Zoey

– Zoey! O que foi isso? O que aconteceu? – com dificuldade, Stark tentou fazer seu corpo quebrado funcionar.

– Sssh, tudo bem. Tá tudo bem. Kalona se foi. Não corremos mais perigo.

O olhar dele encontrou o meu, e toda a tensão se esvaiu dele. Stark caiu nos meus braços e me deixou colocar sua cabeça no meu colo.

– Você voltou a ser você. Não está mais despedaçada.

– Sou eu de novo – toquei o rosto dele em um dos poucos lugares que não estavam ensanguentados, arrebentados ou machucados. – Desta vez, é você quem está parecendo despedaçado.

– Não, Z. Enquanto você estiver inteira, eu estarei bem – ele tossiu. Saiu sangue do buraco no seu peito. Seus olhos se fecharam e seu rosto se contorceu de agonia.

Ah, Deusa! Ele está tão machucado! Tentei falar calmamente: – Tá, tudo bem, mas você não está com uma cara das melhores. Então, que tal você e eu voltarmos para nossos corpos? Eles estão esperando por nós, certo?

Outro calafrio de dor lhe veio. Ele estava com a respiração curta, arfante, mas abriu os olhos para fitar os meus.

– Você deve voltar. Eu te sigo depois que descansar um pouquinho.

Uma sensação de pânico se agitou dentro de mim.

– Essa não. Nem pensar em deixar você aqui. É só me dizer do que você precisa para voltar.

Ele piscou os olhos algumas vezes, e então seus lábios rachados se curvaram em uma sugestão de sorriso arrogante.

– Eu não sei direito como voltar.

– Você o quê? Stark, fala sério.

– Sério. Eu sinceramente não faço ideia.

– Como você chegou aqui?

Seus lábios se curvaram novamente.

– Através da dor.

Eu dei um riso irônico.

– Bem, então levar você de volta deve ser fácil, pois dor é o que você está sentindo aqui.

– É. Mas lá eu tenho um Guardião ancestral cuidando de me manter na linha entre a vida e a morte. Não sei direito como dizer a ele que chegou a hora de me acordar. Como você vai voltar?

Nem precisei pensar nisso. Respondi com a naturalidade de quem respira: – Vou acompanhar o espírito até meu corpo. O meu lugar é lá, no mundo real.

– Faça isso – ele teve de fazer uma pausa ao sentir outra onda de dor. – Depois que eu descansar, faço a mesma coisa.

– Não, porque você não tem afinidade com o espírito como eu tenho. Não vai funcionar com você.

– Que bom que você ainda tem seus elementos. Fiquei preocupado com isso quando vi que suas tatuagens tinham sumido.

– Sumido? – virei a mão e realmente não havia mais filigranas cor de safira tatuadas nas palmas. Então abaixei os olhos para o meu peito. A cicatriz comprida e rosada estava lá, mas a tatuagem também sumira.

– Sumiram todas? Até as do meu rosto?

– Só sobrou a lua crescente – Stark respondeu. Então, ele fez outra careta de dor. Nitidamente extrapolando o limite da exaustão, ele fechou os olhos e disse: – Vá em frente e siga o espírito de volta para casa. Eu dou um jeito. Quando não estiver tão cansado. Não se preocupe. Não vou te abandonar, não mesmo.

– Ah, é ruim, hein? Não vou perder outro garoto com esse papo abstrato de "te vejo depois, Zoey". Isso não vai rolar nunca, *nunca* mais.

Ele abriu os olhos.

– Então me diga o que fazer, minha rainha. E eu faço.

Ignorei o papo de "minha rainha". Tipo, eu tinha visto Stark me chamar assim mais cedo e depois fazer o mesmo ao falar com Kalona sobre mim. Eu me perguntei brevemente se isso teria sido antes ou depois de o imortal começar a lhe bater na cabeça, mas depois me concentrei na parte em que ele disse "e eu faço". Portanto, ele ia fazer o que eu determinasse... mas que diabo eu tinha que determinar que ele fizesse?

Olhei para ele. Stark estava ainda pior do que na ocasião em que havia sido atingido pela lança atirada para me matar e quase morrera. De novo.

Mas depois ele tinha melhorado basicamente por si mesmo. Ele teve que melhorar. Eu também estava bem estragada.

Respirei fundo, lembrando do sermão de Mãe Galinha que Darius me passou quando eu quis que Stark bebesse meu sangue para sarar mais rápido. Ele tinha me explicado que entre um guerreiro e sua Grande Sacerdotisa o laço é tão forte que os guerreiros podiam às vezes sentir as emoções de suas Grandes Sacerdotisas. Abaixei os olhos e vi o rosto machucado de Stark. Não havia dúvida de que ele vinha fazendo isso. Quando isso acontecia, eles podiam absorver de suas Grandes Sacerdotisas não só o sangue, mas também sua energia.

E era exatamente o que Stark precisava: energia para se curar, para voltar ao seu corpo.

Desta vez, ele não ia sarar sozinho e, graças à Deusa, eu não estava mais toda ferrada.

– Ei. Eu sei o que quero que você faça.

Os olhos dele se abriram e eu odiei a dor que vi refletida neles.

– Diz. Se eu puder, vou fazer.

Sorri para ele.

— Eu quero que você me morda.

Ele pareceu surpreso e então, apesar de estar nitidamente sentindo dor, lá estava de novo em seu rosto aquele sorrisinho metido.

— *Agora* você me pede isso? Quando meu corpo está totalmente ferrado. Que ótimo.

— Larga de ser tão machinho — bronqueei com ele. — É porque seu corpo está totalmente ferrado que estou pedindo para você fazer isso.

— Se eu estivesse bem, faria você pensar diferente.

Balancei a cabeça para ele e revirei os olhos.

— Se você estivesse bem, eu te dava um beijo agora mesmo — e então, mexendo com cuidado, tentando ser o mais delicada possível, eu o tirei do meu colo. Ele tentou conter um gemido. — Desculpe! Sinto muito se machuquei você — deitei-me ao seu lado e comecei a puxá-lo para dentro dos meus braços, querendo apertá-lo como se assim fosse absorver sua dor.

— Tudo bem — ele arfou. — Só me ajuda a virar meu corpo para o meu lado bom.

Lado bom? Eu não sabia se chorava ou caía na risada, mas o ajudei a se virar para o lado do ombro que não estava destruído para podermos olhar um para o outro. Eu me aproximei dele hesitante, pensando que seria melhor eu cortar meu braço para ele beber meu sangue com mais facilidade e sem se mexer muito.

— Não — ele tentou me alcançar com a mão trêmula. — Assim não. Vem mais pra perto de mim, Z. A dor não interessa — ele fez uma pausa e acrescentou: — A não ser que você não consiga por causa do meu sangue. Ele não te deixa com vontade?

— O sangue? — eu me dei conta do que ele estava dizendo e pisquei os olhos, surpresa. — Nem reparei — ao ver sua cara triste, continuei: — Eu quis dizer que *reparei* que você estava sangrando. Mas não senti o cheiro — admirada, toquei o sangue no lábio dele com a ponta do dedo. — Não está me despertando aquela sede de sangue.

— Porque aqui nós somos só espírito, só pode ser por isso — ele disse.

— Será que então isso vai dar certo? Você beber do meu sangue?

Ele olhou nos meus olhos.

– Vai dar certo, Z. Entre nós, existe mais do que o lado físico. Nós somos ligados pelo espírito.

– Tá bem. Espero que sim – respondi, sentindo-me subitamente nervosa. Eu só havia deixado Heath beber do meu sangue antes; o meu Heath. Procurei tirar da mente as lembranças de Heath e as comparações com Stark, mas não podia negar um aspecto do que estava para acontecer. Deixar um cara beber meu sangue era uma coisa sexual. Era gostoso. Gostoso demais. Assim fomos feitos. Era normal, natural e certo.

E também estava me dando dor de estômago.

– Ei, relaxa e me dá seu pescoço aqui.

Meus olhos arregalados assimilaram a imagem de Stark com seu rosto espancado e seu corpo detonado.

– É, eu sei que você está nervosa, mas, ferrado do jeito que estou, você não precisa se preocupar – sua expressão mudou. – Ou a questão não é só o nervoso? Você está querendo mudar de ideia?

– Não – respondi rapidamente. – Não vou mudar de ideia. Eu não vou mudar de ideia em relação a você, Stark. Nunca.

Tentando ser o mais cuidadosa possível, eu me aproximei dele. Aproximei a curva do meu pescoço da boca dele, afastei o cabelo e me debrucei sobre ele, tensa, à espera da mordida.

Mas ele me surpreendeu. Em vez de seus dentes, senti o calor de seus lábios quando ele beijou meu pescoço gentilmente.

– Relaxe, minha rainha.

Sua respiração deixou minha pele arrepiada. Eu tremi. Quanto tempo fazia que eu não era tocada? No mundo real, não devia passar de alguns dias, mas aqui, no Mundo do Além, parecia que fazia séculos e séculos.

Stark me beijou de novo. Sua língua tocou meu pescoço e ele gemeu. Desta vez, não achei que fosse de dor. Ele não hesitou mais. Cravou os dentes no meu pescoço. Doeu, mas assim que ele fechou os lábios sobre o pequeno corte, a dor foi substituída por um prazer tão intenso que foi a minha vez de gemer.

Eu quis abraçá-lo e enganchar meu corpo ao dele, mas me contive, fazendo de tudo para não lhe causar mais nenhuma dor.

Ele tirou a boca da minha pele rápido demais. Sua voz já soou mais forte quando ele disse: – Você sabe quando eu percebi pela primeira vez que pertencia a você?

Voltei a ficar arrepiada ao sentir seu hálito cálido no meu pescoço.

– Quando? – minha voz estava ofegante.

– Foi quando você me enfrentou na enfermaria da Morada da Noite, antes de eu me Transformar. Você se lembra?

– Lembro – claro que me lembrava. Eu estava nua e ameacei quebrar sua cara com ajuda dos elementos quando fiquei entre ele e Darius.

Senti seus lábios roçando minha pele.

– Você pareceu uma rainha guerreira tomada por uma fúria divina. Acho que foi nesse momento que eu soube que sempre pertenceria a você, porque você me alcançou mesmo no meio de toda aquela escuridão.

– Stark – sussurrei seu nome, inteiramente tomada pelo sentimento. – Desta vez, você me alcançou. Obrigada. Obrigada por vir atrás de mim.

Com um som sem palavras, sua boca voltou ao meu pescoço, e desta vez ele mordeu mais forte e bebeu meu sangue *pra* valer.

Mais uma vez, o prazer não demorou a substituir a pontada de dor. Fechei os olhos e me concentrei no calor gostoso que invadiu meu corpo. Não conseguia conter a vontade de tocá-lo e de passar a mão pela sua cintura para sentir os seus músculos tensos sob a pele das costas. Eu queria mais de Stark. Eu o queria mais perto de mim.

Ele tirou os lábios do meu pescoço e se levantou. Seus olhos estavam turvos de paixão, e ele respirava com dificuldade.

– Agora, Zoey, você vai me dar algo além do seu sangue? Vai me aceitar como seu Guardião?

Olhei fixo para ele. Em seus olhos, havia outra coisa, algo que nunca vi nele antes. O garoto que saíra batendo o pé em Veneza, irritado e com ciúmes de mim, desaparecera. O homem que surgira em seu lugar era mais do que um vampiro, mais do que um guerreiro. Mesmo quando acolhi seu corpo arrebentado em meus braços, pude sentir a força que existia em Stark: sólido, confiável, honrado.

– Guardião? – falei pensativamente, tocando-lhe o rosto. – Então foi nisso que você se Transformou?

Ele não tirou os olhos dos meus nem por um instante.

– Sim, se você me aceitar. Sem a aceitação de sua rainha, o Guardião não é nada.

– Mas não sou rainha de verdade.

Seus lábios estourados não impediram o sorrisinho metido.

– Você é *minha rainha*, e que se foda quem disser que não é.

Sorri para ele.

– Eu já aceitei seu Juramento Solene para ser meu guerreiro.

O jeitinho metido de Stark sumiu de imediato.

– Isso é diferente, Zoey. É mais. Isso deve mudar as coisas entre nós.

Voltei a tocar-lhe o rosto. Não entendi de verdade o que ele estava perguntando, mas eu sabia que ele precisava de algo a mais de mim e que qualquer coisa que eu dissesse agora nos afetaria pelo resto de nossas vidas. *Deusa, me dê as palavras certas,* rezei em silêncio.

– James Stark, daqui por diante eu o aceito como meu Guardião, e também aceito tudo que isso implica.

Ele virou a cabeça e beijou a palma da minha mão.

– Então vou servi-la com minha honra e minha vida para sempre, Zoey. Minha Ás, *mo bann ri,* minha rainha.

Seu Juramento reverberou pelo meu corpo como se fosse uma coisa física. Stark tinha razão. Era diferente do que tinha acontecido entre nós quando ele fez o Juramento Solene para ser meu guerreiro. Desta vez, foi como se ele tivesse me dado uma parte de si mesmo, e eu sabia que sem mim ele jamais poderia voltar a ser inteiro. A responsabilidade inerente me deixou com quase tanto medo quanto me fortaleceu, e puxei de novo sua boca para o meu pescoço.

– Beba mais do meu sangue, Stark, e me deixe curar você.

Quando sua boca encontrou meu pescoço, ele soltou um gemido. Ele mordeu mais fundo e aconteceu uma coisa completamente impressionante. Primeiro, o poder peculiar que acompanha o elemento ar surgiu dentro de mim e foi transmitido de mim para Stark. Ele estremeceu, e entendi que foi de tanto prazer ao ganhar de presente do elemento uma dose intensa de energia. No mesmo instante, senti uma dor doce e familiar descendo pela testa e pelas maçãs do rosto e, com as pálpebras fechadas, vislumbrei a imagem de Damien gritando de alegria. Arfei, perplexa. Não precisei perguntar. E nem precisava de espelho para ver. Simplesmente soube que a primeira das minhas tatuagens havia retornado.

Logo depois do ar veio o fogo. Ele me aqueceu e depois se espalhou por todo o corpo de Stark, preenchendo-o, fortalecendo-o, permitindo que ele levantasse o braço e me puxasse mais para perto, bebendo ainda mais sofregamente. Senti uma quentura nas costas, e minha segunda tatuagem retornou. Vi Shaunee rindo e comemorando a vitória com movimentos como quem está *dando um créu em* alguém.

Então fomos banhados pela água que nos saciou, continuando a nos levar pelo círculo que havíamos começado. Mantive os olhos bem fechados, assimilando cada momento do milagre que Stark e eu estávamos vivendo juntos, e tremi de prazer ao sentir que minha terceira tatuagem, a que dava a volta na cintura, estava voltando, enquanto Erin ria e berrava: – Caramba, sim! Z. está voltando!

A terra foi a próxima, e foi como se Stark e eu tivéssemos nos tornado parte do bosque. Nós conhecíamos o farto prazer que era parte deste bosque e o poder que havia naquelas raízes, naquele chão, naquele musgo. Stark me segurou com mais força ainda. Ele me virou em seus braços para ficar sobre mim. Seus braços me embalaram e eu tive certeza de que seus ferimentos não estavam mais doendo, pois sentia o que ele sentia. Eu compartilhava sua alegria, seu prazer e seu milagre. As palmas das minhas mãos estavam novamente chamuscadas pelo toque da Deusa com a volta da quarta tatuagem. Por estranho que pareça, não me veio nenhuma imagem de Stevie Rae quando seu elemento entrou em mim, só sentia ela e também uma alegria distante, como se ela estivesse de certa maneira fora do meu alcance.

O espírito passou enfim por nós chiando, e de repente não mais me limitei a sentir o que Stark sentia. Agora, era como se tivéssemos nos unido. Não em corpo, mas em alma.

E nossas almas se inflamaram juntas, e o resultado foi mais ofuscante do que o de qualquer paixão física quando minha última tatuagem retornou.

Stark tirou os lábios da minha pele e afundou o rosto no meu pescoço. Seu corpo estava tremendo, e ele arfava mais rápido, como se tivesse corrido uma maratona. Sua língua tocou a ferida que se abrira em meu pescoço, e senti que ela estava se fechando e cicatrizando. Levantei a mão para acariciar seu cabelo e fiquei chocada ao sentir que o suor e o sangue haviam desaparecido.

Ele se levantou e, esforçando-se para manter a respiração controlada, abaixou os olhos para me ver.

Deusa, ele era lindo! Poucos momentos antes, estava mortalmente ferido, machucado, ensanguentado e tão arrebentado que mal conseguia se mexer.

Agora ele irradiava energia, saúde e força.

– Foi a coisa mais impressionante que já me aconteceu – Stark disse e então arregalou os olhos. – Suas tatuagens! – ele tocou meu rosto de modo reverente. Virei a cabeça para que seus dedos pudessem traçar as Marcas com filigramas que, mais uma vez, cobriam minhas costas e ombros. Então, levantei as mãos para que ele pudesse apertar a palma da sua mão contra a minha, e os símbolos cor de safira estavam lá.

– Estão todas de volta – exclamei. – Os elementos as trouxeram.

Stark balançou a cabeça, maravilhado.

– Eu senti. Não sabia o que estava acontecendo, mas senti com você – ele me puxou para seus braços de novo. – Eu senti tudo com você, minha rainha.

Antes de beijá-lo, eu disse: – E agora eu faço parte de você, meu Guardião.

Stark me beijou longamente e depois só ficou juntinho de mim, tocando-me gentilmente como se estivesse tentando se convencer de que eu não ia evaporar de seus braços.

Ele continuou me abraçando quando chorei por Heath, e ele me disse que Heath fizera a opção de seguir em frente e que ele fora muito corajoso.

Na verdade, Stark nem tinha que me contar essa parte. Eu sabia como Heath era corajoso, assim como sabia que sua coragem era uma das coisas que me ajudaria a reconhecê-lo de novo. Isso e seu amor. Sempre seu amor por mim.

Depois que parei de chorar, de sofrer meu luto e de recordar, enxuguei os olhos e deixei Stark me ajudar a ficar em pé.

– Você está pronto para ir para casa agora? – perguntei a ele.

– Ah, sim. Acho uma boa. Mas, ahn, Z., como vou chegar lá?

Sorri para ele.

– Confiando em mim.

– Ora, bem, quer *dicer* que vamos *facer* uma viagem bem rapidinha?

– Caraca, de onde saiu esse seu sotaque irlandês?

– Irlandês? És surda, *jovencinha*? – ele grunhiu as palavras, e eu fechei a cara. Então a risada de Stark tomou conta do bosque. Ele me abraçou e disse: – É escocês, minha rainha, não irlandês. E você vai ver, logo, logo, de onde saiu esse sotaque.

31

Stevie Rae

Quando o sol se pôs, os olhos de Stevie Rae se abriram. Por um segundo, ela ficou superconfusa. Estava escuro, mas isso não a desorientou; foi legal. Ela sentiu a terra ao redor de si, embalando-a e protegendo-a; isso também foi legal. Algo se movimentou de leve ao seu lado, fazendo-a virar a cabeça. Sua aguçada visão noturna lhe permitia diferenciar um tipo de breu do outro, e a enorme asa tomou forma, seguida pelo corpo.

Rephaim.

Então tudo voltou para Stevie Rae: os novatos vermelhos, Dallas e Rephaim. Sempre Rephaim.

– Você ficou aqui embaixo comigo?

Os olhos dele se abriram e ela arregalou os dela de surpresa. O escarlate inflamado de seus olhos se acalmara, transformando-se em um tom enferrujado mais próximo do âmbar do que do vermelho.

– Fiquei. Você fica vulnerável quando o sol está no céu.

Stevie Rae achou que ele soou nervoso, quase se desculpando, então sorriu para ele.

– Obrigada, apesar de ser meio obsessivo você ficar me olhando dormir.

– Eu não fiquei vendo você dormir!

Ele falou tão rápido que ficou óbvio que estava mentindo. Ela abriu a boca para dizer que estava tudo bem, que ele não precisava fazer isso o tempo todo, mas que tinha sido muito legal da parte dele tomar conta dela, principalmente depois do dia que ela teve, mas, quando ela ia falar, seu celular apitou para avisar que tinha recado de voz.

– O aparelho ficou fazendo barulho durante o dia. Bastante barulho – Rephaim lhe disse.

– Droga. Não consigo ouvir nada quando durmo assim – Stevie Rae suspirou e, a contragosto, pegou o iPhone que tinha deixado do seu lado. – Acho melhor encarar a situação – ela olhou a tela, viu que a bateria estava quase acabando e suspirou de novo. Ela tocou na opção de ligações perdidas. – Ah, porcaria. Seis ligações perdidas. Uma de Lenobia e cinco de Aphrodite – com o coração disparado, clicou no recado de Lenobia primeiro. Colocou no viva-voz e olhou para Rephaim: – Você também precisa saber o que está acontecendo. Eles devem estar falando de você.

Mas a voz de Lenobia não soou no clima para dizer algo do tipo "caramba, você está com um *Raven Mocker* e agora vou ter que capturar você". Ao contrário, estava perfeitamente normal: – *Stevie Rae, me ligue quando acordar. Kramisha disse que não tinha certeza de onde você estava, mas disse que você estava fora de perigo, apesar de Dallas ter fugido. Eu vou pegá-la na mesma hora* – Lenobia hesitou, abaixou a voz e acrescentou: – *Ela também me disse o que aconteceu com os outros novatos vermelhos. Rezei para que Nyx lhes abençoe os espíritos. Abençoada seja, Stevie Rae.*

Ela sorriu para Rephaim.

– Ah, que legal da parte dela.

– Dallas ainda não esteve com ela.

– Não – Stevie Rae respondeu, desfazendo o sorriso. – Com certeza, não – e voltou sua atenção novamente para o telefone. – Cinco chamadas perdidas de Aphrodite, mas ela só deixou uma mensagem. Tomara que não seja nenhuma notícia ruim.

Stevie Rae clicou o botão *play*. A voz de Aphrodite soou fraca e distante, mas não menos antipática.

– *Ai, que merda, atende a porra do telefone! Ou você está na sua tumba? Deusa! Esse negócio de fuso horário é muito irritante. Seja como for, novidades: Z. ainda está que nem um vegetal e Stark ainda está apagado e sendo fatiado. Essas são as boas-novas. A má notícia é que minha última visão foi com você, um jovem índio gostosinho e o pior de todos os Raven Mockers, Rephaim. Precisamos conversar, porque estou com uma das minhas intuições em relação a isso, o que significa* Péssimo. *Então, anda logo e me liga. Se eu estiver dormindo, vou acordar para atender.*

– Grande surpresa ela desligar sem se despedir – Stevie Rae disse. Não querendo ficar ali com as palavras *"o pior de todos os* Raven Mockers*, Rephaim"* pairando ao redor, ela enfiou o telefone no bolso e começou a subir as escadas do porão. E nem teve que olhar para trás para ter certeza de que Rephaim a estava seguindo. Ela sabia que ele não deixaria de segui-la.

A noite estava um pouquinho fria, mas não de congelar; estava bem na fronteira entre neve dura e molhada. Stevie Rae sentiu pena das pessoas pobres nas casas ao redor do Gilcrease e ficou contente de ver um monte de luzes acesas. Mas, quando lhe veio a sensação sinistra de que alguém pudesse estar espiando, ela hesitou em frente à entrada da mansão.

– Não tem ninguém. Eles estão se concentrando, primeiro, em retomar o fornecimento de energia para as pessoas. Aqui será um dos últimos lugares para onde virão, principalmente à noite.

Aliviada, Stevie Rae assentiu e saiu da entrada, caminhando com passos vagos em direção ao chafariz silencioso e frio no meio do jardim.

– Seu pessoal vai descobrir sobre mim – Rephaim disse.

– Alguns já sabem – Stevie Rae abaixou o braço para tocar o topo do chafariz, quebrando uma pontinha de gelo pendurada que fez cair um pouco de água no laguinho ao redor do chafariz.

– O que você vai fazer? – Rephaim parou ao lado dela. Ambos ficaram olhando para a água escura do chafariz como se dentro dela fosse possível descobrir a resposta.

Stevie Rae respondeu, enfim: – Acho que a questão mesmo é o que você vai fazer.

– O que você quer que eu faça?

– Rephaim, você não pode responder minha pergunta com outra. Ele usou um tom sarcástico.

– Você fez isso com a minha pergunta.

– Rephaim, pare. Diga o que quer fazer em relação a, bem, em relação a nós.

Ela olhou bem nos olhos transformados de Rephaim, pensando em como seria melhor se suas feições fossem mais fáceis de decifrar. Ele levou tanto tempo para responder que Stevie Rae pensou que ele não fosse dizer nada e se sentiu terrivelmente frustrada. Ela tinha que voltar à Morada da Noite. Tinha de tentar reverter os danos antes que Dallas ferrasse com tudo.

– Ficar com você é o que eu faria.

Suas palavras simples, honestas e ditas de uma só vez não foram imediatamente assimiladas pelo cérebro de Stevie Rae. Primeiro, ela ficou só olhando para ele, com cara de ponto de interrogação, sem conseguir entender direito o que ele tinha dito. E então realmente o ouviu, entendeu e sentiu um inesperado e indesejado rompante de alegria.

– A coisa vai ser feia – ela avisou. – Mas eu também quero que você fique comigo.

– Eles vão tentar me matar. Você deve saber disso.

– Eu não vou deixar! – Stevie Rae segurou a mão dele. Lentamente, muito lentamente, seus dedos se entrelaçaram aos dela e ele deu uma puxadinha, trazendo-a mais para perto de si. – Eu não vou deixar – ela repetiu, mas não olhou para ele. Em vez disso, ficou segurando a mão dele e capturando aquele pequeno momento íntimo. Ela tentou não pensar demais. Tentou não questionar tudo. E olhou para a água escura e parada do chafariz, e a nuvem que cobria a lua subiu, revelando assim seu reflexo. *Eu sou uma garota ligada, de alguma forma, à humanidade de um cara que é uma fera.* Em voz alta, Stevie Rae disse:

– Estou ligada a você, Rephaim.

Sem a mínima hesitação, ele respondeu: – E eu a você, Stevie Rae.

Quando ele falou, a água tremulou como se a própria Nyx tivesse respirado sobre a superfície, mudando o reflexo deles. A imagem que apareceu na água foi a de Stevie Rae segurando a mão de um jovem índio americano, alto e musculoso. Ele tinha cabelos grossos, compridos e tão negros quanto as penas de corvos neles trançadas. Estava com o peito nu e era tão gostoso que chegava a dar quentura por dentro.

Stevie Rae ficou estática, com medo de se mexer e mudar o reflexo. Mas não pôde deixar de sorrir e dizer baixinho: – Uau, você é lindo mesmo.

O cara no reflexo piscou os olhos um monte de vezes, parecendo não ter certeza se estava enxergando direito, e então disse com a voz de Rephaim: – É, mas não tenho asas.

O coração de Stevie Rae titubeou, e ela sentiu um nó no estômago. Quis dizer alguma coisa bem profunda e inteligente, ou pelo menos um pouquinho romântica. Mas, em vez disso, ouviu-se dizendo: – Claro, é verdade, mas você é alto e tem essas penas lindas trançadas nos cabelos.

O garoto no reflexo levantou a mão, que não estava segurando a dela, e tocou seu cabelo.

– Não é grande coisa em comparação com as asas – ele respondeu, mas sorriu para Stevie Rae.

– Bem, é, mas aposto que assim fica mais fácil usar camisetas.

Ele riu e, nitidamente pensativo, tocou o próprio rosto.

– Macio – Rephaim disse. – O rosto humano é tão macio.

– É mesmo – Stevie Rae confirmou, totalmente mesmerizada pelo que estava acontecendo com o reflexo deles.

Tão lentamente quanto o entrelaçar de seus dedos, sem tirar os olhos de seus reflexos, Rephaim tirou a mão do próprio rosto para tocar o dela. Ele tocou sua pele de leve, gentilmente. Fez carinho em seu rosto e roçou os dedos em seus lábios. Então ela sorriu e não conseguiu conter uma risadinha desajeitada.

– Mas você é tão lindo!

O reflexo humano de Rephaim também sorriu.

– *Você* é linda – ele falou tão baixinho que ela quase nem ouviu.

Com o coração disparado, ela disse: – Você acha? Acha mesmo?

– Mesmo. É que eu nunca consigo dizer. Nunca sei demonstrar o que realmente sinto.

– Você está fazendo isso agora.

– Eu sei. Pela primeira vez, estou sentindo...

Rephaim cortou a frase no meio. O reflexo do garoto oscilou e desapareceu. Em seu lugar, surgiram as Trevas na água parada, tomando a forma de asas de corvo e do corpo de um poderoso imortal.

– Pai!

Rephaim não precisou dizer mais nada. Stevie Rae percebeu o que tinha entrado no meio deles no mesmo instante. Ela puxou a sua mão da dele. Ele resistiu por um breve instante, mas a soltou. Então se virou para olhar para ela, abrindo uma das asas negras e tapando a visão de Stevie Rae do reflexo deles no chafariz.

– Ele voltou para o corpo. Estou sentindo.

Stevie Rae não se sentiu segura para falar. Apenas balançou a cabeça.

– Mas ele não está aqui. Ele está bem longe de mim. Ainda deve estar na Itália – Rephaim estava falando rápido. Stevie Rae se afastou um pouco, ainda se sentindo incapaz de dizer qualquer coisa. – Ele está se sentindo diferente. Algo mudou – e então, foi como se Rephaim tivesse recuperado os pensamentos, e seus olhos encontraram os dela: – Stevie Rae? O que nós vamos...

Stevie Rae arfou, interrompendo-o. A terra se remexeu ao redor dela, impregnando-lhe os sentidos com uma alegre dança de boas-vindas. A paisagem fria de Tulsa cintilou, tremulou, e subitamente ela se viu cercada por impressionantes árvores, todas verdes e repletas de flores brilhantes, e por um gramado de musgo macio. Então a imagem entrou em foco e lá estava Zoey, nos braços de Stark, rindo e inteira de novo.

– Zoey! – Stevie Rae gritou, e a imagem desapareceu, deixando apenas sua alegria e a certeza de que sua melhor amiga estava inteira de novo e, com certeza quase absoluta, viva. Sorrindo, ela foi até Rephaim e o envolveu com os braços: – Zoey está viva!

Ele a abraçou forte, mas pelo breve período de um suspiro, e então ambos se lembraram da verdade e, ao mesmo tempo, afastaram-se um do outro.

– Meu pai está voltando.

– E Zoey também.

– E para nós isso significa que não podemos ficar juntos – ele concluiu.

Stevie Rae se sentiu muito triste e afetada. Ela balançou a cabeça.

– Não, Rephaim. Só vai ser assim se você deixar.

– Olhe para mim! – ele gritou. – Eu não sou aquele garoto no reflexo. Sou uma fera. Meu lugar não é ao seu lado.

– Não é o que diz seu coração! – ela gritou.

Ele encolheu os ombros e desviou seus olhos dos dela.

– Mas, Stevie Rae, meu coração nunca teve importância.

Ela foi para perto dele. Automaticamente, ele a encarou. Seus olhares se encontraram, e Stevie Rae sentiu um terrível desespero ao ver o vermelho escarlate inflamando seus olhos novamente.

– Bem, quando você achar que seu coração importa tanto para você quanto importa para mim, venha me procurar. Não vai ser difícil. Apenas siga seu coração – sem qualquer hesitação, ela o envolveu e lhe deu um abraço forte. Stevie Rae ignorou o fato de ele não ter correspondido ao abraço. O que ela fez foi sussurrar: – Vou sentir saudades de você – e então o soltou.

Quando Stevie Rae começou a andar pela estrada Gilcrease, o vento noturno lhe trouxe o sussurro de Rephaim: *Também vou sentir saudades de você...*

Zoey

– É lindo mesmo – eu disse, olhando para a árvore e os zilhões de pedacinhos de pano amarrados nela. – Como é mesmo que você disse que ela se chama?

– Uma árvore de pendurar – Stark respondeu.

– Não parece um nome dos mais românticos para algo tão legal.

– É, foi o que também achei no começo, mas acabei gostando.

– Aaah! Olha só essa peça. Como brilha – apontei para uma tira dourada que apareceu de repente. Ao contrário das demais, ela não estava presa a outra. Na verdade, flutuava livremente e até balançou logo acima de nós.

Stark esticou o braço e a pegou. Ele a segurou para mim, para que eu pudesse tocar o tecido macio e brilhante.

– Foi isto aqui que segui para te encontrar.
– É mesmo? Parece feito com fios de ouro.
– É, também me lembra ouro.
– E você seguiu isto para me encontrar?
– Sim.
– Tá bem, então. Vamos ver se funciona de novo – eu disse.
– É só você me dizer o que fazer. Obedecerei fielmente – com os olhos brilhando de humor, Stark me fez uma mesura.
– Para de palhaçada. Isso é sério.
– Ah, Z., você não entende? Não é que eu não ache que seja sério. É só que confio totalmente em você. Eu sei que você vai me levar de volta. Eu confio em você, *mo bann ri*.
– Você andou aprendendo umas palavras esquisitas enquanto estive fora.

Ele sorriu para mim.

– Espere só. Você ainda não ouviu nada.
– Você sabe de uma coisa, garoto? Tô cansada de esperar – enrolei uma das pontas do tecido dourado ao redor do pulso dele e segurei a outra com força. – Feche os olhos – pedi. Sem me questionar, ele fez o que eu disse. Fiquei nas pontas dos pés e o beijei: – Te vejo daqui a pouco, Guardião.

Então dei as costas para a árvore de pendurar, o bosque e toda a magia e os mistérios do reino de Nyx. Encarei a escuridão escancarada que parecia sem fim. Abri bem os braços e disse: – Espírito, venha para mim – então fui preenchida pelo último dos cinco elementos, aquele do qual sempre me senti mais próxima, fazendo minha alma curada ronronar de alegria e compaixão, com força e, finalmente, esperança. – Agora, por favor, me leve para casa! – enquanto falava, avancei correndo e, sem o menor traço de medo, me joguei na escuridão.

Achei que seria como mergulhar em uma ribanceira, mas estava errada. Foi mais delicado, mais suave do que isso. Foi mais como descer de elevador do alto de um arranha-céu. Senti-me acomodar e *soube* então que estava de volta.

Não abri os olhos de imediato. Primeiro quis me concentrar, saborear cada detalhe do retorno. Senti que estava deitada em alguma coisa dura e fria. Respirei fundo e fiquei surpresa ao sentir o cheiro da árvore de cedro que ficava na esquina da casa da minha mãe em Broken Arrow. Só ouvi o suave murmúrio de vozes no começo, mas isso mudou depois que respirei algumas vezes e Aphrodite berrou: – Ai, porra, abre os olhos! Eu sei que você tá aí!

Então abri os olhos. – Nossa mãe, você trabalha em alguma feira livre? Precisa berrar assim?

– Feira livre? Olha aqui, você não devia me amaldiçoar. Isso é um palavrão pra mim – Aphrodite reclamou. Então ela sorriu, deu risada e me puxou para um abraço forte que, tenho certeza, ela depois iria negar ter dado.

– Você voltou de verdade? Não está com o cérebro comprometido nem nada assim?

– Estou de volta! – ri para ela. – E meu cérebro não está mais comprometido do que já era antes.

Darius apareceu atrás do ombro de Aphrodite. Seus olhos brilharam de modo suspeito enquanto ele levou o punho cerrado ao coração e se curvou para mim.

– Seja bem-vinda de volta, Grande Sacerdotisa.

– Obrigada, Darius – sorri para ele e estendi a mão para que me ajudasse a levantar. Eu estava com as pernas estranhamente bambas, por isso me segurei nele, enquanto o quarto girava ao redor de mim.

– Ela precisa comer e beber – disse uma voz que soou totalmente no comando.

– É pra já, Majestade – foi a resposta imediata.

371

Finalmente enxerguei melhor, passada a tonteira, e pude ver.

– Uau, um trono! Sério mesmo?

Uma linda mulher sentada em um trono entalhado em mármore sorriu para mim: – Bem-vinda de volta, jovem rainha.

– Jovem rainha – repeti, meio que rindo. Mas, quando meus olhos percorreram o recinto, minha risada se dissolveu e o trono, o belo recinto e as perguntas sobre essa história de rainha evaporaram por inteiro.

Stark estava lá. Deitado em uma pedra enorme. Havia um vampiro guerreiro parado à sua cabeceira, e o sujeito segurava uma adaga afiadíssima sobre o peito de Stark, que já estava ensanguentado e todo cortado.

– Não! Pare com isso! – gritei. Então me afastei de Darius e corri até o *vamp*.

Mais rapidamente do que se esperaria que ela se movesse, a rainha se interpôs de repente entre mim e o guerreiro. Ela pôs a mão no meu ombro e me perguntou bem suavemente: – O que Stark lhe contou?

Tentei me forçar a pensar além da visão ensanguentada do meu guerreiro, do meu Guardião.

Meu Guardião...

Olhei para a rainha.

– Que foi assim que Stark chegou ao Mundo do Além. Aquele guerreiro na verdade o está ajudando.

– Meu Guardião – a rainha me corrigiu. – Sim, ele está ajudando Stark. Mas agora a busca terminou. É sua responsabilidade como rainha trazê-lo de volta.

Abri a boca para perguntar como, mas a fechei antes de falar. Não precisei perguntar nada. Eu sabia. E era minha responsabilidade ajudar meu Guardião a voltar.

A rainha deve ter visto isso em meus olhos, pois abaixou a cabeça levemente e parou ao meu lado.

Eu me aproximei do homem que ela chamava de Guardião. Seu peito musculoso estava salpicado por gotinhas de suor. Ele estava completamente concentrado em Stark. Parecia que não via nem ouvia mais ninguém no recinto. Quando ele levantou a arma branca, nitidamente se preparando para fazer outro corte, a luz dos archotes refletiu o bracelete de ouro enrolado em seu pulso. Entendi então de onde vinha o fio dourado que levara Stark a mim e senti uma onda de simpatia pelo Guardião da rainha. Toquei seu pulso gentilmente, ao lado da peça de ouro, e disse: – Guardião, pode parar agora. Está na hora de ele voltar.

Sua mão parou instantaneamente. O corpo do Guardião estremeceu. Quando ele olhou para mim, notei que as pupilas de seus olhos azuis estavam totalmente dilatadas.

– Você pode parar agora – repeti gentilmente. – E obrigada por ajudar Stark a me encontrar.

Ele piscou os olhos, clareando-os. Sua voz estava grave, e quase sorri ao reconhecer o sotaque escocês que Stark imitara para mim.

– Sim, moçoila... como *quiceres* – ele recuou, um pouco abalado. Eu sabia que a rainha o tomara nos braços e a ouvi murmurar coisas para ele. Sabia que os outros guerreiros também estavam no recinto e senti Aphrodite e Darius olhando para mim, mas ignorei todos eles.

Para mim, Stark era a única pessoa lá dentro. A única que importava.

Fui até a pedra cheia de sangue na qual ele estava deitado. Desta vez, senti o cheiro, que, sim, me afetou. Doce e inebriante, deixou-me com água na boca. Mas isso tinha que parar. Agora não era a hora de me deixar levar pelo sangue de Stark e pelo desejo que sentia de provar dele.

Levantei a mão.

– Água, venha para mim – quando fui envolvida pela suave umidade do elemento, passei a mão por sobre o corpo ensanguentado de Stark. – Lave isto para ele – o elemento fez o que pedi, chovendo gentilmente sobre Stark. Vi a chuva limpar o sangue do peito dele, cair sobre o mármore, seguir pelos intrincados nós ornamentais da enorme pedra e encher os dois sulcos cavados no piso, um de cada lado. *Chifres,* eu me dei conta. *Esses sulcos me lembram chifres superenormes.*

Por estranho que pareça, quando o sangue foi todo lavado, os sulcos não estavam mais brancos como o resto do chão. Eles cintilavam em um tom lindo e místico de preto que me fez lembrar um céu noturno.

Mas não parei para pensar na magia que senti. Fui até Stark. Seu corpo estava limpo agora. As feridas tinham parado de sangrar, mas estavam vermelhas e abertas. E então me dei conta do que estava vendo e respirei fundo. Em ambos os lados do peito de Stark, os desenhos dos cortes se transformaram em flechas completas, com direito a penas e pontas triangulares. Elas formavam um equilíbrio perfeito com a flecha quebrada e queimada que ele tinha sobre o coração.

Coloquei minha mão sobre aquela cicatriz, a mesma de quando ele me salvara a vida; da primeira vez em que salvou minha vida. Surpreendi-me ao ver que ainda estava segurando o tecido dourado. Gentilmente, levantei o pulso de Stark e enrolei nele o fio de ouro. O fio sedoso endureceu, retorceu-se e fechou, parecendo bastante com o bracelete do velho Guardião, só que no de Stark vi entalhadas as imagens de três flechas, uma delas quebrada.

– Obrigada, Deusa – sussurrei. – Obrigada por tudo.

Então pus a mão sobre o coração de Stark e me debrucei. Logo antes de apertar meus lábios contra os dele, pedi: – Volte para sua rainha, Guardião. Agora acabou – e o beijei.

Enquanto as pálpebras de Stark tremularam e se abriram, ouvi a risada melódica de Nyx em minha mente e a sua voz, dizendo: *"Não, filha, não acabou. Está só começando..."*

FIM por enquanto

Fique ligado na continuação da série
House of Night:

DESPERTADA